QU'ON LUI JETTE
LA PREMIÈRE PIERRE

CHESTER HIMES

QU'ON LUI JETTE LA PREMIÈRE PIERRE

(Cast the first stone)

Roman traduit de l'américain par
ALAIN NERMERICK

FRANCE LOISIRS
123, Boulevard de Grenelle, Paris

Édition du Club France Loisirs, Paris
avec l'autorisation des Éditions GUENAUD

ISBN: 2-7242-0542-1

Que celui qui n'a jamais péché lui jette la première pierre.

JEAN, VIII, 7.

I

C'était ma première nuit au dortoir. C'était étrange. Tout était étrange. Après être resté prostré ces dix derniers jours, les voir jouer au poker me passionnait.

En attendant de m'affecter dans un quartier, on m'avait mis dans une cellule du bloc 5-11 avec les autres nouveaux. Chaque jour, après le petit déjeuner, on nous avait emmenés par petits groupes : d'abord nous avions été examinés par un médecin qui était un prisonnier lui aussi ; puis nous avions été interrogés par d'autres détenus qui faisaient office de secrétaires auprès du sous-directeur, de l'aumônier et de l'officier d'affectation. Nous avions passé une journée entière au service anthropométrique pour y être pesés, toisés, y faire relever nos empreintes digitales, et être photographiés par des spécialistes. La plupart des détenus travaillant au service anthropométrique étaient d'anciens policiers qui en avaient conservé les manières.

Après ces dix jours, tous les renseignements concernant mon passé et mon avenir, mon corps et mon âme, avaient été soigneusement enregistrés et classés. Les détenus qui s'occupèrent de mon installation s'étaient montrés aussi impersonnels que des types de l'administration. Personne ne semblait désolé pour moi. Au contraire, ils paraissaient contents qu'on m'ait arrêté.

J'étais resté sans voix, atterré ; je pensais sans cesse à ma condamnation, à ma mère et au monde extérieur jusqu'au moment où des larmes dures à venir m'achevèrent.

Nous occupions l'étage supérieur du bloc cellulaire 10&11. Le bâtiment était vétuste et les cellules y étaient petites, sordides et glaciales. Nous étions deux dans celle que j'occupais et j'avais la couchette du haut. J'étais glacé jusqu'aux os et mon dos me faisait souffrir comme s'il était couvert d'engelures. Mais je n'osais pas me plaindre, l'idée de demander au gardien de me conduire à l'infirmerie me terrorisait. A part mes chaussures, je gardais tous mes vêtements avant de m'enrouler dans les deux minces couvertures poussiéreuses pour dormir, et j'avais encore froid. Une nuit, je dus descendre de ma couchette et affronter le froid pour aller sur le seau. J'entendais mes dents claquer comme des castagnettes.

Les jours avaient la couleur de l'ardoise ; une fois il neigea et la neige se transforma en gadoue. Aux heures des repas plusieurs files de détenus, marchant dans les traces les uns des autres, traversaient la cour grise de la prison. Revenant des interrogatoires sinistres qu'on me faisait subir, et traversant cette cour de prison triste, grise et boueuse avant de retrouver la cellule petite, humide et froide, je sentais que mes pieds étaient gelés, que mon nez coulait et que mon dos me faisait souffrir. Ce sont là à peu près les seuls souvenirs qui me restent de ces dix premiers jours, si ce n'est peut-être que j'étais très malheureux et que j'avais peur.

Je fus content de quitter cette cellule. Une douzaine d'entre nous avaient été transférés au dortoir de l'équipe de chauffe aussitôt après le dîner. Alors que nous traversions la cour vide, le planton qui portait nos ordres de transfert, un prisonnier lui aussi, nous apprit que, jusqu'au mois dernier, cette équipe n'avait été composée que de noirs. On l'avait alors transformée en équipe disciplinaire pour les détenus blancs. C'était un petit râblé d'environ quarante-cinq ans qui possédait le sang-froid d'un condamné à perpétuité. Je pense qu'il avait dit cela pour nous faire peur. Mais après dix jours passés au 5-11, cela m'était égal. J'étais heureux de me retrouver dans la lumière, la chaleur et le bruit des voix humaines.

Il y avait près de deux cents personnes dans l'équipe de chauffe. Tous donnaient l'impression de costauds et de durs à cuire avec leurs tenues grises et leurs chemises rayées. L'équipe avait ses quartiers au rez-de-chaussée d'une vaste bâtisse à toit plat qui avait d'abord servi d'entrepôt. A l'origine, le bâtiment n'avait pas d'étage, mais un plancher en béton avait été installé à mi-hauteur du plafond pour y aménager deux dortoirs. C'était très bas de plafond. En haut logeait l'équipe du réfectoire.

Sur le devant, donnant sur la route qui venait du mur ouest, il y avait deux portes coulissantes rouillées en tôle ondulée. A gauche, en entrant, on trouvait de longs bacs en zinc pour la toilette et des latrines sans porte ; tout le reste, d'un mur à l'autre, était occupé par des rangées de couchettes doubles, espacées d'un mètre les unes des autres. Dans le coin près des latrines, il y avait un bureau pour les gardiens de jour, et au milieu de la travée centrale se trouvait un poste de garde surélevé pour les gardiens de nuit. De longues tables de bois avec leurs bancs vissés s'étendaient dans l'allée centrale de part et d'autre du poste de garde. Et au-dessus de tout cela, pendaient les habituelles suspensions électriques.

Les détenus étaient assis aux tables, dans la lumière blafarde et crue des lampes, occupés à toutes sortes de jeux. Il n'y avait pas un seul siège de libre. J'allai jusqu'aux bacs pour me laver les mains. Mais l'eau était déjà coupée pour la nuit, comme tous les soirs après dîner. Un type me dit qu'il était interdit de la rouvrir.

Je suis revenu vers l'allée centrale et j'ai observé les jeux. On avait recouvert un coin de table avec une couverture et on y jouait au poker. Les cartes étaient neuves. De vieilles cartes marquées de signes divers et découpées de manières différentes servaient de jetons. Un taulard faisait la donne pendant que trois autres surveillaient la partie et vendaient les jetons. Il y en avait pour cinq, dix, et vingt-cinq cents.

J'étais excité et fou de joie d'être sorti des cellules, mais je n'arrivais pas à me faire à l'idée que j'étais tout à coup dans un dortoir. J'avais l'impression d'être en transe. C'était tellement curieux de voir ces prisonniers aller et venir, se mêler les uns aux autres et jouer, tout comme l'auraient fait des gens du dehors. Je ne m'étais jamais représenté la prison de cette manière. Il faisait bon dans le dortoir le soir et mon dos ne me faisait presque plus souffrir. Cela me parut étrange d'être au chaud.

En cellule, j'avais été si effrayé que je n'arrivais pas à réfléchir. J'avais encore peur, mais beaucoup moins, je me sentais plus calme et plus détendu. Je ne ressentais pas cette peur tout le temps. Mais elle était toujours là.

« T'es nouveau ? »

Je fis volte-face. Un petit type roux avec des taches de rousseur me souriait. Il portait un étroit maillot de corps en nylon qui laissait voir ses bras et ses épaules, son pantalon lui tombait sur les hanches. Il avait un corps lisse et des muscles ronds. Il était le premier détenu à m'adresser la parole depuis mon arrivée au dortoir. Tout le monde m'avait regardé mais personne ne m'avait dit un mot.

« C'est à moi que tu parles, mec ? » demandai-je. J'avais pris l'habitude d'utiliser cette expression à l'époque où je fréquentais le tripot de Bunch Boy. Bunch appelait tout le monde « mec ».

« Si on marchait un peu ? », dit-il, en montrant le chemin d'un coup de tête.

Je me retournai et contemplai la partie sans répondre. Puis j'acquiesçai et le rejoignis. Il y avait pas mal de types qui se promenaient dans la travée autour des tables.

« T'es là pour quoi ? » demanda-t-il. Il essayait de lier connaissance et cela me donnait une impression de supériorité.

« Vol.

— Dix à vingt-cinq ?

— Non, vingt. Vingt à vingt-cinq. »

Il n'eut pas l'air impressionné.

« Même chose pour moi, j'ai braqué une bijouterie. Et toi, qu'est-ce que t'as braqué ?

– Des gens. »

Nous avions fait un tour complet et nous en entamions un autre. Je commençais à être sur mes gardes. Quand je le regardais, pas de problème, mais dès que je tournais les yeux, je remarquais que tout le monde nous observait.

« C'est bien Jake que tu t'appelles ? me demanda-t-il.

– Non, je m'appelle Jim Monroe.

– Moi c'est Henry Hill, mais on m'appelle Jeep. » Il eut un large sourire. « Je conduisais la jeep de Patton en Afrique du Nord.

– Ah », je ne le crus pas.

« Et toi, t'étais où ?

– Où, quoi ?

– Pendant la guerre.

– J'ai pas fait la guerre, dis-je.

– J't'ai déjà vu quelque part. » Il fit claquer ses doigts. « Stateline ! Ça y est ! C'est là que j't'ai vu ! T'es bien de Stateline non ?

– Non, j'suis de Lake City. T'es déjà allé à Lake City ?

– Non, mais j'suis pourtant certain de t'avoir vu quelque part. »

Je ne dis rien, et quand il se tut pour un moment, j'eus conscience tout à coup de ce que mes yeux voyaient. Il y avait les couchettes, les fourre-tout sales, sortes de masses informes bourrées des effets personnels des détenus, qui pendaient aux montants des lits et toutes sortes de gravures ou de photographies, dans des cadres de bois travaillé ou de carton décoré de ficelles de toutes les couleurs, exposées bien en évidence. Puis je commençai à voir les autres détenus que je n'avais pas remarqués jusqu'à présent. Certains étaient assis sur leur couchette, lisant et bavardant, d'autres se promenaient comme nous, d'autres encore jouaient d'un instrument de musique ou fabriquaient des bagues, des porte-cigarettes ou d'autres choses, avec leur boîte à outils posée près d'eux, d'autres enfin apparaissaient et disparaissaient entre les couchettes avec cette démarche glissante et latérale des crabes.

Puis je me suis mis à entendre les bruits, raclements de talons, cris, jurons, chants, grincements d'instruments. Tout redevenait soudain étrange et lointain.

« Tu veux une cigarette ? » demanda Jeep.

Je sursautai.

« Hein ?

– Tu veux une cigarette ? Tu fumes ?

– Oui, merci. J'avais une cartouche mais les types me les ont toutes tapées. »

Il tenait un paquet de Bull Durham à la main, mais il le remit dans sa poche.

« Viens jusqu'à mon pieu, je t'en donnerai une toute faite.

– D'accord. »

Sa couchette était au fond, dans un coin. Il y faisait sombre et la plupart des lits avaient des rideaux. Il s'assit et je restai debout en m'appuyant du coude sur le montant.

Un rideau était à demi tiré du côté où sa couchette donnait vers l'allée. Il le ferma.

« Assieds-toi », dit-il en tapotant le dessus du lit à côté de lui.

« Non, j'crois que j'vais retourner là-bas suivre la partie de poker. »

Je commençais à être mal à l'aise.

Il tira une boîte de sous son pieu et en sortit un paquet de cigarettes. Il me le tendit, j'en pris une et le lui rendis.

« Garde-le, dit-il en le repoussant.

– Non, ça va comme ça.

– Allons, prends. Ou alors prends-en deux ou trois pour ce soir. »

J'en pris deux. Je ne tenais pas à être son obligé.

« Ça ira comme ça. »

Il récupéra son paquet à regret et me donna du feu. Quand il eut jeté l'allumette d'un coup de pouce, il tapota la couchette de nouveau.

« Assieds-toi, tu as nulle part où aller. Et où t'irais d'abord, t'as un avion à prendre ou quoi ? Assieds-toi et parlons. »

– Non, j'vais boire un verre d'eau, dis-je en tournant les talons. Merci pour les tiges. »

Quelqu'un égrena quelques notes harmonieuses sur une mandoline. Je m'arrêtai. Une voix fredonna : *Carry-ing a torch for you...* Je me retournais dans la direction d'où venait la voix. Un type au visage enfantin était assis en travers d'une couchette, une mandoline sur les genoux. Il leva la tête vers moi et cligna de l'œil.

« T'aimes cet air ?

– Oui, c'est chouette. » répondis-je avec embarras avant de m'éloigner rapidement.

Comme je partais, j'entendis la voix de Jeep qui disait :

« Allons, allons, Mike, ça suffit comme ça. J'te dis que j'l'ai connu à Stateline, on était à l'école ensemble. »

« Qu'est-ce que c'est que cette salade ? » pensai-je.

Quand je sortis d'entre les couchettes, il y avait un type qui m'attendait. La première chose que je remarquai c'est qu'il était en colère.

« Qu'est-ce qu'il voulait ? » demanda-t-il.

J'allais continuer mon chemin quand, regardant autour de moi, je vis qu'il n'y avait personne d'autre. Je me retournai.

« Hein ? C'est à moi que tu parles ?

– Qu'est-ce qu'il voulait ? répéta-t-il. Est-ce qu'il t'a pas proposé des trucs bizarres ? »

Je ne savais pas si j'allais lui demander en quoi cela le regardait ou continuer mon chemin sans m'arrêter quand je me suis souvenu que j'étais en prison et que peut-être j'avais enfreint une règle ou quelque chose comme ça.

« Non, il m'a simplement donné une cigarette, dis-je. On n'a pas le droit d'aller aux couchettes ?

— Si, bien sûr, je pensais seulement qu'il voulait faire des trucs bizarres. Ces foutus pédés courent après tous les petits nouveaux qui arrivent ici. J'pensais qu'il valait mieux te prévenir avant qu'ils te mettent dans le pétrin.

— Et alors ?

— Tu le connais pas, n'est-ce pas ? »

Je fis signe que non tout en pensant : « Puisqu'on en est là, toi non plus je ne te connais pas. » Mais je ne le dis pas. J'avais peur.

« Alors il ne te plaît pas ? insista-t-il.

— Foutre non », fis-je hâtivement. Mais j'eus peur aussitôt, peut-être avais-je dit ce qu'il ne fallait pas dire. J'ajoutai précipitamment : « Mais j'ai rien à lui reprocher. » Puis, en y repensant bien, j'ajoutai : « Qu'est-ce qu'il a de spécial ?

— C'est un mouchard, Jim, dit le type. C'est lui qui a donné les dix mecs qui fauchaient à l'atelier de laine.

— Vrai ?

— C't'aussi un foutu taré, la moitié de ces types sont des tarés, de foutus fils de putes. J'aime pas ce genre-là et je me contrefiche qu'on le sache ou non. »

Je l'observai. Il était grand et soigné, environ vingt-sept ans, des cheveux bruns avec une raie sur le côté et un visage sympathique. Son pantalon avait un pli impeccable, ses chaussures étaient cirées, sa chemise était propre, amidonnée, repassée et presque blanche à force d'eau de Javel, il portait aussi une cravate et un pull-over.

« C'est pas mon genre non plus, dis-je.

— Je savais que tu ne serais pas comme ça, Jim. J'ai lu quelque chose sur toi dans les journaux. Même que t'es étudiant. Je savais bien que tu ne serais pas de ce genre-là.

— C'est bon pour les singes », dis-je avec un rire un peu forcé.

Il a fait une drôle de tête ; même que j'ai pensé : « Allons bon, qu'est-ce qu'il lui prend ? » Puis il a éclaté de rire. Je m'éloignais déjà. Il m'a rattrapé.

« Ben merde, mon vieux, pourquoi est-ce qu'ils t'ont collé tant que ça, t'as tué quelqu'un ?

— Non, mec, j'ai tiré sur personne. » Je faisais de mon mieux pour avoir l'air d'un vrai dur. « Mais je regrette maintenant de pas l'avoir fait.

— Ben merde alors, ils t'auraient pas collé plus si tu l'avais fait.

— Exactement, pas plus. Tu veux que j'te dise comment on appelle ce qu'ils m'ont collé sur le dos, « une justice exemplaire », qu'est-ce que tu dis de ça, hein, « une justice exemplaire ». J'parie que t'aurais pas trouvé mieux.

— C'est ce qu'ils font maintenant, la loi à la lettre ! C'est supposé faire peur aux autres types. Qu'est-ce qu'y faut pas entendre comme foutaises ! J'te dis, y t'auraient pas collé plus si t'avais tué quelqu'un.

— Tu peux le dire, quand ils m'ont collé vingt ans c'était comme si une bombe atomique m'était tombée dessus. » Et je ne mentais pas le moins du monde en disant cela.

« Pauvre vieux, va, tout ça c'est de la merde, c'est ça qui tourne pas rond chez ces types-là, ils ont la trouille et ils appliquent leur loi à la lettre contre tous les types qui s'amènent. »

Le taulard qui était assis directement en face de l'endroit où je me trouvais s'était fait une main de trois sept avec une paire d'as, il l'abattit sur la table, se retourna et gueula :

« Tu vas foutre le camp de derrière moi avec ce fumier, oui ou merde ? »

Je regardais le type avec qui j'étais en train de bavarder mais il ne broncha pas, je répondis :

« A qui c'est que tu causes ?

— J'te cause à toi, tordu.

— Va te faire foutre. »

Il fit mine de se lever et je me préparais à le recevoir quand il passerait la jambe par-dessus le banc, mais le donneur posa sa main sur son épaule et l'arrêta. Il n'essaya pas d'aller plus loin.

« Laisse ce gosse tranquille. C'est un nouveau.

— C'est une grande gueule et un fils de pute.

— Fils de pute toi-même, lui dis-je.

— Oh et puis merde, fous le camp, tordu, va te faire beau pour Freddy.

— Qui c'est Freddy ? » demanda un type de l'autre côté de la table.

« C'est moi, dit le premier type. Va te faire beau pour moi, tordu. »

Ils éclatèrent de rire.

« J'serais pas étonné que ce soit déjà fait, Freddy », lança un autre type. « J'l'ai vu qui parlait avec le petit pédé rouquin.

— Y'a pas à dire, mais ce sacré Jeep, y sait s'les soulever, pas vrai ?

— T'as l'air drôlement renseigné, Mac ! »

Cela provoqua un autre éclat de rire.

« D'après le canard, il a pas plus de dix-neuf ans.

— Et étudiant avec ça !

— Il a besoin qu'on l'affranchisse.

— Pas un étudiant, Mac. Ces mecs-là, c'est tous des excités.

— Bah, laisse-le tranquille, dit le donneur.

— Allez vous faire foutre ! hurlai-je. Allez tous vous faire foutre, bande de foutus fils de putes ! » Mon visage devait être rouge de colère et je voulais me battre. Je voulais me battre contre eux tous.

Mais ils se contentèrent de ricaner. Tout ce qu'ils voulaient, c'était me faire enrager.

« Le jeune tordu ne manque pas de cran, dit l'un d'eux.

— Tout juste, mec, et c'est avec du cran qu'on se fait buter. »

Le type qui avait bavardé avec moi me prit par le bras et m'entraîna dans l'allée.

« Certains de ces types sont de mauvais perdants, dit-il. Ils sont superstitieux et ne supportent personne debout derrière eux. » Là-dessus, il sourit pour marquer qu'il n'y croyait pas.

« Aucun d'entre eux ne sait jouer », dis-je.

Il me regarda.

« Tu joues ?

— Je peux battre tous ces tordus. Il n'y en a pas un qui sache jouer.

— Il y en a qui ont une certaine réputation.

— Et d'abord pourquoi est-ce qu'il s'est foutu en rogne ? J'ai été derrière des types qui dans leur pire jour étaient meilleurs joueurs qu'il ne le sera jamais ; des types qui gagnaient et perdaient plus d'argent en une seule partie qu'il n'en a jamais eu.

— Ils m'ont plumé la nuit dernière et je ne suis pas si mauvais joueur que ça, dit-il.

— Ça devait être leur jour de chance, y'en a pas un qui sait jouer ! »

Il ne voulut pas poursuivre la conversation.

« Je m'appelle Malden Streator, dit-il. On m'appelle Mal. »

Nous avons tourné près de la porte et nous sommes revenus par les bacs et le poste de garde où le gardien était assis, il mâchait une chique tout en lisant un magazine ; puis nous avons tourné de nouveau au bout pour revenir par l'autre côté, là où les couchettes rétrécissaient l'allée. Quand nous sommes repassés près de la partie de poker, j'ai dévisagé le type qui m'avait engueulé. J'ai vu qu'il m'a suivi des yeux jusqu'à ce que je sois trop loin pour m'en rendre compte sans tourner la tête, ce que je ne voulais pas faire.

« On se ressemble assez pour être cousins, dit Mal.

— T'es là pour quoi ? » j'ai demandé, histoire de parler.

« Premier degré.

— Qui t'as tué, ta femme ?

— Non, un fédéral. Il avait passé la ligne pour m'arrêter.

— Ils n'ont pas le droit de faire ça.

— J'étais à Centralia, me dit-il. Je venais juste d'y arriver en venant de Chicago. Je trimbalais de la came depuis la côte jusqu'à Detroit et on avait lancé un mandat contre moi. Ils m'avaient poursuivi et j'avais réussi à passer la frontière de l'Etat. J'étais dans la cuisine, en train de manger. Ils ont enfoncé la porte et sont entrés.

— Et tu te les es faits ?

— Parfaitement ; lui, il défonce la porte et moi, je lui défonce le buffet. Je lui fais sauter le cœur. Je défonce aussi l'autre fils de pute, mais il s'en est tiré. » Son visage était animé et ses yeux étincelaient.

J'étais plutôt impressionné.

« C'est un miracle qu'ils ne t'aient pas collé sur la chaise.

— Ils l'ont fait. Je suis resté dans le quartier des condamnés à mort pendant dix-huit mois, trois jours, deux heures et quarante-sept minutes.

— Au quartier des condamnés à mort ! » Je n'en revenais pas. « Comment t'en es sorti ? »

Nous avons tourné près de la porte d'entrée pour revenir par l'autre côté de l'allée. Jeep sortit d'entre les couchettes et dit :

« Tu veux encore une tige, Jim ?

— Non, il m'en reste. J'ai encore ces deux-là. Merci tout de même. »

Mal m'avait attendu mais feignait de ne pas voir Jeep. Jeep jeta un coup d'œil sur Mal et me dit :

« Viens jusqu'à ma couchette, Jim, j'ai quelque chose à te montrer. Tu te souviens de ce type qui jouait de la mandoline quand tu es venu ? » Il gardait les yeux sur Mal. « Eh bien, il va jouer et moi je chanterai. On répète pour l'office du dimanche dans quinze jours ; tu sais chanter ? »

Mal pivota sur lui-même et lâcha d'une voix dure :

« Bon Dieu ! non ! Il ne sait pas chanter. C'est un homme, lui, et de toute façon, il ne veut pas chanter avec toi !

— Je ne t'ai pas parlé, déclara Jeep.

— Amène-toi Jim, dit Mal.

— Il vient avec moi, dit Jeep, en me saisissant le bras.

— Enlève tes pattes, Nom de Dieu ! » dis-je d'une voix rauque en arrachant mon bras à son étreinte.

Le visage de Mal était devenu couleur de brique.

« Allez, allez, fous-moi le camp, mouchard », lança-t-il à Jeep. « Espèce de sale pédé, fous le camp ! Jim vient avec moi.

— Tu n'es qu'un salopard de pédé toi-même, dit Jeep. T'es une de ces garces d'un soir, une de ces putes honteuses. Tu vas dans la réserve à charbon pour que personne ne te voie. »

Mal était d'une pâleur de cadavre. Il avança vers Jeep. Celui-ci recula et plongea la main dans sa poche. Mal me saisit par le bras et m'entraîna dans l'allée.

J'entendis une voix derrière moi qui disait :

« Tiens, ils sont déjà après lui. »

Je ne savais plus où me mettre.

« Y s'battaient pour l'avoir » dit un autre. Un rire fusa. J'avais le visage en feu.

Mal me regarda pour voir comment j'avais pris ce que Jeep venait de raconter.

« Je devrais y retourner et lui mettre mon poing dans la gueule, dit-il d'un ton féroce.

— Fallait cogner quand c'était le moment », j'ai dit. Je commençais à en avoir marre, plein le dos de toutes ces histoires. Cela m'avait une fois de plus dégonflé le moral.

Il me regarda.

« Tu ne crois pas ces histoires, n'est-ce pas ?

— Non, pourquoi les croirais-je ? Je ne crois rien !

— Ce genre de truc me débecte tellement que je ne peux même pas souffrir que des types pensent ça de moi, même si moi je sais que ce n'est pas vrai.

— Je suis de ton avis.

— N'accepte plus de cigarettes de lui, dit-il. Si j'en avais, tu pourrais fumer les miennes. Mais je me suis fait plumer hier. Tout ce que j'ai, c'est du Bull Durham. Je te montrerai comment on les roule et tu pourras fumer ça en attendant que j'en aie des vraies. De toute façon, ici tout le monde fume ça. »

Nous avons tourné à la porte et nous sommes revenus par l'autre côté.

« Je sais les rouler, dis-je.

— Je te trouverai un paquet.

— Ça ira, j'aurai de l'argent d'ici demain. J'aurais même dû déjà le recevoir. J'ai dit à mon vieux de m'envoyer cent dollars le plus vite possible. »

Cela l'impressionna.

« Tu ne pourras rien dépenser avant la semaine prochaine, dit-il. Je te procurerai ce paquet de Bull Durham, et quand il sera fini je t'en aurai un autre. » Il s'arrêta et emprunta un paquet de tabac à l'un des types qui surveillaient la partie de poker.

« Qu'est-ce que tu voulais faire avec tant de fric ? » demanda-t-il quand il m'eut rejoint.

« Je veux me trouver une radio mais j'ai vu personne qu'en ait une ici. Je croyais qu'on avait le droit d'en avoir.

— C'est vrai, mais ils nous ont confisqué les nôtres quand on nous a amenés dans ce trou. Tu sais, ici normalement c'est du boulot pour les négros. C'était presque toujours les négros qui travaillaient ici. Nous, on était à l'école. On s'est retrouvés ici par mesure disciplinaire et on nous a pris nos radios.

— Ah !

— J'en avais une mais quand j'ai vu venir le coup qu'on allait nous les prendre en venant ici, je l'ai vendue. »

Nous venions juste de repasser devant les latrines quand un type plus âgé à l'air grave et au maintien militaire sortit d'entre deux couchettes et appela : « Malden, Malden, viens voir une minute. »

Mal se tourna vers moi :

« Je reviens tout de suite, Jim. Il faut que je parle au général. Juste une minute. »

Je continuai tout seul et revins vers la partie de poker pour l'observer à nouveau. Si seulement j'avais eu de l'argent ! Il y avait un gros type de l'autre côté de la table avec presque tous les jetons devant lui, mais il ne s'intéressait plus au jeu. Il était assis là, mais sans plus. Il s'était déjà gagné un beau paquet. Il se contentait de lancer un jeton ou deux sur la première carte, à moins qu'il ne voie la troisième, si l'ouverture était faible. Tout ce qu'il attendait c'était qu'il lui tombe une bonne paire pour faire chuter le donneur. Personne ne semblait vouloir risquer ses jetons. C'est tout juste s'ils essayaient de provoquer sa mise pour tenter de se refaire sur lui. Mais il enterrait le jeu.

Il était tard, bientôt l'heure de dormir. La plupart des types avaient cessé leurs activités diverses et se préparaient à aller au lit. Deux ou trois détenus seulement se promenaient encore dans l'allée. Le gardien s'était levé pour faire quelques pas, le fond de son pantalon d'uniforme en serge bleu était luisant comme un miroir.

Le croupier décida que ça suffisait pour ce jour-là et récupéra sa couverture. Quand le gros type s'apprêta à ramasser ses gains, un groupe se forma autour de lui. Il rendit ses jetons et dit : « On verra ça plus tard. » Tous les tapeurs semblèrent déçus. Il lui restait encore quelques jetons, pas plus de trente ou quarante cents, et ils étaient trois qui tendaient la main pour les avoir.

Pendant que j'observais la scène, les lumières clignotèrent. Le gardien frappa sur la table avec sa matraque. De partout, dans la prison, nous parvenait ce bruit de matraques tambourinant sur des tables. C'était l'heure de se coucher. Et tout à coup, tout me revint en mémoire, la prison, et les vingt ans. Je regagnai lentement ma couchette. J'étais comme vidé.

Je dormais en haut, près du mur extérieur, juste en dessous d'une de ces fenêtres placées très haut et garnies de barreaux. Suspendue à la tête de mon lit, se trouvait ma plaque d'immatriculation en bois avec mon nom et mon numéro. J'avais accroché mon quart en aluminium par un fil de fer au montant de la couchette et j'y avais rangé mon savon, le gant de toilette fabriqué en prison et mon peigne en fer blanc. J'avais mis ma chemise du dimanche en jean bleu et ma cravate blanche sous le matelas ; avec ce que j'avais sur le dos, c'était tout ce que je possédais.

Beaucoup de détenus avaient des caisses en bois. Certaines avaient la forme de malles ou de coffres avec de gros cadenas. Ils les rangeaient sous leur couchette pendant la nuit et dessus pendant la journée pour que le sol puisse être balayé et lavé. Ils avaient ces boîtes pour y ranger leurs effets personnels : tabac, affaires de toilette et tout autre vêtement de confection que nous avions le droit de posséder, comme les chaussures, les sous-vêtements, les chaussettes et les mouchoirs. Mais on pouvait toujours nous les confisquer. La prison fournissait un fourre-tout en toile mais je n'en avais même pas.

J'enlevai ma veste, ma chemise, mon pantalon, ma casquette et mes chaussures. Je ne gardais pour dormir que mes caleçons longs. Mon matricule de prisonnier y était inscrit à l'encre. J'empilai le reste de mes habits au pied de ma couchette et me glissai sous le drap repassé et les deux couvertures grises aussi tristes que poussiéreuses.

La plupart des types dormaient dans leurs sous-vêtements. Nous les changions une fois par semaine quand nous prenions un bain. Le reste du temps, nous ne les quittions pas un seul instant, hiver comme été.

Certains détenus dormaient en pyjama et d'autres, comme Jeep, dormaient avec leur chemise et leur caleçon.

Un peu après, le gardien a fait sa ronde de surveillance. Il est parti d'un coin du dortoir et a parcouru les longs passages en comptant les couchettes vides. Il était âgé, avait de la bedaine et les épaules voûtées, mais il marchait rapidement et les détenus grimpèrent dans leur couchette pour ne pas manquer l'appel. Quand le gardien eut terminé, il tapa avec sa matraque contre le poste de garde. Cela voulait dire que le compte y était. S'il n'avait pas été juste, il aurait recompté. Et s'il s'était révélé encore faux, il aurait appelé l'officier de nuit.

Les détenus recommencèrent à se déplacer. Certains pour se rendre aux latrines, d'autres pour aller de couchette en couchette à la recherche de magazines, de tabac ou d'allumettes à emprunter. Le gardien éteignit les lumières du dortoir. Dans l'allée centrale, une lampe sur trois restait allumée toute la nuit. Mais il faisait suffisamment clair pour voir ce qui se passait dans n'importe quel coin de la salle. Il n'y avait jamais d'obscurité totale dans aucun endroit de la prison. Les types dont les pieux étaient près des veilleuses pouvaient lire aussi longtemps qu'ils le désiraient. Plusieurs étaient assis, occupés à tirer les dernières bouffées de leur cigarette. Il était interdit de fumer une fois couché.

Pendant un moment le gardien a fait les cent pas dans la travée centrale. Quand les détenus se sont installés pour la nuit, il a regagné sa chaise rembourrée du poste de garde et a repris la lecture de son magazine.

Je me retournai et contemplai le plafond : il se trouvait à environ un mètre au-dessus de moi. J'avais l'impression d'être quelqu'un d'autre. Ce ne pouvait être moi, Jim Monroe, étendu là sur cette couchette, dans ce dortoir de prison. Ce n'était pas possible.

« Jim. »

Je me retournai brusquement.

Mal était près de ma couchette.

« Je t'ai apporté quelques allumettes », dit-il.

Je les pris.

« Merci. »

Dans ma main on aurait dit de petits éclats de bois ; j'essayai de les voir dans la pénombre.

« Elles ont été fendues en deux, dit-il.

— Ah !

— Je n'ai pas pu revenir, ce type s'est mis à chanter du blues et je n'ai pas pu le quitter.

— Ça ne fait rien.

— Bonne nuit.

— Bonne nuit. »

Après le départ de Mal, il me sembla que quelque chose avait changé. Je jetai un regard autour de moi et tendis l'oreille. C'est alors que je me rendis compte du silence, tout était redevenu silencieux. Puis, les chuchotements reprirent. Une petite voix de fausset roucoula :

« Bonne nuit. »

Venant d'un autre coin du dortoir une voix semblable lui fit écho :

« Bonne nuit. »

Quelqu'un ricana. Je m'enfouis profondément sous les couvertures et les ignorai.

Une demi-heure plus tard, quand je pensai que tout le monde dormait, je descendis de mon pieu pour aller aux latrines. Ceux d'entre nous qui occupaient les couchettes du haut avaient des tabourets de bois pour y grimper et en descendre. Je me sentis particulièrement vulnérable en abordant la longue étendue éclairée de l'allée centrale, surtout avec mes caleçons longs, trop larges et déformés, qui flottaient autour de mon corps. J'espérais que tout le monde serait endormi. Mais je n'avais pas plus tôt fait un pas sous la lumière, qu'un concert de sifflets et de huées éclata. Le gardien tambourina avec sa matraque pour ramener le silence. Je serrai les dents. « Qu'ils aillent tous au Diable ! » me dis-je.

Pendant que j'étais aux latrines, Jeep vint me rejoindre. Il resta planté là.

« Qu'est-ce que ce type a raconté sur moi ? demanda-t-il.

– Il n'en a pas dit plus sur toi que toi sur lui, je grognai.

– Le mieux, c'est que tu attendes pour te faire une opinion par toi-même », dit-il. Il portait un caleçon court qui laissait voir ses jambes rondes et lisses. Presque tous ceux que j'avais vus ici dormaient avec leur caleçon long. Sa peau nue avait quelque chose d'obscène.

Je me sentis gêné d'être aussi près de lui.

« Ecoute, fiche-moi la paix ! » j'ai dit. Je revins sur mes pas et regagnai ma couchette. J'essayai de dormir mais en vain. Tous ces trucs qui m'étaient arrivés à Chicago me revenaient en mémoire. Je me revoyais en train de demander cinq cents dollars à cet enfoiré de prêteur sur gages pour la bague, et lui qui m'avait dit d'attendre une minute pour s'esquiver dans l'arrière-boutique. Je savais bien qu'il appelait la police ; et puis même s'il m'avait pris cette bague, j'avais encore pas mal de trucs à écouler. Mais je ne pouvais pas courir, je n'ai jamais pu courir.

Je sentais encore les flics me cogner sur la gueule, me suspendre la tête en bas à une porte par les menottes qu'ils m'avaient mises aux pieds, me frappant dans les côtes avec la crosse de leur arme. Je pouvais sentir le sang couler le long de mes jambes depuis les profondes entailles que les menottes faisaient à mes chevilles.

J'avais tenu le coup aussi longtemps que cela avait été possible, me dis-je en contemplant le plafond. J'aurais pu tenir plus longtemps si seulement j'avais pu perdre connaissance. Mais il y avait eu trop de souffrance et pas assez de coups pour perdre connaissance. J'avais avoué.

Je n'avais jamais rien avoué de toute ma vie. Aussi loin que je me souvienne, les raclées que j'avais reçues de mon père et de ma mère ne m'avaient appris qu'une seule chose : *n'avoue jamais*. Qu'importe ce que tu as fait, dis toujours que ce n'est pas toi. Laisse-les le prouver. Mais nie toujours. Cela avait été la seule et unique loi de mon code moral. *N'avoue jamais*. A partir de là, il y a toujours place pour un doute, et peut-être même une chance.

Mais j'avais avoué. Et c'était trop récent pour que je supporte d'y repenser. Chaque fois que cela me revenait, j'avais envie de vomir. Je me sentais brisé, j'avais l'impression de devenir dingue.

J'essayai de penser à ma mère. Mais j'en étais arrivé au point où penser à elle me devenait presque impossible.

J'essayai de penser aux potes du club, là-bas. Mais eux aussi étaient restés loin derrière.

Je pensai alors à Chicago, car Chicago était toujours là, présent à mon esprit. C'est venu, puis c'est reparti, et quand c'est reparti j'ai essayé de dormir. Mais cela ne partait jamais assez loin pour que je puisse dormir beaucoup, je m'endormais un peu et aussitôt j'étais réveillé par ce souvenir. C'était comme si je ne pouvais pas m'endormir sans qu'aussitôt je ne me revoie recroquevillé sur le sol de béton du poste de police de la Boucle*, en train d'avouer.

J'ai tourné la tête et j'ai regardé par la fenêtre qui se trouvait juste au-dessus de mes yeux. J'ai vu la lune dans le ciel bleu sombre et un mirador avec ses projecteurs dirigés vers les murs. J'ai aperçu la silhouette du garde qui se découpait sur le ciel, une carabine nichée au creux de son bras et la lueur intermittente de la cigarette qu'il avait à la bouche. J'ai vu la grande étendue noire des murs sous l'immensité bleue. Quand on tournait les yeux vers les murs, le regard s'arrêtait. Tout s'arrêtait aux murs. Les murs n'étaient éloignés du bâtiment où se trouvait le dortoir que de cinq mètres. Je pensais alors que la liberté était là, à cinq mètres. Cinq mètres... et vingt ans.

* N.D.T. : La Boucle, « The Loop », quartier du centre de Chicago.

II

Quand la lumière est revenue le lendemain matin, je me suis assis, les jambes croisées sur le lit, pour mettre mes chaussures et mes chaussettes, puis je me suis allongé en levant les pieds au plafond pour enfiler mon pantalon. J'ai sauté à terre, j'ai pris mon gant et mon savon dans le quart en aluminium et je suis allé aux bacs pour me laver.

Il faisait très froid dans le dortoir le matin. L'air était froid, les montants en fer des grabats étaient froids, le sol en béton était froid, tout ce que l'on touchait était froid. L'eau qui s'écoulait en minces filets du tuyau de caoutchouc d'un centimètre de diamètre était glacée. Elle était si froide que même le gros savon ne moussait pas. J'ai pris de l'eau dans mes deux mains et je m'en suis aspergé la figure. Puis je me suis frotté le visage avec le gant. L'étoffe rude était graisseuse et il m'a fallu la laver plusieurs fois avant qu'elle absorbe l'eau. J'ai fini par me dire qu'après tout c'était ma crasse. Je suis retourné dans mon coin pour enfiler ma chemise rayée, mon gilet gris, ma veste et ma casquette grises aussi. Rien n'était à ma taille. Ce n'était pas censé l'être d'ailleurs. Ce n'était pas fait sur mesure comme des costumes. Chez le fourrier, où ma tenue m'avait été donnée, il y avait des piles de vestes, de gilets et de pantalons de toutes les tailles, des neufs et des vieux. Le garde-mites distribuait d'abord les vieux. C'étaient les tenues laissées par les prisonniers libérés.

Tout ce que j'avais était râpé, sauf ma chemise du dimanche. Ma veste avait des pièces à chaque coude et elle était trop petite. Mon gilet était trop grand et mon pantalon trop court. Mes chaussures aussi avaient vu des jours meilleurs, les talons étaient complètement usés et les semelles plutôt minces. Mais je n'étais pas plus mal habillé que les autres, et même mieux que la plupart.

La cloche du petit déjeuner a sonné, et le gardien a tambouriné avec sa matraque. Nous nous sommes mis sur deux files dans la travée centrale, en rang deux par deux dans chaque file. Les plus grands devant et ainsi de suite jusqu'aux plus petits. Deux types de taille moyenne précédaient immédiatement chacune des files pour marquer le pas. Le gardien m'a donné une place en fonction de ma taille quelque part vers le milieu du rang. Il a tambouriné encore une fois avec sa matraque et nous sommes sortis du dortoir au pas cadencé, nous avons pris un étroit passage entre le réfectoire et un bâtiment de briques rouges à trois étages et nous sommes entrés par une porte latérale.

Le réfectoire était une bâtisse à toit plat, sans étage, avec deux ailes séparées par la cuisine. Notre équipe est entrée la première. On a pris la grande allée du milieu et nous nous sommes alignés, les bras croisés, entre des tables étroites, recouvertes d'ardoise, qui faisaient penser à des comptoirs de snack-bar. Chacun de nous se tenait derrière un tabouret. Il y en avait dix par tablée. Nous en occupions un peu plus de vingt. Quand tout le monde a eu trouvé une place, nous sommes restés debout encore un moment jusqu'à ce que le gardien soit satisfait et qu'il tambourine avec sa matraque. Nous avons enlevé nos casquettes, les avons mises sous nos tabourets, et nous nous sommes assis. Nous avons regardé notre petit déjeuner ; c'était toujours le même depuis mon arrivée.

Des bols en aluminium étaient à moitié remplis de flocons d'avoine pâteux. Du lait, ou plutôt un mélange d'eau et de lait en poudre, avait été versé par-dessus. Mais il l'avait été depuis tellement longtemps que le lait était retombé pour former une sorte de dépôt blanc sur les flocons d'avoine. L'eau était remontée à la surface. A côté des céréales il y avait une assiette en aluminium avec une saucisse frite qui était comme soudée à froid sur le métal par de la graisse figée. Il ne faisait pas chaud dans le réfectoire. La nourriture était glacée. Des tasses vides étaient alignées sur le bord opposé du comptoir. Les couteaux, les fourchettes et les cuillères étaient faits d'un métal qui avait noirci.

Pendant un certain temps, les types de notre équipe sont restes silencieux. On avait le droit de parler une fois assis, mais personne n'ouvrait la bouche. J'ai découvert que c'était comme ça tous les matins quand on s'attablait pour le petit déjeuner. De l'autre côté de l'allée, une autre équipe arrivait, occupant les tables. Puis les équipes commencèrent à affluer par les trois portes à la fois. Le réfectoire fut bientôt plein.

Les hommes commencèrent à manger. J'ai remué mes flocons d'avoine et l'eau est redevenue blanche. J'ai avalé ça rapidement. J'avais déjà remarqué que tout le monde mangeait très vite. Comme ça, on ne sentait pas trop le goût de la nourriture. La bouillie d'avoine était légèrement sucrée.

« Dégueulasse », dit une voix morne.

Les types qui faisaient le service se tenaient le long des murs, près des tables où étaient posés les plats. L'un des détenus de notre comptoir a appelé le serveur.

« Amène-moi du pain par ici, Mac. »

Le serveur apporta du pain bis dans une casserole.

« J'veux pas de ce putain de pain noir », dit le type. Il appela le gardien : « Hé ! chef ! on mérite bien du pain blanc, pas vrai ? Je bosse toute la journée comme un nègre dans ces tas de charbon puants, et j'veux du pain blanc. Déjà qu'on doit se taper cette foutue saloperie !

— J'te conseille de parler autrement, répondit le gardien.

— Mon cul, oui », grommela le type.

Le gardien vint se planter au bout de la table.

« Qu'est-ce que t'as dit ?

— J'ai dit que j'voulais du pain blanc. J'peux pas manger le pain noir, j'ai mal à l'estomac. »

Le gardien ricana.

« Hé hé, t'aurais dû penser à ton estomac avant de venir ici. » Il parlait comme s'il était sénile mais je ne faisais pas beaucoup attention à lui ce jour-là.

« Oh, allez chef, dit le type qui essayait de l'amadouer. Vous savez bien que j'peux pas manger ce pain-là, mes hémorroïdes en sont à un point que c'est à peine si j'peux soulever une brouette.

— Et puis quoi encore, t'es parfaitement capable de la pousser va ! » dit le gardien. Il se tourna vers le serveur. « Donne-leur du pain blanc, tu vas voir que, maintenant, ils vont dire qu'ils n'ont pas assez à bouffer.

— J'en ai pas, grogna le serveur.

— Va en chercher, gueula le gardien. Mes types, c'est des travailleurs, ils bossent dur sur les tas de charbon, alors tu vas aller leur chercher du pain blanc, et magne-toi ! »

Le serveur s'en alla en grommelant.

« Bravo chef ! lança un des types.

— Secouez-les un peu, chef !

— J'ai bien l'intention de m'occuper de mes types, moi », dit le gardien.

Le serveur est revenu avec le sergent du réfectoire.

« Qui a envoyé ce type chercher du pain blanc ?, demanda le sergent.

— C'est moi, dit le gardien. Mes types veulent du pain blanc, ils travaillent, et ils ont besoin de ce pain-là.

— Est-ce que j'm'occupe de votre foutue équipe de chauffe ?, dit le sergent. Alors laissez-moi m'occuper de ce putain de réfectoire comme je le veux ! »

Notre gardien est parti vers la porte et il est resté planté là, à regarder dehors. Le sergent du réfectoire est retourné à la cuisine.

Finalement, un type qui n'avait pas touché à son petit déjeuner a lancé :

« Qui c'est qui veut d'la viande contre de l'avoine ? »

Personne ne fit attention à lui.

Vingt minutes après notre entrée, le sergent a sonné la cloche. Les équipes qui étaient arrivées en dernier n'étaient restées que cinq minutes. Mais quand la cloche a retenti, tous ont ramassé leur casquette. On la tenait dans la main droite, les bras croisés sur la poitrine. Notre gardien a tambouriné avec sa matraque. On s'est levés, on a mis nos casquettes et on est sortis au pas cadencé. On s'est alignés dans l'allée centrale avant de sortir dans la cour. La neige s'était remise à tomber. Le sol était déjà recouvert de gadoue noire et sale. La neige qui tombait la saupoudrait de blanc.

La plupart des types de l'équipe ont continué tout droit vers les tas de charbon. Un tronçon de voie ferrée montait de la centrale électrique qui se trouvait plus bas derrière notre dortoir. Des piles de charbon gras s'élevaient jusqu'à mi-hauteur d'homme le long de la voie. Les types se sont mis en place. Quelques-uns sont allés jusqu'au hangar à charbon dans la centrale et ont pris des brouettes. D'autres ont ramassé des pelles et se sont alignés le long des tas. Le groupe des brouettes s'est réparti sur une seule et longue file, qui avançait en longeant les tas, et les pelleteurs n'avaient plus qu'à jeter le charbon dans les brouettes, une pelletée pour chacune. Quand on arrivait au bout, elle était pleine à ras bord. Les hommes poussaient leur chargement sur une plate-forme et le déversaient dans une machine qui le broyait pour faire du poussier. Un autre convoi transportait ce poussier jusqu'au hangar. Les roues des engins avaient creusé de profondes ornières boueuses dans le sol. Elles étaient remplies de gadoue noire. Il y avait des types qui poussaient leur brouette en marchant de part et d'autre de l'ornière et d'autres qui pataugeaient dans la boue.

On ne m'avait pas donné de travail à faire. Ni à aucun de ceux qui venaient d'être transférés dans l'équipe. Nous avons tous suivi les balayeurs pour revenir au dortoir. Au bout d'un certain temps, le gardien chef, le capitaine Warren, est venu nous chercher. C'était le gardien que j'avais entrevu au réfectoire, un vieil homme grisonnant, aux épaules voûtées, ses cheveux avaient une couleur d'eau de vaisselle sale et son visage flasque était rougi par l'air froid du dehors. Ses yeux bleus délavés, qui vous observaient derrière des lunettes démodées à monture d'or, avaient une expression de profond mépris. Il chiquait et la salive lui coulait aux coins des lèvres. Il n'avait pas l'air capable de contrôler les muscles de sa bouche.

Il nous a fait venir dans son bureau à l'entrée, près de la porte, et il a mis ses pieds sur la table.

« C'est pas un pique-nique, dit-il. Pas un pique-nique. Faut qu'vous trimbaliez le charbon. Ils en ont besoin pour faire tourner la centrale.

Faut du jus pour la chaise électrique. Oh ! c'est dur ! On s'arrête pas s'il pleut ou s'il neige. Il faut trimbaler tout le temps. Faut pousser pour avoir chaud. Si vous avez trop chaud, vous prenez un coup de froid et vous attrapez une pneumonie. Brr ! Fait pas chaud dehors ce matin. » Il nous a regardés comme si nous étions la plus vile espèce animale. « J'vais vous mettre de corvée de brouette les gars, hé ! hé ! » Il a ri de voir nos têtes. « J'parie que vous recommencerez plus à faire les malins. »

Il nous a envoyés au chef balayeur, B&O, pour prendre des gants. B&O a ouvert une caisse et a distribué à chacun de nous une paire de gants de toile. Ils étaient faits dans de vieilles tenues. La forme d'une main gigantesque avait été découpée dans le tissu. Deux morceaux étaient ensuite cousus ensemble. Ça faisait un gant.

J'allais sortir avec les autres, mais le capitaine Warren m'a arrêté.

« Retourne voir B&O, m'a-t-il ordonné.

– Oui M'sieur. »

B&O était un type décharné à l'ossature puissante, débraillé et défiguré. Ses cheveux gris n'étaient pas peignés et il y avait une tache bleue dans l'un de ses yeux bruns larmoyants. On l'appelait B&O parce qu'il avait été pris dans un train de marchandises de la B&O. Je n'ai jamais rencontré quelqu'un avec un aussi sale caractère. Il lui était impossible de parler correctement. Ça l'a tellement fichu en rogne que le capitaine Warren me désigne comme balayeur qu'il ne m'a pas parlé pendant une heure. Quand je me suis approché, il s'est éloigné. J'ai erré dans le dortoir à la recherche de quelque chose à faire. Le capitaine Warren est entré et m'a demandé pourquoi je ne travaillais pas. Je lui ai répondu que B&O ne m'avait rien dit de faire.

« Tu sais ce que t'as à faire, hein ? Tu sais ce que t'as à faire, dit le capitaine Warren. Personne t'avait dit de braquer ces gens, et pourtant tu l'as fait ; alors tu sais ce que t'as à faire ! »

J'ai cherché une serpillière. Finalement, j'en ai trouvé une dans un seau d'eau. Un autre type est arrivé et m'a dit que c'était la sienne. C'est alors que B&O m'a hurlé de l'autre bout du dortoir :

« Prends ce baril là-bas, et va chercher des copeaux ! »

J'ai trouvé le baril dans un coin. Je l'ai sorti en le roulant sur le sol.

« Et où je les trouve, les copeaux ?

– A la menuiserie, connard, où tu crois qu'y'a des copeaux ? »

Je ne savais pas où elle était. Mais je ne l'ai pas demandé. J'ai ramassé le baril et je suis sorti. Le capitaine Warren m'a vu quand je suis passé près des tas de charbon.

« Prends une brouette, prends une brouette », dit-il. J'ai regardé autour de moi.

« Elles sont dans le hangar là-bas », m'a soufflé un type. Je suis descendu jusqu'au hangar à charbon et j'ai pris une brouette, j'y ai mis le baril et je suis parti. Je ne savais pas où j'allais. J'ai fait le tour de la centrale et je suis arrivé dans une grande cour dégagée qui ressemblait à un terrain de base-ball. J'ai continué.

Plus bas, en arrivant au bout du bâtiment de bois de la blanchisserie, un gardien m'a arrêté.

« Où vas-tu ?

— A la menuiserie pour les copeaux.

— T'es nouveau, hein ?

— Oui M'sieur. »

Il m'a montré le chemin. J'ai descendu des allées couvertes de boue, entre des bâtiments de briques. J'entendais le bruit régulier des métiers à tisser de l'atelier textile, et des centaines d'autres bruits d'activités que je ne pouvais pas identifier. Enfin, après ce qui m'a semblé un bon bout de chemin, je suis arrivé à une baraque de tôle, où des types coupaient et rabotaient des poutres.

Je suis allé voir le gardien et je lui ai dit que j'étais venu chercher des copeaux. Il m'en a montré un tas. Après avoir rempli le baril, je suis reparti dans l'autre sens ; en bas jusqu'au croisement, le long des jardins inondés à côté du réfectoire, puis, passant par-derrière, j'ai ensuite longé la grande serre de verre pour retomber sur le dortoir.

C'était une sacrée prison. Il y avait des détenus qui se baladaient à peu près partout, et les serveurs qui prenaient l'air sur le pas de la porte du réfectoire me dévisagèrent au passage. Ils m'ont regardé et ils m'ont demandé si j'étais pas un nouveau et si je voulais pas qu'ils me trouvent un meilleur boulot pour venir dans leur équipe. J'ai répondu à personne. J'en avais marre de tout ça, parce que je savais très bien ce que cela voulait dire.

Quand je suis arrivé avec les copeaux, je les ai mis dans le coin et suis allé m'asseoir à une table pour jouer au gin rummy avec un autre balayeur, jusqu'au retour de l'équipe, vers onze heures, pour la toilette avant le déjeuner. Après le repas ils avaient une heure pour fumer ou se reposer avant de retourner au tas de charbon jusqu'à quatre heures et demie. Ils revenaient alors pour se laver à nouveau et allaient dîner. Nous avons eu des haricots pâteux, du thé et du pain. Le temps de finir, il faisait déjà nuit. Quand on retournait au dortoir, la journée était finie. Jusqu'à neuf heures, on pouvait faire ce qu'on voulait, à condition que ce ne soit pas interdit ou que le gardien ne vous pince pas. On pouvait jouer aux cartes, lire, faire de la lutte, danser, chanter, écrire, étudier, parler, marcher, pleurer ou crier. On pouvait brailler aussi fort qu'on en avait envie. Personne pouvait nous entendre de toute façon, et même, tout le monde s'en foutait. La seule chose qu'on avait pas le droit de faire, c'était siffler. J'ai jamais su pourquoi on avait pas le droit de siffler. Mais si on était pris, même à siffloter, on se retrouvait au trou.

Aussitôt après le dîner, c'était la distribution du courrier. J'ai eu une lettre de ma mère et un mot de mon père avec un mandat de cent dollars. Deacon Smith, le planton noir, m'a apporté le mandat à signer. Plus tard, j'ai appris que Deacon était secrétaire du catéchisme et l'assistant de l'aumônier protestant. Quand celui-ci était absent, c'était lui qui s'occupait des offices du dimanche.

Je n'avais pas le droit de garder l'argent mais il serait mis sur mon compte au bureau à l'entrée. Deacon était à peine parti que tout le monde dans le dortoir savait que j'avais cent dollars sur mon compte. J'ai eu tout à coup plus d'amis que je n'en demandais. Ils voulaient faire quelques pas avec moi, ou me donner du Bull Durham. Mais ce qu'ils voulaient surtout, c'était me dire ce que je pouvais acheter le lendemain, qui était le jour des commandes.

Avec tout le fric que j'avais vu à l'extérieur, dans les tripots où j'étais allé l'année précédente, cent dollars ne représentaient pas un gros paquet pour moi. Mais les types dans ce dortoir étaient fauchés et ils croyaient tenir un pigeon.

Tout le monde s'était mis à m'appeler Jim. D'un seul coup, ils savaient tout sur moi, tout sur ma condamnation, et que j'étais allé à l'université et que j'étais diplômé, il y en a un qui a dit que j'étais médecin, un autre avocat, il y en a même un autre encore qui m'a demandé : « T'étais pas pilote de chasse ? » Ils avaient des tas de choses à me vendre et des tas d'autres à me donner. Tout ce que je voulais, c'était jouer aux cartes. J'aurais pu avoir un crédit dans n'importe quel jeu de poker. Mais je ne le savais pas.

Quand Mal est arrivé et qu'il m'a demandé de l'accompagner à son pieu, j'y suis allé, parce que je n'avais rien d'autre à faire. Il était tiré à quatre épingles. Il s'était lavé et avait fait son ménage après dîner ; c'est donc qu'il avait sa propre réserve d'eau quelque part car elle était coupée aux bacs. Je marchais derrière lui et j'ai remarqué qu'il était plus grand que moi. Il devait faire environ un mètre soixante-quinze, un mètre quatre-vingts peut-être. Il avait les hanches aussi larges que les épaules. Ça fait drôle chez un homme, surtout s'il n'est pas costaud.

Il était très agréable et très sympathique. Il souriait tout le temps quand il parlait, comme si quelque chose l'amusait. Quand il souriait, le côté dur qu'avait son visage au repos disparaissait, et il devenait presque enfantin.

J'aimais bien son coin. C'était ouvert. Il était contre le mur et pourtant il y avait une lampe au-dessus qui donnait un peu de gaieté. Il n'y avait pas de rideau pour le fermer comme le faisait Jeep, il n'y avait pas ici cette obscurité, ce secret et cette suggestivité des couchettes du coin où dormaient Jeep et Mike. J'aimais cet endroit parce que c'était ouvert. Je n'avais rien à cacher.

Mal s'est assis à côté de moi, les jambes croisées en s'adossant, la tête contre le montant du grabat pour être en face de moi. J'avais le dos tourné vers l'allée, les pieds sur sa caisse, les coudes appuyés sur son lit.

« Tu touches une pension d'invalidité ? », demanda-t-il.

Il essayait d'en apprendre plus long sur moi, il savait très bien que je n'avais pas fait l'armée.

« Non, une indemnité fédérale du secrétariat à l'industrie, dis-je.

— Tu veux dire pour une blessure ?

— Oui, j'me suis cassé le dos y a environ trois ans, avant d'entrer au collège.

— Cassé le dos ! Nom de Dieu !, s'est-il exclamé. Et comment tu t'en tires ?

— Oh c'est tout à fait guéri maintenant, enfin presque.

— Ben merde, on s'en serait pas douté !

— On se serait pas douté non plus que tu étais au quartier des condamnés à mort, du moins pas en te regardant.

— Non, je suppose que tu as raison. Comment c'est arrivé ?

— Je travaillais dans une aciérie de Gary. Je venais juste de sortir de l'école. J'étais sur un pont de levage et je suis tombé sur une pile de tôles.

— Nom de Dieu ! C'est un miracle que t'y sois pas resté.

— J'ai bien failli. Je me suis cassé le bras, la mâchoire et trois vertèbres. Je suis resté quatre mois à l'hôpital. » Je lui ai montré la cicatrice où l'os avait perforé le bras.

« Nom de Dieu, dit-il. Et ça te fait plus mal ?

— Pas souvent. C'est surtout quand j'ai froid. Bien entendu, je fais celui qui a encore mal pour toucher l'indemnité.

— Tu touches combien ?

— Vingt-sept dollars par semaine. C'est pour une invalidité totale. J'y ai droit pendant cinq cents semaines à condition de porter un corset. » Après une pause, j'ajoutai : « Je n'ai dit ça à personne d'autre. Je ne sais pas ce qu'ils feraient s'ils découvraient que je suis en taule. Ils pourraient me la retirer.

— Si tu l'avais dit au sous-directeur, t'aurais pu avoir un boulot peinard, dit-il. T'aurais pu être mis dans l'équipe des infirmes.

— Ça m'est égal d'être ici, dis-je. Je veux pas prendre de risques. »

Tout à coup, il s'est penché vers moi pour m'ébouriffer les cheveux.

« Y'a pas à dire, Jim, t'es un sacré roublard. »

Je me suis reculé.

« Non mais ! Qu'est-ce qui te prend ? »

Il a ri.

« Tu ferais pas cette tête si c'était une fille qui te faisait ça. »

Je n'ai pas pu m'empêcher de rire à mon tour.

« Je m'demande à quoi ressemble une fille.

— Ben merde, ça fait que dix jours que t'es là, me dis pas que t'as oublié aussi vite.

— On dirait que ça fait des siècles. » dis-je.

Il m'a souri, les yeux à demi fermés. Il avait deux dents en or, sur le devant, exactement au même endroit que les miennes.

« On se ressemble assez pour être jumeaux, dit-il. Seulement toi, t'as des fossettes et tes cheveux sont un peu plus foncés que les miens, et puis ta peau est plus douce. Nom de Dieu. que ta peau est belle !

— Et puis quoi encore ? dis-je en rougissant.

— La mienne aussi était douce, mais cette eau et ce savon l'ont rendue rugueuse. » Il a ramassé ma casquette que j'avais posée sur le lit. « Tu ferais mieux de t'en avoir une comme la mienne. Ces machines-là déteignent et ça vous rend chauve.

— Ah ? »

Il m'a montré la sienne. Elle avait une très grande visière et elle était doublée de tissu noir ; c'était doux.

« Qu'est-ce qui lui garde sa forme ? demandai-je.

— Y a du crin dans la doublure.

— On a le droit d'en avoir ?

— Non, ils les piquent s'ils les remarquent ; certains gardiens du moins. Les autres s'en balancent.

— J'ferais mieux d'en avoir une ; ça coûte combien ?

— Un dollar cinquante, je t'en aurai une.

— J'te donnerai le fric.

— Bah, t'occupe. J'l'aurai pour rien.

— T'as aussi un autre pantalon, on dirait ?

— Oui, ils te laissent en avoir un autre, si t'es dans certaines équipes, mais dans d'autres ils les piquent.

— On te les donne ?

— Penses-tu ! faut que tu l'achètes toi-même. Seulement ils te le laissent quand t'es dans une équipe où le boulot est sale comme ici. On se les fait faire chez le tailleur. »

Le vendeur est arrivé avec les journaux.

« Tu veux t'abonner au journal ? demanda Mal.

— Comment on fait ?

— Viens, j'vais te montrer ; Mac, eh Mac, Mac ! », appela-t-il.

Nous sommes retournés dans l'allée centrale. Le marchand de journaux est venu vers nous, il était petit, avec une tête de chouette. Il devait avoir dans les cinquante ans et tirait une perpétuité. Ça faisait vingt-trois ans qu'il était là.

« V'là Jim qui voudrait s'abonner au « News ».

— Combien de temps ?

— Oh, j'sais pas, disons un mois. Et puis je voudrais aussi un canard du dimanche et un du matin. »

Il a écrit les titres des journaux sur un bon de caisse, a marqué la somme, deux dollars soixante cinq, et il me l'a donné pour que je le signe.

J'ai écrit mon nom et mon matricule : James Monroe - 109130

« J'peux en avoir un tout de suite ?

— T'as ton reçu ? demanda Mac

— Quel reçu ?

— Il parle du reçu de caisse pour le mandat que t'as signé

aujourd'hui », expliqua Mal. Il s'est tourné vers Mac, « Il n'a pas encore son reçu, mais il a le fric. Il a signé un mandat de cent dollars. J'm'en porte garant. » Le vendeur de journaux a regardé Mal. « Si tu me crois pas, t'as qu'à demander au caissier.

— Laisse tomber » dis-je.

Mal lui arracha brusquement un journal des mains et me le donna. Je l'ai pris, et nous sommes retournés à son grabat. Nous sommes passés près des joueurs de poker. Le jeu était animé, et avait l'air d'être bien lancé. Croyez-moi, c'était drôlement bien parti. Mais je ne me suis pas arrêté pour le regarder.

« Qu'est-ce qu'y faut pas sortir comme baratin pour une saloperie de canard à trois sous ! dis-je.

— Y a tellement de nouveaux qui les ont possédés !

— Ah, c'est pour ça ?. » Quand on s'est rassis, j'ai dit : « Mon vieux, si tu savais à quel point j'ai envie de taper le carton ! »

Mal a froncé les sourcils.

« Si j'étais à ta place je ne m'en mêlerais pas, Jimmy. Le chef de nuit vient de temps en temps, et s'il les pique à jouer aux cartes, il les foutra tous au trou.

— Ah bon ? » je m'en fichais complètement.

On a lu le journal et discuté des nouvelles. A la page des sports, on parlait encore de ce match au Rose Bowl, avec quelques mots aussi sur l'équipe fédérale de basket-ball. Il y avait un éditorial sur l'élection du gouverneur. J'ai remarqué que les gouverneurs intéressaient beaucoup les détenus, ils lisaient tous les articles là-dessus.

D'autres types nous ont rejoints et nous ont emprunté le journal quand on l'a eu fini. Ils sont restés et se sont mêlés à la conversation. Ils ont parlé du directeur, du gouverneur qui serait élu, de celui qui serait battu et de la commission de libération conditionnelle. Et puis que tout le monde était des fils de putes, le directeur une ordure, les types de la commission des saloperies de mouchards à la con, tous les gouverneurs des pourris, et tous ceux qui l'avaient été avant aussi, toujours avec leur foutue main tendue.

Ils m'ont dit que j'étais un veinard d'avoir été désigné comme balayeur, et ils m'ont demandé si c'était vrai que mon zinc avait été descendu au-dessus de l'Allemagne, j'ai dit que c'était tout ce qu'il y a de plus vrai. Ils m'ont trouvé bien jeune. Je leur ai dit que j'avais vingt-cinq ans. Ils ne l'ont pas cru. Ils m'ont demandé aussi combien j'avais raflé. J'ai répondu cinquante mille, plus dix huit mille en bijoux. Ils n'ont pas cru ça non plus. Ils ont voulu savoir comment je m'étais fait pincer, après avoir réussi à passer à Chicago. Je leur ai dit que les flics m'avaient repéré à cause d'un mandat d'arrêt que la police de Lake City avait lancé. Ils m'ont dit que c'était moche. Là, j'ai répondu que c'était même salement dégueulasse.

Le type qui vendait les magazines est passé avec un présentoir métallique attaché aux épaules et qui lui pendait sur le ventre. J'ai acheté tout ce qu'il avait, sauf les illustrés. Il n'avait pratiquement que ça mais je n'en voulais pas. On a feuilleté les revues, et on a encore bavardé.

« Chaque fois que j'te vois écrire ton matricule ça me fout le cafard dit Mal.

— Comment ça ?

— C'est dingue le nombre de types qui sont entrés depuis que je suis là. Toute une ville.

— C'est quoi ton matricule ?

— 99830... Attends voir... » Il sortit du papier et un crayon pour faire des calculs. « Neuf mille trois cents types sont venus entre toi et moi et je parie qu'il y en a eu cent de plus depuis que tu es là. Ça fait du monde.

— Ça fait combien de temps que t'es ici ?

— Un peu plus de cinq ans.

— T'es un ancien, dis-je pour plaisanter.

— Pas encore, dit-il. T'es pas un ancien tant que t'as pas vidé ta dernière assiette.

— Ah bon !

— Je me demande combien sont sortis de ces neuf mille types, dit-il.

— Combien, d'après toi ?

— Oh ! et puis merde, j'en sais rien, parlons pas de ça. »

Il m'a appris à remplir les bons de commande de tabac sur un vieux qui lui restait, les autres seraient distribués le lendemain. On avait droit à un dollar et soixante-quinze cents d'achats à l'intendance. Les commandes partaient le vendredi et la marchandise arrivait le samedi de la semaine d'après, huit jours plus tard.

« Prends-moi une brosse à dents, tu veux bien Jimmy ?

— D'accord.

— J'te la paierai.

— Bah, t'en fais pas. »

J'ai fait une liste de ce que je voulais : deux brosses à dents, un tube de dentifrice, six boîtes d'allumettes et cinq paquets de Bull Durham.

« Prends aussi deux paquets de papier à cigarettes à cinq cents avec ça » dit-il.

Puis il m'a parlé des commandes « extérieures » qui arrivaient le jeudi. Je pouvais demander des chaussures, des chaussettes, des sous-vêtements et des mouchoirs. J'aurais voulu un pull-over mais il m'a répondu que c'était pas possible. Il m'a demandé de lui commander des chaussettes et des sous-vêtements et j'ai dit que je m'arrangerais pour lui en avoir, alors il m'a promis de me dénicher une casquette et un pantalon. J'aurais aussi voulu avoir des gants, mais d'après lui, je pouvais les avoir pour moins cher en les rachetant aux types qui se faisaient plumer au poker.

« Jimmy, mon vieux, t'as une jolie petite gueule, tu sais ! T'es une jolie petite gueule de plus.

– Ah ? » Je sentais le rouge me monter aux oreilles.

« Si on disait qu'on est cousins ? dit-il.

– Ça m'est égal, mais tout le monde saura bien que c'est pas vrai. » Je l'aimais bien.

« Pas du tout, y a rien qui peut leur faire dire ça, on a qu'à leur dire qu'on est cousins du côté de nos mères, qu'elles étaient sœurs.

– Pour moi, ça va.

– Cousin Jimmy, ça sonne bien, hein ?

– Cousin Mal. » J'ai souri. Il était enchanté.

« On est cousins alors ? je voudrais que tu sois mon cousin pour de vrai, tu sais. Pour moi, c'est comme si tu l'étais vraiment.

– Oh, va te faire foutre ! » mais je l'aimais bien quand même.

« Tout le monde nous a vus ensemble depuis que t'es arrivé dans l'équipe hier. Ils vont penser qu'on se connaissait avant, de toute façon c'est ce que j'ai dit au général. Je lui ai dit que tu étais mon cousin quand il m'a appelé la nuit dernière.

– Eh bien, nous voilà deux vieux cousins dans la Grande Baraque », dis-je.

Il était tout excité. Ça se voyait sur son visage et dans son regard. Ses yeux bleus, très clairs, étaient maintenant brillants d'excitation.

« On devrait s'entailler le bras et mélanger nos sangs, comme ça on serait vraiment des cousins par le sang.

– Et puis quoi encore ? On n'a pas besoin de ça !

– Comme tu veux. » Il a ajouté : « Tes yeux sont de la même couleur que les miens. »

C'était un bon camarade et il était très gentil. Cette nuit-là, quand les lumières s'éteignirent, il m'a apporté une vraie cigarette et m'a dit : « Bonne nuit, cousin. » On était potes.

III

Le lendemain matin il faisait gris, comme la veille. La neige ne tombait plus mais le sol en était couvert. Elle s'était ramollie et était devenue fangeuse. Les brouettes la transformèrent en une boue épaisse. C'était tuant de pousser ces foutus bahuts.

Il ne nous a pas fallu attendre longtemps pour avoir un peu d'animation. Le vieux Warren, qui d'habitude restait à l'intérieur à chauffer sa chaise, avait pris son service dehors. Le capitaine Roe, qui était le plus jeune des deux, souffrait d'une entorse, et s'était installé dedans.

Vers neuf heures et demie j'ai vu le capitaine Warren revenir au dortoir en courant. Il est allé chercher le capitaine Roe dans le poste et est reparti au pas de course avec l'autre qui le suivait en clopinant. Warren était blessé au-dessus de l'œil gauche, ses lunettes avaient disparu et du sang lui coulait sur le côté gauche du visage. Il tenait son pistolet à la main et Roe dégaina aussi le sien en sortant.

Notre petit groupe de balayeurs s'est précipité pour voir ce qui se passait. Tout le monde s'était arrêté de travailler et se regroupait çà et là en bavardant et en gesticulant. Mal m'a aperçu et est venu me rejoindre.

« Johnson a foutu le vieux Gueule-en-coin sur le cul.

– Mince, qui c'est Johnson ?

– Tu sais, le nouveau qui était au 5-11 avec toi. Il avait été transféré ici le même jour que toi. Il a une cicatrice d'un côté de la figure et il raconte à tout le monde qu'il était parachutiste.

– Mince alors, mince, et il l'a cogné ? » J'étais excité à mon tour.

« L'a foutu sur le cul.

– Qu'est-ce que le vieux Warren a fait ?

– Rien du tout, il avait sa capote par-dessus son uniforme et pouvait pas dégainer. Il s'est relevé et a commencé à se déboutonner pour sortir son feu quand Johnson l'a cogné à nouveau. Il lui a tapé dans la gueule. Sur le coin de l'œil d'abord et puis il lui a foutu ses lunettes en l'air. Il les a salement bousillées. Même que si le vieux Gueule-en-coin avait pu sortir son feu, il y aurait pas vu assez pour le descendre.

— Et alors, qu'est-ce qu'il a fait ? »

Mal a fait claquer ses lèvres comme s'il se régalait.

« Johnson s'est enfui le long du réfectoire. Je pense qu'il est allé au bureau du sous-directeur. Quelqu'un lui a dit de se tailler chez le vieux Jumpy Stone qui les empêcherait de le descendre.

— C'est à ce moment-là que le vieux est revenu, dis-je. Je l'ai vu quand il est arrivé en courant. Il est reparti avec Roe.

— Dommage que Roe n'ait pas été là pour se retrouver sur le cul lui aussi, dit Mal. Viens, je vais te montrer où ça s'est passé. »

Je l'ai suivi vers le bas de la voie ferrée et j'ai vu l'endroit où Warren était tombé dans la neige.

« Il l'a vraiment foutu sur le cul, alors ? »

Tout le monde était excité, ils parlaient et riaient comme s'ils étaient au stade et qu'un joueur de leur équipe venait de marquer. C'était marrant de voir un gardien se faire cogner. Ça donnait un sujet de conversation.

« Oh, mon pote, si t'avais vu le vieux Gueule-en-coin essayer de défourailler son pétard, dit l'un d'eux en jubilant.

— Cette vieille ganache a toujours deux pétards sur lui, mec, et ben, y pouvait sortir ni l'un ni l'autre.

— Si t'avais vu sa tête, on aurait dit un bol de nouilles chinoises.

— Pour moi, ça ressemblait plutôt au cul d'un ours.

— Qu'est-ce qu'ils vont faire de Johnson ?, ai-je demandé à Mal.

— Ils vont sûrement l'emmener au trou et le tabasser.

— Tu crois qu'ils le descendront ?

— Je sais pas, mais il souhaitera sûrement qu'ils l'aient fait avant qu'ils en aient fini avec lui. Mais si Jumpy Stone est là, il les en empêchera.

— Et comment ça a commencé ?

— C'était dur à pousser, et les pelleteurs en ont trop mis sur sa brouette. Il en a foutu une partie en l'air deux ou trois fois et l'vieux Gueule-en-coin l'a vu, alors il lui a foncé dessus et lui a dit de prendre une pelle et de remettre ça dedans. Il a continué, alors Gueule-en-coin lui a couru après, l'a chopé et l'a giflé. J'me demande bien pourquoi il a fait ça. »

Je suis revenu à l'intérieur. Tout le monde s'était arrêté de travailler et, un peu après, ils sont tous rentrés par petits groupes. Mais ils n'étaient toujours pas calmés et n'arrêtaient pas de parler de ça en se demandant ce qui allait arriver à Johnson.

Plus tard, le vieux Warren et Roe sont revenus. Warren avait un pansement sur le côté du front et il était barbouillé de teinture d'iode. Il était à cran et cherchait la bagarre. Son étui était maintenant bouclé par-dessus sa capote et on pouvait voir la crosse en nacre de son arme qui dépassait.

« Et j'en ai encore un autre ! J'en ai un autre ! », dit-il en suivant nos regards.

Un type au fond du dortoir a gueulé :

« Et alors, t'les avais tout à l'heure, pas vrai ? »

Warren est devenu livide.

« Ouais, ouais, et tu seras le premier que j'aurai. » Sa voix aiguë était déjà désagréable, mais maintenant elle était rauque et mauvaise. « Allez, allez, tout le monde dehors et au boulot ! » Il voulait leur en faire baver. « Ça vous fait rigoler, hein ? Ça vous fait rigoler ? Allez plutôt voir ce que j'lui ai fait, allez le voir avant de vous marrer. »

Les types devenaient sombres. Il a foncé sur deux d'entre eux et les a envoyés valser, puis il en a giflé deux autres qu'il avait trouvés assis sur leurs grabats. Après ça, il est revenu près de la porte et s'est mis à leur cingler les jambes avec la lanière de sa matraque quand ils passaient devant lui. Roe se tenait en arrière et semblait sur ses gardes. Ça me rendait dingue de voir ça.

Les gardiens portaient des uniformes bleus avec des boutons de cuivre et des casquettes réglementaires. Le vieux Warren valait le coup d'œil avec son uniforme usé qui pendait sur son corps décrépit, ses cheveux gris qui sortaient de dessous sa casquette, son visage rougi par la teinture d'iode et son gros pansement sur l'œil, en train d'en faire baver aux types. Des types jeunes et forts. Des types qui auraient pu le casser en deux. Ça avait quelque chose de dégoûtant et de révoltant.

Deux sergents sont venus et sont restés là quelque temps. Un grand costaud nommé Fletcher et un gros aux joues rouges avec les pieds plats. Le gros, on l'appelait Donald, à cause de ses pieds. Quand il marchait, il les posait devant lui avec précaution, ne faisant jamais un pas au hasard tant que c'était possible.

Quand nous sommes allés déjeuner ce jour-là, le sergent Cody était dans le réfectoire. On disait de Fletcher qu'il était vicelard, on disait même qu'un jour il avait abattu un détenu dans sa cellule, de l'extérieur. Il avait les yeux qui clignaient et tout son visage se crispait et sautait à cause d'une sorte de tic nerveux. Mais c'est de Cody qu'ils avaient peur. Cody était un type calme. Il ne disait pratiquement jamais rien et c'était rare quand il se pressait. Il ne répétait jamais un ordre. Et si par hasard on le voyait courir, c'est qu'un prisonnier allait mourir ; du moins, c'est ce qu'on disait. C'était l'homme le plus redouté de la prison. Un grand type osseux au teint terreux avec un visage dur comme du granit et des lèvres si fines qu'on les voyait à peine.

Avec Cody en faction près de la porte, on aurait pu entendre voler une mouche dans le réfectoire. Il était détendu et immobile. Il portait un long imperméable noir, posé sur ses épaules comme une cape, et ses mains n'étaient pas visibles. Il avait baissé sa casquette très bas sur ses yeux rusés. Au-dessus de lui pendait un écriteau comme il y en avait partout dans le réfectoire : *Mangez lentement. Mâchez votre nourriture.* Il avait l'air sombre d'un chien en laisse.

C'est seulement l'après-midi, quand nous sommes allés chez le coiffeur, en deux longues files grises de détenus qui avançaient dans la lumière grise du jour, sous un ciel bas, que nous avons appris toute la vérité sur ce qui était arrivé à Johnson. Le salon de coiffure était au-dessus du mitard. C'était une longue pièce rectangulaire avec, tout le long des murs, des sièges de bois à dossier droit qui étaient fabriqués ici. Au centre, il y avait les bancs où nous nous asseyions dos à dos, attendant notre tour pour un rasage de deux minutes et une coupe de cinq. Avant de nous faire couper les cheveux, nous devions obtenir une autorisation signée du gardien. Personne ne s'est fait couper les cheveux ce jour-là.

Nous étions passés entre le réfectoire et la ferblanterie pour tourner ensuite vers l'ouest, puis, vers le sud le long de l'infirmerie, un antique bâtiment à pignons, pour arriver un peu plus bas devant le bureau du sous-directeur et le mitard qui se trouvait à côté. Nous avons dû alors attendre dehors, dans le froid, qu'une équipe sorte du salon de coiffure et nous laisse la place. On avait la figure tellement gercée et raidie par le froid que, quand le barbier nous a savonnés à l'eau chaude, notre peau s'est crevassée comme une tomate ébouillantée.

Kish, le gros planton grec qui s'occupait du trou, est sorti à ce moment-là et nous a dit que Warren et deux autres gardiens avaient cassé un bras à Johnson et lui avaient fendu le crâne avant de le coller au trou. D'après lui, il allait y rester un bon bout de temps. Il avait l'air très content.

Nous étions en rangs serrés dans le froid et j'apercevais de l'autre côté de la cour la grande bâtisse de briques rouges de la chapelle qui avait été construite récemment et une partie du bâtiment cellulaire ouest où j'avais été enfermé, au 5-11. Je voyais aussi le bloc central avec ses quatre rangées de fenêtres garnies de barreaux, surmontées, juste sous l'avancée du toit d'ardoises en pente, d'une bande de pierres polies de un mètre cinquante de large, pour que les prisonniers ne puissent pas y grimper. Et au milieu, les portes principales de la prison, derrière lesquelles se trouvait la liberté, et par où entraient plus d'hommes qu'il n'en sortait.

La cour était quadrillée d'allées de briques sur lesquelles des hommes gris s'avançaient dans la grisaille des jours. Ils allaient au réfectoire, à la douche, au salon de coiffure, au trou, à l'infirmerie, aux ateliers, aux chapelles, qu'elles soient protestante ou catholique, juive ou scientiste, et aussi à la chaise électrique. Devant la chapelle protestante, il y avait un petit bassin vide où l'orchestre s'installait quand il faisait beau pour jouer des marches militaires pendant que les détenus défilaient pour aller manger. On m'a dit aussi qu'en été on y mettait des alligators mais je n'ai pas voulu le croire.

A une certaine distance de l'endroit où nous étions, de l'autre côté de la cour, se trouvait un bâtiment carré de pierres grises qui abritait l'école, au rez-de-chaussée, et la chapelle catholique au premier. Derrière, il y avait un mur de briques qui faisait un coude et disparaissait près du bloc central pour aboutir au bâtiment où avaient lieu les exécutions.

Il y avait une pile de poutres, de ferraille, de brouettes et de gravats devant le bloc ouest. C'était resté là depuis la construction du nouveau quartier cellulaire 7 & 8.

En grimpant l'escalier extérieur qui mène au salon de coiffure, j'ai aperçu derrière l'école un bout du bâtiment préfabriqué sans étage, plat et tout en longueur. C'était un dortoir. Nous étions quatre mille détenus dans une prison qui n'avait été prévue que pour mille huit cents.

Mes pattes n'étaient pas très fournies et j'avais décidé de ne me raser qu'une fois par semaine. Mais quand ça a été mon tour, j'ai préféré ne rien dire au capitaine Warren. J'y suis allé et je me suis installé sur la chaise. Après le rasage, j'avais le visage à vif et brûlant. Quand Mal est redescendu de sa chaise, il s'est approché et s'est fait une place à côté de moi sur le banc. Il m'a donné de l'après-rasage mais ça brûlait encore plus que le rasoir et ça sentait le menthol et l'alcool.

« Qu'est-ce que le coiffeur te racontait ? demanda-t-il.

— Rien, il plaisantait.

— Qu'est-ce qu'il a dit ?

— Il a dit que mes pattes lui faisaient penser à un match de base-ball ! dis-je en rougissant.

— Ah oui, parce que tu n'as pas plus de poils de chaque côté que de joueurs dans chaque équipe. » La plaisanterie était vieille.

Quand nous sommes revenus au dortoir, les types étaient mornes et agressifs. Le vieux Warren était content. Il continuait de leur en faire baver.

« Vous avez vu c'que Johnson a récolté ? Maintenant vous savez c'qui vous attend si vous frappez un gardien. »

Il vit deux types qui chahutaient ensemble. Il s'est précipité sur eux, les a séparés brusquement, en a giflé un et a frappé l'autre sur le bras avec sa matraque. Les types étaient lugubres. Warren fit cesser toutes les parties de cartes. Nous sommes restés assis à faire la gueule jusqu'à ce qu'il s'en aille, après le dîner.

Seulement, cette nuit-là, les parties sont allées bon train. Les commandes de tabac étaient arrivées à midi et on nous les avait distribuées après nous avoir fait signer les factures jaunes. Je me suis entendu avec l'un des croupiers, un Suédois nommé Ole, pour avoir des allumettes, deux morceaux de savon et une cartouche de cigarettes en échange d'un abonnement d'un mois à *la Gazette* et de quelques magazines de cow-boys. J'aurais pu m'en servir pour jouer. Il n'y avait pas beaucoup d'argent liquide au dortoir et les marchandises étaient acceptées au prix de l'intendance. Mais j'ai préféré ne pas le faire, d'autant plus que Mal m'avait mis en garde.

Mal a sorti un jeu de dames et nous avons joué jusqu'à l'heure du coucher. J'ai gagné cinquante-deux parties sur quatre-vingt-une, mais je crois qu'il me laissait gagner. Il a fait quelques bons coups, une ou deux fois, mais il a fini par perdre cinquante-deux à vingt-neuf.

Le lendemain était un dimanche. Nous avons enfilé nos chemises en jean bleu et mis nos cravates blanches. Ma chemise était tellement grande que le col pendait sur ma poitrine. Après avoir déjeuné de gâteaux secs, de beurre de cacahuète et de café, nous nous sommes alignés pour aller à la messe.

Les catholiques et les scientistes y sont allés les premiers. Il y avait environ vingt catholiques et deux scientistes dans notre équipe. Nous n'avions pas de juifs. Après leur départ, les protestants se sont mis en rang et sont partis vers leur chapelle. Tous ceux qui n'appartenaient pas à l'une des trois autres religions étaient protestants. La messe était obligatoire.

Je n'étais pas forcé d'y aller, les balayeurs en étaient dispensés, mais je voulais éviter la corvée. Dans les rangs, Mal était d'habitude séparé de moi par plusieurs types. Mais comme c'était dimanche, il s'est laissé dépasser pour se retrouver devant moi, comme ça au moins, on serait l'un à côté de l'autre à l'église.

La cour était pleine de longues colonnes grises de détenus. Toutes les allées étaient occupées. Les hommes étaient tous dehors. C'était difficile de croire que la prison puisse contenir autant de gens. Même les *spéciaux* sont venus de leur dortoir ; avec leur costume bleu impeccable et leur chemise blanche on aurait dit des civils, ils ont pris les places de devant qui leur étaient réservées. Les *spéciaux* étaient de grosses légumes. C'était quelque chose d'être un *spécial*, et de porter un costume de serge bleu, une chemise blanche et d'avoir l'air important.

Nous sommes entrés dans la chapelle par-derrière. Elle était construite comme un théâtre, avec les sièges en gradins qui montaient jusqu'au plafond. Il y avait une grande scène avec des coulisses et des rideaux, comme dans un vrai théâtre. Le sous-directeur était sur une chaise à l'extrême gauche de la scène. Il avait le crâne aussi lisse qu'un œuf, avec de grosses taches sombres, un nez écrasé et une tête de dogue. C'était un type costaud. Il avait eu une maladie nerveuse et son corps était agité de soubresauts. On l'appelait Jumpy Stone, la Sauterelle, parce que les jours où ça le prenait, ça valait vraiment le coup d'œil. Ses yeux bleus, sous des sourcils broussailleux, et grossis par des lunettes soigneusement nettoyées, étaient clairs et perçants. De sa chaise, il nous regardait entrer avec une expression sardonique.

La chaire était au centre de la scène. Derrière, il y avait trois lourdes chaises de chêne à rembourrage de cuir. L'aumônier était assis à gauche. Il portait un costume sur mesure noir et ses chaussures étincelaient tellement elles étaient cirées. Il avait un visage un peu étroit mais bien formé et ses traits étaient réguliers. Il portait la raie sur le côté. Il avait l'air soigné et net. Son nom était Preston Douglas Perry.

Le pasteur invité ce jour-là était assis au centre. Il s'appelait Glisser. Il y avait quelque chose d'anémique et de fanatique dans son attitude.

Deacon Smith, le détenu noir qui avait apporté mon mandat, était assis à droite.

Derrière eux, sur un côté, avait pris place l'orchestre de la prison. Ils portaient leurs tenues grises mais avaient des chemises blanches et des nœuds papillon noirs. Ils avaient l'air emprunté, propres, rasés de près. De l'autre côté de la scène il y avait deux rangées de chaises. Elles étaient occupées par des visiteurs, hommes et femmes de la paroisse du Révérend Glisser en ville.

Les détenus, l'aumônier et le sous-directeur mis à part, tout le monde avait l'air très religieux. Deacon Smith, lui, ressemblait à un petit saint.

C'est Deacon Smith qui a ouvert la cérémonie avec une prière. Il avait une belle voix profonde et sa manière de parler était cultivée. Après ça, il y eut des hymnes. Mais peu de détenus s'y sont joints. L'aumônier Perry s'est levé et a présenté le Révérend Glisser. Les types le connaissaient parce qu'il était déjà venu auparavant. Il fut accueilli par quelques sifflets dans l'assistance.

Le Révérend Glisser se tenait très mal en chaire. Il paraissait vindicatif et un tant soit peu hystérique. On avait l'impression qu'il haïssait les prisonniers. Pendant son sermon, il dit que c'était une bonne chose que nous soyons là. Je crois qu'il voulait dire que c'était une bonne chose pour nous d'être à l'église, et non pas en prison. Mais c'est cette dernière interprétation que les détenus ont retenue. Ils se mirent à le huer si fort que le sous-directeur dut finalement se lever et agiter les mains pour rétablir le silence. Ils le respectaient et se calmèrent. Le Révérend Glisser continua de dénoncer le péché. Pour dérider l'assistance, il se lança dans une plaisanterie sur un vieux négro qui mangeait son porridge avec ses doigts. Les détenus noirs se sont mis à le huer à leur tour et ni le sous-directeur ni personne d'autre ne put les arrêter. Ils ont gueulé jusqu'à ce que le Révérend Glisser soit obligé de s'asseoir. Il était rouge de colère. Il haletait et avait l'air diaboliquement faux et malveillant.

L'aumônier s'est levé, et de sa voix enjouée, ressemblant tout à fait à un escroc, a prié pour les âmes des détenus. Il parlait comme un politicien véreux à un rassemblement électoral. Ayant achevé sa prière, il est allé dans les coulisses pour enfiler une combinaison de caoutchouc, et est revenu pour baptiser une quinzaine de types qui s'étaient convertis le dimanche précédent.

Le bassin était sous la travée centrale, devant la scène. Une fois qu'on a eu enlevé une partie du plancher, les convertis se sont alignés avant de s'avancer un par un, pour être plongés dans l'eau par l'aumônier et son assistant. L'aumônier débitait des *Au nom du Père, du Fils et du Saint-Esprit* comme un perroquet.

Mal m'a raconté que l'un des convertis avait été amené du trou où il purgeait une peine pour perversion sexuelle. La cérémonie paraissait amuser le sous-directeur. Il a éclaté de rire à une ou deux occasions. On s'amusait tous beaucoup. Les types ressortaient de l'eau transis et grelottants, leur tenue trempée collée sur leur corps maigre. Je me demandais combien d'entre eux seraient à l'infirmerie le lendemain.

Quand tout fut fini, l'orchestre s'est mis à jouer du jazz. Le sous-directeur s'est levé et nous a fait signe de nous en aller. Nous sommes sortis en riant et en bavardant. Ça sentait moins mauvais dehors et j'en profitais pour me purger le nez de ces relents de taulards puants.

Pour le déjeuner du dimanche nous avons eu du rôti de porc, des pommes de terre, des pois chiches trop cuits et de la compote de pommes. Il y avait un morceau de pain d'épice humide à côté de notre assiette pour manger tout de suite ou à emporter pour le soir. On ne revenait plus au réfectoire le dimanche. En sortant, on nous a donné deux tranches de pain et une portion de fromage que des types prenaient dans des bassines placées de chaque côté de la porte. Chacune des bassines avait son serveur et les gardiens veillaient à ce que personne n'en ait plus que son compte. Le sandwich au fromage et le pain d'épice étaient tout notre repas du soir.

Je suis allé m'asseoir et j'ai bavardé avec Mal en lisant le journal du dimanche. On a joué un peu aux dames mais il a gagné facilement. Ensuite j'ai regardé les autres jouer au poker jusqu'à ce que j'en aie assez de me retenir de parier. Alors je suis allé m'étendre sur mon grabat pour faire un somme.

Mal m'a réveillé quand on a apporté le café. J'ai attrapé mon quart et j'ai rejoint la queue qui s'était formée. Deux serveurs du réfectoire avaient apporté deux bidons de vingt litres remplis d'un café clair. On défilait devant eux et ils nous remplissaient le quart à moitié. J'avais oublié de rincer le mien et le café avait un goût de savon. Mal m'a donné un peu du sien mais il n'était pas meilleur. Il m'a dit qu'il y avait mis du sucre mais je n'ai pas fait la différence. D'habitude, il y mettait des comprimés de saccharine, qu'il achetait à l'infirmerie, mais il n'en avait plus. Je lui ai répondu que ce n'était pas grave, de toute façon, je n'aimais pas le café.

« Ah oui, c'est vrai, tu bois encore du lait », dit-il.

Je lui ai raconté le coup où j'avais emporté une bouteille de lait dans une boîte de nuit. Il m'a parlé de sa femme et m'a montré sa photographie. C'était une jolie fille. Alors je me suis mis à raconter mes grandes aventures, inventées pour la plupart, mais avec un peu de vrai quand même. Mais je n'ai pas parlé de Margot ou de Joan. Celles-là étaient trop bien pour qu'on en parle.

« T'étais un sacré mec, Jimmy », me dit-il pour me flatter. J'aimais ça. Nous étions sur son pieu et nous mangions des sandwiches au rôti de porc qu'il avait dénichés quelque part. Il m'a demandé si j'avais fait des rêves depuis que j'étais là, et je lui ai répondu que oui, bien sûr, toutes les nuits.

Il a éclaté de rire.

« *Toutes* les nuits ?

— Enfin, p't'être que j'en ai loupé une ou deux.

— Et tu vas jusqu'au bout ?

— Jusqu'au bout de quoi ?

— Tu sais bien, gémir ou des trucs comme ça. »

J'ai ri.

« Puis quoi encore ? »

Mais ça m'avait rendu tout drôle, et je commençais à me demander si j'avais fait du bruit ou si on avait remarqué quand ça me prenait pour de bon.

Nous sommes restés allongés longtemps après avoir fini nos sandwiches, vautrés en travers du lit, à parler de l'amour, de la vie et de nos expériences et à regarder la nuit qui tombait au-dehors. On a surtout parlé des femmes que nous avions eues et de ce qu'elles avaient dit au lit, si elles l'avaient bien fait ou pas, ce qu'elles nous avaient donné et ce que nous pensions leur avoir offert. Si la conversation déviait, Mal la ramenait toujours là-dessus.

Quand nous avons eu fini d'avaler cette nourriture lourde et indigeste, nous en avons ressenti les effets ; nous nous sommes échauffés puis enflammés à l'idée des femmes que nous avions eues. Nous en parlions jusqu'à en éprouver un choc quand, par hasard, nous nous touchions. J'étais fasciné par l'aspect féminin que peut prendre un visage d'homme quand on le regarde avec tendresse et passion, et qu'on ne sait plus très bien où on en est, dans une prison où il n'y a que des hommes et où toute comparaison est impossible.

Mal était très séduisant et ses yeux brillaient. Au bout d'un moment il dit :

« Tu ne crois pas ce que Jeep a dit sur moi, n'est-ce pas ?

— Penses-tu ! dis-je.

— Beaucoup de types font ça ici, mais je suis tout à fait contre. »

Nous sommes restés silencieux pendant un instant, puis il a ajouté : « Je me demande quel effet ça ferait de faire un truc comme ça ?

— J'en sais rien, et je m'en fous. »

Il me regardait au travers de ses cils. Je n'aimais pas le tour que la conversation avait pris.

« Et puis y'en a marre de ces histoires, viens, on va faire une partie ! »

Plus tard, toute cette journée m'a laissé l'impression d'un rêve. Avait-elle seulement existé ?

IV

Cette nuit-là, quelqu'un m'a appelé dans la travée centrale, et pendant mon absence, Mal s'est colleté avec le général et lui a cogné sur la tête avec un bout de bois. Il ne lui a pas fait très mal et c'était déjà fini quand je suis revenu. On les avait déjà séparés. De toute façon, ils n'avaient pas vraiment envie de se battre.

Le gardien de nuit n'aimait pas se déranger pour emmener quelqu'un au trou. Aussi, quand il a vu que tout était rentré dans l'ordre, il est retourné dans son poste sans même les interroger.

L'affaire faisait rire tout le monde. Certains se sont amusés à dire que les deux autres s'étaient battus à cause de moi. Je n'ai pas apprécié et j'ai posé la question à Mal. Il a répondu que ça avait commencé à cause de mon journal. Je l'avais laissé sur ma couchette quand j'étais parti dans l'autre allée. Le général l'avait pris, et Mal le lui avait arraché des mains. Un mot en avait entraîné un autre, le général lui avait sauté dessus et l'avait frappé. Alors Mal lui avait cogné sur la tête avec un morceau de bois. J'ai dit que c'était bien fait car je n'aimais pas beaucoup le général.

Le lendemain, Mal fut transféré. Cela n'avait aucun rapport avec la bagarre. Cela faisait longtemps qu'il essayait d'avoir du boulot à la fonderie où on fabriquait les assiettes en aluminium.

Quand un type qui y était fut relaxé, on lui a donné la place. Il m'a expliqué qu'on pouvait se faire du fric avec ce boulot-là, en fabriquant des tuyaux et des embouts pour les fume-cigarette, ou d'autres trucs, comme des corps de briquets, par exemple. Quand un type avait cette place, il s'y cramponnait. Cela faisait dix-huit mois qu'il l'attendait.

On l'a transféré au dortoir du 5-5. C'était à l'autre bout du préfabriqué de bois qui était derrière le trou et la chapelle catholique. Je l'ai aidé à ranger ses affaires et à déménager. Il m'a promis de passer me voir chaque fois qu'il viendrait par ici chercher du coke pour la fonderie.

C'était dur de le voir partir. Il avait été un bon camarade. C'est pendant la soirée, au moment où nous avions coutume de bavarder ensemble, qu'il m'a le plus manqué. J'ignorais à quel point une personne pouvait me manquer et la solitude qu'on peut ressentir dans un grand dortoir bourré de gens. Je l'aimais bien ce vieux Mal, il n'y a pas à dire, c'était un garçon que j'aimais bien.

Après son départ, Jeep a essayé à nouveau de se rapprocher de moi. Il m'a dit qu'il était là depuis vingt mois et qu'il n'avait jamais eu d'amis, du moins, pas de vrais copains. Je lui ai dit que je m'en foutais complètement. Je lui en voulais.

Le grand Ole m'a fait crédit un soir dans la partie de poker qu'il tenait, mais j'ai perdu. La nuit suivante, un autre type m'a avancé de quoi miser. Il disait que ma façon de jouer lui plaisait. Cette fois, j'ai gagné. Malheureusement, j'ai continué à jouer les soirs suivants et, deux ou trois nuits plus tard, j'étais fauché.

Et puis j'ai été viré de mon boulot. La neige tombait depuis la veille et elle était si épaisse que les hommes ne pouvaient pas travailler. On a dû se joindre à eux pour lessiver et balayer à l'intérieur. Quand on a eu fini, le vieux B&O m'a dit d'aller à la menuiserie pour chercher des copeaux.

Il y en avait deux barils pleins et un autre qui était rempli au trois quarts. Il voulait que j'emmène celui-là pour le remplir. J'ai dit que j'en avais rien à foutre. Il m'a foncé dessus, prêt à la bagarre. Je lui ai dit que s'il ouvrait sa putain de gueule, je lui faisais sauter les dents. Il est parti voir le gardien.

Le capitaine Warren était de sortie ce matin-là, et c'est Roe qui était de service. Il m'a fait venir dans son bureau et m'a demandé pourquoi je refusais d'aller chercher les copeaux. Je lui ai dit que nous n'en avions pas besoin. Il m'a répondu que B&O en était seul juge. Je lui ai dit que je n'avais pas besoin d'un juge, et que des copeaux, on en avait plus qu'il n'en fallait pour la semaine. Alors il a déclaré que si je ne voulais pas aller les chercher, je pourrais peut-être accompagner ceux qui travaillaient au charbon, la prochaine fois qu'ils sortiraient. Je lui ai dit de compter là-dessus et on en est restés là.

Le vieux Warren était là le lendemain. Le temps s'était un peu éclairci et les hommes sont retournés au travail. Quand j'ai suivi les balayeurs qui rentraient au dortoir après le petit déjeuner, Roe m'a gueulé après.

« Viens par ici et prends une brouette, Monroe. C'est fini la bonne planque mon vieux. » Il s'était posté au bout de la voie ferrée et m'avait attendu.

J'ai serré les dents. « Va te faire foutre, mec ! » j'ai murmuré, sans qu'il m'entende.

« Alors, ça vient ! » cria-t-il. Mais je suis resté à l'intérieur.

Il s'est avancé vers moi. Un des balayeurs m'a dit : « Toi, mon vieux, tu ferais mieux de sortir. Ça va mal tourner et tu vas en prendre plein la gueule. » A quoi bon, j'étais déjà dans le pétrin. J'étais là pour tirer vingt ans et je ne voyais pas ce qui aurait pu m'arriver de plus.

« Si y faut cogner, j'te préviens qu'on sera deux », dis-je.

Mais Roe n'est pas entré. Il a rencontré Warren à la porte et lui a parlé. Warren s'est retourné pour me regarder, puis il a dit quelque chose à Roe. Celui-ci est reparti en direction des tas de charbon et ne s'est plus occupé de moi. Ce n'est que plusieurs années après que j'appris que si Warren m'avait donné tout de suite un travail de balayeur, c'était parce que sa fille lui avait demandé de s'occuper de moi si l'occasion s'en présentait. Helen Warren et mois étions au collège ensemble. A l'époque j'ignorais qu'elle était sa fille. Elle avait appris ma condamnation par les journaux et avait essayé de m'aider.

Je suis resté à l'intérieur. B&O n'a pas voulu que je travaille. Il a dit que j'étais viré. Le vieux Warren lui, ne m'a pas dit un mot. Comme ça, tous les matins, pendant que les balayeurs lessivaient et balayaient le sol, je m'installais sur le poste du gardien de nuit pour lire les magazines. L'après-midi je m'allongeais et je me la coulais douce. Je ne me faisais pas de souci. Par contre ça avait l'air de tracasser les autres plus que moi.

Un matin, le vieux Warren est arrivé en pleine crise de tics nerveux. Quand nous sommes allés manger, il a fermé la porte du dortoir à clé. On ne s'y attendait pas et je n'étais pas en tenue de travail. J'avais mis mes chaussures toutes neuves et des socquettes de soie. Je n'avais pas de gants de travail. Mal m'avait déniché une bonne casquette et aussi un pantalon avec deux poches sur les hanches et un gousset. J'étais devenu le parfait gommeux. J'étais trop bien habillé pour travailler. Et de toute façon j'avais ma blessure au dos, me disais-je. Même que j'étais considéré comme invalide total. Je ne pouvais pas croire qu'ils puissent me forcer à travailler si je ne voulais pas. Quand le vieux Warren m'a dit de prendre une brouette et de trimbaler du charbon, je lui ai dit que je ne pouvais pas.

Il m'a dit de me mettre à l'écart et de rester debout à regarder les autres travailler. J'ai dit : « D'accord, mais qu'on ne compte pas sur moi pour pousser une brouette. » Je suis allé me poster au coin du dortoir et je suis resté là. Puis j'ai commencé à avoir froid. Au début, c'était juste extérieur ; j'avais froid aux mains, au visage et aux oreilles. Ensuite ça a été la peau, et puis sous la peau, dans ma poitrine et autour de mes os. Pour finir, c'est monté jusqu'à la tête. Je suis allé donner des coups de poing contre la porte métallique. Tout le monde s'est arrêté de travailler pour m'observer. Roe rigolait et se moquait de moi.

Le capitaine Warren a ouvert la porte. Quand il m'a vu, il a dit :

« Qu'est-ce qu'y a ? Qu'est-ce qu'y a ? Fatigué d'être debout ?

— J'ai froid. » J'avais la figure bleue.

« Prends une pelle, ça te réchauffera » dit-il en me claquant la porte au nez.

J'avais envie de cogner. J'ai enfoncé ma casquette sur mes yeux et je suis parti vers le bureau du sous-directeur. Roe m'a appelé et m'a demandé où j'allais. Je n'ai pas répondu. Il s'est précipité dans le dortoir pour prévenir le vieux Warren. Je n'ai pas tourné la tête.

Le sous-directeur n'était pas là. Son secrétaire m'a demandé ce que je voulais. J'ai dit que je voulais voir le sous-directeur, un point c'est tout. Il m'a demandé à quelle équipe j'appartenais, je lui ai dit l'équipe de chauffe. Alors, il m'a dit d'aller à côté et d'attendre.

Il y avait un long corridor étroit avec des bancs le long du mur. C'était la salle d'attente. C'est là que les nouveaux attendent qu'on leur donne une cellule. C'est le premier endroit où l'on passe. Les anciens attendent là qu'on les transfère d'une équipe à une autre. Les types qu'on prend en infraction au règlement attendent là qu'on les juge. Attendent là aussi tous ceux qui veulent voir un quelconque membre de l'administration.

Au fond de la salle d'attente il y avait une porte donnant sur la salle du conseil de discipline. Et je savais que, plus loin encore, derrière, il y avait le trou.

Kish, le gros Grec qui s'occupe du trou, est sorti de là pour me faire un brin de causette. Je n'avais pas envie de parler. Il est allé se planter dans l'embrasure de la porte. C'est alors que le sergent que les types appelaient Donald est arrivé. Il m'a demandé pourquoi j'attendais. Je lui ai dit que je voulais voir le sous-directeur. Il a voulu savoir pourquoi, je le lui ai dit.

« Le sous-directeur ne veut pas te voir, dit-il. Viens avec moi. » Il m'a entraîné vers l'équipe de chauffe, mais on est tombé sur Warren avant d'y arriver.

« Alors comme ça, t'as essayé de foutre le camp ? » dit Warren. Je n'ai pas répondu.

« J'l'ai trouvé près du trou, dit Donald.

— Je vais le ramener et le boucler.

— Non, on va d'abord le laisser poireauter encore un peu sur ses pieds », dit Donald.

Warren m'a secoué par le bras. On aurait dit qu'il cherchait la bagarre. Je l'ai laissé faire. Du moment qu'il ne me frappait pas. Ils m'ont ramené près des tas de charbon et m'ont laissé là pendant qu'ils pénétraient dans le dortoir.

Mal est passé par-là, il m'a vu et a voulu savoir ce qui n'allait pas. Quand j'ai eu fini de lui raconter, il m'a dit :

« Tu devrais te mettre au travail, Jimmy, ils vont t'en faire baver.

— Ils peuvent pas m'en faire baver plus que maintenant. »

Il avait l'air de s'inquiéter pour moi.

« Je préférerais que tu te remettes au boulot, Jimmy. Tu seras pas le plus fort avec eux. » Je n'ai rien dit. « Ecoute, si tu veux pas faire ça pour te sortir de ce pétrin, fais-le au moins pour moi.

— Mal, je t'aime bien, mais c'est trop tard maintenant. » J'étais en plein mélodrame. J'aurais peut-être accepté de travailler quand ils m'ont amené là pour la première fois ce matin, si j'avais pu mettre des vêtements de travail. Mais maintenant c'était trop tard, je n'irais pas, même si ma vie en dépendait.

« Tu vas attraper une pneumonie.

— Je m'en balance pas mal de ce que j'vais attraper.

— Allez, viens Jimmy, je t'en prie.

— T'fatigue pas, Mal, je n'irai pas travailler. »

Il paraissait vraiment inquiet. Roe l'a aperçu et est venu le chasser.

« Alors le caïd, ça va ? », lança Roe. Je n'ai pas répondu.

Quand les types sont revenus du travail cet après-midi-là, pour se laver avant d'aller manger, le capitaine Warren m'a conduit au trou. Il y avait deux autres détenus d'une autre équipe qui étaient aussi accusés de refus de travail. L'un d'eux semblait très jeune. Il devait avoir à peu près mon âge, mais donnait l'impression d'être un peu simplet. Il n'arrêtait pas de pouffer de rire et de chuchoter à l'oreille de l'autre. Quand Warren lui a dit de la fermer, il a continué de rire comme s'il ne pouvait plus s'arrêter. Warren l'a obligé à se lever et à aller s'installer à l'autre bout du banc.

L'autre type était très gros et huileux. Il devait avoir dans les vingt-cinq ou vingt-six ans. Tout le temps que Warren est resté avec nous il n'a pas arrêté d'essayer d'attirer mon attention et d'articuler silencieusement des mots avec sa bouche quand le vieux avait le dos tourné. Je n'ai rien compris à ce qu'il essayait de me dire.

« Attends ici », dit Warren en me poussant vers le banc d'en face. J'ai froncé les sourcils. Je commençais à en avoir plein les bottes d'être poussé comme ça. Warren est passé à côté pour voir le sous-directeur. Il était à peine sorti que le gros type a ouvert la bouche.

« Ça va, Jimmy ?

— Salut, dis-je.

— Tu te souviens pas de moi ? J'suis Benny Glass.

— Ah, oui, salut. Ça va, vieux ?

— J'étais à la prison d'état de Springfield avec toi l'année dernière. Enfin, ça serait plutôt y'a deux ans maintenant.

— Oui, oui, bien sûr. » Mais je ne me souvenais pas de lui.

« C'est pas toi qu'avais eu cinq ans avec sursis pour faux ?

— Ouais.

— Qu'est-ce que t'as fait, t'as recommencé ?

— Non, j'fais vingt ans pour vol. »

Il est resté bouche bée.

« Nom de Diiiiieu ! »

Le capitaine Warren est entré avec le sous-directeur, et nous avons arrêté de parler. Le sous-directeur se tenait droit et marchait à petits pas rapides. Il ne nous a pas accordé un regard. Sa démarche était saccadée, et sa tête s'agitait de haut en bas. Il est allé tout droit dans la salle du fond.

Kish est arrivé du dehors et les a suivis. Il y avait une vieille fenêtre crasseuse entre la salle du conseil de discipline et la salle d'attente. J'ai aperçu le sous-directeur qui s'installait sur la chaise du milieu, il y en avait trois, derrière un bureau plat couvert d'entailles.

Kish passa la tête par la porte et appela :

« Wilkerson, 102697. »

Le jeunot s'est levé et est entré. Il ne riait plus maintenant. On est restés silencieux à regarder la porte et à essayer d'entendre ce qu'ils disaient. Tout ce qu'on entendait, c'était un brouhaha de voix. Puis les voix se sont tues. Kish a passé la tête par la porte.

« Glass, 101253. »

Quand il est passé devant moi, Glass a dit : « La Sauterelle a sa crise aujourd'hui. » Il n'est pas ressorti lui non plus. Puis Kish m'a appelé. Je suis entré, et je suis resté debout, penché en avant, les mains posées sur le bureau, avec ma casquette dans la poche de ma veste. Kish se tenait devant la porte du fond sur laquelle on lisait : *Cellules disciplinaires*.

Warren était à ma droite, à côté du bureau.

« Enlève ta casquette de ta poche et croise les bras », dit-il.

Le sous-directeur lisait la fiche jaune du rapport qui était posée devant lui sur le bureau. J'ai croisé les bras, ma casquette dans la main gauche. Le vieux Warren me l'a enlevée des mains et a dit :

« Vous avez vu ça ? Ce petit malin n'a pas perdu de temps, il a déjà une casquette de chez le tailleur. »

Le sous-directeur n'a pas levé les yeux. J'ai voulu reprendre ma casquette mais Warren a dit : « Pas question, j'la garde. »

J'ai serré les dents à nouveau.

« Refus de travail », lut le sous-directeur. Il a levé les yeux vers moi. « On ne perd pas de temps, Monroe, hein ? On ne perd pas de temps, on ne perd pas de temps.

— J'lui ai donné toutes ses chances, dit Warren. Mais il a refusé de travailler. J'lui avais donné un travail de balayeur mais il a pas voulu le garder...

— J'ai été vidé !, l'interrompis-je. Le vieux B&O voulait que...

— Ferme-la, ferme-la !, cria Warren en levant la main comme s'il allait me frapper. J'te conseille de pas m'interrompre. »

Je fulminais. C'était comme un feu brûlant mes yeux et mon visage. Tout mon corps s'est figé, tendu.

« J'ai vraiment été vidé, Nom de Dieu ! »

Kish est passé derrière moi et m'a agrippé les bras. Warren m'a giflé deux fois en travers de la bouche.

« Ça suffit, ça suffit ! », dit le sous-directeur.

Kish m'a encore maintenu quelques instants pour voir si j'allais me rebiffer. Je n'ai pas bougé. Je me disais : « Alors comme ça, il m'a frappé ! Eh bien ça, jamais je l'encaisserai, je veux bien être pendu si jamais j'encaisse ça. » A ce moment-là, Kish m'a relâché. Je n'ai toujours pas bougé.

Après quelques instants, j'ai dit d'une voix sourde :

« Alors, vous êtes content maintenant, vous avez eu ce que vous vouliez ? »

J'avais un goût de sang sur les lèvres.

Le sous-directeur a regardé la fiche à nouveau.

« Comment ça se fait, vous ne pouvez pas travailler, Monroe ? Comment ça se fait, comment ça se fait ? » Il était pressé et son regard vous transperçait. J'ai dû baisser les yeux.

« J'en suis pas capable, j'ai dit, en regardant le bureau.

— Comment ça se fait, comment ça se fait ?

— J'suis blessé ! », criai-je. Et je lui ai dit pour mon dos.

« Il n'y a rien là-dessus sur la fiche de santé, dit Warren.

— J'l'ai pas dit au médecin.

— On verra ça, on verra ça, dit le sous-directeur.

— Il est aussi très insolent, dit Warren.

— D'accord, d'accord, d'accord, d'accord, dit le sous-directeur qui commençait à tressauter des pieds à la tête. D'accord, d'accord, d'accord, refus de travail, mettez-le au trou, au trou. » Il parlait très vite, d'une voix cassante. Et tout le temps, sa tête s'agitait de bas en haut.

« Je ne refuse pas de travailler, me défendis-je. Je ferai ce que je pourrai, y'a que j'suis pas capable.

— On verra ça demain matin, emmenez-le, emmenez-le, emmenez-le ! » Il ne tenait plus en place.

J'ai regardé Warren.

« Vous m'avez frappé » dis-je en me mordant les lèvres. De toute façon, j'allais au trou. Qu'est-ce qui m'empêchait de lui en allonger une ? j'ai pensé. Je me mordais toujours les lèvres, essayant de me donner assez de courage pour le cogner ; en vain.

« Attention, attention, attention qu'il ne vous frappe pas encore une fois ! » dit le sous-directeur.

Kish m'a pris par le bras et m'a poussé par la porte de derrière dans un petit vestiaire. Il y avait une couchette contre le mur de béton, c'est là qu'il dormait. Il m'a donné une salopette et m'a dit de me déshabiller. Les deux autres types étaient assis sur le banc et m'attendaient. Ils avaient déjà passé la leur. Je me suis mis à poil et j'ai enfilé la mienne. J'entendais Warren qui parlait toujours avec le sous-directeur. Mais je ne comprenais pas ce qu'il disait.

« Salopard de fils de pute, murmurai-je.

— Il t'a frappé ? » demanda Glass. J'ai fait signe que oui. « Essuie le sang que tu as sur les lèvres » dit-il. J'ai passé le dos de ma main sur ma bouche. Mes lèvres enflaient. L'autre type a gloussé. Il était un peu toqué.

De l'autre côté de la pièce se trouvait une lourde porte garnie de barreaux. Derrière elle, il y avait une autre porte tout en acier. Kish les a ouvertes toutes les deux et nous a fait signe d'entrer. On est entrés dans le trou, l'obscurité y était complète, Kish a allumé.

L'intérieur ressemblait à un minuscule bloc cellulaire, tout en acier. Je me suis assis par terre, au milieu. Il y avait six cellules de chaque côté, elles donnaient vers l'extérieur sur un mur épais et aveugle. Il faisait très froid et très humide. Mes dents se sont mises à claquer aussitôt. Je sentais mes mains s'engourdir.

« Mets-nous tous les trois ensemble, demanda Glass à Kish.

— Vous voulez être tous ensemble ?

— J'veux être avec lui » dit Wilkerson en montrant Glass. Je n'ai rien dit.

Kish nous a mis tous les trois dans la cellule du fond, du côté nord. Il a ensuite fermé le verrou. Une camisole de force en acier était fixée sur l'intérieur de la porte. Nous avons écouté les pas de Kish qui s'éloignaient sur le sol de béton. Puis nous avons entendu les autres portes qui se refermaient. La lumière fut éteinte. Il faisait si noir qu'on ne voyait même pas le bout de son nez.

« Eh les tocards, vous êtes là pour quoi ? » La voix semblait venir de l'autre côté. Elle était comme étouffée. Nous ne répondîmes pas. Je pouvais m'entendre respirer.

« Qui c'est qu'est un tocard ? » cria Glass. Je m'y attendais si peu que je sursautai.

« Oh, je disais pas ça méchamment, mon pote ». C'était la voix laconique et indifférente d'un ancien de la maison. « Tu sais bien qu'c'était pas méchant, t'as une cigarette ? »

Pendant quelques instants aucun de nous n'a répondu. Finalement Glass a dit :

« Non.

— Et du papier à cigarette ?

— Non.

— Une allumette ?

— Non mon pote, on n'a rien du tout.

— Alors allez vous faire foutre, bande de tocards à la con, enfoirés, eh pauv'mecs ! » La voix n'avait pas changé, toujours laconique, indifférente et toujours sur le même ton. J'avais envie de rire.

« Oh ta gueule, espèce d'enculé, dit Glass. Si t'es malade faut t'faire soigner.

— C'est ta mère qu'est une enculée et c'est ta sœur qu'il faut faire soigner. »

Cette fois aucun de nous n'a répondu. Pendant longtemps le trou est resté silencieux.

« T'as même pas un mégot ?

— Et mon cul, connard ! » hurla Glass. Je me demandais bien pourquoi il se mettait en rogne comme ça.

« Oh ta gueule gros porc. J'parie que c'est toi qui causes tout le temps. J't'aurai quand j'irai vider mon seau demain matin et je te promets un de ces coups de pied au cul ! »

Glass s'énervait.

« Si tu m'cherches, tu m'trouveras, cria-t-il en gesticulant de tous les côtés. J'te ferai la peau, si tu crois que tu m'fais peur !... »

Il me marcha sur le pied.

« Merde, tu peux pas attendre demain pour lui faire sa fête ! » dis-je.

La voix s'était tue, et il s'est assis. Il y avait une corniche d'acier qui dépassait du mur du fond et qui servait de couchette. C'était glacé et le froid ne tarda pas à transpercer ma salopette. Glass dit qu'il y avait des couvertures dans la cellule. Nous avons tâtonné sur le bat-flanc et par terre sans les trouver. Alors nous nous sommes mis à quatre pattes et nous avons exploré le sol dans l'obscurité. Je me suis cogné dans quelque chose qui résonna. J'ai fait un bond en arrière comme si j'avais touché un serpent à sonnettes et je me suis heurté à Glass.

« Qu'est-ce que c'est que ce truc ? demandai-je d'une voix chevrotante.

– C'est ton seau, dit Glass.

– Quel seau ? Un seau d'eau ? »

Glass a éclaté de rire. L'autre type gloussa. Alors, j'ai senti que ça puait. J'avais fait tomber le couvercle. J'ai tâtonné un moment avant de le retrouver et je l'ai remis en place.

« On fait tous dans le même seau ?, demandai-je.

– Bien sûr.

– Ça leur arrive de les laver ?

– Ouais, même que l'un de nous devra aller faire ça demain matin.

– J'espère que ça sera pas moi » dis-je.

A la fin, Glass a trouvé les couvertures, entassées dans un coin.

« J'les tiens », dit-il.

Il y avait deux morceaux qui devaient provenir d'une couverture déchirée en deux, et un autre bout, pas plus grand qu'une serviette de toilette. Elles avaient l'air crasseuses au toucher. On s'est assis sur le banc et on s'est enroulé dedans du mieux qu'on a pu. Glass avait pris la plus petite. Il a dit qu'il se mettrait au milieu et qu'on n'avait qu'à s'asseoir de chaque côté de lui pour se tenir chaud.

« Ça c'est pas une mauvaise idée, j'ai dit en rigolant, avec toi qu'as toujours le feu au cul, on risque pas d'avoir froid. »

Au bout de quelque temps, nous commencions à nous réchauffer les uns les autres.

« Vingt ans, Nom de Dieu ! C'est pas possible, Jimmy, t'as dévalisé une banque, reprit Glass.

– Non, seulement des gens.

– Grosse pédale de mes deux !, hurla la voix de l'autre côté. J'parie qu'ta mère c'était une grosse truie.

– Sale branleur, marmonna Glass dans sa barbe.

— Laisse tomber », dis-je.

On est restés silencieux pendant un moment.

« J'ai froid », dis-je.

Wilkerson n'avait pas ouvert la bouche.

« J'ai chaud, dit Glass. J'vais mettre mon bras autour de toi, ça te tiendra au chaud. »

J'avais enroulé ma demi-couverture autour de mes épaules mais elle n'était pas assez longue pour me protéger devant. Je la tenais serrée autour de ma gorge.

« Laisse tomber, dis-je. J'vais pas tarder à avoir chaud. »

Alors, Wilkerson a dit :

« Mets ton bras autour de moi, Ben. »

Au bout d'un moment, les punaises se sont mises à mordre. J'aurais jamais cru que les punaises puissent vivre dans un froid pareil, mais en tout cas, elles ne perdaient pas de temps avec moi. J'ai été mordu partout. Je commençais à me gratter et à gigoter. Le banc me faisait mal au coccyx. J'avais froid, ça me démangeait et j'étais malheureux.

« J'veux du feu » hurla la voix de l'autre côté. Elle résonnait d'une manière métallique comme si le type était au fond de sa cellule.

« J'veux à bouffer. »

Plus tard j'entendis le martèlement des matraques au-dehors. C'est à peine si je pouvais les entendre. « Merde » murmurai-je. C'était seulement l'heure d'aller se coucher.

J'essayai de dormir. Je me dis que si j'arrivais à m'asseoir dans une certaine position et à garder les yeux fermés, je pourrais m'endormir. Je suis fatigué, je vais dormir ; je suis fatigué, je vais dormir. Je suis fatigué, je vais dormir... Je restais immobile. Une punaise m'a mordu. Quelque chose a rampé sur ma jambe nue. Mon cou, ma gorge et mes jambes me démangeaient horriblement. Ça me grattait de partout. Puis une douleur insidieuse s'est mise à parcourir mon corps. Elle est partie du bas de ma colonne vertébrale, a coulé dans mes jambes et est montée dans mon dos. Dans une minute je dormirai me dis-je. C'est monté d'un seul coup, la douleur, les démangeaisons, les morsures et le froid.

« Bon Dieu de Bon Dieu de Bon Dieu, sanglotai-je.

— Tiens bon, Jimmy, dit Glass.

— J'tiendrai.

— On a de la chance qu'ils nous aient pas mis dans les camisoles » dit-il.

J'entendis le lointain sifflet d'une locomotive. Je m'imaginais la longue file des wagons glissant dans la nuit, avec leurs rangées de fenêtres illuminées d'or, remplis de gens allant quelque part, n'importe où.

« Tu parles d'une chance » dis-je.

Ce fut la plus longue nuit que je passai en prison. Le lendemain matin le sous-directeur m'a demandé si je voulais retourner au travail.

J'ai dit : « Oui M'sieur. » Il m'a renvoyé à l'équipe de chauffe. Warren m'a mis de corvée de balayage sur le passage des brouettes. C'était un boulot facile.

Dans l'après-midi, on m'a transféré à l'équipe de l'école pour y enseigner. C'était l'aumônier qui s'occupait de l'école. Il m'a fait venir et m'a expliqué qu'il avait entendu dire que j'avais été au collège. Je lui ai dit que j'étais allé à l'université. Il m'a demandé si ça me plairait de donner des cours. J'ai dit d'accord. Il a obtenu mon transfert.

V

Le dortoir n° 5-6 où ils m'ont envoyé ressemblait à celui de l'équipe de chauffe, il était seulement plus long et plus étroit. Il se trouvait dans la moitié nord du bâtiment préfabriqué en bois qui abritait aussi le dortoir 5-5 dans lequel Mal avait été transféré.

Il y avait là les mêmes grabats gigognes et la même travée centrale avec ses tables de bois, ses bancs fixés aux tables et, le soir, trois parties de poker au lieu d'une. On y jouait aussi au « vingt-et-un » et à un autre truc pour détenus noirs. Car il y avait aussi des noirs dans ce dortoir.

La porte d'entrée était au bout de la pièce, au milieu du bâtiment, juste à côté de celle du 5-5. Les deux dortoirs n'étaient séparés que par une mince paroi de bois. Près du fond, on avait découpé une sorte de judas dans la cloison, on s'y passait des notes, de l'argent et des messages, d'un dortoir à l'autre. Une ou deux fois par soirée, Mal m'y faisait appeler pour me parler. Les prisonniers noirs étaient installés au fond près des latrines.

On m'a donné une couchette de dessous dans la travée centrale près du poste de garde ; « sous la protection des armes » me dit Mal quand je lui ai raconté. « Ça me fait plaisir, comme ça t'iras pas te fourrer dans le pétrin. »

Le matin au réveil, j'avais le choix entre regarder les types s'habiller : sous-vêtements sales tâchés de sueur, chaussettes raidies par la transpiration, changées chaque semaine, pantalons puants avec des poches aux genoux, changés chaque année, et vestes pitoyables et rapiécées qui, pour l'administration, ne semblaient devoir jamais être changées. Ou je pouvais regarder par les fenêtres ouest sous la bosse du matelas d'en haut. Elles donnaient sur l'arrière de l'infirmerie, une bâtisse salie par les intempéries et toujours endormie. Elle hébergeait les tuberculeux, les syphilitiques, les victimes de coups de couteau, lacérations, ou contusions, les malades contagieux, les opérés, ceux dont le crâne avait été ouvert par les matraques des gardiens, et les morts. Avec des matelas que l'on mettait dehors près de l'entrée principale presque tous les matins et que l'on emmenait pour les brûler parce que le dernier détenu qui y avait dormi n'en aurait plus besoin maintenant. Il n'aurait plus besoin de rien, si ce n'est d'une petite concession d'un mètre quatre-vingts à la fosse commune, et de la douce étreinte de la terre maternelle. Ou bien je pouvais toujours regarder de l'autre côté, quand cela ne me plaisait plus. Le regard traversait l'allée, passait par-dessus les lits défaits, et, par les fenêtres est, abordait cette étendue de murs ternes qui se découpaient sur un ciel plus sombre encore. Ils faisaient écran aux odeurs d'essence brûlée, et nous séparaient d'un foyer, le soir, avec une mère et un père, le tintement des glaçons dans de grands verres, et l'inoubliable parfum d'une chevelure de femme.

Ou alors, je pouvais rester au lit et me dire que ce matin-là, je ne bougerais pas. Je regardais les autres étaler leurs draps, faire leur lit et se mêler à la procession loqueteuse des types avec leur savon et leur serviette, qui se dirigeait vers les bacs, près des latrines. On pouvait se lever à n'importe quelle heure, les noirs seraient déjà en train de jouer aux dés, près des latrines comme s'ils ne s'étaient pas arrêtés de la nuit.

La nuit, je pouvais rester allongé et observer ceux qui défilaient aux chiottes avec leur braguette ouverte et leurs chaussons de prisonnier en feutre qu'ils fauchaient à l'infirmerie. Ou lire sous l'éternelle suspension, ou écouter le pas ferme et régulier du gardien de nuit qui faisait sa ronde, ou observer le glissement furtif de ceux qui avaient un penchant pour le vice, les rixes ou même le meurtre. Comme par exemple ce détenu noir nommé Sonny qui s'était glissé un soir vers un autre noir appelé Badeye, pendant qu'il dormait, et lui avait tranché la gorge d'une oreille à l'autre.

J'avais entendu une sorte de gargouillement, car il était tard et tout était calme. Quand je suis arrivé sur place et que j'ai regardé par-dessus les épaules des types qui étaient devant moi, j'ai vu Badeye, étendu, avec le sang qui lui sortait de la bouche à gros bouillons. Ça faisait une bave pleine de bulles incroyables, petites et grosses, un peu comme dans la gueule d'un chien enragé. Seulement, les bulles qui sortaient de la bouche de Badeye étaient sanglantes et plus liquides. Le sang jaillissait de ses narines et coulait le long de sa peau sale et grasse jusque sur le drap d'un gris douteux. Celui qui avait giclé de sa gorge avait arrosé la couverture pleine de poussière et ses sous-vêtements de coton crasseux. Il y en avait même sous le matelas de la couchette du dessus. Ses bras étaient à demi relevés et il avait encore de légers soubresauts. Mais après quelque temps, les soubresauts eux-mêmes cessèrent et il semblait que le sang se soit arrêté de couler. Il y avait tellement de sang qu'on le voyait à peine.

Ou bien, je pouvais écouter les conversations puantes et vulgaires du type qui pieutait au-dessus de moi. Un prof lui aussi. Mais je n'ai jamais su ce qu'il représentait pour les autres, qui s'arrêtaient de chuchoter la nuit quand les lumières étaient éteintes et que le gardien était à l'autre bout du dortoir.

Ou bien, je pouvais bavarder avec le gardien qu'on appelait tous capitaine Charlie. C'était un vieux type, assez petit, avec une tête de gosse. Il m'avait à la bonne. Nous discutions à voix basse, de crimes et de châtiments, de vices et de vertus, de l'Histoire et de ses ambitieux. Il disait que c'était vraiment pas de veine qu'un type de mon âge fasse de la prison. Nous ne parlions ni de politique ni du directeur. C'était un type bien, mais assez âgé et cela aurait été difficile pour lui de trouver un autre emploi. Nous ne parlions pas plus des détenus. J'étais bien décidé à ne pas me faire une réputation d'indic, et encore moins à en devenir un. Mais j'aimais discuter avec lui. Nous avons parlé de bien d'autres choses pour lesquelles nous avions un intérêt commun et qui ne présentaient pas d'ambiguïté. Bientôt il m'a apporté des sucreries que sa femme faisait spécialement pour moi. Elle avait tenu une boutique de bonbons. Les siens étaient délicieux, sauf ceux avec lesquels ils m'ont bien eu et qui n'étaient que des boules de coton trempées dans le chocolat.

Si j'en avais envie, après le dîner, je pouvais rester couché à regarder la promenade du soir, les types remontaient la travée d'un côté et redescendaient de l'autre, remontaient et redescendaient, remontaient, redescendaient, kilomètre après kilomètre, qui additionnés auraient fait un sacré bout de chemin vers la liberté, mais qui finissaient chaque nuit au grabat où ça avait commencé. Ou bien je pouvais regarder les boxeurs amateurs qui s'entraînaient dans la travée à côté de ma couchette, devant le poste de garde. Je les sentais aussi, une forte odeur de corps jamais lavés.

Je pouvais rester allongé sur mon plumard, fermer les yeux et imaginer que j'étais revenu à Lake City, de retour aux « Jardins des Lotus » et au restaurant « Extrême-Orient » en train d'écouter Roy Bugle et ses Sérénades, ou alors aux « Jardins d'Hawaii », ou au restaurant de la plage ou au « Palace d'or » ou au parc d'Hudson ou encore au stade de base-ball avec deux matchs au programme, sous le ciel chaud de juillet. Je me voyais sur la route, la nuit, en train de faire un petit cent vingt pépère, laissant derrière moi le rugissement du moteur qui ne me rattraperait que lorsque je traverserais quelques petites bourgades, avec leurs arbres aux lourdes branches chargées de feuillage qui font une arche basse au-dessus de la route et des maisons blanches couvertes de vigne vierge qui renvoyaient l'écho. Je pouvais me croire à White City, la nuit où j'ai reconduit Johnny en voiture jusqu'au bateau, ou de retour au collège à bûcher mes derniers examens, ou encore en fac, jouant trois-quarts centre dans l'équipe universitaire. Je pouvais aussi penser que j'étais à Chicago, que j'avais réussi à vendre cette bague et que j'étais descendu vers Santa Anita pour la saison hippique d'hiver avec du fric plein les poches. Mais j'avais beau essayer de toutes mes forces, fermer hermétiquement les yeux, maudire Dieu, le Destin ou la Chance, quel que soit le nom qu'on lui donne, ça ne marchait pas. Tôt ou tard, de toute façon, mes souvenirs me ramenaient tous vers Chicago, quel que soit leur point de départ, qu'ils remontent très loin dans le temps ou dans l'espace. Et je ressentais à nouveau cette nausée, ce chagrin insupportable, avec autant d'intensité que lorsque le juge avait dit : *« Je vous condamne à être conduit au pénitencier où vous demeurerez incarcéré, à subir les travaux forcés pendant une période qui ne pourra être inférieure à vingt ans et qui n'excédera pas vingt-cinq ans. »* Et j'aurais aimé que Dieu m'ait permis de m'endormir avant que ces souvenirs ne me reviennent.

Rien qu'en essayant suffisamment fort je pouvais m'empêcher de penser à ma mère, à mon père et à cette année folle et agitée que j'avais vécue après leur divorce. Je ne pouvais m'empêcher de revoir les types qui traînaient dans les tripots avec moi et qui étaient alors mes amis. Bien que cela ne me fasse pas souffrir de penser à eux, toute cette bande avait après tout la chance de ne pas être ici avec moi. L'ennui, c'est qu'ils me rappelaient Chicago, et cela me donnait envie de vomir. Je ne voulais pas qu'ils sachent quel sombre idiot, quelle andouille demeurée, quel cave j'avais été de vouloir fourguer cette bague dans ce magasin-là entre tous.

Il y aurait des tas d'histoires à raconter. Celles qui s'étaient passées dans ce dortoir, et celles qui étaient arrivées ailleurs pendant le temps où j'y suis resté. De ces histoires dont on se souvient après, alors que le dortoir lui-même est tombé dans l'oubli. Je ne parle pas de ses dimensions ou de son apparence ; sa largeur, sa longueur, sa hauteur, ses grabats, ses tables et le reste, tout cela était comme la couleur dont on se souvient longtemps après que le regard a quitté la scène. Non, ce dont je veux parler, c'est de son cœur vulgaire, corrompu, fourbe, drôle, pitoyable et faux, qui bat et qui vit ; des hommes qui vivent, des actions qui vivent, du langage qui vit, de la sensation permanente d'une menace suspendue au-dessus de notre tête, du souffle toujours présent de la mort brutale, de toutes ces choses qui retiennent ces deux cent cinquante-trois prisonniers dont les condamnations, additionnées les unes aux autres, totalisent plus d'années que toute l'histoire de la chrétienté, dans les limites de cette coquille de bois. Ou plutôt, qui les retiennent entre ces hauts murs de pierre pour continuer à vivre, jour après jour, dans une routine établie, une discipline sévère et une monotonie écrasante, auxquelles nul n'échappe au bout d'un certain temps.

Je me suis souvenu de certains prisonniers longtemps après avoir oublié le dortoir, comme si je regardais le passé avec une longue-vue, et que je les observais les uns après les autres ; je me souvenais de l'endroit où ils étaient, de ce qu'ils disaient et de l'expression qu'ils avaient à un moment donné. Tout cela sans rien voir de ce qui se trouvait en dehors du champ de vision de la lorgnette, comme lorsqu'on surveille un chevreuil à deux cents mètres.

Il y avait Mal, près du judas dans la cloison, disant à qui voulait l'entendre qu'il voulait parler à son cousin, Jimmy Monroe, jusqu'à ce que tout le monde dans le dortoir l'ait entendu raconter que j'étais son cousin par le sang et qu'on finisse par dire que, pour sûr, c'était sacrément vrai qu'on se ressemblait.

« Salut cousin », disait-il.

Je ne voyais que son œil et cela me faisait rire.

« Je ne vois que ton œil. Il a un drôle d'air, tu sais.

— J'te vois en entier.

— J'ai trouvé une annonce dans le journal, dis-je. On solde des chaussures chez Hammon's, des Florsheims à quinze dollars soixante-quinze. Deux paires pour trente dollars. T'en veux une paire ?

— T'es sérieux, Jimmy ?

— Ouais, je vais m'en commander.

— J'en aurais besoin moi aussi, mais je ne sais pas si je dois. T'es sûr que ça ne te gênera pas ?

— Quinze dollars ? Tu veux rire.

— Quinze soixante-quinze.

— Quinze, si on en prend deux paires. Et puis dis ce que tu voudras, je t'en prends quand même.

— J'te revaudrai ça, Jimmy, promit-il.

— T'occupe !

— J'ai entendu dire que t'étais devenu un caïd, il paraît que tu tiens une table de poker ?

— Je suis le diable en personne ! »

Après ça, nous devions partir pour laisser d'autres *cousins* se parler. Quand ils avaient fini, Mal m'envoyait chercher à nouveau, ou alors, il attendait une heure ou deux jusqu'à ce que les lumières soient éteintes. Si j'étais occupé à distribuer les cartes et que je ne pouvais pas y aller, pour cette raison ou pour une autre, il me faisait savoir qu'il m'attendrait le lendemain près de la fenêtre de la fonderie. Nous nous parlions, soit près de la fenêtre, lui à l'intérieur et moi dehors, soit à l'entrée de la remise où était entreposé le sable qui servait à faire les moules. De cette façon, il ne pouvait pas être vu par le gardien de la ferblanterie qui avait l'habitude de se poster à la fenêtre de son bureau, au premier étage, pour surveiller la cour. De là, il était au courant chaque fois qu'un détenu emmenait un jeunot dans une cachette quelconque, il lui suffisait ensuite de retrouver le gosse et de se l'envoyer. Il y avait des gardiens comme ça, et il en était. Il était aussi interdit de parler par les fenêtres du dortoir.

Il y avait aussi Lippy Mike, le chef balayeur, un Irlandais à la carrure d'athlète qui bombait toujours le torse et marchait en boitant. Ils avaient tous peur de lui à cause de sa réputation au couteau et de la cicatrice qui était là pour la rappeler au-dessus de ses yeux fous et profondément enfoncés dans leurs orbites. D'ailleurs, il avait un couteau avec une lame de quinze centimètres de long.

Dans le dortoir, il avait plus d'autorité que les gardiens. L'un d'eux était le capitaine Bull, un gros type plein de bière, débraillé, avec de la cendre de cigarette sur sa veste, une barbe grise mal rasée et une maladie de cœur qui a fini par le tuer. L'autre gardien était le capitaine Clem ; un visage tout en longueur, la peau grasse et l'air mauvais. Sa bouche était molle, ses épaules étroites, il avait de la bedaine et des jambes maigres ; il faisait jeune de tête et vieux de corps, avec des cheveux prématurément gris.

Lippy Mike était le prisonnier le plus tyrannique et le plus arrogant que j'aie jamais rencontré. « Dès que t'auras changé de place, Monroe, apporte ton drap et ta taie d'oreiller », m'avait-il dit avec son insupportable arrogance, dès mon arrivée. « Le jeudi c'est le jour de la lessive. T'as intérêt à ce que ton drap et ta taie d'oreiller soient posés sur ton pieu, et le matin, ramasse tout ce qui traîne par terre. » C'est lui qui m'avait désigné mon grabat. Les gardiens lui abandonnaient le dortoir, c'était lui le patron.

« C'est tout, chef ? », demandai-je.

Ses yeux bleus de fanatique m'ont transpercé tandis qu'il se redressait de toute sa taille, je pouvais voir le manche du couteau qui dépassait de la poche gauche de sa chemise.

« D'abord, j'suis pas ton chef, tocard, j'm'appelle Mike. » Puis, après m'avoir fixé pendant un bon moment, il a levé les yeux et lancé un ordre : « Papa Harry, donne un drap et une taie à ce type. » Là-dessus, il était reparti dans la travée en boitant et en roulant des épaules. Quand j'ai dit qu'il pouvait aller se faire foutre, il était déjà bien trop loin pour m'entendre. Je n'ai jamais aimé ce type.

Il y avait aussi Hunky Hank, qui avait été avec moi à la prison de Lincoln quand j'avais été arrêté pour faux. Il m'avait aidé à organiser des parties de dés, là-bas, et m'avait donné un coup de main dans une bagarre avec des détenus noirs. Ici, avec un autre type nommé Book-Me, il faisait marcher une petite table de poker. C'est lui qui m'avait amené à rejouer en prison parce qu'il savait que j'en étais capable. Je le remplaçais parfois pour donner les cartes et, le reste du temps, je vendais les jetons. Ça m'occupait et ça me changeait de rester allongé sur mon pieu à broyer du noir ; ce qui m'arrivait plus souvent qu'à mon tour. Et puis, avec lui, je pouvais parler, ce n'était pas toujours le cas avec la plupart des types.

Au début, Hunky était balayeur à l'école. Puis il est passé à l'atelier textile, toujours comme balayeur, car il croyait pouvoir s'y faire un peu de fric. L'une des équipes de cet atelier pieutait avec nous dans le dortoir, de l'autre côté de la travée, il n'a eu qu'à changer de côté pour déménager. Un jour, il a emporté ma chemise du dimanche pour la nettoyer et la repasser. Le gardien l'a surpris au moment où il la lavait. C'était interdit, et, comme mon numéro était inscrit sur le pan, j'ai été pris moi aussi. Le gardien de service au conseil de discipline est venu le matin, avant le petit déjeuner, pour nous ajouter sur la liste, déjà longue, des détenus qui allaient y passer. On faisait tous la gueule parce qu'on allait sauter la bouffe, même si le sous-directeur disait qu'on était innocents. Et on avait peur aussi, parce qu'on était presque tous coupables et qu'on allait se retrouver au trou. Le sous-directeur a muté Hunky dans l'équipe de chauffe, j'ai eu droit à un sermon et il m'a renvoyé à l'école. C'est comme ça que j'ai repris la part de Hunky sur la table de poker que je tenais maintenant pour lui.

Il y avait l'école aussi ; huit salles situées sous la chapelle catholique, avec de vrais pupitres alignés en face d'un tableau noir fixé au mur. Il y avait six classes. Les latrines étaient dans les salles du fond, de chaque côté.

Chaque classe était divisée en deux groupes de niveau, A et B. On m'a donné la 5A. Quand je suis arrivé, ils en étaient aux adjectifs attributs. Je n'avais jamais appris, ou alors j'avais oublié, ce que pouvait bien être un adjectif attribut. J'ai été foutu à la porte le jour même où j'ai débuté. Guerda, le grand Hollandais un peu demeuré que j'avais remplacé, a retrouvé son poste. Son truc à lui, c'était les maths. La plupart des détenus ont leur marotte ; lui c'était ça. Il a recommencé aussitôt, comme avant, à enseigner sa version personnelle des mathématiques, c'était pourtant à cause de ça qu'il avait été renvoyé. Il faut dire que sa conception des maths était plutôt curieuse et farfelue. Mais il était heureux. Quant à moi, je suis passé de l'autre côté du bureau pour me retrouver élève en 5A. Moi aussi, j'étais content.

La vie d'élève avait du bon, si l'on n'a rien contre le fait d'être assis. On lisait les journaux et des magazines, on fumait en cachette, on lançait des boulettes de papier mâché et on dessinait des trucs marrants au tableau quand le gardien n'était pas là. S'il était là, on chahutait le prof. Quand le surveillant, un gardien comme les autres avec un titre plus long mais la même paye, venait dans la classe, on prenait l'air occupé et attentif. Mais s'il restait trop longtemps, on le collait avec des questions pièges spécialement gambergées à l'avance pour cette occasion. Après ça on ne le voyait plus de la journée.

Tous les matins, pendant vingt minutes, avant de se laver pour se rendre au petit déjeuner, on faisait de l'exercice en tournant dans la cour et on remettait ça l'après-midi. Mais comme ni nous, ni les gardiens, n'aimions patauger dans la neige et la boue par mauvais temps, on s'arrangeait toujours pour ne faire que quinze, dix, ou même seulement cinq minutes si le sous-directeur n'était pas dans les parages.

C'était ça l'école, plus ou moins, sans oublier les livres provenant de donations faites par différents services éducatifs de cet Etat, les quatre autres équipes, qui en plus de la nôtre, vivaient au 1&2, et les séances du vendredi soir où on avait des débats, des gens qui récitaient des textes ou des noirs qui chantaient.

Il y avait deux choses, dans ce dortoir, susceptibles de faire surgir de ma mémoire, quand j'y pense maintenant, la totalité d'un décor plein de vie et de pulsations ; et avec une telle vérité que je pourrais voir et vivre tout cela à nouveau, et éprouver encore la douleur ressentie à cette époque, où j'étais si loin de tout ce que j'aimais. J'étais jeune, fougueux, passionné et j'adorais tout ce qui était réel et vivant. Les femmes, par exemple, coucher avec elles, boire du whisky et jouer, les sports que l'on regarde ou auxquels on participe, une voiture à soi que l'on conduit, le cinéma, les nuits passées dans un square, le coucher du soleil sur le lac, qu'on regardait du ponton du parc de Vigo, les nuages après la pluie, et le printemps, qui était pour moi tout aussi réel qu'un baiser de femme. Je devais prendre conscience aussi de toutes ces années interminables auxquelles je ne pouvais pas me permettre de penser et que je m'efforçais si fort d'oublier jusqu'à ce que, très vite, je cesse de m'intéresser à tout ce qui ne pouvait pas être immédiatement vu, entendu, senti ou touché. Et pourtant j'y pensais à toutes ces années, même avec mes yeux, mes oreilles, mon nez et ma peau. J'y pensais en grelottant comme si j'étais dehors dans le froid pas assez couvert, avec devant les yeux le spectacle de gardiens tabassant des types en les frappant à la tête avec des matraques plombées ; avec l'odeur des corps qu'on ne lave pas et des latrines sales ; avec le bruit des gourdins qui tambourinent pour annoncer l'heure de se coucher, et le souvenir des lumières vacillantes.

Pour en revenir à ces deux choses, la première c'était Giuseppe, jouant *In my solitude* sur sa guitare électrique chaque matin, juste avant le petit déjeuner, les notes de cristal s'égrenant dans tout le dortoir.

Je n'ai jamais compris pourquoi cela m'avait marqué à un point tel que, chaque fois que je l'ai entendue par la suite, cette chanson faisait resurgir ce foutu dortoir avec ses prisonniers tristes, ses matins d'hiver blêmes, le brouillard, les murs, la cour de la prison qui avait l'air si vide à cette heure, et j'éprouvais de nouveau la sensation poignante d'être perdu dans une éternité grise.

La seconde, c'était le meuble radio de Chump. On disait que c'était Nick, son vieux, le planton du sous-directeur, qui le lui avait acheté. Le capitaine Charlie ne voyait pas d'inconvénients à ce qu'il l'allume le soir, quand les lumières étaient éteintes, pourvu que les autres soient d'accord.

Pendant des années, je n'ai pas pu écouter une radio sans penser à Chump. Je le revoyais, allongé, fier, la peau sombre à cause de son sang indien, avec ce sentiment d'importance qu'il éprouvait à posséder un tel objet ; comme si la semence de Nick avait engendré le poste et qu'il l'ait accouché de ses propres mains.

VI

Le gardien qui était de faction au parloir a regardé mon laisser-passer et me l'a rendu.

« Tu rendras ça à ta mère, dit-il. Elle en aura besoin pour sortir. »

Il m'a conduit dans le hall qui se trouvait à une extrémité du bloc 1&2, et là, il m'a fouillé, aidé par le gardien de service. Ils m'ont dit de laisser ma casquette et mes gants sur la table. J'avais peur qu'ils ne prennent ma casquette, aussi je l'ai posée bien à plat pour qu'ils ne voient pas la doublure.

Quand j'ai tourné le coin du bloc 3&4, escorté par le gardien du parloir, je me faisais toujours du souci pour elle. Le parloir était une longue salle sombre et caverneuse. Les cellules ressemblaient à des cages et s'empilaient les unes sur les autres comme dans une grotte de troglodytes. Le plafond du bloc était si haut qu'on le voyait à peine.

Je me suis avancé en contournant les bancs, passant derrière les détenus qui mangeaient. Quand j'ai aperçu ma mère, je me suis arrêté et je suis resté planté là, un certain temps, immobile. Je la regardais et je voyais qu'elle me regardait, je voyais l'amour qu'elle me portait, je sentais ses yeux dans les miens et je l'aimais en cet instant précis plus que je ne l'avais jamais aimée, plus que moi-même et plus que n'importe qui d'autre de toute ma vie. Mon amour pour elle me submergeait. Il m'étouffait.

Alors, je me suis précipité en avant, elle s'est levée, nous nous sommes penchés par-dessus la table pour nous embrasser et je l'ai perdue de vue. Je sentais ses mains agrippées à mes bras, et quand elle m'a lâché, et que je me suis assis, je les sentais toujours qui me serraient. Aucun de nous n'avait dit un mot. « Je t'ai apporté quelque chose à manger, James, dit-elle en fouillant inutilement dans son panier. Je t'ai apporté des huîtres gratinées. Tu as toujours aimé les huîtres gratinées. »

Sa voix était ténue et creuse comme si elle sortait de ses lèvres et non pas de sa gorge. J'ai repensé au moment où le juge m'avait lu ma condamnation, quand j'avais essayé de dire que ça allait et que c'était d'accord ; je m'étais rendu compte que ma gorge s'était nouée, que ma langue était collée à mon palais, qu'elle refusait de bouger, ainsi que mon visage, ma bouche, ma gorge, ma poitrine ; seules mes lèvres pouvaient remuer, sans pour autant émettre le moindre son.

« C'est vrai, maman ? Laisse-moi t'aider maman, » dis-je ; mais sans relever les yeux vers elle.

Elle n'avait pas cessé de m'observer. Maintenant elle regardait dans son panier où ses mains continuaient de s'agiter sans rien faire de précis.

« Voilà la nappe, voilà les serviettes et puis voilà les assiettes », disait-elle machinalement, en les sortant du sac.

Nous avons étalé la nappe avec beaucoup de soin. Elle en a lissé les plis, puis a sorti les couverts et la nourriture. Mais cela ne semblait pas réel, ni les gestes que nous faisions, ni notre présence dans cette prison, dans ce bloc cellulaire sombre et sordide, assis l'un en face de l'autre, ni même nos efforts dérisoires pour paraître vrais, à l'aise et naturels.

Il y avait un plat de gratin d'huîtres, des pommes de terre en salade, du pain, du beurre, un pot de confiture et quelques gâteaux.

« Je ne t'ai rien apporté à boire, dit-elle de sa voix légère et immatérielle. Je ne savais pas quoi prendre et je n'aurais pas su où le mettre. »

Depuis le premier regard que nous avions échangé, et pendant tout le temps qu'a duré la visite, je n'ai plus jamais levé les yeux sur elle. J'ai regardé ses mains, la nappe, la nourriture ou encore par-dessus son épaule par la porte ouverte d'une cellule. J'y voyais deux bat-flanc qui avaient été relevés contre le mur et fixés avec des chaînes pour la journée. Dans le placard et sur les étagères, des photos, des pots, des bouteilles, deux peignes, une brosse à cheveux, un balai de fortune et, suspendue à une corde à linge sur la droite, une robe de chambre bordeaux, d'un rouge si sombre qu'il tranchait sur le jaune des murs.

« Ça ne fait rien, maman, je n'ai pas soif », ma voix était presque inaudible et je jurais intérieurement. « On a tout ce qu'il faut à boire, on ne manque de rien. » J'essayais d'avoir l'air naturel et d'être gai pour qu'elle croie que je pensais vraiment ce que je disais, mais ma voix se brisa.

« Tu as l'air en bonne santé, James. »

Je jouais avec une huître en la poussant avec ma fourchette dans l'assiette.

« Je sais, maman. »

Elle portait le vieux manteau d'astrakan élimé que j'avais acheté à un type qui m'avait fait croire qu'il était receleur. On avait découvert plus tard que c'était de l'imitation. En dessous, elle avait une robe en lainage marron.

« Est-ce qu'ils vous donnent assez à manger, James ? »

Seigneur ! Elle fait tout ce qu'elle peut pour ne pas pleurer, pensai-je.

« On n'est pas mal nourris. »

J'essayais de sourire mais je n'ai fait que bouger les lèvres. Ça m'a fait mal au visage, sous les yeux et tout autour. Mes muscles et ma peau me faisaient mal comme si j'avais la lèpre et mes yeux me faisaient souffrir comme mon ventre quand j'ai envie de vomir. Je savais que ma mère voulait que je la regarde, mais j'avais les yeux trop à vif, trop ouverts et trop douloureux pour pouvoir les lever sur elle ou sur n'importe qui d'autre. Je suis resté planté là, les lèvres entrouvertes, à pousser les huîtres dans l'assiette.

« Est-ce que... Est-ce qu'on te frappe des fois, James ?

– Non maman, ce n'est pas aussi dur que tu le crois. » Je lui ai parlé de notre routine et de notre emploi du temps. « J'ai été balayeur dans l'équipe de chauffe au début, mais maintenant je donne des cours à l'école.

– Ce doit être intéressant, dit-elle.

– C'est pas mal, dis-je, toujours sans la regarder.

– Tu n'as rien mangé, James. » dit-elle.

J'ai lancé un coup d'œil dans sa direction pour détourner les yeux aussitôt.

« Je n'ai pas faim, maman. Tu sais, on vient juste de finir de manger. »

Ses yeux étaient rouges à l'endroit où les larmes avaient coulé, et tout autour, les paupières étaient gonflées et son visage défait. La peau s'était affaissée comme si ce qui l'avait maintenue en place toutes ces dernières années avait été brisé par son chagrin. Les cheveux qui dépassaient du bord de son chapeau de feutre retapé m'avaient paru plus gris, mais ce devait être mon imagination, et il m'était impossible de la regarder à nouveau pour m'en assurer.

Soudain j'ai compris pourquoi je ne pouvais pas la regarder. Pas seulement parce que je ne voulais pas qu'elle voie cette nausée, cette culpabilité et ce remords que je me cachais à moi-même, mais parce que je ne voulais pas voir le chagrin sur son visage qui avait vieilli si vite.

J'avais l'impression que ne pas voir ce chagrin l'empêcherait d'exister, ou, du moins, ne me forcerait pas, moi, à en prendre conscience, tout en sachant parfaitement qu'il était là, tout le temps, avant même que je l'aie aperçue. Je ne voulais pas non plus qu'elle voie mes yeux, c'était mieux pour elle.

« Je... je croyais que tu aimais les huîtres comme ça, James. C'est pour cela que je les ai faites », dit-elle. J'ai senti chacune des larmes qu'elle retenait dans chacun de ses mots, je pouvais les sentir, claires, légères, humides, et qui semblaient vouloir tout inonder. Elle faisait tout ce qu'elle pouvait pour ne pas pleurer.

« Je les aime, maman. » J'ai poussé une huître, l'ai portée à mes lèvres et je l'ai reposée dans l'assiette. Si je l'avais mise dans ma bouche, j'aurais vomi.

« Je n'ai pas écrit parce que j'avais l'intention de venir, dit-elle.

— Ça ne fait rien.

— A quoi penses-tu, James ? demanda-t-elle.

— A quoi je pense ? » J'étais pris de court. « A rien. J'essaye de garder la tête vide. Ce serait mieux si je pouvais ne pas penser, si j'avais pu ne jamais penser.

— Tu étais si intelligent, James, dit-elle. Tu aurais pu devenir quelqu'un de célèbre, brillant comme tu l'es. » Tout à coup, elle fondit en larmes. « Oh mon petit, mon tout petit, tu étais si bon élève. »

Seigneur, ça y est ! pensai-je en ajoutant : « Ne pleure pas maman, je t'en prie, ne pleure pas. Je vais très bien, je vais très bien, maman.

— Oh mon petit, mon pauvre petit, mon pauvre petit ! »

Il ne manquait plus que ça.

« Ne pleure pas, maman, je t'en prie, ne pleure pas... »

Toutes ces larmes, pensai-je, toutes ces larmes aujourd'hui, après tant d'années. Et tout cet amour pour moi, cet amour pur et sacré, cet amour maternel et cette pitié. Je refusais la pitié. Et cet amour d'un fils pour sa mère, tout cet amour qui, aujourd'hui, ne sert à rien et n'a plus d'importance. « Ne pleure pas, maman, je t'en prie, ne pleure pas. »

Elle s'est reprise. Je ne la regardais pas, pourtant je savais qu'elle s'essuyait les yeux, et quand elle a reposé ses mains sur la table, elles avaient retrouvé leur calme et leur sérénité. Elles étaient rougies et usées par le travail, avec les ongles abîmés. Je ne pouvais pas les regarder sans pleurer, alors j'ai détourné les yeux.

Nous sommes restés silencieux pendant un instant.

« Est-ce que tu dis toujours tes prières, James ?

— Oui, maman. » Je mentais.

« La situation n'est pas aussi désespérée qu'elle en a l'air, James, dit-elle. Le directeur dit que si tu te conduis bien et si tu restes tranquille, tu auras une remise de peine.

— Tu as vu le directeur ?

— Oui, j'étais arrivée en avance, alors il est sorti de son bureau et m'a parlé. Il m'a dit que tu avais l'air d'un bon garçon.

— C'est vrai ?

— Il a dit qu'on t'aimait bien ici.

— Allons bon ! Moi je ne l'ai pas encore vu, dis-je.

— Il dit que dans douze ou treize ans tu passeras devant la commission de libération conditionnelle, et que si tu te conduis bien, tu pourras en bénéficier.

— Ah bon, il a dit ça aussi ?

— Je t'en prie, James, essaie de rester tranquille, dit-elle.

— D'accord, maman, je serai un modèle de... Je resterai tranquille, maman », dis-je. Et comme ça, si le directeur dit vrai, je n'aurai que treize ans à faire au lieu de vingt, pensai-je.

Elle a sorti une bible qui était au fond de son panier et me l'a donnée.

« Je veux que tu gardes ceci, James.

— Merci maman », dis-je en la prenant et en tournant quelques pages. C'était sa bible à elle. Aussi loin que je m'en souvienne, je l'avais toujours vue dans sa chambre. C'était un très vieux livre avec une reliure usée de cuir fin et *La Sainte Bible* gravé à la feuille d'or sur la couverture. Sur la page de garde, écrit à l'encre, il y avait son nom de jeune fille et une date : 13 juin 1919.

« Je l'avais avant d'être mariée, dit-elle.

— Je sais. » Les pages étaient très fines et légèrement jaunies par le temps.

« La visite est terminée, madame », dit le gardien, près de nous. Nous ne l'avions pas entendu approcher.

Ses mains, croisées sur la table, qui étaient si calmes, se sont crispées. Tout son corps s'est crispé. A l'autre bout, j'ai vu que les autres se levaient, s'embrassaient, riaient et se préparaient à partir.

Je me suis levé rapidement et elle s'est mise debout péniblement. Nous nous sommes embrassés encore une fois. Ses lèvres tremblaient contre les miennes, puis, sa bouche s'est crispée. J'ai pensé : « Non, pas ça, il ne faut pas qu'elle recommence à pleurer. » Je l'aimais tant, sans la regarder. Mon amour pour elle remplissait tout mon corps.

Encore une fois, je sentais ses mains qui serraient mes bras. et quand elle m'a relâché, comme tout à l'heure, ils ont conservé son étreinte.

« Au revoir, James. J'essaierai de venir le mois prochain. » Elle avait droit à une visite par mois. « Sois sage, fais tes prières et lis la Bible.

— Oui m'man, j'ai dit. Je le ferai m'man, au revoir m'man. »

Pendant tout le temps que nous sommes restés ensemble, pas une seule fois je n'ai tourné les yeux vers elle depuis ce premier regard qui m'avait rempli d'amour. Je me suis éloigné, la bible à la main ; ce livre n'était qu'un poids mort depuis que j'avais perdu le Dieu qu'il annonçait. Je suis retourné dans le hall pour y récupérer ma casquette et mes gants jaunes en peau de porc. Je serrais mes gants très fort dans mon autre main et c'était agréable de les tenir en sachant que c'étaient de bons gants et les miens surtout, parce qu'ils représentaient quelque chose de solide et de réel tout à la fois et qu'ils m'avaient coûté un dollar cinquante ; de plus, si je le désirais, je pouvais les découper et les rendre inutilisables, ou bien les brûler en jetant leurs cendres au vent de façon à ce qu'en peu de temps ils aient perdu leur réalité et ne soient plus qu'un souvenir de gants qui m'avaient appartenu, eux qui ne pouvaient rien m'offrir ni rien m'enlever parce qu'ils n'avaient pas d'importance.

Juste avant de passer la porte, je me suis retourné pour contempler cette longue enfilade sombre avec ses trois étages de cellules qui s'élevaient comme une falaise d'acier vers le plafond de béton, tout là-haut à dix-huit mètres au-dessus de ma tête, et les murs maculés et poussiéreux du bâtiment avec leurs fenêtres sales garnies de barreaux. Elle se tenait là, debout, minuscule au milieu de tout cet immense assemblage d'acier et de pierre construit pour garder enfermés des gens qui ne pensaient qu'à en sortir. Elle ramassait cette nourriture qu'elle avait préparée, apportée et que je n'avais pas mangée, et la remettait dans son panier. Elle paraissait tellement petite, tellement fragile et tellement vieille.

VII

La nuit précédente, j'avais avancé un dollar de jetons à une sorte de péquenot hongrois nommé Big John pour qu'il puisse jouer au poker. Je les avais échangés contre un singe qu'il avait sculpté dans un noyau de pêche. Il m'a ratissé. Quand il a fallu payer nos dettes, Book-Me, qui jouait avec moi, a dit qu'il était raide et j'ai dû payer les siennes. Comme je n'avais pas assez, je me suis fait une ardoise de sept dollars et quatre-vingt-quinze cents.

Avant le petit déjeuner, le lendemain matin, Hunky Hank m'a demandé de lui prêter du fric, il s'était fait nettoyer par les autres au poker de l'équipe de chauffe.

Je lui ai écrit un mot où je lui expliquais qu'on m'avait lessivé moi aussi, que Big John m'avait eu avec seulement un dollar de jetons échangés contre un noyau de pêche sculpté en forme de singe, que Book-Me étant fauché j'avais dû payer sa dette de ma poche et que je n'avais pas eu assez de fric.

En allant manger, nous avons croisé l'équipe de chauffe qui revenait de chez le coiffeur. J'ai lancé le papier à Hunky d'un coup de pouce. Le vieux Warren l'a vu et il a foncé sur Hunky pour le faire sortir du rang. Quand je les ai perdus de vue, il était en train de le fouiller.

Il y avait du petit salé et des pommes de terre ce jour-là. J'ai mis le petit salé de côté pour la fin parce que c'est ce que je préfère. Mais avant que j'aie eu le temps de l'entamer, Warren et Donald sont entrés dans le réfectoire et ont demandé à Book-Me, Big John et moi de quitter la table.

« Qu'est-ce que j'ai fait ? demanda Book-Me.

— Allez, avancez, avancez, et pas de discussion », gronda Warren.

Warren n'avait pas établi de fiche de rapport et n'importe lequel des gardiens de notre équipe, que ce soit Bull ou Clem, aurait pu les empêcher de nous emmener, mais ils n'ont rien fait. Nous sommes sortis par la porte principale et avons tourné devant l'infirmerie.

« Non mais, pourquoi on m'emmène au trou ? demanda Book-Me encore une fois. J'ai rien fait, moi.

– T'as joué du fric aux cartes, si tu veux le savoir. Même que tu tiens une sacrée table de poker tous les soirs.

– Et en quoi ça vous regarde, vous êtes pas mon gardien », dit Book-Me.

Book-Me, Big John et moi marchions devant Warren et Donald. Warren l'a frappé derrière la tête sans prévenir. Book-Me a été précipité en avant, il s'est repris à temps pour ne pas tomber, a tourné légèrement sur lui-même avant de perdre l'équilibre en titubant. Le coup avait heurté son chapeau qui est tombé sur le trottoir quand Book-Me s'est jeté tout à coup sur Warren. Ses cheveux clairsemés lui tombaient sur le front. Je me suis alors retourné d'un bond pour faire face à Warren et je suis descendu du trottoir.

J'avais les yeux fixés sur Warren et ne pouvais pas voir Book-Me. Mais quand le gardien a relevé son bras avant de l'abattre, j'ai reporté mon regard sur le visage de Book-Me. Il fonçait sur Warren, la bouche ouverte et les yeux exorbités. J'ai vu la matraque s'abattre en travers de son front, juste au-dessus de l'œil sous la mèche de cheveux. Une terrible entaille blanche est apparue sur son front comme s'il avait été coupé au couteau ; son regard s'est éteint. Toujours ramassé sur lui-même, touché une seconde fois, il tomba dans les jambes de Warren qui l'a frappé à nouveau. Alors j'ai gueulé en essayant de dominer la nausée qui me prenait :

« Nom de Dieu, espèce de fils de pute, arrête de le cogner, arrête de le cogner, tu vois bien qu'il a son compte ! »

Il avait sa matraque levée, alors, pivotant légèrement sur lui-même, il l'a abattue sur moi. J'ai paré le coup avec mon bras et j'ai reculé, pour me retrouver dans la boue jusqu'aux chevilles. Quand il s'est avancé, je lui ai tourné le dos et je suis parti à grands pas vers le trou. La fierté m'obligeait à ne pas courir, mais la peur me tenaillait les tripes comme des millions de mains minuscules, au point que je me sentais aussi raide qu'une souche. A chaque instant, je m'attendais à recevoir un coup sur la tête, guettant le bruit de ses pas derrière moi, tout en me disant que, si jamais il me frappait et que je ne perde pas connaissance, je le tuerais. Et pendant tout ce temps, je m'efforçais de savoir si ça valait le coup de mourir pour ça. Je suis allé jusqu'au trou sans me retourner, avec la sensation que j'éclaterais en mille morceaux au moindre contact.

Big John était à la porte de la salle d'attente. Quand je suis arrivé, il m'a dit :

« Ils emmènent Book-Me à l'infirmerie. »

J'ai regardé en arrière. Deux infirmiers mettaient Book-Me sur une civière.

« J'vois pas pourquoi ils prennent une civière, ils auraient aussi bien pu le ramasser comme ça pour le balancer à l'infirmerie », dis-je. Mais je parlais pour ne rien dire.

Big John a grogné. Tout à coup je me suis mis à suer comme un cheval. J'avais de la sueur dans les cheveux, sous les yeux, elle me coulait dans le dos et j'avais les mains moites. Je la sentais aussi sur mes jambes et elle devenait froide en suintant de ma peau.

On a aperçu Warren et Donald qui se dirigeaient vers nous. Nous sommes entrés nous asseoir. Le sous-directeur et Gout les accompagnaient. Gout était petit, bedonnant, avec les pieds en dedans et plutôt crâneur. Essayez de vous imaginer un type avec une démarche de canard, une bonne bedaine, un visage tout ridé comme s'il était sucé de l'intérieur, pas de dents, un regard de chouette sous la visière rabattue, et en train de se pavaner. Ses yeux étaient mauvais, d'un gris sale, derrière des lunettes cerclées d'or. Les autres détenus disaient : Hitler, ou le Crapaud, moi je l'ai toujours appelé le Goutteux. Je n'ai jamais trouvé mieux.

Sur sa casquette on pouvait lire : *Chef du personnel,* mais son travail était celui d'un employé au transfert des prisonniers. Chaque fois qu'un type était transféré d'une équipe à une autre, c'était lui qui en prenait la décision, mais le sous-directeur pouvait toujours s'y opposer. Pendant les conseils de discipline, c'était lui qui faisait office de procureur. Que ce soit en tant que responsable des transferts ou que procureur, il s'était taillé la réputation du fonctionnaire le plus dégoûtant, le plus mesquin, le plus ignoble, le plus vil et le plus pourri de toute la prison. On disait aussi qu'il mouchardait pour le directeur, qui ne s'entendait pas avec son sous-directeur. Il le renseignait sur tout ce qui se passait à l'intérieur des murs. Le directeur venait rarement dans la prison. Avant de faire ce travail, Gout avait été capitaine sur un cargo qui transportait du minerai. Cela faisait longtemps déjà. Je n'ai jamais compris pourquoi il avait laissé tomber un bon boulot comme ça pour devenir gardien de prison. Et je me le demande encore. Je ne pouvais pas me l'imaginer autrement que sous l'aspect d'un petit vieux avec une grosse bedaine ridicule.

Il m'a jeté un coup d'œil et s'est cambré en arrière, son gros corps bouffi de crapaud tirait son uniforme de travers. Il a mis les mains sur ses hanches.

« Je vais mettre celui-là dans l'équipe de soupe, dit-il en parlant de moi. Et celui-là au 1-11. » Il s'est tourné vers le sous-directeur : « Faites-leur goûter au trou d'abord.

— Hé, une minute, commençais-je, j'ai même pas été jugé. »

Le sous-directeur nous a ignorés tous les deux. Il avait un air sardonique et détaché ce matin, un peu dans les nuages, à la fois rigolard et indifférent. Il savait tout sur nous, et quand le fichier ne pouvait pas le renseigner, il avait son réseau d'espionnage parfaitement organisé. Il était à ce poste depuis dix-sept ans.

Avant de venir nous chercher, Warren était passé au dortoir pour fouiller nos couchettes en espérant y trouver des cartes et des jetons, mais en vain. Je les confiais d'habitude à un autre détenu qui avait une malle fermant à clé. Tout ce qu'il avait trouvé, c'était une tranche de pain sous le matelas de Big John.

Il a montré le billet que j'avais écrit pour Hunky et la tranche de pain qu'il avait découverte, au sous-directeur, qui a envoyé Big John au trou. A moi, il m'a dit de m'asseoir là. Ils sont sortis, le sous-directeur marchant droit et à petits pas rapides, Gout, cambré en arrière, essayait de crâner, Warren avançait courbé en avant comme un vieillard tout en jetant des coups d'œil furtifs au sous-directeur en lui parlant ; Donald, lui, fermait la marche en posant ses pieds sensibles sur le trottoir avec autant de précautions qu'un joueur d'échecs avançant une pièce.

De ma place je pouvais voir de l'autre côté de la cour. Au bout d'un certain temps les équipes commencèrent à quitter le réfectoire. Les plus petits, devant, marquant la cadence, les plus grands traînant derrière, deux par deux, ils sortaient des rangs au fur et à mesure qu'ils approchaient des dortoirs. Les blancs devant et les noirs derrière. D'abord une file, puis une autre jusqu'à ce que quatre files serrées sortent du réfectoire pour se diriger vers les quatre blocs cellulaires. Et il en sortait toujours, comme les personnages dans un roman-fleuve ou comme une nuée de sauterelles. Et puis tout à coup, sans laisser la moindre trace, ils ont disparu. Ils s'étaient évanouis sans laisser un seul indice prouvant qu'ils aient jamais été là, sans même leurs traces de pas dans la boue. C'était renversant.

Quand les gardiens ont eu fini de manger, Gout m'a transféré dans l'équipe de chauffe. La première personne que j'aie vue en arrivant fut Hunky.

« Dis donc, qu'est-ce qui t'a pris de mettre tous ces noms sur ce bout de papier ? dit-il en guise d'accueil.

— J'ai pas réfléchi.

— Et Book-Me, ils l'ont abîmé ?

— Je sais pas, dis-je.

— Qu'est-ce qu'ils ont fait de Big John ?

— Au trou. »

Le vieux Warren est arrivé et l'a fait déguerpir. Il était content de m'avoir récupéré.

« Regardez-le, les gars, le voilà », dit-il en faisant cesser le travail pour qu'ils puissent l'entendre se payer ma tête, « j'en ai assommé un et j'ai envoyé l'autre au trou. Regardez-le celui-là, un caïd. L'aumônier voulait en faire un professeur mais il n'en était même pas capable. Et maintenant voilà que ça tient avec un autre type une table de poker florissante ». Quelques-uns de ses indicateurs ont ri de sa plaisanterie. « Regardez-le, le revoilà dans l'équipe de chauffe. » Il m'a regardé par-dessus ses lunettes. « Qu'aimeriez-vous faire, Môssieur Monroe ? Que diriez-vous de trimbaler le charbon, à moins que ce soit faire injure à votre dignité ! » Cela déclencha un autre fou rire chez ses lèche-bottes.

Je n'ai rien dit. Je ne pouvais pas le sentir. Il m'a mis de corvée de brouette, sans même m'attribuer de couchette. Mais cette fois j'ai paré le coup. Quand le vieux Warren est venu chercher la liste des demandes d'entrée à l'infirmerie pour l'après-midi, j'ai dit que j'avais des crampes. C'était un truc infaillible pour aller à l'infirmerie.

D'ordinaire, l'après-midi, le médecin de la prison était absent. C'est le détenu qui lui servait d'assistant qui s'occupait des consultations. La queue pour une consultation normale avait lieu derrière l'infirmerie les lundi, mercredi et vendredi matins. Elle faisait d'habitude au moins huit cents mètres de long. Mais une fois par jour, les gardiens des équipes y amenaient les urgences.

C'était un vieux bâtiment à pignons, typique de l'architecture américaine d'il y a cent ans. Il avait une assise de briques juste sous les bardeaux et une coupole surmontée d'une girouette. C'est là que se trouvait la section principale, s'étendant d'une extrémité à l'autre et flanquée de dépendances. Une partie du sous-sol servait d'entrepôt. Une équipe d'infirmes noirs logeait dans une autre partie. Pendant l'hiver, ils avaient droit à la compagnie des deux alligators de la prison, Ben et Bessie, qui avaient là leur réservoir d'eau tiède.

Warren nous a fait aligner dans le hall d'entrée devant le bureau d'enregistrement. Nous étions huit. Le docteur portait une tenue d'un blanc éclatant. Quand ce fut mon tour, je lui ai dit que mon dos me faisait beaucoup souffrir et que je touchais une indemnité d'incapacité totale reconnue par la médecine du travail. J'ai dit aussi qu'on m'avait fait trimbaler du charbon et que je n'en étais pas capable. J'ai dévidé tout ça d'une traite sans lui laisser la possibilité de m'interrompre.

Il m'a envoyé en médecine générale voir un autre détenu faisant office de surveillant, un Italien de petite taille aux cheveux bouclés nommé Tino. Il avait déjà quelques cheveux gris, sa voix était rauque et voilée et il avait une façon de vous regarder qui semblait vouloir dire qu'il ne vous comprenait pas mais que, de toute façon, il était de votre côté.

Après m'avoir écouté il est entré dans un bureau pour y chercher mon dossier. Je lui ai dit que ce n'était pas marqué dessus parce que je n'avais pas osé le dire au docteur. Il m'a regardé d'une drôle de façon. « C'est pourtant inscrit sur la fiche », dit-il. Il m'a donné un lit en salle C. Il n'aimait pas le vieux Warren et, de toute façon, même si ma blessure dans le dos n'avait pas été sur mon dossier, il m'aurait gardé.

Warren était plutôt en rogne. Mais il ne pouvait rien faire.

La salle C était réservée aux nouveaux arrivants et aux convalescents. Les lits étaient disposés contre le mur de part et d'autre de la large travée centrale. A l'entrée se trouvait le bureau de l'infirmier et, à l'autre bout, la salle de bains. C'était merveilleux de prendre enfin un vrai bain dans une vraie baignoire. Les fenêtres donnaient sur la cour.

Je voyais tout ce qui s'y passait sans bouger de mon lit. Dans le fond de la salle et accrochée à celle-ci, il y avait une véranda avec une autre rangée de lits. Mais j'ai cru comprendre qu'ils étaient réservés à la sieste des infirmiers. Les fenêtres de la véranda donnaient sur les abords du dortoir préfabriqué où j'avais logé.

Juste avant le repas du soir, Mal est venu jusqu'à l'infirmerie, il m'a fait appeler à la fenêtre de derrière. Il m'a demandé si je n'avais besoin de rien. Il ne pouvait pas rester longtemps et n'arrêtait pas de piétiner sur place comme s'il marchait. Je lui ai dit que j'aimerais avoir de quoi fumer, ma brosse à dents et du dentifrice. Quand il m'a dit que j'avais une drôle de dégaine avec cette chemise de coton, je l'ai envoyé se faire foutre.

Le personnel de jour de notre salle comprenait deux infirmiers et un planton. Ils portaient des chemises blanches et des pantalons blancs très ajustés. Le plus mignon des trois est venu dans la salle de bains pendant que j'étais dans la baignoire et m'a proposé de me frotter le dos. Je l'ai laissé faire. Il m'a dit qu'il s'appelait Harry. J'avais déjà passé suffisamment de temps dans les hôpitaux pour ne pas être gêné devant un infirmier, je ne savais pas à ce moment-là qu'il s'agissait d'autre chose.

On nous apportait notre dîner au lit sur des plateaux. Il y avait deux menus, un solide qui portait le numéro un et un liquide qui portait le numéro deux. Il y avait du lait (ou du café), du potage aux légumes, du pain et du beurre, un steak, des frites et un morceau de tarte. Rien d'étonnant, pensais-je, à ce que tout le monde essaie de se faire porter pâle.

Dans la soirée, le vendeur de journaux m'a apporté ma brosse à dents, du dentifrice, du savon, un gant, mon peignoir de bain et du Bull Durham que m'envoyait Hunky. Plus tard, celui qui distribuait les magazines m'a amené une brosse à dents neuve, un tube de dentifrice neuf, un savon neuf, un gant neuf et un peignoir qui m'étaient envoyés par Mal. Avec un bon steak dans le ventre, des journaux et des magazines à lire, un service impeccable et deux bons copains, je me sentais en pleine forme. J'ai pensé que ce serait pas mal de finir mon temps là. Je me sentais parfaitement capable de rester allongé ici sans rien faire pendant vingt ans.

A six heures, au moment de la relève, les infirmiers de jour ont remis leur tenue de prisonnier et sont allés se dégourdir les jambes dans la cour par groupes de deux ou trois. Ils avaient des privilèges de cour. Cette nuit-là, Book-Me s'est glissé depuis la salle A pour me rendre visite. Il m'a engueulé d'avoir mis tous ces noms sur le papier. Je lui ai donné du Bull Durham, du dentifrice et je lui ai prêté un de mes peignoirs. Ça l'a calmé.

Plus tard cette nuit, j'ai compris pourquoi Tino m'avait si facilement accepté à l'infirmerie. C'est moi qu'il voulait. Avant la fin de la semaine, ils avaient tous tenté leur chance. Même les balayeurs noirs.

Je suis resté si longtemps en rogne que ça finissait par en être comique.

Ils avaient un truc. Si un détenu était jeune et beau gars ils l'acceptaient à l'infirmerie, ils le nourrissaient bien, et le gardaient jusqu'à ce qu'il soit trop reconnaissant pour refuser. « C'est pas grand-chose, disaient-ils. Tout le monde fait ça. » Il y avait une chanson qui disait « Les limaces le font, les punaises le font, même les mecs en tôle le font » ou du moins c'est comme ça qu'ils la chantaient. Tout était prévu. Si l'un d'eux n'y arrivait pas, un autre essayait. Ensuite, dès que le premier se l'était tapé, ils se l'envoyaient tous.

Toute l'organisation de l'infirmerie était à base de racket et de chantage dégueulasse. Le médecin passait une fois par jour. Si un type n'avait rien et que les infirmiers voulaient le garder, ils marquaient sur sa fiche qu'il avait de la température. Le médecin était au courant mais s'en fichait.

Les grosses légumes devaient leur verser un loyer à la journée et ils vendaient aussi le menu numéro un, les drogues et les médicaments. Toutes les nuits, on jouait gros au poker dans la salle des tuberculeux, il y avait des centaines de dollars en jeu. Parfois les infirmiers jouaient au bridge sous la véranda et pariaient gros eux aussi. Tout le monde était soit un loup soit une gonzesse. Le loup est pour ainsi dire le mâle de l'espèce, un animal assez rare et en voie de disparition. La gonzesse est la femelle. Il y avait aussi ceux qui ne voulaient pas être considérés comme des gonzesses, sans pour autant être tout à fait des loups, et que l'on classait dans la catégorie des louves, ce qui était le cas pour la plupart des loups quand on y regardait de plus près.

Tous ceux qui travaillaient à l'infirmerie se remplissaient les poches. Chacun avait son propre racket. Avec moi cela n'a pas marché. Je me suis brouillé avec tout le monde sauf avec le surveillant, Tino, qui s'est révélé plutôt bon bougre quand il a eu compris qu'il ne le ferait pas avec moi. Ils étaient plusieurs à vouloir m'en faire baver. Mais lui m'a toujours fichu la paix. Il a même insisté pour que je reste quand, m'étant levé du pied gauche un matin, j'ai exigé qu'on m'apporte mes vêtements en disant qu'il valait mieux que je foute le camp pour de bon de ce bordel avant de casser la gueule à quelqu'un. Il m'a dit que Gout me mettrait dans l'équipe de soupe, mais que si je restais encore deux ou trois semaines, je pourrais certainement retourner à l'école.

Je ne me suis pas non plus laissé faire par Harry, le petit infirmier, celui qui était mignon comme tout. Il n'était ni loup ni louve, juste une adorable petite tapette qui en pinçait pour moi. Il s'est occupé de moi, pas sexuellement, bien sûr, mais en veillant à ce que mes draps soient changés tous les jours, en me frottant avec de l'alcool, en me donnant des laits de poule, et en m'apportant aussi plus de nourriture que je pouvais en manger. Des œufs et du jambon au petit déjeuner, du foie et des oignons à midi, du steak, des légumes et de la salade le soir. Mais j'en ai quand même eu vite marre.

C'était une boîte pourrie et dégueulasse. Le pire dans tout ça, c'est qu'ils agissaient comme si leurs activités sexuelles étaient des plus normales, sans en éprouver plus de honte que d'autres n'en éprouvent dans la promiscuité. Je n'étais pas en prison depuis assez longtemps pour le comprendre comme ça.

Il y avait deux grosses légumes de la banque, en haut, dans la salle C. Ils fumaient leurs cigares, buvaient des whiskies soda et se baladaient dans l'infirmerie, vêtus de robes de chambre coûteuses, en propriétaires des lieux. Le médecin les saluait de son sourire chevalin comme s'ils avaient loué ses services pour la journée, ce qu'ils faisaient probablement. Cela m'a fait comprendre, plus clairement que jamais, toute la différence qui existe entre voler une banque de l'intérieur et la cambrioler de l'extérieur.

Les gangsters se débrouillaient bien, eux aussi. En fait, c'était le cas pour n'importe qui, à condition de sortir du pèze ou d'être suffisamment jeune, beau, et de ne pas dire non. C'était un échange basé uniquement sur le fric et le sexe. Et si un pauvre type était vraiment malade, ils le retapaient et le mettaient dehors avant qu'il ne les gêne.

Une semaine là-dedans et j'en avais assez. J'avais l'impression d'être souillé. C'était comme si j'étais tombé dans une fosse d'aisance. Tous les jours, un pauvre type crevait, et le médecin allait de salle en salle pour en raconter de bien bonnes à son sujet. Les infirmiers quant à eux, disaient aux balayeurs : « Et un matelas qui sort, un ! »

A la fin, je me suis dit, qu'après tout, je n'en avais rien à foutre de l'équipe d'école, rien à foutre de toutes les équipes. Je me foutais complètement de l'endroit où on me mettrait, que ce soit dans l'équipe de soupe ou ailleurs, qu'ils fassent comme ils voudraient, moi, je me tirais. Le coiffeur venait d'en finir avec ma barbe. Il m'avait mis la figure en sang. Je l'ai traité de lèche-cul et il m'a menacé avec son rasoir. J'ai ramassé la cuvette d'eau, au hasard. Je croyais peut-être pouvoir le noyer avec ça. Si Tino n'était pas arrivé pour nous séparer je ne sais pas comment ça aurait fini ; certainement avec quelques bonnes entailles pour moi.

On était un jeudi matin, à la mi-mars, et le temps ne semblait pas vouloir se lever. On m'a transféré directement de l'infirmerie à l'équipe de soupe. Mais ce n'était qu'un au revoir.

Une semaine plus tard, j'ai attrapé froid. Je croyais que ça allait guérir à la longue, mais ça n'a fait qu'empirer. A la fin, j'ai dû retourner à l'infirmerie à la visite du lundi matin et prendre place dans la queue qui commençait à l'entrée de derrière pour s'allonger dans la cour. Il neigeait ce matin-là. A nous voir, on aurait dit la lessive du lundi qu'on aurait oubliée sur son fil dans la neige, sauf que nous étions des loqueteux, et non des loques, mal nourris, mal vêtus, à nous geler dans le froid en attendant notre tour de passer devant le bureau de médecine générale où le médecin donnait ses consultations. Il était assis là, entouré de son personnel, à distribuer des doses de rosé à tous ceux qui défilaient devant lui. Le rosé était une solution cencentrée de sulfate de magnésie dans un doigt d'huile de croton. On gardait les médicaments pour les malades qui pouvaient payer. Il distribuait aussi des brimades, verbales et physiques, giflant un détenu par-ci et en frappant un autre au visage par-là.

Il y avait des types avec des crampes, des hémorroïdes sanglantes, des appendicites, des tumeurs, des cancers, des poumons en dentelle. Tous espéraient une piqûre de je ne sais quoi, une bouteille de sirop dégueulasse pour la toux, une boîte de pommade, une opération sans délais, ou six mois au moins dans la salle des tuberculeux avec, au bout, une mort violente et moche, en plein délire. Et tous attendaient dans ce foutu froid.

Une fois dedans, je me suis adossé au mur en attendant que la file avance. J'ai vu un bec Bunsen allumé. J'ai eu besoin de toute ma volonté pour ne pas le prendre et mettre le feu à mes vêtements.

Après tout ce temps passé au froid, j'avais perdu ma voix. Je ne pouvais plus émettre un son. Tout ce que je pouvais faire était de remuer les lèvres. Le médecin était ce gros fumier de Hollandais à l'air dédaigneux avec sa blouse ouverte sur un gilet sale. Il a dû croire que j'étais insolent, car, n'ayant pas levé la tête pour s'apercevoir que mes lèvres remuaient, il a dû penser que je n'avais pas répondu quand il m'avait demandé : « Qu'est-ce qui ne va pas ? Qu'est-ce qui ne va pas ? ». Un moment, j'ai cru qu'il allait se lever pour me gifler. On disait de lui qu'un matin, ayant perdu son troisième patient sur le billard, il avait pris peur et était devenu furieux, gémissant sans arrêt, « Mais Bon Dieu, pourquoi est-ce qu'ils n'arrêtent pas de crever ? »

Mais s'il m'avait giflé ce matin-là, il y aurait eu soit un Monroe, soit un docteur de mort. Plus probablement un Monroe. Je n'ai rencontré que deux détenus qui aient tué des gardiens. Ils étaient là à perpétuité. Tous les deux avaient été tabassés à en devenir dingues. Mais ça s'était passé avant que j'arrive.

C'était aussi en médecine générale, au même bureau, que les syphilitiques recevaient des injections de mercure et de Salvarsan au bras ou à la hanche. Je n'ai jamais su pourquoi on ne leur donnait pas de pénicilline ; peut-être que ça coûtait trop cher. Quand on avait piqué ces pauvres types dans le bras et dans les fesses, ils repartaient en titubant et en vomissant. Puis leurs cheveux tombaient, et ils perdaient leurs dents. Ensuite, ils devenaient aveugles et sourds. Quelques-uns guérissaient. C'était les infirmiers qui faisaient les piqûres. Ils étaient particulièrement brutaux et sans patience avec ces malades-là. On avait l'impression que chaque fois qu'ils piquaient quelqu'un, c'était en espérant qu'il tombe raide mort et leur foute la paix.

VIII

L'équipe de soupe avait été créée, disait-on, pour les malades, et c'était l'enfant chérie de Gout ; elle était prévue pour ceux qui avaient des maux d'estomac et des ulcères, qui ne pouvaient pas manger l'ordinaire et avaient besoin de suivre un régime sans pour autant être assez malades pour aller à l'infirmerie.

C'était l'équipe 2-10 qui logeait dans une rangée de dix cellules au deuxième niveau du bloc 10&11. Ce bloc était le dernier survivant d'une époque révolue où, semble-t-il, on construisait les prisons à l'image des donjons médiévaux. Il était vieux, branlant, sombre et humide. Aujourd'hui il avait l'air d'être à deux doigts de s'effondrer. Les passerelles de bois étaient pourries et tremblaient à chaque pas, elles étaient flanquées de rambardes en fer qui arrivaient à hauteur de la taille. Les cellules étaient fermées par des barres de fer plates entrecroisées, tellement serrées qu'il était presque impossible de voir à l'intérieur.

« C'est là », dit le planton en s'arrêtant devant la cellule 17. Sur ces barres, à la tête du bat-flanc inférieur, était accrochée une plaque d'identité avec : Green-100297. Le nom était accompagné des lettres P et T qui voulaient dire que Green était protestant et qu'il avait toujours droit à du tabac. A cette époque on recevait une carotte de tabac à chiquer le mercredi et un rouleau de tabac sec le samedi, on pouvait le mâcher ou le fumer. Quand un détenu perdait son droit au tabac, la lettre T était effacée de sa plaque d'immatriculation.

Le planton voulut ouvrir la porte mais celle-ci était verrouillée. J'ai accroché ma plaque aux barres à la tête du bat-flanc supérieur et j'ai posé mes affaires sur la passerelle. Le planton partit chercher un gardien.

« Est-ce que tu t'appellerais pas Monroe ? » La voix venait de l'intérieur de la cellule, mais les lumières avaient été mises en veilleuse pour la journée et je ne pouvais pas bien distinguer le type.

« Oui, vieux. Et toi, c'est Green ?

— Non, c'est un pseudonyme. Je m'appelle Starlight.

— Ah ?

— C'est toi qu'as le nouveau, Mac ?

— Non, c'est Starlight, à côté, qui l'a.

— Oui c'est moi qui l'ai, et fermez-la, bande de tantes, commencez pas à faire des sous-entendus. »

J'avais toujours les deux peignoirs et une grosse malle cerclée de cuivre. Ils ont dû s'imaginer que j'étais plein aux as.

« On peut dire qu't'as de la veine, pédé », lança quelqu'un à Starlight. C'était comme lorsqu'un joueur dégotte un pigeon dans un tripot et qu'il se le garde pour lui. Il se sent à l'aise mais les autres sont jaloux.

« Hé les gars, vous vous battez toujours comme ça pour un compagnon de cellule ?, dis-je pour plaisanter.

— Dis-lui que quand ils sont comme lui, c'est vrai », dit la voix à l'autre bout de l'étage.

« Qu'est-ce t'en penses Nig ? dit Starlight.

— Salut, pédale. » Cette nouvelle voix était profonde et surprenante.

J'ai regardé à l'entour. Plus bas, au premier niveau, se trouvait le plus énorme noir que j'aie jamais vu. Ses épaules et son torse étaient immenses. Il était en bras de chemise et son crâne rasé brillait comme une boule de billard.

« Salut, beau gosse », me lança-t-il. Il avait un cigare au coin des lèvres.

D'abord j'ai fait mine de l'ignorer, puis j'ai dit :

« Ça va, vieux ?

— T'occupe pas de lui, dit Starlight, c'est Nig. Il est dingue.

— Attends un peu que j'monte te cogner sur la gueule, dit Nig.

— Viens un peu que j't'assomme, répondit Starlight.

— Allez, viens, Nig, viens le chercher, dit Mac dans la cellule d'à côté.

— Fais gaffe à cette tantouse de Starlight », lança Nig à mon intention. Je n'ai pas répondu.

« Qu'est-ce que tu racontes, Nig ?, demanda quelqu'un un peu plus loin.

— Tiens, Wop, comment que tu vas, petit ? »

Un autre détenu noir est sorti sur la passerelle d'en dessous et a levé la tête pour me voir. Il était plus grand que Nig, mais plus mince, avec un cou très long et une boule de cheveux crépus.

« Il est bandant, pas vrai ? », dit-il. Plusieurs autres noirs, plus petits, sont sortis pour me regarder. « Ooooooh, mec, qu'est-ce qu'il est bandant, pas vrai ? », répéta le maigre. Sa voix forte jubilait.

« Ça va, Feet ?, dit Starlight.

— Toi, mon vieux, j't'interdis de me parler, t'as pas été réglo dans ce combat de boxe.

— Il t'a bien eu, pas vrai, Feet ?, dit l'un des détenus noirs.

— Ferme-la, vieux, ce type m'a pris cinquante sacs. »

Nig parlait avec un type un peu plus loin. Starlight et Feet discutaient ensemble. Tous à haute voix, sans s'occuper des autres. Bientôt, le planton est revenu avec le gardien. Il a ouvert la cellule et m'a fait entrer. Personne n'a arrêté de parler. J'ai transporté mes affaires à l'intérieur et j'ai rabattu le bat-flanc qui était relevé contre le mur. Puis, j'ai inspecté la cellule. Elle ressemblait à celle dans laquelle on m'avait mis quand j'étais arrivé, en bas, au 5-11. Mais j'avais tellement eu peur à ce moment-là que je n'y avais pas vraiment fait attention.

Elles étaient étroites avec des plafonds bas et voûtés. Les murs et le plafond avaient été recouverts d'une épaisse couche d'enduit à la chaux d'un jaune verdâtre qui commençait à s'écailler. Les deux grabats tenaient au mur par des chaînes. Ils étaient faits d'un cadre d'acier et de bois sur lequel était fixé un solide treillis métallique qui portait le matelas. Les rainures entre l'acier et le bois étaient le paradis des punaises. Elles vivaient et se reproduisaient ici par milliers, par millions même. Ni le feu, ni l'eau, ni les insecticides, ni quoi que ce soit ne pouvait les éliminer, à moins de brûler les bat-flanc.

Des types volaient de la peinture et badigeonnaient leur cellule pour tenter de s'en débarrasser. D'autres mettaient de la graisse d'essieu sur les pieds de leur couchette, sur les gonds le long du mur et en couvraient les chaînes. Ils faisaient même des barrages de graisse sur le sol à l'entrée, près de la porte, pour empêcher les punaises de pénétrer. Une fois par an, les cellules étaient passées au fumigène. Mais rien n'en est jamais venu à bout. C'était comme l'humidité dans un vieux mur croulant, cela restait.

On avait pris l'habitude de les prendre au piège avec des miroirs ou des couvercles de boîtes en fer blanc, que l'on plaçait un peu partout sur le sol. Elles rampaient jusqu'au plafond et se laissaient tomber jusqu'à ce que les surfaces brillantes en soient recouvertes. Cela pouvait durer toute la nuit, la nuit d'après et toutes les nuits. Et, un an plus tard, on en attrapait autant en une seule nuit que la première fois. Quand tout était calme, on pouvait les entendre tomber du plafond comme des gouttes de pluie. On les écrasait et on en attrapait d'autres.

Je n'ai jamais su pour quelle raison elles rampaient ainsi au plafond pour tomber ensuite sur les surfaces brillantes. Peut-être qu'elles étaient attirées par la lumière. La plupart du temps, elles grimpaient là-haut et nous tombaient sur la figure ou sur nos taies d'oreillers blanches, se gorgeaient de sang et roulaient jusqu'au sol où on les retrouvait le lendemain matin, si pleines de notre sang qu'elles ne pouvaient plus bouger. Cela ne servait pas à grand-chose d'essayer de les chasser des rainures en les enfumant. Tout ce qu'elles faisaient, c'était d'en sortir pour aller se cacher dans le lit. Et, la nuit venue, vous aviez peur d'aller vous coucher. Un jour j'ai essayé. Mais je n'ai réussi qu'à mettre le feu à mon grabat, Starlight s'est précipité et a lancé le seau d'urine sur ma taie d'oreiller pour l'éteindre.

Chacun de nous avait un seau. L'équipe 2-11 qui était de l'autre côté du bloc, passait tous les matins après le petit déjeuner et vidait les seaux dans un égout situé au bout du premier niveau. On les sortait sur la passerelle et ils passaient les prendre. Etre affecté à cette équipe était considéré comme une déchéance.

Seulement, ils avaient l'avantage de se faire du fric, et beaucoup de détenus demandaient à être mis dans l'équipe de seaux plutôt que dans celle de soupe. Ils louaient les meilleurs seaux, les plus neufs, les plus propres, et vous les désinfectaient régulièrement. Si on n'avait pas de quoi payer, on avait toujours les plus vieux, les plus cabossés, et ils n'étaient jamais rincés ou désinfectés. Et, bien sûr, cela ne servait à rien si l'un des deux occupants de la cellule ne faisait pas nettoyer le sien.

En été, les odeurs stagnaient sans répit dans les cellules en miasmes horribles, épais et putrides. Il y avait toujours une discussion et même une bagarre quand l'un des deux occupants d'une cellule devait prendre une purge.

Au bout de la passerelle, il y avait un long bac de bois pour la toilette, identique à ceux des dortoirs. L'eau était branchée pendant cinq minutes avant chaque repas et la moitié de l'équipe sortait en même temps pour se laver. C'est à cette occasion que j'ai pu jeter un coup d'œil pour la première fois sur les types de l'équipe. Ils étaient miteux, avec ce laisser-aller et cet abandon des prisonniers qui ont perdu toute leur fierté. Il y avait six cellules de noirs dans l'équipe.

« Je croyais que les types d'ici étaient malades, dis-je à Starlight.

— Penses-tu, personne n'est malade ici. C'est là que Gout met tous ceux qu'il appelle des *meneurs.* Presque tous des frappes ou des gonzesses. On a Mother Jones et Snookums ici.

— Qui ?

— Oh, deux négros pédés, c'est tout. Mother Jones est un grand nègre chauve et Snookums, c'est le petit avec les cheveux défrisés et la cravate rouge.

— Ah ? » Je les avais vus passer pour aller se laver.

« Il y a aussi Chump Charlie, le gosse indien de Nick, et puis Wop et Blackie.

— Et ils sont tous pédérastes ?

— Tout le monde le sait.

— Quand est-ce qu'ils ont transféré Chump Charlie ? J'étais dans le même dortoir que lui.

— La semaine dernière, seulement. »

Je savais que je n'allais pas me plaire dans cette équipe. Quand on s'est mis en rang pour aller déjeuner, je me suis retrouvé entre Chump et un Arménien hirsute nommé Mac qui parlait si précipitamment que ses mots n'avaient plus aucun sens. Je n'ai adressé la parole à personne.

A midi, il y avait de la soupe, du pain et du café. Le soir, on avait la même soupe, allongée d'eau et réchauffée, avec du thé au lieu de café. Au petit déjeuner, c'était une sorte de céréale avec du vrai lait et du sucre. D'habitude, on avait du riz ou des flocons d'avoine, et aussi du café. Tout le monde disait que la nourriture était dégueulasse, maudissait Gout, le directeur et le sort. Ils disaient qu'ils iraient voir Jumpy Stone pour foutre le camp de cette équipe. Personne ne l'a jamais fait.

Après déjeuner, nous sommes revenus dans la cellule. Le garçon d'étage m'a apporté deux couvertures, un drap et une taie d'oreiller. L'une des couvertures était tellement sale que la poussière en tombait au moindre contact.

« Merde, pourquoi t'as pas secoué ça dehors, avant de le monter ici ? dis-je.

— Pas le droit.

— Ça, c'est Jimmy Monroe. Tâche de t'en souvenir. » dit Starlight au garçon d'étage. Celui-ci est parti sans répondre.

J'ai entrepris de faire mon lit. Le matelas était vieux, tassé et dégoûtant avec une grande tache au milieu. De l'autre côté, il y avait des taches sombres qui ressemblaient à du sang.

« J'vais dire au garçon d'apporter une toile, dit Starlight.

— Laisse tomber ! »

Une vague de désespoir me submergeait. J'avais le sentiment que je ne pourrais jamais tenir vingt ans.

Il y avait un tabouret pour grimper sur le bat-flanc du haut. Je suis monté dessus et j'ai étendu mon drap. Les équipes de peine étaient arrivées peu après la fin du repas. Il y avait trois services au réfectoire. Le premier pour ceux qui travaillaient et pour nous. Le second pour les équipes qui ne faisaient rien. Et le troisième était le service régulier. C'était celui des équipes de peine. Quelques instants après leur entrée au réfectoire, ces équipes s'alignaient à table. On entendait les portes d'acier claquer, des bordées de jurons, des cris, des rires, et les gardiens qui tambourinaient avec leur matraque et annonçaient les numéros de leur équipe : « trois-dix... trois-onze... quatre-onze... cinq-dix... » je me demandais pourquoi ils ne les disaient pas dans l'ordre.

Quand les équipes de peine revenaient, c'était au tour des gardiens de manger. Ensuite, on quittait tous le bloc cellulaire. Les prisonniers qui devaient travailler retournaient à leurs tâches et nous allions à « l'emmerdoir ».

C'était une vaste salle rectangulaire au deuxième étage d'un vieux bâtiment d'usine branlant. Elle était remplie de durs bancs de bois, espacés les uns des autres d'une trentaine de centimètres et alignés de part et d'autre d'une large travée centrale. Il y avait un poste de garde près de la porte, un dans chaque coin, et un de chaque côté. Les toilettes étaient au bout de la travée. Comme toutes les latrines de la prison, elles étaient ouvertes et puaient.

Des fenêtres crasseuses laissaient entrer la lumière grise du mois de mars. Pour finir, imaginez un escalier de bois extérieur délabré, très raide et branlant. qui partait de l'allée de brique en bas. Remplissez ensuite cet endroit jusqu'à le faire craquer avec des détenus qui ont froid, qui empestent, serrés côte à côte sur les bancs avec interdiction de lire, de parler, ou de fumer et ne pouvant aller aux latrines qu'avec la permission du gardien.

Pas un prisonnier, à moins d'être complètement idiot, ne pourrait rester assis sur ces bancs durs toute la journée sans devenir dingue à force de ne rien faire. Alors, ils lisaient des journaux, des livres, des magazines, jouaient aux cartes, aux dames et à d'autres jeux ; tout ça sur les bancs hors de la vue des gardiens. Ils jouaient aux dés par terre en se servant d'une boîte à cigares doublée de feutre pour les faire rouler. Ils fumaient en chassant la fumée vers le sol pour qu'on ne la remarque pas. Et surtout ils bricolaient. Le bricolage était l'industrie principale de la prison. Cela consistait à fabriquer des babioles comme des porte-cigarettes, des briquets, des boîtes à bijoux, des bagues, des épingles et d'autres trucs semblables à partir de vieux os, de vieux manches de brosses à dents, de pièces de monnaie en cuivre et de dents en or.

Notre équipe occupait trois bancs du côté nord. Il y avait une petite salle cloisonnée juste derrière nous où l'orchestre de la prison répétait. Les détenus noirs de toutes les équipes étaient regroupés ensemble à l'autre bout de l'emmerdoir. L'orchestre jouait toute la journée. C'était un orchestre tonitruant et plein de cuivres. Il jouait des marches, des marches, et encore des marches, jusqu'à ce qu'on n'ait plus qu'à fermer les yeux pour voir des cohortes de prisonniers gris, défilant dans la grisaille du jour. Quand le gardien de l'orchestre devait s'en aller, pour une raison ou pour une autre, les types s'arrêtaient aussitôt de jouer et se lançaient dans une partie de dés. Les types de l'emmerdoir se faufilaient alors entre les bancs et se glissaient dans la salle de l'orchestre pour se joindre à eux.

Dès qu'on s'est installés ce jour-là, les types ont commencé à se lier avec moi.

« T'étais pas le type que le vieux Warren a pincé avec le papier ?

— C'est pas à moi qu'il l'a piqué, c'est à Hunky.

— J'ai vu le vieux Hunky juste après. Il a dit que le billet était tombé dans la poche intérieure de sa veste et qu'il ne pouvait pas le retrouver. Le vieux Gueule-en-coin, lui, n'a pas été long à mettre la main dessus.

— Ah ? Il me l'avait pas dit !

— Ils se sont défoulés sur Book-Me, pas vrai ?

— Ouais, ça m'a foutu en rogne de voir ça.

— Dis-donc, c'était pas ta mère qu'était venue te voir l'autre jour ? » dit un autre qui était à l'extrémité du banc que j'occupais.

« Ouais » J'étais obligé de leur répondre. Ils n'avaient rien d'autre à faire.

« C'est moche pour Big John.

— Sûr, dis-je. C'est moche de se retrouver au trou pour une tranche de pain rassis.

— J'parlais de sa mort.

— De sa mort ? » j'ai sursauté. « Quand c'est qu'il est mort ?

— Il est mort au trou. T'étais pas au courant ? Il s'est chopé une pneumonie. Il a dit à Kish et au gardien qu'il était malade mais ils n'ont pas voulu l'emmener à l'infirmerie.

— Merde !, j'ai dit. Merde ! »

Ils m'ont posé des questions sur mon inculpation et ma condamnation, et si j'avais eu mon diplôme au collège, ça je m'y attendais, et quel âge j'avais et si j'espérais une remise de peine.

« Tu parles ! il faut être une grosse légume pour avoir une remise de peine, dit quelqu'un.

— Et alors, p't'être qu'il est une grosse légume » répondit un autre.

Blakie m'a demandé si je voulais lire son journal. Il avait changé de place pour être près de moi. Je lui ai dit que j'en avais un.

« Tu sais, j'ai l'impression de t'avoir déjà vu à Tolédo. »

L'approche classique, je commençais à la connaître.

« C'est possible. » Je n'étais jamais allé à Tolédo, mais c'était un petit type avec une tête plutôt sympathique. Il mesurait environ un mètre soixante et devait peser dans les cinquante-cinq kilos. Il avait de longs cheveux bouclés et des traits si délicatement dessinés qu'il en avait l'air fragile. Sa peau était très blanche. Quand ses cheveux étaient ébouriffés, il avait quelque chose de très féminin.

« Quand on rentrera, passe par ma cellule, il y a quelque chose que je voudrais te montrer, dit-il. C'est la numéro 13.

— D'accord. » Je ne me suis pas arrêté à sa cellule. Je savais que le meilleur moyen de ne pas avoir d'ennuis était de rester à sa place. Mais je lui ai fait faux bond gentiment. En passant, je lui ai juste soufflé à travers les barreaux : « Le maton me regarde. »

Cette nuit-là, je me suis renseigné auprès de Starlight à son sujet.

« Qu'est-ce qu'un gosse comme lui a bien pu foutre pour atterrir ici ?

— Qui ça ? Blackie ? Ben, mon vieux, il a trente-cinq ans bien sonnés. C'est lui qui jouait de la sulfateuse dans la bande de Lucky Lou. Il a écopé d'une double condamnation à perpétuité pour avoir mitraillé deux types à Blackstone Park. »

La relève des gardiens a eu lieu à six heures. Après dîner, quand ils ont eu verrouillé les types dans leur cellule et fini de nous compter, ils ont pu souffler et se préparer à partir. La plupart d'entre eux se retrouvaient dans la cage de l'escalier à l'autre extrémité du bloc, dans ce qu'on appelait le hall ; là, ils passaient leur temps à bavarder. Pendant ce temps, les détenus vaquaient à toutes leurs occupations extra-cellulaires. Ils s'appelaient de cellule à cellule, de rangée à rangée, se passaient des messages ou des objets entre eux. Il y avait quelqu'un dans chaque cellule pour faire circuler. C'était une période d'intense activité. Les garçons d'étage qui logeaient dans la première cellule de chaque rangée étaient encore dehors. Ils s'affairaient comme des guêpes dans une ruche, faisaient tout ce que les autres voulaient qu'ils fassent contre de l'argent. Les détenus passaient des objets d'un niveau à l'autre en les attachant à une ficelle, qu'ils lançaient par-dessus le chemin de ronde et qu'ils laissaient descendre. Quand l'objet avait atteint le niveau voulu, un autre détenu s'en saisissait et le tirait à lui à l'aide d'un crochet bricolé avec du fil de fer. Ensuite, l'expéditeur criait ses instructions et l'objet était passé à la cellule voisine, jusqu'à son destinataire. Tous les détenus avaient un miroir quelconque, même si ce n'était qu'un morceau cassé, et chaque fois qu'un type faisait porter un message ou un paquet le long de la rangée, on le glissait entre les barreaux pour pouvoir suivre sa progression. On pouvait aussi surveiller les gardiens de cette manière. Bien que ce soit interdit de posséder ce genre de chose, et que se faire prendre avec, c'était le trou à coup sûr, chaque cellule avait une ficelle, et un miroir, beaucoup de détenus avaient même des couteaux, des gourdins, des morceaux de tuyau, des matraques de fortune et d'autres ustensiles d'attaque ou de défense.

La lumière dans les cellules était allumée après dîner et le restait jusqu'à l'heure du coucher. J'ai commencé à lire le journal du matin que le vendeur avait glissé dans la cellule pendant mon absence. Mais Starlight avait envie de discuter. Il m'a parlé de l'époque où il faisait partie du Syndicat, des voitures qu'il avait eues, et des milliers de dollars qu'il avait gagnés aux dés quand il était à l'armée. Chaque détenu avait eu au moins deux Cadillacs et possédait au bas mot cinquante mille dollars à l'extérieur.

C'était un petit gros aux cheveux roux qui croyait avoir le physique d'un champion de boxe. En fait, il ressemblait plutôt à un gentil petit nabot joufflu. Et c'est ce qu'il était. Il m'a dit qu'on l'appelait l'Ecureuil Rouge de Boston et qu'il était là pour s'être trouvé au volant d'une voiture qui prenait la fuite après le hold-up d'une banque. Il m'a raconté qu'il touchait quatre-vingts dollars par mois d'indemnité d'incapacité et qu'il avait été l'estafette du Général Mac Arthur.

Dans l'équipe de soupe la routine était la suivante : réveil à six heures, toilette, petit déjeuner, emmerdoir, cellule et toilette, déjeuner, cellule, emmerdoir, cellule et toilette, dîner, cellule, lit. Le samedi après-midi on restait dans nos cellules. Le dimanche matin, on allait à l'église. A l'heure du déjeuner, le dimanche, on emportait nos quarts avec nous au réfectoire et on les ramenait à moitié remplis de soupe avec deux tranches de pain pour le soir. Ceux d'entre nous qui avaient de l'argent achetaient des sandwiches et des tranches de pâté aux types des autres cellules.

Le mardi et le jeudi, on allait se faire couper la barbe et le vendredi était le jour du bain. Les bains-douches étaient en face de l'emmerdoir. Il y avait là une salle où l'on restait en rang jusqu'à l'appel de nos numéros. On passait alors à une sorte de comptoir où le fourrier nous donnait des vêtements propres. Ensuite, on défilait jusqu'aux douches. Au centre de la pièce, il y avait une plate-forme entourée de bancs. On s'asseyait sur les bancs, on se déshabillait et on empilait nos vêtements sur la plate-forme. Quand on était tous désapés, on allait se mettre sous la douche, souvent à trois ou quatre ensemble. Le gardien faisait un signe au surveillant qui ouvrait l'eau. Elle était toujours trop chaude ou trop froide et coulait pendant trois minutes. On se séchait, on se rhabillait et on sortait en file indienne, jetant au passage nos chaussettes sales dans un panier, sous l'œil vigilant du gardien. On devait tenir nos chemises et nos sous-vêtements dépliés à bout de bras, pour que le gardien puisse s'assurer qu'ils n'avaient pas été coupés ou déchirés. C'était pour empêcher qu'on s'en prenne à nos vêtements pour en avoir des neufs et aussi pour éviter qu'on en dissimule un ou deux en sortant. On échangeait aussi nos gants de toilette contre des propres. Voilà pour le bain hebdomadaire.

Tous les matins on était obligés de faire le ménage dans nos cellules et comme on ne nous fournissait pas de balai, on utilisait de vieux journaux. Après ça, le garçon d'étage passait pour balayer le chemin de ronde. Si le garde ne regardait pas de son côté, il envoyait tout simplement la poussière valser plus bas sur la passerelle d'en dessous. Une fois par semaine, il amenait un seau d'eau et une serpillière. L'eau était pleine de Javel. Chacun de nous récurait sa propre cellule. L'eau n'était jamais changée. On lessivait les vingt-sept cellules avec le même seau.

« Jim, tu devrais donner quelque chose au garçon d'étage, me dit un jour Starlight. Il peut rendre des services.

— Et qu'est-ce que je lui donnerais ?

— Ben, deux rouleaux de tabac par semaine suffiraient. T'as qu'à lui céder ta ration de tabac. De toute façon, tu ne l'utilises pas, et ce sont les meilleurs resquilleurs de toute la boîte.

— Non mais, et puis quoi encore, et pourquoi je leur donnerais mon tabac ?

— Ben, c'est qu'il peut être utile des fois. Il porte les messages ou fait passer des billets et des paquets. Il peut se brancher sur les plantons de la cour et se procurer des trucs n'importe où dans la taule.

— J'te crois. » Je savais qu'il avait raison. J'avais déjà utilisé les services des marchands de journaux et j'avais dû leur donner quelque chose à chaque fois.

« Faut graisser la patte à tout le monde, dit Starlight. Tout le monde ici a sa combine. Faut que tu payes les serveurs si tu veux avoir à manger. Faut payer les infirmiers et les médecins pour entrer à l'infirmerie, et faut que tu payes aussi le videur de seau si tu veux qu'il te le nettoie.

– Parfaitement, faut payer si tu veux que tes vêtements personnels soient lavés, comme les mouchoirs, les pyjamas, les sous-vêtements et le reste. Si tu les laisses à la blanchisserie, tu peux leur dire adieu.

– Mais si t'allonges un pourliche au garde-mites il t'aura des chemises de confection. Tout se paie, dit-il. Peut-être que tu le sais pas, mais on te retient quelque chose pour les vêtements, pour la nourriture, pour les médicaments que tu reçois à l'infirmerie. C'est pour ça que personne n'a d'économies quand on te laisse sortir d'ici. Est-ce que tu sais qu'on est censés toucher dix-huit cents par jour pour le travail qu'on fait ici, et que y a des pauvres types qui vont traîner pendant vingt ans, et tout ce qu'ils auront quand ils rentreront chez eux, c'est ce foutu biffeton de dix dollars que leur donne l'Etat.

– Ben merde, t'auras la même chose alors si t'en fous pas une ramée, dis-je.

– Exactement. T'as plus d'avantages à rien foutre qu'à travailler. C'est pour ça que je ne fais rien. Tout ce que tu gagnes à travailler, c'est d'en avoir plein le cul pour pas un rond.

– Et quand on bosse dans les ateliers on devient tubard. » J'avais entendu raconter ça. « On bosse dans leurs foutus ateliers, on chope la tuberculose, et on crève, comme ça, ils n'ont plus qu'à nous donner une boîte en bois pour y être enterré. » On taillait une bavette pour passer le temps, mais tout ça, on s'en foutait tous les deux.

« La seule chose que tu puisses avoir ici et qui vaille le coup pour ce que tu gagnes, c'est des dents, dit-il. Ils te donneraient des dents en or.

– Non ? Ça je le savais pas.

– Mais si, je t'assure qu'ils te mettront des dents en or. Mais elles ne valent pas grand-chose. Tout ce que t'as dans la bouche c'est environ quatre-vingt-dix pour cent de cuivre et des chancres en prime. Elles se vert-de-grisent en une semaine et te refilent un cancer de l'estomac. Un connard a mal aux dents, alors il croit qu'on va lui mettre des dents en or et en deux coups de cuillère à pot il se retrouve avec un cancer et tout ce qu'il y a de plus mort. En fin de compte, ça vaut pas l'coup. Si un jour t'as besoin de voir un dentiste, il vaut mieux que tu paies de ta poche.

– C'est possible ?

– C'te blague. Tu peux acheter tout ce que tu veux dans c'te boîte. Whisky, came. Tu peux acheter ces matons pour qu'ils te parachutent une lettre à l'extérieur. Ils peuvent aussi t'apporter des trucs du dehors. J'ai un pote qu'est à l'équipe de construction et qui claque cent dollars par mois, au minimum, rien que pour vivre ici. Tiens, moi par exemple y'avait une époque où je m'achetais trois repas par jour. J'avais un gros poste de radio, mais ça me coûtait tellement cher pour le garder que j'ai dû le vendre. »

Je commençais à en avoir marre de ses boniments.

« T'as raison, dis-je, pour en finir. Tout est pourri ici.

– Voilà le décor, dit-il. La seule chose que tu peux avoir comme tu veux ici, sans avoir à payer d'une manière ou d'une autre, c'est l'enfer.

– Et c'est gratuit », dis-je. C'était pas des bobards, je m'en suis rendu compte après. C'était tout ce qu'il y avait de plus vrai.

IX

Beaucoup de choses sont arrivées pendant cette période, mais je ne me souviens que de celles qui me sont arrivées à moi. C'étaient des images, des sensations, des odeurs, des bruits ; c'étaient des émotions aussi et des réflexions.

J'avais conscience des saisons. Le printemps était aussi capiteux qu'une gorgée de vin vieux et précieux, et les nuages blancs dans l'immense ciel bleu me donnaient la même sensation qu'un sanglot. J'avais conscience de la routine, de la discipline, et du fait d'être enfermé avec Starlight à respirer sa puanteur, conséquence, disait-il, d'un empoisonnement causé par du vin japonais pendant la guerre. J'avais conscience de la présence physique des détenus. J'avais conscience des nuits, et cela me donnait envie de voir le ciel et les étoiles, de respirer la nuit, hors de la prison.

Mais rien de tout cela ne restait, ni les coups durs, ni les frayeurs, ni les rires, ni les peines. Rien n'avait de passé ni d'avenir, quand une sensation ou une émotion naissait, elle ne réveillait rien. Et il m'était impossible de faire revivre ces sentiments : une fois la sensation disparue, on ne pouvait retrouver ni le rire, ni les larmes.

Chaque instant était limité à lui-même, figé comme la photographie d'un paysage ; chaque événement n'existait que le temps de son déroulement, puis disparaissait, sans continuité avec les faits qui le précédaient ou ceux qui le suivaient. Une journée n'était pas la septième partie d'une semaine, mais une éternité en soi.

Mes pensées naissaient uniquement de ce que je voyais, entendais, sentais. Plusieurs fois, j'ai été profondément touché, irrité, blessé, amusé, frustré, choqué ; mais aucune de ces émotions ne durait jamais plus que la sensation qui les engendrait : un simple bruit, ou rien qu'une odeur. Tout n'était qu'odeurs, sons et images ; c'était chaud ou froid, sourd ou aigu, amusant ou irritant.

Tout cela se conjuguait au présent. C'était hors du temps et n'obéissait ni aux saisons, ni aux années, ni au passé, ni à l'avenir, c'était un tout. Ce n'était pas mécanique parce qu'il y avait des pensées au milieu de tout ça, mais ce n'était pas non plus méditatif, car la méditation est rétrospective et cela ne l'était pas. En fait, n'importe quel ancien ici aurait pu me dire ce que c'était : je tirais tout simplement mon temps.

Il nous arrivait de gamberger au milieu de tout cela, mais ce n'était pas nécessaire pour survivre. Tout ce qui était nécessaire à la survie était porté en creux sur un moule, un vieux moule rouillé par lequel était passé un pauvre type avant qu'on arrive ici et par lequel un autre pauvre type passera quand on sera parti, et qui, tout comme les murs de pierres grises, était éternel. Il était inutile de se tourner vers le passé, de se replier sur soi-même ou de faire appel à l'expérience. Si on n'avait jamais vécu auparavant, n'importe où, on n'avait pas besoin de savoir comment cela se passait car tout était prévu dans le moule.

Les choses qui arrivent pendant cette période ne sont pas de celles dont on garde un souvenir impérissable, mais plutôt celles qui s'effacent complètement. On ne se souvient que du moule. Le déjeuner, par exemple, n'est pas le souvenir de celui du mardi vingt et un février à midi, mais plutôt celui de deux mille six cent quarante-cinq repas de midi alignés en une succession infinie d'assiettées de haricots, de pommes de terre et de choux. Les choses qui restent gravées dans la mémoire sont celles qui ont été faites en contradiction ou en désaccord avec le moule. Comme celles qui me sont arrivées pendant mon passage à l'équipe de soupe.

Le premier jour du printemps est arrivé, mais sur le calendrier seulement. La journée, elle, était froide et maussade avec cette tristesse qui n'existe qu'en prison, grise, grise dessus, grise dessous, avec des hommes et des murs gris, des teintes mornes et monotones, avec un ciel si bas qu'on en sentait le poids sur ses épaules. D'abord, on a pataugé dans la neige fondue, détrempée et noircie pas la suie, ensuite la pluie est venue. J'ai compris à ce moment-là ce qu'ils entendaient par : il ne pleut jamais en prison. On défilait sous la pluie, avec nos casquettes enfoncées jusqu'aux oreilles et nos cols remontés.

« Sortez les mains des poches ! Vous les avez eues dehors tout l'hiver, et maintenant vous avez peur de les mouiller peut-être ? » Il n'était pas censé pleuvoir. Le brouillard était la seule raison valable pour qu'on reste en cellule.

Le directeur a fait venir les nouveaux pour leur parler. Il ressemblait à ce qui resterait d'un homme fort monté en graine. Il portait un costume coûteux qui avait été taillé pour l'homme qu'il avait été, trop large aux épaules pour celui qu'il était devenu et trop étroit à la taille où était venu se fixer ce qu'il avait perdu ailleurs. Son crâne était pratiquement chauve et son visage, raviné et flasque, paraissait avoir fondu au cours des années pour tomber dans ses bajoues qui, à leur tour s'étaient écroulées sur son ventre en graisse molle. Ses épaules aussi s'étaient affaissées vers sa bedaine, de sorte que maintenant, toute sa maigre charpente ne semblait plus avoir d'autre fonction que de maintenir son ventre au-dessus du sol. Il avait des mains blafardes aux veines très marquées qui donnaient la nausée quand on le regardait. Il portait un énorme diamant au médium.

Ce qu'il nous a dit, si on résume, signifiait qu'il était dur. Et penser qu'un homme si délabré qu'il soit, puisse brandir la force pour en faire baver à quatre mille êtres humains bien plus solides que lui, était une chose à vous rendre malade.

Cette nuit-là, Nig et le gardien de nuit ont eu leur crise. Nig gueulait quelque chose à un type du 3-10, au-dessus, et le gardien qui faisait les cent pas au deuxième niveau l'a entendu. Il s'est arrêté, a enlevé le cigare qu'il avait à la bouche, a craché par terre et a crié :

« Ta gueule, en bas ! Où c'est que tu te crois, sur un chantier ? »

Il était devant notre cellule.

« Descends un peu et viens me chercher ! » a lancé Nig.

Le maton est devenu écarlate. C'était un type jeune, de taille moyenne, avec des cheveux bruns et une ombre bleue, là où ses pattes commençaient à repousser. Au lieu de l'uniforme réglementaire, il portait un costume croisé bleu à rayures. Il n'avait pas boutonné sa veste pour qu'on voie bien la crosse luisante du 38-spécial qu'il portait dans un holster d'épaule. On voyait d'abord l'arme, mais on sentait ensuite un parfum de violette, de whisky et de cigares bon marché. Ce genre de chose me faisait toujours penser aux putains de la pire espèce.

« Je vais descendre te fendre le crâne, espèce de sale nègre bâtard, gronda-t-il.

— Allez, viens ! »

Quelqu'un a éclaté de rire. Il s'est rué sur la passerelle en cherchant à attraper son arme. Il était à cran.

« Alors tu descends, tocard, dit Nig.

— Qu'est-ce qu'il va lui faire ? demandai-je à Starlight.

— Qui ça ? Tu veux dire ce que Short Britches va faire à Nig ? »

J'ai fait signe que oui. « Rien, il descendra même pas. Nig est un sale nègre. Il a une paire de vieux gants de toile blanche qu'il enfile et avec lesquels il tient tête à tous ces cafards aussi vite qu'ils peuvent se rassembler. Mon vieux, il peut cogner un type sans même prendre de l'élan. Je l'ai vu se battre avec tellement de types qui sont tombés sur un os en voulant le frapper. Et lui, chaque fois qu'il en cogne un, c'est pour l'envoyer au tapis.

— Ah ? » Je ne le croyais pas. Je n'éprouvais aucune admiration pour lui. « Pourquoi est-ce qu'ils ne le descendent pas ?

– Oh, ben, parce que Jumpy Stone pense qu'il est dingue. Il veut pas qu'ils le descendent.

– Ah. » En tout cas, il avait tort de dire que le gardien ne descendrait pas.

Peu de temps après, j'ai entendu la voix du maton qui montait d'en dessous.

« Alors, qu'est-ce qui va pas, Nig ?

– Du calme, tocard. Donne-moi un de ces cigares que tu fumes et qui sentent si bon.

– Tu sais qu'on n'a pas le droit de se parler entre cellules ?

– Oublie ça, tocard, hein ? Donne-moi un cigare. »

Quelques minutes plus tard quand le gardien est parti et qu'on n'entendait même plus résonner ses pas, j'ai aperçu la fumée bleutée d'un cigare qui montait jusqu'à notre rangée et j'en ai respiré l'odeur. J'avais comme qui dirait l'impression que Nig était un caïd dans cette prison.

Mais la nuit d'après, j'ai changé d'avis en faveur du gardien. Il a sorti deux types de leur cellule et les a tabassés avec sa matraque avant de les reboucler à l'intérieur.

« Et que ça vous serve de leçon ! »

Le bloc était silencieux. Puis, un type qui devait être tout au fond en haut a hurlé :

« Va te faire enculer, fils de pute !

– J'vais monter et te cogner sur la gueule à toi aussi, tu vas voir !

– C'est ça, monte, et tu prendras celui-là sur la tienne », mais le type savait bien que le gardien ne pouvait pas le localiser.

La nuit suivante, deux noirs d'en bas se sont mis à se chamailler après l'extinction des lumières. Le gardien est descendu pour les calmer à la manière forte.

« Oh, oh, s'il vous plaît ! Ne me f'appez plus chef. Je vous en p'ie, ne f'appez plus chef. J'ai 'ien fait.

– Short Britches s'en est trouvé un autre, dit Starlight.

– Mais qu'est-ce qui m'a foutu des sales nègres comme ça ? Toutes les nuits ça se chamaille !

– Chef, j'ai 'ien fait du tout. C'est lui. Y ma'che toute la nuit et m'empêche de do'mi'.

– Alors, le négro, t'as quelque chose qui va pas ? »

Il n'y eut pas de réponse. J'avais l'impression que tout le bloc était réveillé et écoutait.

« On fait le malin, le nègre, hein ? Sors de là ! » J'ai entendu le léger bruit de succion que fait un pistolet quand on le sort de son holster huilé, le déclic du cran de sécurité, à moins que ce soit l'armement du chien. Tout était silencieux. « Sors ou j'te fais sauter la cervelle !

– Laisse ce pauvre type tranquille, il est dingue, dit quelqu'un à notre étage.

– Tu vas sortir Nom de Dieu ! »

Le noir est sorti. Sa veste était à moitié enfilée, sa casquette rejetée en arrière. Il était d'un noir d'ébène et avait un type africain très marqué.

Starlight était grimpé sur le tabouret pour mieux voir ce qui se passait plus bas.

« C'est Marcus, chuchota-t-il. Y'a pas plus dingue. »

Le gardien a donné un coup de pied à Marcus. Maintenant qu'ils étaient sur la passerelle, je pouvais les voir depuis mon bat-flanc supérieur. Marcus a commencé à courir, puis s'est arrêté tout à coup en regardant le gardien par-dessus son épaule, grimaçant, ses yeux étaient comme des fentes blanches dans son visage stupide et inexpressif. Il avait l'air fou à lier. Ça me donnait la chair de poule. Puis il est reparti en courant, poursuivi par le gardien, et je les ai perdus de vue. J'ai entendu la porte extérieure s'ouvrir et se refermer en claquant. Je me suis remis sous les couvertures.

« Short Britches essaie de ressembler à Two-gun Tracy, dit Starlight. On a eu un jeune gardien ici qui s'appelait Tracy, à peu près de ma taille, c'était un chic type... »

Je n'écoutais pas. Une quinzaine de minutes plus tard, j'ai entendu des coups de feu au loin, un, puis deux autres, puis un, puis toute une fusillade. Après, ce fut le silence.

« C'était dedans, dit Starlight.

— Hé, vous avez entendu tirer ? lança quelqu'un au-dessus.

— Ouais, ça avait l'air de venir de dedans, a répondu un autre.

— J'me demande qui ça peut être ?

— Est-ce que je sais ! Est-ce qu'ils ont emmené ce négro dehors ?

— J'sais pas.

— Ohé, en bas ! Ohé, en bas du 1-10. Est-ce qu'ils ont emmené ce type dehors ? »

Pas de réponse. Les détenus noirs ne parlaient pas.

« Hé, ils viennent de tuer Marcus ! » lança quelqu'un d'une cellule du début de la rangée, à notre étage ou en bas au 1-10.

« Où ça... ?

— Qui l'a tué... ?

— Est-ce que c'était le négro qui... ?

— Les sales fils de putes ! Qui a fait ça... ?

— Short Britches l'a eu le premier...

— Il dit que Short Britches l'a eu le premier.

— Ferme-la, Nom de Dieu, je suis pas sourd !

— Kish, Short Britches et aussi le gardien de nuit étaient en train de le tabasser avec un bout de tuyau, devant le trou là-bas, il s'est dégagé et il a couru...

— C'est ce qu'ils voulaient.

— Bien sûr, c'est pour ça qu'ils l'ont pas ramené à l'intérieur, il aurait pas pu cavaler.

— Short Britches a tiré sur lui le premier, puis le gardien de nuit. Il est parti derrière l'infirmerie, du côté de l'équipe de chauffe. Le gardien qui est sur le mur les a vus qui lui tiraient dessus, alors il a ouvert le feu avec sa mitraillette.

— Pourquoi, le sale fils de..., mais pourquoi, le sale fils de... »

Qui que ce soit, il n'arrivait pas à trouver le mot qui convenait.

« Quel foutu Bon Dieu de merde, dit Starlight, ce type était réellement maboul. »

Peut-être, mais ça ne le fera pas revenir, pensai-je.

« Et comment que ça se fait que ces types du bas dans la première cellule soient si bien renseignés ?

— Bah, un gardien leur aura dit, ces types-là ne peuvent rien garder pour eux. »

On discuta beaucoup cette nuit-là.

Et puis, un autre jour, Blackie et Wop se sont battus à l'emmerdoir. Un bon gros gardien costaud qu'on appelait Big Irish est venu les séparer. Ça se passait pendant les heures creuses de l'après-midi et, comme Big Irish voulait finir sa sieste tranquillement, il ne les a pas emmenés au trou.

Demotte, un autre gardien, les cheveux gris, trapu, avec une tête obtuse de faux-jeton, a trouvé que ce n'était pas suffisant. Il est passé entre les bancs pour prendre Blackie et l'emmener au trou. Quand Blackie est passé devant Wop qui semblait devoir s'en tirer, il l'a frappé en plein visage sans prévenir. Le sang a giclé du nez de Wop et, comme il se mettait debout tant bien que mal, Blackie l'a frappé de nouveau. Alors, Demotte a assommé Blackie d'un coup de matraque derrière la tête. Il est tombé à terre comme un sac de ciment.

Quatre détenus ont bondi et ont frappé Demotte au même moment. Il en a esquivé un, mais les trois autres l'ont atteint. Il a tenté de se protéger, mais ils étaient déjà sur lui. Quelqu'un lui a arraché sa matraque des mains et s'est mis à lui taper sur la tête jusqu'à ce que le sang lui colle les cheveux. Il est tombé entre les bancs et le type qui tenait la matraque s'est penché sur lui et a continué de le frapper.

Avant que le gardien en chef, un gros type paresseux, qui était assis sur l'estrade près de la porte, ait pu se lever, quelqu'un lui avait lancé un crachoir en fer blanc plein de sciure et de jus de chique dans la figure. Ensuite, une autre bande de détenus l'a agrippé par les jambes et l'a arraché de son perchoir en le faisant passer sous la balustrade et ils l'ont jeté à terre où ils se sont mis à lui faire cracher ses tripes à coups de pieds. Ils l'ont cogné jusqu'à ce que le sang se mette à lui couler par la bouche.

Il y avait trois autres gardiens et cinq cents prisonniers. Big Irish s'est levé et a essayé de raisonner les hommes. Un type a saisi la chaise qui était derrière lui et la lui a abattue sur la tête. Les deux autres gardiens ont essayé de s'enfuir en courant. La dernière fois que je les ai vus, ils étaient submergés par les détenus. Le maton de l'orchestre a jeté un coup d'œil en passant la tête au-dehors de la salle de répétition, il l'a retirée aussitôt, a fermé la porte et l'a verrouillée.

Des crachoirs volaient. Des fenêtres étaient brisées. Le bruit, qui avait commencé par un brouhaha confus de voix, s'était amplifié en un gémissement perçant, puissant et continu, qui vous vrillait les tympans et mettait les nerfs en pelote. Des bancs étaient fracassés. Il m'a semblé que Demotte et le gardien en chef étaient en train de se faire massacrer. J'ai voulu me lever et cavaler jusqu'à la porte.

Chump Charlie m'a agrippé par le bras.

« Reste assis. C'est la seule façon de rester en dehors de ça. »

J'ai entendu quelqu'un crier :

« Taillons-nous !

— Nom de Dieu, allons-y !

— Enfonçons la porte principale !

— On va aller cogner ces putains de flics ! »

Soudain, j'en ai vu deux qui avaient des pistolets. Ils avaient dû les prendre aux gardiens. Ils se sont rués vers la porte. Cinq cents prisonniers hurlants, les yeux exorbités, débraillés, que la liberté rendait dingues, et deux pistolets.

« Allons enfoncer les portes des enceintes !

— A bas les portes des enceintes !

— Enculés de fils de putes !

— Tirez dans les tripes de ces fils de putes !

— Non, coupons-leur la gorge, faut garder les balles. »

Ils se sont immobilisés à la porte comme s'ils s'étaient heurtés à un mur invisible. Ils ont reculé, pas à pas. Les deux qui avaient les revolvers ont continué de reculer dans la masse des autres jusqu'à ce que ceux-ci se précipitent tout à coup vers leurs bancs. Les mains qui tenaient les armes ont commencé à trembler. Les revolvers sont tombés à terre comme si toute force avait abandonné ceux qui les tenaient.

Je ne sais pas ce que je m'attendais à voir. Mais ce que j'ai vu m'a profondément et violemment choqué, comme jamais je ne l'avais été ni ne le serai jamais plus.

Un homme, un seul, est entré par la porte. Rien qu'un seul homme : Cody.

Il portait une casquette d'uniforme bleu foncé, avec l'insigne doré de sergent, rabattue sur les yeux, et un imperméable noir boutonné au col et trempé par la pluie. Il ne s'est pas précipité et n'a pas hésité non plus, il a franchi la porte et s'est avancé sans changer d'allure. Ses mains vides pendaient de chaque côté, ses lèvres étaient serrées si fort qu'elles étaient devenues toutes blanches. Son visage était cramoisi, taillé à coups de serpe et dur comme une terre cuite. Ses yeux ? Une lueur sournoise, à demi dissimulée sous la visière de la casquette. Il s'est avancé, traversant la pièce, sans hésiter une seule fois, droit sur les deux types qui avaient tenu les revolvers. Il en a giflé un sur le côté de la tête, tellement fort qu'il l'a allongé de tout son long sur le sol.

L'autre a voulu courir mais il l'a agrippé par le col et, le tenant à bout de bras, l'a giflé jusqu'à ce que sa figure à vif commence à enfler, rouge d'abord, puis virant au bleu. Alors il a dit : « Allez vous mettre près de la porte ! » Ses lèvres blanches et serrées ont à peine remué, mais sa voix a claqué, tranchante et inflexible. Les deux détenus ont titubé jusqu'à la porte. Cody a ramassé les revolvers, puis il est resté un moment à nous observer. Les nerfs d'un type ont craqué. Il a sauté en l'air, les bras levés au plafond comme s'il gueulait alleluia, les doigts raides et tendus comme des serres, les cheveux dressés sur la tête. Il a hurlé : « Salaud, espèce de salaud ! »

Avant que ses pieds n'aient repris contact avec le sol, Cody l'avait troué de cinq balles avec un des revolvers, si bien qu'il devait être déjà mort quand il est retombé. Il s'est abattu sur le prisonnier qui était en face de lui. Le type a fait un bond de côté. L'autre est retombé en travers du banc, avant de basculer doucement d'un côté, recroquevillé sur lui-même entre les rangées.

Dans le silence qui a suivi l'écho des détonations, j'ai entendu les trois boutons de sa tenue qui raclaient l'arrière du banc alors qu'il s'affaissait sur le sol. J'entendais distinctement les respirations étouffées des détenus et les battements violents et rapides de mon propre cœur. J'entendais les gémissements des gardiens blessés et, venant d'en bas, le cliquetis délibéré, monotone et moqueur des métiers à tisser de l'atelier textile qui scandaient leur mélodie sourde. Puis, montant de la cour, nous est parvenu un beuglement de stentor : « A mon commandement, compagnie, en avaaaaant..., maaaaaaaaaarche ! »

« Oh non, par pitié ! Par pitié ! Par pitié ! » Je n'ai jamais su si je l'avais pensé ou si je l'avais dit à haute voix.

X

Au début de l'été, nous nous sommes débarrassés de nos vestes. Nous laissions notre col ouvert quand le gardien ne regardait pas. Mais dans l'emmerdoir, il n'y avait rien à y faire, on avait le soleil pour voisin de palier et il y faisait aussi chaud que dans un de ces fours à coke de Virginie. Les types disaient qu'il y faisait chaud comme à l'intérieur d'une chatte vérolée. Pendant ces journées d'été suffocantes, il y avait un groupe de détenus dont le seul travail était de réanimer les types que la chaleur faisait tourner de l'œil.

Le samedi après-midi, il y avait les matchs de base-ball. Des équipes venaient de l'extérieur pour jouer contre *Les Gris* de la prison. On allait alors s'installer sur les gradins des tribunes pour se bronzer en regardant les types marquer des points dans le coin où se trouvait le mirador de surveillance de l'enceinte. On s'amusait bien. La plupart des détenus encourageaient l'équipe des visiteurs.

On pariait sur les matchs en liquide, en tabac ou avec des marchandises. Après, il y avait la bagarre habituelle pour empocher les gains. Ma mère m'avait envoyé des maillots de corps et des slips, je les avais vendus pour avoir de l'argent et j'avais gagné environ quarante dollars aux dés dans la salle de répétition de l'orchestre. Quand les matchs commençaient, j'avançais un biffeton de cinq sacs à un type et pariais contre lui sur les coups au but, ça corsait le jeu.

Il venait toujours des visiteurs de l'extérieur avec les équipes. Quelquefois, ils étaient plus d'une centaine, des hommes et des femmes. Si par hasard il y avait de jolies filles parmi eux, on s'arrangeait toujours pour passer devant la partie des tribunes qui leur était réservée, histoire de se rincer l'œil. Elles comprenaient vite où on voulait en venir dès que le défilé commençait. Certaines d'entre elles nous faisaient un petit numéro.

Le trente mai, le jour de la fête nationale du souvenir, on avait tous le droit de sortir. A part la section des condamnés à mort et celle du 1-11 où les plus dangereux étaient au secret, toutes les équipes étaient lâchées dans la cour pendant deux heures avant d'aller déjeuner. Aussitôt, des douzaines de parties de dés se formaient dans tous les coins. Plusieurs types se faisaient suriner et plusieurs autres se faisaient prendre. Mal m'a rejoint dès que l'ordre de rompre les rangs eut été donné.

« Avance-moi quelque chose, Jimmy, me dit-il en guise de salut. J'ai entendu dire que tu lessivais tout le monde.

— Ben merde, je t'ai déjà donné quatre dollars la semaine dernière. Toi, tu dois entretenir un gosse.

— C'est pas mon genre.

— Bon, disons que tu entretiens un mec, alors. Il paraît que le maton de la ferblanterie t'a plutôt à la bonne ?

— Va te faire foutre.

— T'énerve pas va, on se branche sur cette partie et je t'avance la mise.

— Je n'ai pas envie de jouer. Parlons plutôt ; de toute façon, Gunner Garson et Red Cork vont tout rafler et je tenterai ma chance contre eux au dortoir cette nuit.

— J'ai fait une avance à Cocky, dis-je.

— Il discute trop.

— Oui, mais ça lui arrive aussi de gagner.

— Viens, avançons. » On est partis par le réfectoire et on a dépassé la centrale électrique en direction du terrain de base-ball. Il y avait là trente ou quarante types qui jouaient à douze ou seize par équipe. Nous sommes allés jusqu'aux tribunes et nous nous sommes assis.

« Il y a un match cet après-midi, à ce qu'on dit ? dis-je.

— On joue contre les types des brasseries Pott. Ils vont nous mettre une peignée.

— C'est pas sûr, on les a presque battus une fois.

— Qu'est-ce que t'en sais ? Tu ne regardais pas le match. Chaque fois que je t'ai regardé, tu passais devant les tribunes des visiteurs.

— Tu m'as vu ?

— Un peu, oui. Même que j'ai pensé que tu étais mignon comme tout sans ta casquette. Je te voyais sourire depuis l'endroit où j'étais. »

J'ai éclaté de rire.

« Je regardais la petite blonde en robe verte. Tu l'as remarquée ?

— Bien sûr, je suis passé devant, moi aussi. Je voulais voir ce qu'elle avait de particulier pour te faire aller et venir comme ça pendant tout l'après-midi.

— Ça m'aurait plu de me la faire, crois-moi. Elle avait que dalle sous sa robe. Chaque fois que je passais, elle écartait les jambes et me laissait mater.

— Elle t'asticotait. c'est tout. Si elle t'a laissé regarder, c'est parce que tu ne pouvais pas te la faire.

— J'te parie que si j'avais pas été en taule...

— Faut toujours que tu désires ce que tu ne peux pas avoir. »

Nous sommes restés quelques instants silencieux et j'ai ajouté :

« Je suis passé devant le conseil de discipline lundi.

— On m'a dit ça, pourquoi ?

— Tu te rappelles ce mot que tu avais écrit au dos de mon premier bon de caisse ? Un truc dans le genre : « Cher cousin, j'espère que tu me prêteras toujours la haute estime que je te porte moi-même... » enfin, tu sais bien, toute cette guimauve que t'avais écrite.

— C'était pas de la guimauve.

— D'la merde si c'en était pas.

— Je suis sérieux.

— D'accord, mais c'était quand même de la guimauve. Bref, le vieux Warren était à la porte de la chapelle, dimanche, quand je suis passé devant lui, il m'a sorti du rang et m'a secoué comme un prunier. Il a trouvé le reçu dans ma poche et m'a collé sur le registre.

— Pourquoi est-ce qu'il t'a piqué, toi ?

— Oh, pour rien. Il essaye toujours de me coller quelque chose sur le dos depuis que je suis parti de l'équipe de chauffe.

— Et Jumpy, qu'est-ce qu'il a dit ?

— Il m'a demandé si t'étais mon cousin.

— Qu'est-ce que t'as répondu ?

— J'ai dit oui, même que nos mères étaient sœurs.

— Et il a cru ça ?

— Penses-tu ! Il croit jamais rien. Il a dit que si on était cousins, c'était là une fréquentation légitime à laquelle personne ne pouvait rien.

— Et dans l'autre éventualité ?, dit-il avec un large sourire.

— C'est tout ce qu'il a dit », répondis-je en lui rendant son sourire.

Quelques types sont passés près de nous et l'un d'eux a lancé :

« Comment va, Mal ? C'est ton cousin ?

— Salut, Joe. Oui, c'est Jimmy.

— Il est plus beau gosse que toi. »

Je me suis surpris à rougir. Quand ils se sont éloignés, Mal a dit :

« Bobby Guy arrivera à l'équipe de soupe demain.

— Qui c'est, Bobby Guy ?

— Ben, un gars, c'est tout. Il est là pour dix à vingt-cinq ans.

— Pourquoi est-ce que tu me parles de lui ?

— Je voudrais pas que tu tombes amoureux de lui.

— Pas de danger ! »

Nick et Chump Charlie se baladaient dans le coin.

« Comment va, Mal ? Je vois que Jimmy et toi, vous profitez du soleil. hein ? minauda Nick.

— Salut, Nick, dit Mal.

— Salut, Jimmy, dit Charlie en me lançant un sourire par-dessus l'épaule de Nick. T'essayes de bronzer ?

– Comment va, Charlie ? Comment va, Nick ? »

Nick a hésité une seconde comme s'il allait dire quelque chose, puis il a ajouté :

« T'en fais pas, va ! » et il a continué son chemin.

« Tu connais pas Chump ? demandai-je à Mal.

– On se parle pas. J'aime pas cette petite poufiasse.

– Tiens donc !

– J'ai entendu dire que tu l'aimais bien, toi. Et si j'peux pas le voir, tu l'aimes assez pour deux.

– J'ai rien contre lui. D'un autre côté, je l'aime pas vraiment. »

Il m'a contemplé, l'air très sérieux.

« T'as beaucoup changé, Jimmy. Quand t'es arrivé ici, au début, tu n'aurais même pas voulu parler avec un type si t'avais su qu'il était comme ça. »

J'ai réfléchi sérieusement, moi aussi, pendant un moment.

« Qu'est-ce que tu veux, dans l'équipe de soupe, tout le monde est plus ou moins bizarre. Faut quand même que je parle à quelqu'un moi !, ai-je dit pour me justifier.

– T'as pas besoin de les fréquenter. Il y a pas mal de types bien là-bas. »

J'ai éclaté de rire.

« D'accord, je sais ; on se croirait au catéchisme !

– Non, c'est pas ce que je veux dire. Je parle des types qui ne sont ni des loups, ni des petits merdeux qui passent leur temps à cavaler dans tous les sens pour trouver quelqu'un de nouveau.

– Et où sont-ils ? Sûrement bien cachés, parce que je veux bien être pendu si j'en ai vu un.

– Je sais bien que tu ne les as jamais vus. C'est les derniers dont on fait la connaissance. Les types qui s'occupent de leurs oignons sont ceux qu'on ne voit jamais. Il y en a là-dedans qui suivent des cours par correspondance, d'autres qui écrivent des histoires et des machins comme ça. Je te parie que la moitié des types qui sont là-dedans n'ont rien à voir avec ces histoires de dégénérés.

– Je sais pas.

– Je te parie même qu'il y en a plus de la moitié.

– T'as peut-être raison.

– Tu connais Burns. C'est l'éditeur du *Prison Times.* »

On avait une feuille de chou hebdomadaire à la prison, éditée et imprimée par les détenus de l'atelier d'impression et distribuée dans toute la taule le samedi après-midi.

« Ouais, il est venu me trouver un jour, à l'emmerdoir, pour me demander si je voulais faire quelques illustrations pour le *Times.* Il avait entendu raconter quelque part que j'avais un bon coup de crayon.

– Qu'est-ce que tu lui as dit ?

— Je lui ai demandé combien ça me rapporterait de faire ça.

— Qu'est-ce qu'il t'a répondu ?

— Il a dit qu'il était désolé, mais que toutes les contributions au *Times* se faisaient à titre gracieux, alors, je lui ai dit d'aller se faire foutre.

— Ils n'ont pas plus d'avantages que nous. Personne n'a plus d'avantages que les autres.

— Ça, je suis en train de m'en rendre compte.

— Ça t'aurait donné l'occasion d'être en cellule avec des types qui, au moins, sont corrects. Mais je ne pense pas que tu veuilles en rencontrer.

— Qu'ils aillent au diable ! Les gonzesses sont plus intéressantes.

— Burns a vendu trente-sept histoires à des magazines.

— Qu'il se les foute au cul ! » J'en avais marre.

« Alors, toi et Chump ?

— C'est faux ! Lui aussi m'a cavalé après, mais j'en suis pas encore au point de pouvoir faire ça. Mais laisse-m'en le temps et tu verras. C'est tellement commun dans cette boîte que ça en a l'air presque naturel. Ça ne me choque même plus d'apprendre que quelqu'un que j'aime bien est comme ça.

— T'as utilisé sa radio, m'accusa-t-il.

— Laquelle ? Celle de Chump ? Ça, c'est encore un bobard. Il s'est arrangé pour faire descendre un fil jusqu'à ma cellule et il m'a fait parvenir des écouteurs. J'allais les lui renvoyer mais Starlight les a gardés. Je ne veux pas de faveurs de ce bâtard. T'es jaloux, c'est tout, il suffit que je lui parle pour que tu ne l'aimes pas.

— T'es un pauvre idiot. »

La cloche a retenti pour qu'on se remette en rangs avant de regagner les cellules.

« T'en es un autre », dis-je en me levant.

Nous nous sommes dirigés vers la cour principale.

« Tu vas bouffer comme les autres, aujourd'hui, peut-être que ça te fera du bien.

— Je me sens très bien. La soupe me convient parfaitement et elle me réussit, je prends du poids.

— Je suppose que tu n'as pas l'intention de m'avancer quelque chose ? »

Un moment, j'ai été tenté de refuser. Puis, j'ai sorti deux billets d'un dollar de ma poche.

« Tiens.

— Tu ne devrais pas garder l'argent comme ça, à même ta poche, dit-il. Un jour un gardien va te gauler comme un noyer et il n'aura plus qu'à se baisser pour le ramasser.

— Qu'il le ramasse », dis-je.

Quand nous nous sommes séparés devant le réfectoire, il a répété :

« Tu as changé, Jimmy. »

Mon équipe se mettait en rangs devant la chapelle. L'orchestre jouait près du bassin des alligators. J'apercevais les animaux luisants et puants qui haletaient dans leur eau peu profonde. « Tout le monde ici est une pute », pensai-je.

Chump est venu se placer derrière moi.

« Salut, beau gosse. » Je n'ai pas répondu. « Je sais que t'es pas libre. »

Je me suis retourné.

« Qu'est-ce que tu veux dire ?

— Tu sais bien ce que je veux dire, je suis au courant pour Mal.

— L'ennui avec toi, c'est que t'es un métèque », dis-je.

Il est devenu blême.

« D'accord, ça te passera avant que ça me reprenne. Quand tu voudras de moi, moi je ne voudrai plus de toi. C'est toujours comme ça.

— Oh, va te faire foutre ! »

Le gardien de notre équipe a tapé sur le mur de la chapelle avec sa matraque et nous nous sommes bruyamment mis en marche vers nos cellules. Mais l'air des vacances nous enivrait toujours. Les types gambadaient à droite et à gauche dans la rangée, se rendant visite. Tout à coup, Mother Jones s'est glissé chez nous.

« File-moi quelque chose », dit-il en me tâtant les poches. Il était noir, grand, un peu chauve avec l'air pas très commode, mais il avait un énorme sourire sympathique.

« Ben dis donc, Mother, te gêne pas surtout, dis-je.

— Allons donc, t'as tout ce qu'y te faut. Qu'est-ce qu'on lui a fait ? a-t-il lancé à l'adresse de Starlight.

— Je sais pas, chaque fois que je lui dis la moindre petite chose il veut se battre.

— Comment vont les affaires, Mother ? » dis-je en constatant avec effroi la facilité avec laquelle je donnais dans la familiarité dégradante des autres.

« M'en parle pas ! dit-il en levant les bras au ciel.

— Qu'est-ce qui va pas ?

— Y a qu'ils m'ont enfermé ici pour pas que je me balade.

— Et qu'est-ce que tu reproches aux petits copains que t'as par ici ?

— Bah ! Ces négros, ils ont que dalle, aussi fauchés que moi.

— Pourquoi que tu leur laisses pas faire un peu ce qu'ils veulent, on sait jamais ce qu'ils pourraient trouver ?

— Quoi ! Qu'ils essayent un peu et ils verront celui-là. » Il montra son poing. « Toi, t'as tout ce qu'y te faut, file-moi vingt-cinq cents.

— Le tarif baisse, pas vrai ?

— Non, il monte », dit Starlight.

Mother Jones découvrit toutes ses dents.

« Pour toi ça serait gratuit. »

J'ai rougi.

« Tiens, dis-je en lui donnant ses vingt-cinq cents.

– Tu vas voir, dit-il, il y a quelqu'un qu'arrive demain qui va te faire bander.

– Bobby Guy ? »

Il a fait signe que oui.

« Pas vrai que Bobby Guy va le faire bander, l'Ecureuil ?

– Il va en grimper aux murs, dit Starlight.

– Foutaises », dis-je.

Mais ils n'avaient pas menti. Je me suis vraiment excité sur Bobby Guy. Il ressemblait à une poupée, petit, bouclé, avec de grands yeux bruns limpides, il zézayait légèrement et son teint valait toutes les pêches à la crème du monde. Pendant plusieurs jours on ne s'est pas adressé la parole, pourtant on se regardait souvent. On attendait tous les deux que l'autre parle le premier. Je savais qu'il en avait autant entendu sur mon compte que moi sur le sien. Je m'étais, entre autres choses, fait une solide réputation de générosité pour un type que ça n'intéressait pas.

Et puis, un après-midi, Starlight a été appelé à l'infirmerie. Quand nous sommes revenus de l'emmerdoir, Bobby est entré dans ma cellule. Il s'est approché de moi.

Je l'ai repoussé.

« Qu'est-ce qui te prend ? »

Il a eu l'air abasourdi.

« Tu ne veux pas ? »

Une bouffée de chaleur m'est montée au visage. J'ai senti ma respiration qui s'accélérait.

« Je n'en sais rien ! »

Le gardien est arrivé à ce moment-là.

« Qu'est-ce que tu fiches là-dedans mon gars ? demanda-t-il à Bobby.

– Je me suis juste arrêté pour prendre une cigarette.

– Hé bien, dépêche-toi de la prendre et retourne à ta cellule. Je me demande où vous vous procurez ça ? »

Quand Bobby est sorti sur la passerelle de ronde, toutes les portes des cellules étaient entrebâillées et toute l'équipe matait. Je l'ai évité pendant trois jours. Puis ça m'a repris comme si j'avais un fil électrique chargé sous la peau. Je suis allé voir Gout et lui ai demandé qu'on me mette dans la cellule de Bobby. Il avait une cellule à lui tout seul et le bat-flanc inférieur était libre. J'ai dit à Gout que je voulais qu'on me donne un pieu en bas parce que ça me faisait mal au dos de grimper dans ceux du haut.

Il a explosé. « Petit saligot ! Espèce de petit faux-jeton de la ville ! » Il m'a foncé dessus en jurant et en m'envoyant des coups de pied. Je me suis enfui de son bureau en courant, tendu, les nerfs en boule et pas du tout calmé. J'avais toujours cette électricité sous la peau. Ça a été un sérieux soulagement quand ils ont transféré Bobby à l'infirmerie la semaine suivante. C'était leur chouchou et il pouvait y entrer quand il voulait.

C'était l'été. J'avais chaud et je sentais toujours ce courant sous la peau.

XI

En septembre on a commencé la démolition du bloc cellulaire 10&11 pour y construire un bloc neuf semblable au 7&8. Les équipes 10 et 11 ont été démembrées et transférées dans différentes parties de la prison. La plupart des équipes de travaux forcés ont été mutées aux blocs 3&4 et 1&2. Presque tous les détenus de l'équipe de soupe ainsi que ceux du 1-10 ont été réinstallés dans le nouveau bloc 7&8, situé de l'autre côté du réservoir d'eau, et où il y avait des cellules de quatre places. On les a mis au 2-7, au 3-7 et au 6-8.

Chump Charlie et moi sommes retournés à l'équipe de l'école dans le dortoir 5-6. J'ai su plus tard que Nick s'était arrangé pour que j'accompagne Chump Charlie qu'il voulait récupérer au dortoir ; je servais pour ainsi dire de couverture à l'opération.

Quand j'avais quitté le 5-6, vers la fin février, j'étais un gosse hagard, affolé, craignant à moitié que chaque détenu costaud et menaçant n'essaie de le violer ; et n'ayant pas la moindre idée de ce qu'était la prison. Mais quand j'y suis revenu, j'ai senti que j'avais les épaules solides. J'étais certain de connaître la baraque et tous les genres de mecs qui y vivaient. J'avais cessé de m'apitoyer longuement sur mon sort comme dans les premiers mois de mon incarcération. Par contre, j'éprouvais maintenant une sorte de sympathie condescendante à l'égard des autres détenus. Ils me faisaient tous de la peine. Certains m'inspiraient aussi du mépris. Mais d'abord et avant tout, j'avais de la peine pour eux. Je les plaignais pour les peines sévères et interminables qu'ils purgeaient, oubliant la mienne. Je plaignais leurs faiblesses, leur déchéance et leur pauvreté. J'étais le pigeon idéal pour tous les tapeurs. Jamais je n'ai refusé quelque chose à ceux qui ont eu le culot de me demander l'aumône. L'équipe de soupe m'avait aguerri, elle m'avait donné confiance en moi. Plus que toute autre chose, c'était peut-être parce que les gonzesses me considéraient comme un homme. Et aussi parce que les joueurs m'avaient accepté comme un des leurs.

Il n'y avait qu'un seul type dans tout le dortoir que je haïssais sans éprouver ni pitié ni mépris. C'était Lippy Mike. Quand Chump et moi avons été transférés ce matin-là, il était trop tard pour que nous allions à l'école. Nous avons attendu dans le dortoir que l'équipe revienne. Après avoir fait mon pieu, je me suis assis sur le banc dans la travée pour griller une cigarette. Quand l'équipe est arrivée, plusieurs types sont venus faire cercle autour de moi.

« Ils t'ont mis là, Jimmy ? » J'étais devenu une sorte de célébrité.

« Ouais.

— Chouette !

— Comment va, Jimmy ?

— Salut, Jimmy.

— Je parie que t'es plutôt content de foutre le camp de ce merdier de 6-8.

— Ça tu peux le dire !

— On m'a dit que Wop avait perdu cinq cents sacs aux dés.

— Pas qu'un peu !

— Et je parie que t'as gagné ?

— Tu me connais. »

Je n'avais jamais vu, ou j'avais oublié la plupart d'entre eux. Un petit bossu aux traits anguleux s'est assis près de moi. Sa tête me disait quelque chose.

« Salut, p'tit gars, tu l'as sorti ce neuf ? »

Je me suis souvenu de lui tout à coup. Il était de la partie de dés qu'on avait organisée derrière les tribunes pendant un match de base-ball un samedi après-midi.

« Comment va, Blocker ? Comment ça va ?

— Doucement.

— Oui mon vieux, j'ai laissé ce pigeon monter les enchères et je lui ai sorti le neuf à l'emmerdoir le lendemain. »

Il a souri. Ça le faisait ressembler à un loup avec de longs crocs jaunes.

« Je savais bien que tu pigeonnerais ce mec. »

Ses yeux étaient presque incolores, et il avait les doigts les plus fins et les plus longs, les ongles les plus propres et les plus grands que j'aie jamais vus. Ses cheveux lui retombaient sur le front, son visage était étroit, osseux, avec un nez effilé comme un rasoir et une mâchoire allongée. On aurait dit qu'il sortait d'un film d'horreur. J'ai tout de suite eu de l'amitié pour lui.

Lippy Mike descendait la travée, il s'avançait en conquérant, la tête au-dessus des autres. Quand il m'a vu, il s'est penché et m'a pris la cigarette des lèvres. J'ai senti le sang me monter à la tête.

« Qu'est-ce qui te prend, mec ?

— C'est juste pour m'amuser, petit cave, dit-il d'une voix grinçante.

Tiens, reprends-le ton foutu mégot. »

Je l'ai repoussé.

« J'en veux pas, Nom de Dieu, garde-le. Et joue pas à ce jeu-là avec moi. »

Il a jeté la cigarette sur le sol et l'a écrasée.

« Hé, pépé ! appela-t-il.

— J'arrive, Mike.

— Apporte un paquet de cigarettes à ce tocard. » Il s'est tourné vers moi et a dit : « J'vais te donner un paquet de clopes, tocard, et que je t'entende plus jamais ouvrir la bouche.

— Va te faire enculer, dis-je.

— Quoi ? »

J'ai bondi sur mes pieds.

« T'as parfaitement entendu. »

Il a plongé la main dans la poche gauche de sa chemise. Blocker s'est relevé d'un bond et s'est glissé entre deux grabats. Mike a ressorti sa main de sa poche, elle était vide, il a dit :

« Fais gaffe, petit cave.

— Fais gaffe toi-même, pauvre mec » dis-je.

Mike a tourné les talons et s'est éloigné. Il se déhanchait tellement en marchant que c'en était presque féminin. Blocker est revenu et on s'est rassis.

« J'étais allé chercher le banjo d'Herbie qui est accroché là, dit-il. Si cet enfoiré avait fait un geste je le coiffais avec.

— Ce con-là aurait été trop grand pour toi », dis-je. Je sentais le sang qui me battait encore les tempes.

« Du calme, petit », dit Blocker avec un large sourire. « T'es encore rouge de colère. » Il avait une manière bien à lui de vous faire comprendre qu'il était avec vous en souriant comme ça. Je ne m'étais jamais senti aussi proche d'un détenu aussi rapidement.

Cette nuit-là, nous avons ouvert tous les deux une table de poker. Je ne savais pas combien d'argent avait Blocker. J'avais près de cent dollars en liquide, gagnés pour la plupart pendant la partie de dés où Wop avait perdu cinq cents dollars. La mère de Wop avait passé l'argent en cachette pour qu'il graisse la patte d'un gardien qui avait ses entrées au bureau du gouverneur. Le gardien avait promis d'obtenir une remise de peine pour Wop en échange de l'argent. Mais Wop avait perdu jusqu'au dernier cent le jour même où sa mère lui avait rendu visite.

Blocker était de ces joueurs qui ont une règle unique : ne jamais laisser une chance à un pigeon. Et chez lui, ce n'était pas seulement une manière de parler. Il appliquait sa règle. Pendant les trois premières nuits, nous avons utilisé des jeux de cartes neufs, des *Abeilles* à dos rouge, et tous ceux qui avaient l'habitude de parier gros ont joué comme des bêtes. Un détenu, qu'on appelait Sailor, et qui avait la réputation d'être le parieur le plus dur de la boîte a fait équipe avec moi pendant plusieurs coups, et j'ai gagné mon plus gros tapis avec deux paires. Chaque fois qu'il voyait, il relançait d'un dollar, misant six dollars sur la deuxième carte, seize cinquante sur la troisième et, à la dernière, soit il se couchait, soit il pariait quarante dollars. On ne savait jamais ce qu'il avait à sa façon de miser. Quand je l'ai battu avec mes deux paires j'ai entrevu son as dans le pot. Au début, il misait comme un type qui dévale une pente, et quand il se retrouvait sur le sable, après avoir mené la mise tout le temps, les jetons s'empilaient sur la table sur vingt centimètres, et l'argent s'entassait à côté. On avait une galerie de spectateurs qui interrompaient toute circulation dans le dortoir. Quand je ratissais la mise, Sailor rechargeait son fume-cigarette. Il fumait à chaque donne.

« Tout ce que j'attends d'un type, c'est qu'il mise », dit-il, avant de se lever pour aller emprunter encore de l'argent.

J'ai relancé une partie pour les autres : « Allez les mecs, faut qu'ça mise. »

Blocker me remplaçait de temps en temps pour donner les cartes et nous vendions les jetons à tour de rôle. Mais notre table de poker finissait par avoir tellement de succès qu'on a dû engager deux aides. Blocker était un joueur-né. Il n'avait pas tellement l'intelligence du jeu, mais misait avec aplomb. Son truc, c'était plutôt les dés. Il était pourtant capable d'en faire plus avec un jeu de cartes qu'un singe avec une noix de coco, mais n'en avait jamais l'occasion. Les joueurs le surveillaient comme le lait qui bout. Ils n'aimaient pas que ce soit lui qui donne, même s'il était régulier. Ils voulaient tous que ce soit moi. Tous croyaient pouvoir me battre, simplement parce que j'étais jeune.

Blocker avait donné de l'argent à un gardien pour qu'il nous achète des cartes. Il nous a rapporté une douzaine de paquets professionnels : on a passé les deux jours suivants dans l'école à les truquer les unes après les autres, en commençant par les quatre et jusqu'aux as. Tout ce dont on avait besoin, c'était d'un porte-plume et d'encre. Ses marques étaient si minutieusement faites que je ne pouvais pas les lire assez rapidement. J'ai toujours donné très vite, quand j'avais un jeu complet en mains. Les cartes partaient comme l'éclair. Les types faisaient cercle rien que pour me voir donner. J'avais à peine le temps d'entr'apercevoir la carte secrète d'un joueur qu'il l'avait déjà recouverte. On ne jouait qu'au Stud-poker. Pendant les deux premiers jours j'ai tellement fait d'erreurs que n'importe quel joueur un peu futé aurait pu comprendre. A ce jeu-là, savoir ce que le type d'en face a en main est plus important que votre habileté au jeu. La moindre erreur peut amener les autres à avoir des doutes.

On a donc remporté les cartes à l'école pour refaire les marques et ce coup-ci on n'y est pas allé avec le dos de la cuillère. Cette fois encore les joueurs n'y ont vu que du feu. Sauf Sailor peut-être. Mais je distribuais tellement vite qu'il n'avait pas le temps de le voir. Il posait sa main sur le dos de sa carte aussitôt que celle-ci tombait devant lui, puis se penchait pour essayer de voir la mienne. On s'est épiés et on a joué pas mal de coups pour rien jusqu'à ce que d'autres joueurs arrivent et on se retrouvait même par moments à une douzaine autour de la table. A partir de ce jour-là, on n'a joué qu'avec des cartes truquées.

J'avais le même grabat qu'avant, celui du bas dans la travée centrale, près du poste de garde. C'était toujours le capitaine Charlie qui était de service de nuit. Chump Charlie était plus loin dans un coin et hors de vue, ce qui n'était pas pour me déplaire. Nick lui avait donné une énorme guitare électrique rutilante. On racontait qu'il l'avait payée quatre cent cinquante dollars. Chump ne bougeait pas de son coin et la couvait amoureusement. Il avait essayé de faire la paix une fois, mais je lui ai dit qu'il était un tapeur et qu'il pouvait aller se faire voir.

Mal était toujours au 5-5. Tous les soirs il m'envoyait chercher pour que j'aille jusqu'au judas percé dans la cloison. Une fois, Blocker m'a demandé s'il était vraiment mon cousin. Je lui ai dit que non, qu'on avait monté ça de toutes pièces. Après ça quand il parlait de lui, il disait toujours que c'était ma bonne femme.

« Hé mon gars, y'a ta bonne femme qui te demande là-bas.

— Arrête un peu, tu veux ?

— Tu ferais mieux d'aller voir ce que veut ta bonne femme, sinon un de ces quatre, elle va te tomber sur le dos par surprise dans la cour pour te faire des avances avec un rasoir. »

En fin de compte, ça ne m'embêtait pas particulièrement, c'était mieux que rien.

Blocker était un drôle de type. Je crois bien qu'à part moi, il n'a jamais aimé personne de toute sa vie. Il m'aimait vraiment moi, mais sans ambiguïté, et il se donnait du mal pour que tout le monde le sache. On était de vrais amis. Il comprenait parfaitement que je ne tenais pas à ce que les autres s'imaginent que j'étais sa gonzesse. Il aurait même préféré qu'on croie l'inverse. Il a toujours fait en sorte qu'on sache bien qu'on était des copains de jeu et rien d'autre. La manière la plus radicale de l'amener à se battre était de lancer une vanne à mon sujet. La plupart des types se méfiaient de lui. Il avait la tête de quelqu'un qui vous attaque par-derrière pour vous trancher la gorge. En fait c'était un bon bougre. Mais il était plutôt taciturne. Les autres disaient qu'il faut se méfier de l'eau qui dort. Les types calmes sont toujours dangereux. Ils n'aimaient pas les gens tranquilles qui ne parlent pas. La plupart de ces fils de putes n'ouvraient pas la bouche parce qu'ils n'avaient rien à dire, ou alors il leur manquait une case.

Le poker était important pour nous, mais c'était toujours interdit. Si le gardien chef de nuit nous avait pris, il nous aurait envoyés au trou. On allait aussi encore à l'école. La routine n'avait pas changé. J'étais toujours dans la même classe de l'autre côté du bâtiment. Par la fenêtre on voyait l'allée de briques qui menait à la chaise électrique.

J'ai eu une petite bagarre un jour à l'école. C'était à cause d'un livre sur les synonymes et les antonymes. Je l'avais emprunté à un type nommé Metz pour réviser un peu mon vocabulaire. Ce jour-là, en allant dîner, je l'avais laissé sur la table du dortoir. Quand j'ai voulu le reprendre après manger, il avait disparu. J'ai demandé aux balayeurs, mais aucun d'eux ne l'avait vu. J'en ai parlé à Lippy Mike mais il n'a pas répondu. Ça m'a mis en rogne. Je suis retourné à l'école et je me suis renseigné dans toutes les classes. A la fin, j'ai commencé à en avoir plein le dos et je me suis mis à fouiller toute l'école, regardant dans chaque pupitre. Après avoir retourné de fond en comble tous ceux qui se trouvaient dans les quatre premières salles, je l'ai trouvé dans la cinquième. C'était Wilkerson, le gosse qui avait été au trou avec Benny Glass et moi, qui l'avait.

« T'as pas entendu quand j'ai réclamé ce bouquin ? » Je sentais le sang qui me montait à la tête.

« J'allais te le donner. »

Je l'ai frappé au visage avec le livre.

Quelqu'un a lancé :

« Pst... Pst... V'là Cody. »

Le sergent Cody est entré dans la salle. J'ai bondi en arrière rouge et tremblant de colère. Wilkerson m'a chuchoté sur un ton moqueur :

« J'aime bien quand tu es en colère, tu es mignon comme tout. »

J'ai pris un coup de sang et j'ai vu rouge. J'ai fait demi-tour et je me suis jeté sur lui en le frappant sur l'oreille. Il a failli tomber de sa chaise et s'est levé en titubant. Je me suis penché au-dessus du pupitre et je l'ai frappé deux fois en pleine figure. J'allais cogner une troisième fois quand j'ai glissé et je me suis retrouvé à plat ventre sur le meuble. Vautré comme j'étais, je l'ai encore atteint à l'estomac. Il s'est mis à hurler mais ne s'est pas défendu.

« Pst... Pst... v'là Cody », chuchotait toujours quelqu'un.

J'ai aboyé : « J'en ai rien à foutre de Cody. »

Il a pris tout son temps pour nous séparer et il nous a emmenés au trou. Le lendemain matin, quand on nous a conduits devant le sous-directeur, Wilkerson a dit qu'il n'avait pas voulu se battre. On l'a laissé partir et moi je suis resté encore un jour. A cause de Gout.

« Encore toi, Monroe ? T'es là plus souvent que le sous-directeur, ma parole ! » Il a pris mon dossier et y a jeté un coup d'œil. « Ça fait pas neuf mois que t'es là, et t'es déjà passé sept fois en conseil de discipline, qu'est-ce que c'est ça ?

— Demandez-le aux types qui n'arrêtent pas de me chercher. Moi, j'y suis pour rien.

— Y'a un endroit ici pour les types dans ton genre qui ne pensent qu'à foutre la pagaille. Si on te mettait avec les dangereux du bloc disciplinaire ? »

Quand je suis sorti le lendemain, Blocker m'avait mis deux sandwiches de côté.

« Dis donc, y vaudrait p't'être mieux que je te lève une armée, hein ? dit-il avec un large sourire.

— Ils en ont déjà une autour de la prison, rien que pour nous garder ici, dis-je.

— Ben mon pote, j'ai jamais rencontré quelqu'un qui prenne la mouche aussi vite que toi. » On a rigolé tous les deux.

« Je ferai attention à partir de maintenant. »

Mais une semaine plus tard, j'ai eu des ennuis à cause d'une paire de pantalons. Le capitaine Bull m'avait donné un bon pour un pantalon et j'étais allé le retirer chez le fourrier. Je l'ai ensuite envoyé chez le tailleur pour qu'il me reprenne un peu la taille et me rajoute une poche plaquée et deux goussets. Le gars qui s'occupait de moi à cette époque, Hank la Malice, me l'a renvoyé mais il était toujours trop large à la taille. J'allais le rapporter quand Snag, le planton noir de l'école, un pote à Blocker, me dit que je ferais mieux de demander un bon de tailleur à Bull, parce qu'il y avait là-bas des types qui pourraient bien me faire casquer pour mon futal maintenant qu'il avait été refait.

Je me suis donc procuré un bon de tailleur pour protéger mon fute. Et un enfoiré me l'a piqué. Je l'ai dit à Bull, il m'a expédié au gardien de l'atelier de confection, qui voulait que je prenne à la place un futal qui avait déjà servi.

« Merde ! le mien était neuf !

— Peut-être mais c'est tout ce que je peux te donner, c'est à prendre ou à laisser.

— Je vais voir le sous-directeur » dis-je.

Quand je suis arrivé, le vieux Papy Henshaw qui était de garde au mitard, m'a demandé pourquoi je voulais le voir. Je lui ai raconté que j'avais perdu mon pantalon neuf à l'atelier de confection et que j'en voulais un autre. Il a jeté un coup d'œil sur celui que j'avais sur moi et m'a demandé où je l'avais eu. C'était le vieux que je portais mais il était encore pas trop mal. J'ai raconté à Papy que je le tenais de Snag, le planton, qui me l'avait donné en attendant. Il m'a dit de le garder.

« Mais j'ai droit à une paire neuve, Bon Dieu, je la paye. On me retient son prix sur ce que je gagne. Merde à la fin, je veux voir le sous-directeur. »

Il m'a renvoyé à l'école. Je fulminais, assis dans un coin, à essayer de comprendre comment on avait bien pu me faucher mon nouveau fendar. Il m'en fallait un autre, à tout prix, et qu'on ne compte pas sur moi pour le payer. La nuit, dans le dortoir, j'ai emprunté un couteau et j'ai mis en lambeaux le pantalon que je portais.

« Toi, mon gars, tu vas avoir des ennuis, me dit Blocker.

— Ça m'est égal, j'aurai un pantalon neuf ou je mourrai en essayant de l'avoir. »

Ça l'a fait rire.

« D'accord, mais laisse-moi faire alors ; si tu fais comme ça ils verront que ça a été coupé. » Il est allé chercher une de ces râpes en fer blanc que les détenus utilisent pour fabriquer des pains de savon avec les petits morceaux qui restent. Il a frotté les bords des coupures pour qu'on croie que ça avait été déchiré, mais en vain. Il était toujours évident que ça avait été coupé.

Le matin suivant, j'ai quitté l'école pour aller à la salle de conseil de discipline. Quand Papy Henshaw a vu mon grimpant il a failli avoir une crise. Il m'a attrapé par le bras et m'a traîné aussi sec chez le sous-directeur. Il lui a dit ce que j'avais fait. Moi, j'ai raconté au sous-directeur comment je m'étais fait piquer mon pantalon neuf à l'atelier de confection. Après ça, Papy a reçu l'ordre de me conduire au fourrier pour en avoir une autre paire. Papy s'est exécuté, mais quand le type a voulu me donner un pantalon neuf, il lui a dit d'en amener un vieux. Il était trop court d'au moins quinze centimètres. Papy m'a obligé à l'enfiler. J'étais tellement en colère que je lui aurais bien fait descendre l'escalier à coups de poing.

Quand Blocker m'a vu, il a éclaté de rire.

« Alors p'tit gars, m'dis pas que t'as réussi, j'te croirai pas. »

Plus tard, dans la matinée, un gardien a frappé un détenu à l'école. Il y eut pas mal de cris et d'agitation et quelques coups furent échangés. Deux ou trois gardiens ont reçu des gnons. Ils ont dû faire appel au sous-directeur qui, ce jour-là, était en pleine crise. Il était de mauvais poil, n'avait pas de temps à perdre, et il tressautait de partout comme un ivrogne qui a la tremblote.

J'ai attendu jusqu'à ce qu'il ait réussi à calmer un peu les types. Alors je l'ai agrippé par le bras.

« Regardez ce pantalon, Monsieur le sous-directeur. Voilà ce que le capitaine Henshaw m'a fait donner. »

Il a essayé de se dégager mais je le tenais. Il était si furieux que son visage en est devenu violet, mais il ne m'a rien fait de peur de relancer la bagarre. Il y avait de la tension dans l'air et tout le monde s'attendait à ce qu'il me frappe.

Il a regardé mon pantalon.

« Et alors, qu'est-ce qu'il a donc ? Qu'est-ce qu'il a donc ? Qu'est-ce qu'il a donc ?

– Bon sang, ça saute pas aux yeux, non ? dis-je en levant une jambe. Il est trop petit, il est trop court, et de toute façon, j'ai droit à une paire neuve, elle est retenue sur l'argent que je gagne.

– Porte celui-là, porte celui-là, porte celui-là », dit-il en essayant encore une fois de se dégager. J'ai crié :

« J'peux pas le porter, Nom de Dieu ! Mais qu'est-ce que vous avez tous, bon sang ? »

Le sous-directeur s'est planté en face de moi et m'a regardé. C'était comme s'il me voyait vraiment pour la première fois. Plusieurs gardiens se sont précipités pour m'entourer.

« Capitaine Smith, dit le sous-directeur à l'un d'eux, emmenez ce garçon et procurez-lui une paire de pantalons neufs. Parlez-lui aussi de ce fou aux pantalons, de ce fou aux pantalons, de ce fou aux pantalons qu'on a eu ici. Bien fallu qu'on l'envoie à l'asile psychiatrique, bien fallu qu'on l'envoie à l'asile psychiatrique. »

En allant chez le fourrier, le capitaine Smith m'a parlé de ce type qui blanchissait ses pantalons avec de l'eau de Javel. On lui avait pas plus tôt confisqué une paire qu'il décolorait la nouvelle. Quand on lui a demandé pourquoi il faisait cela, il a répondu qu'il préférait le style Palm Beach. On a dû l'envoyer dans un asile pour fous dangereux.

Un soir, Deacon Smith est venu dans notre dortoir pour y célébrer la messe. C'était à l'occasion d'une session pour réanimer la foi en prison, session qui devait durer deux semaines, pendant lesquelles on faisait la chasse aux conversions. Tous les noirs du dortoir sont allés écouter officier Deacon Smith. L'un d'eux, nommé Beau Diddly, fut pris d'une telle joie soudaine qu'il a bondi en l'air pour retomber la tête la première dans la cuvette des latrines. Beau Diddly était un salaud, un dégénéré, un noir moche et difforme. Mais il était très religieux, à moins qu'il n'ait voulu emmagasiner trop de ferveur chrétienne en trop peu de temps.

Un autre soir, j'étais assis sur la caisse du donneur à distribuer les cartes. Tous les donneurs utilisaient ce genre de caisse pour être assis plus haut et dominer les joueurs. Quand cinq coups de revolver ont claqué tout à coup au-dehors. C'était comme si quelqu'un me tirait dessus. Je ne m'étais jamais auparavant trouvé nez à nez avec le canon d'une arme qui crache le feu dans l'obscurité. Je n'avais jamais eu si peur. J'ai basculé en arrière et j'ai atterri en plein sur le coccyx au milieu de la travée. Je n'ai même pas senti la douleur. Le temps que l'écho aille mourir dans le lointain, j'étais à plat ventre sous un grabat, à l'autre bout du dortoir. Notre caisse de donneur s'était ouverte en tombant à terre et les marchandises qu'elle contenait, tabac, cigarettes, savon, dentifrice et autres, s'étaient répandues sur le sol. Mais on n'a pas perdu un seul paquet de pipes ce soir-là, tout le monde était trop occupé à ramper afin d'éviter les balles, pour penser à faucher du tabac.

Quand tout a été fini, on s'est précipités à la fenêtre pour voir ce qui se passait. Il y avait un corps qui se tordait dans le cercle lumineux de la lampe torche du gardien de la cour.

« V'là un pauvre type qui vient d'obtenir sa libération définitive » dit quelqu'un.

L'une des balles était entrée par la fenêtre et était venue frapper le pilier central à moins de quinze centimètres au-dessus de la tête du capitaine Charlie. Une autre avait éraflé l'épaule d'un détenu. Avec Blocker, nous avons rassemblé notre marchandise et j'ai recommencé à donner. Le journal du matin annonçait qu'un détenu, Swayzee le Rouge, avait été abattu par un gardien, le capitaine Catlin, alors qu'il tentait de s'enfuir. Il était dit aussi que le détenu avait fabriqué une corde avec des draps et qu'il l'avait enroulée autour de son corps. Il avait alors simulé une maladie et avait demandé à être conduit à l'infirmerie. En route, il avait faussé compagnie au gardien qui l'accompagnait et avait tenté de s'échapper. Je me suis dit que c'était là une façon pas très convaincante de s'enfuir. Je suppose qu'il avait l'intention de s'envoler jusqu'au sommet du mur et ensuite, de se laisser glisser de l'autre côté à l'aide de la corde. Mais allez donc savoir ce qu'un taulard a dans la tête.

XII

Il y eut d'abord l'été. On avait remisé nos capotes et nos gilets, pour porter les vêtements qu'on avait commandés à l'extérieur ; et on se baladait en chemise, en casquette et en pantalons, avec aux pieds des sandales et des socquettes de soie. A l'intérieur des cellules, la chaleur était étouffante pendant la journée et suffocante la nuit. Il était interdit de dormir nu. Nous passions nos nuits étendus sur les draps à respirer péniblement.

L'été était la meilleure saison. Dans les équipes, les détenus s'esquivaient pour aller se rendre visite. Ils se donnaient rendez-vous dans l'entrepôt de bois et dans les wagons vides, dissimulés par des piles de poutres, de sacs de farine ou de ciment. Ils déambulaient sans but dans la cour, sans laissez-passer. Les gonzesses pouvaient enfin faire admirer leurs formes. La vie était moins monotone en été. Tout le monde avait une préférence pour cette période de l'année.

Et puis ce fut l'automne. Blocker et moi tenions toujours notre table de poker. On allait à l'école, aux douches, chez le coiffeur, au réfectoire, à l'église et au lit. On a repris les capotes.

Ce fut de nouveau l'hiver. On a remis les gilets, sorti les gants, dissimulé nos chandails sous nos chemises et réenfilé nos grosses chaussures sur deux paires de chaussettes.

La longueur des jours variait. Leur couleur aussi, passant du gris de l'hiver au jaune du printemps, au blanc éclatant de l'été, puis aux teintes rousses de l'automne avant de revenir au gris hivernal. Mais pour nous, rien ne changeait. Procession infinie de journées défilant sur le même rythme monotone. Jours collés bout à bout formant une chaîne, dont l'origine se perdait dans la nuit des temps et qui s'étirait jusqu'à la fin de l'éternité. Chaque journée, ou presque, appartenait à la prison. Elles étaient immobiles, comme gainées d'acier, coulées dans le moule de l'éternité. Une autre journée, et puis une autre encore, quelle différence ?

Mais il y avait aussi ces rares instants privilégiés qui appartenaient aux détenus : la Fête Nationale, le jour d'action de grâce et Noël. Ce jour-là, on a trouvé une chaussette bleue réglementaire, bien propre, remplie avec des bonbons, une pomme, une orange et quelques noisettes, posée à côté de notre assiette le midi. On a eu de l'échine de porc rôtie, des patates confites, de la salade en gelée, du café au lait, du pain aux raisins et au dessert, de la tarte aux pommes. Ensuite, on avait un spectacle de Christy Minstrel* organisé par la femme du directeur. Les détenus de la troupe répétaient depuis le premier novembre et ce jour-là, ils s'emmêlaient joyeusement dans leurs répliques. C'était très drôle.

« Bonjou', bonjou', bonjou' !, dit l'homme-ours dans sa cage.

– Qu'est-ce qui 'aconte alo' ? », demanda le grand Flamdingo ridicule à la grande gueule, qui n'avait d'ailleurs pas besoin de maquillage pour avoir l'air d'un clown.

« Ah mon vieux alo' !, réplique l'autre petit gugusse. Y veut di' que c'est une belle jou'née et pis qu'y pense que les nuages y sont vachement jolis et pis qu'y pense aussi que l'po'c d'à midi il était savou'eux et que quand y s'est 'éveillé ce matin y s'est 'appelé que c'était Noël et qu'il était d'ôlement content alo' !

– Ben alo' ! Ça voulait di' tout ça ?

– Ouais mon pote, c'est tout ça qu'y veut di' en disant que ça ! C'qu'y dit dans son langage, ça veux di' tout plein de choses !

– Ça alo', tu peux le di' que ça veut di' tout plein de choses. »

C'est à cet instant que la belle jeune fille passe près de la cage de l'homme-ours. C'est René, la gonzesse la plus connue de toute la prison qui tenait le rôle de la belle jeune fille. L'homme-ours s'est mis à faire des bonds dans sa cage et à secouer les barreaux, en parlant à toute vitesse :

« Bonjou', bonjou', bonjou', bonjou', bonjou', bonjou', bonjou', bonjou', bonjou'... », et le vieux Flamdingo de hurler :

« Hé, faites-le tai', pa' pitié, il a déjà 'aconté de quoi 'empli' quat' 'ecueils d'histoi' ! »

Les colis arrivaient la veille et le jour de Noël. Ils arrivaient tous pendant la nuit et étaient distribués dès que les gardiens de l'entrée les avaient reçus et fouillés. Une équipe de spéciaux les transportait jusqu'aux dortoirs et dans les cellules. Les colis affluaient déjà depuis deux semaines, mais le vingt-cinq décembre ce fut un déluge... Les lumières sont restées allumées toute la nuit pour cette veille de Noël, et personne n'a dormi.

Des détenus recevaient deux colis, d'autres trois, d'autres quatre ou

---

* *Christy Minstrels :* Troupe de chanteurs et de comiques déguisés en noirs à la manière de Al Jolson.

cinq. Si on ne recevait pas de colis à Noël on était terriblement malheureux, le plus malheureux de tous à mon avis. Ma mère m'en a envoyé un. C'est celui que j'ai reçu en premier, car le lendemain j'en ai reçu un autre de mon père. Dans le colis de mon père il y avait un paquet de cinq kilos de farine. On avait le droit de recevoir du sucre et il a dû confondre. Je l'imaginais déambulant dans un self-service attrapant un paquet de farine en pensant prendre du sucre et l'emballant ensuite avec les gâteaux de prisunic, les bonbons et les fruits, sans même y jeter un coup d'œil. Je ne sais pas comment il a bien pu passer au travers des gardiens qui étaient censés fouiller les colis. Autant que je sache, on n'avait pas le droit de recevoir de farine. Après tout, ils l'avaient peut-être laissé passer pour que je fasse des biscuits.

Avant que Blocker ou quelqu'un d'autre ne s'en aperçoive, je l'ai enveloppé dans de vieux journaux et je suis allé le jeter sans me faire voir dans la corbeille à papiers. Un des balayeurs l'a découvert le lendemain matin. Ils ont voulu savoir qui avait eu un sac de farine pour Noël. Je n'ai jamais avoué.

Blocker n'a pas reçu de colis. J'ai partagé celui de ma mère avec lui et j'ai envoyé celui de mon père, sans la farine, à Mal qui n'avait rien eu non plus. J'ai acheté des bonbons, des fruits et de la viande froide à tous ceux qui en échangeaient contre de l'argent ou des jetons de poker, et je distribuais tout ça aux types qui n'avaient rien reçu.

On a appris par les journaux que deux détenus avaient été libérés pour Noël. Mais ils étaient très loin de nous. J'en ai discuté avec des types et seuls quelques-uns d'entre eux en avaient déjà entendu parler. J'ai eu de la peine pour tous ces taulards ce Noël-là.

Il y avait un arbre de Noël superbement illuminé dans la cour. Ce sont les électriciens de la centrale qui l'avaient décoré. Comme toutes les activité de Noël, son installation avait été supervisée par la femme du directeur. Les prisonniers l'appelaient Ma. Ils ne juraient que par elle. Ils l'aimaient et la vénéraient. Elle intercédait toujours en leur faveur, et leur faisait parvenir des mouchoirs, ainsi que l'autorisation de les laver. Ils haïssaient le directeur, mais ils adoraient Ma.

Pendant quelques jours on a tous eu un peu d'argent. J'ai donné à Dave, le dernier en date de nos croupiers, quelques paquets de cartes et des jetons pour qu'il organise pendant la saison des fêtes un poker d'oranges et de pommes. Il en a fait plusieurs cageots.

Lippy Mike a ouvert une autre table et les types sont allés vers lui pendant quelque temps. C'était toujours comme ça quand une table s'ouvrait. Blocker et moi avons laissé faire.

Il avait neigé très tôt cet hiver et Noël fut rigoureux et blanc. Il faisait froid dans le dortoir. La nuit je m'enfouissais sous mes deux couvertures réglementaires neuves, avec en plus, par-dessus, celle que j'avais payée trente dollars au-dehors, de bonne qualité, à double épaisseur avec des carreaux bleus et blancs, moelleuse et chaude.

Ma mère était venue me voir aussi régulièrement qu'elle l'avait pu, mais mon père lui, n'était jamais venu.

Dans l'ensemble tout allait pour le mieux cet hiver-là, je me la coulais aussi douce que possible. Tout marchait comme sur des roulettes. Blocker disait que Mal était ma gonzesse, et alors ? Ici, si on n'avait pas de gonzesse, c'est qu'on n'était pas là depuis longtemps ; on faisait à peine partie de la prison.

Dans le dortoir j'étais le bizuth. J'y étais le soupirant le plus convoité. Toutes les putes me faisaient des avances. J'étais le gros lot de la baraque. J'étais l'oie qu'on gavait pour le festin. Pas un gars ne peut dire que je lui ai refusé ce qu'il demandait, que ce soit trois sacs ou un paquet de clopes. Et après ? Je n'y gagnais rien d'autre que ce que j'avais toujours voulu dans la vie, être adulé. J'ai été trop adulé.

On disait qu'au poker j'étais le meilleur donneur de la prison, et que ce que je ne pouvais pas faire avec un paquet de cartes, personne ne le ferait. On disait même que j'avais été un caïd au-dehors. On me léchait les bottes. Le matin, on me faisait mon lit, on me cirait mes chaussures, on lavait mes pyjamas, mes sous-vêtements, mes chaussettes, on repassait ma tenue. C'était un privilège que de parler avec moi. Et cela me coûtait cher. Tout me coûtait cher. Mais qu'aurais-je fait d'autre de mon argent ?

Ce qu'un détenu avait été à l'extérieur n'avait que peu de signification en prison, quoi qu'on en dise. Ceux qui au-dehors avaient été des gangsters devenaient généralement des mouchards une fois en taule, ou alors ils attrapaient la tuberculose et en crevaient, à moins qu'ils n'aient de l'argent pour se faire une place à l'ombre et ne restent de gros bonnets. Les durs qui ne possédaient que ce qu'ils avaient sur le dos se faisaient égorger par des tocards de quartier qui n'avaient jamais seulement entendu parler d'eux. L'argent avait autant de poids ici qu'ailleurs, sinon plus.

Et les jours passaient. Carrés, nets, soigneusement planifiés, confinés, étriqués et cloîtrés. Mais dans le cœur de ces jours étaient tapis l'amour et la haine, l'ambition et le remords ; l'espoir aussi y brillait sans cesse au cours de ces longues années grises. Peut-être qu'il y avait même un peu de bonheur.

Cela commençait par la toilette du matin : « Debout là-d'dans et haut les cœurs... Fait pas encore jour mais c'est quatre heures... Ha, haaaa, haaaaaaaa ! Si c'est moi qui t'réveille tu veux cogner, mais si c'est le chef blanc c'est O. K. ! Ha, haaaa, haaaaaaaa ! » A moins qu'un autre matin ce soit plutôt du genre : « Le taulard qu'est plein aux as s'lave avec une savonnette et le gommeux aussi mais l'pauvre type qu'a pas un radis n'a que du savon de Marseille et sera propre quand même... »

Et la journée finissait par le tap-tap-tap des matraques des gardiens, les lampes qui clignotaient, la pénombre et le calme. Entre les deux, il y en avait qui mouraient, qui partaient, qui arrivaient mais la plupart refaisaient les mêmes conneries que la veille, l'avant-veille et les jours d'avant.

Mais les couchers de soleil n'en étaient pas moins beaux, le ciel plus haut, plus bleu ou plus gris.

Le soir était l'instant crucial d'une journée en prison. Après dîner, quand on distribuait le courrier, ceux qui avaient déjà reçu une lettre ou ceux qui espéraient en recevoir se pressaient autour du gardien. Juché sur une table, il appelait les noms et les numéros inscrits sur les enveloppes ouvertes, marquées du tampon rouge de la censure pénitentiaire. Il y en avait beaucoup qui n'avaient jamais reçu de lettres et qui n'espéraient pas en recevoir, mais qui restaient là, debout parmi les autres, parce que, à mon avis, l'être humain est un animal sociable qui n'est pas fait pour vivre à l'écart.

Je pouvais être tellement ému rien qu'à penser à tous ceux-là que ça me donnait envie de chialer. J'avais salement pitié d'eux à cette époque. Le temps ne comptait plus, j'oubliais mes vingt ans à tirer pour compatir aux misères de tous ces pauvres types. Pas grand-chose ne comptait à cette époque, pas même Dieu, surtout pas Dieu.

Voir un voleur qui avait écopé de douze ans de taule recevoir une prolongation de six mois, c'est moche. C'est comme de voir une putain enceinte ou de surprendre le Bon Dieu rond comme une queue de pelle. Un type qui avait fait douze longues, dures et pénibles années a reçu du tribunal une rallonge de six mois pour *complément d'enquête.*

« Bon Dieu, mais qu'est-ce qu'ils ont foutu pendant ces douze putains d'années ? » a-t-il demandé avec les yeux fous, les lèvres tremblantes et en se tordant les mains.

Les décisions de la commission de libération conditionnelle étaient envoyées avec le courrier. Après une réunion de la commission, quand le bruit courait que les papiers étaient arrivés, tous ceux qui avaient été reçus en audience étaient nerveux et tendus. Ils se massaient autour du gardien quand ils apercevaient la liasse d'enveloppes jaunes. Dès que l'un d'eux recevait sa réponse, il déchirait fiévreusement l'enveloppe, pendant que les autres faisaient cercle autour de lui, et lisait d'un œil avide cette sentence froide, irrévocable et sans appel : « Continuez jusqu'à... »

« Sept ans ! Continuer pendant sept ans ! Mon Dieu ! »

Certains d'entre eux gardaient leur enveloppe sans l'ouvrir jusqu'aux heures calmes de la nuit, quand ils pouvaient la lire en secret. Parfois ils ne disaient jamais ce qu'elle contenait.

Quelques-uns furent élargis.

Quelques-uns tentèrent de s'enfuir.

Quelques-uns réussirent à s'enfuir.

C'était un matin de janvier. En allant se laver, Blocker s'est arrêté près de mon lit.

« Tous ceux du 1-3 se sont fait la malle la nuit dernière. » Les détenus dangereux du 1-11 avaient été transférés au 1-3 quand on avait commencé de démolir le vieux bloc 10&11.

J'ai bondi de mon lit.

« C'est vrai ? La nuit dernière ? »

Un autre type est arrivé des bacs, il avait l'air encore plus excité que nous deux.

« Y'en a que douze qu'ont foutu le camp, les autres ne voulaient pas.

— Je me demande comment ils sont sortis ? dis-je.

— Ils ont dû creuser un tunnel, dit Blocker.

— Frankie Kane avait fait un tunnel il y a deux ans, il était à deux doigts de les mettre quand quelqu'un l'a mouchardé », dit un autre type.

On s'est tout à coup retrouvés avec une foule autour de nous. On n'était pas les seuls à être au courant. Des groupes s'étaient agglutinés un peu partout dans le dortoir. Tout le monde avait oublié de se laver tant l'excitation était grande.

« Ça fait combien de temps que Frankie est avec les dangereux ?

— Ça va faire trois ans. Tu sais bien, il était là le jour où les sept mecs ont enfoncé la porte.

— C'était lui le chef.

— Ouais, c'est lui qu'a foutu sur la gueule au vieux Bringhurst quand il a voulu l'arrêter.

— Y paraît que la fille du dirlo s'est pointée dans les escaliers avec un gros 45 dans chaque main pour les empêcher de passer.

— Annie du Far-West ! »

On a éclaté de rire.

« Et Frankie était là ?

— Sûrement.

— J'parie que c'était lui le chef.

— J'parie que Jiggs en était aussi.

— Et Earl Jim.

— Et Phil Potosi.

— Et Tank Toni. » Toute la liste des dangereux y passait.

« Quand c'est qu'ils s'en sont aperçus ?

— J'sais pas. Quand le gardien du matin a fait l'appel je suppose.

— J't'en fous, ces types-là sont comptés toutes les heures.

— J'sais pas, moi. P't'être qu'ils s'en sont aperçus tout de suite.

— Hé ! lança quelqu'un depuis un coin du dortoir, Chump a les infos à la radio. »

On s'est tous précipités vers le pieu de Chump. J'ai attrapé mon peignoir et je l'ai enfilé en descendant la travée. Il y avait tellement de monde entassé dans ce coin que j'ai dû grimper sur un des lits du haut pour apercevoir la radio. J'avais le sentiment qu'il me fallait la voir pour l'entendre.

Tous ceux qui avaient des radios les avaient allumées et il y avait des groupes autour de leur pieu tout comme ici. Chump était assis dans son coin avec l'air aussi satisfait que s'il avait lui-même dressé les plans de la cavale.

« ... John Sidney Bippus... » braillait la voix métallique qui sortait de la radio... « John Sydney Bippus... plus connu sous le nom de Sid Bip... Un mètre soixante-deux..., un mètre soixante-deux... poids : soixante kilos... poids : soixante kilos... Yeux bleus... yeux bleus... cheveux bruns... cheveux bruns... probablement vêtu d'une tenue de prisonnier grise... probablement vêtu d'une tenue de prisonnier grise... condamné à perpétuité pour meurtre avec préméditation... condamné à perpétuité pour meurtre avec préméditation... très dangereux s'il est armé... très dangereux s'il est armé... ATTENTION... n'essayez pas de capturer cet homme car il est dangereux... si vous le voyez, prévenez la police... si vous le voyez, prévenez la police... ATTENTION... n'essayez pas de capturer cet homme car il est très dangereux... si vous le voyez, prévenez la police... Karl Luther Mueller... Karl Luther Mueller... »

« Sid n'était pas au 1-3. Il était dans l'équipe des cardiaques, dit quelqu'un.

— Sid était au 1-4.

— Y'en avait pas du 1-3 ? demanda quelqu'un d'autre.

— Fermez-la qu'on puisse écouter.

— Ça y est ouais ? on va pouvoir écouter ?

— Vous la fermez, oui ou merde !

— Et mon cul !

— Retourne chez ta mère qu'elle t'... » On a eu droit à la bagarre habituelle.

Nous sommes restés près de la radio jusqu'à la cloche du petit déjeuner. Notre gardien écoutait près d'une autre radio et n'entendit pas la cloche. On serait restés là si l'un des sergents n'était venu voir ce qui se passait. J'ai dû aller m'habiller en toute hâte. Les types sont sortis n'importe comment, il y avait de tout dans les rangs sauf de l'ordre. On m'avait laissé derrière. J'ai dû traverser la cour au pas de course pour reprendre ma place.

On n'a parlé que de ça pendant le petit déjeuner. Les gardiens s'étaient regroupés près des murs et ils en parlaient aussi. Le bruit que faisaient toutes ces conversations ressemblait au bourdonnement puissant et régulier d'une grosse dynamo. L'excitation était intense, presque palpable.

« Mon vieux, si ce Sid Bip trouve un feu, ça fera du joli.

— Pour ça, ça fait pas un pli. Quant à ce Mueller, il a rien à perdre non plus.

— Ouais, mais pas autant que Sid. Il a fallu les spéciaux du FBI pour l'amener ici. » Bippus avait été condamné pour le meurtre de Ben Levin, un propriétaire de journal à Lafayette.

« On est pas près de l'oublier du côté de Lafayette.

— T'as entendu ce que la radio a dit.

— Sûr.

— Paraît qu'il serait le plus dangereux des cinq.
— Sûr.
— Je m'demande ce qu'il faisait au 1-4 ?
— Oh, il avait le palpitant qui marchait plus très bien.
— Tu crois qu'il avait magouillé pour avoir un traitement de faveur ?
— A tous les coups !
— Ça fera du grabuge s'il met la main sur un feu.
— S'il en trouve un, y aura des morts avant qu'ils le coincent.
— Et il y en aura même pas mal.
— Ils n'auront jamais Sid Bip. »

Quand on a quitté le réfectoire, on a vu que des gardiens installaient des mitrailleuses sur leur trépied dans la cour. Les détenus ont défilé devant les gueules ouvertes des armes, excités, tendus, prêts à s'enflammer. On en installait une autre sur le toit du quartier du directeur qui dominait la cour de la prison.

« Feriez mieux de vous tenir à carreau les mecs, dit Blocker avec une grimace. Faudrait pas voir à trop s'exciter aujourd'hui.
— Ça risque pas avec toute cette artillerie dans les parages. » dis-je.

A midi, on savait déjà que cinq détenus du 1-4 s'étaient faufilés par le conduit de ventilation jusqu'au bloc 3&4 pour redescendre ensuite du toit jusque dans la première cour avec une corde de draps noués. Le gardien de nuit s'en était aperçu un peu après minuit.

Sid Bippus fut le premier repris. Une ménagère des environs de la ville l'avait aperçu qui se faufilait par son arrière-cour et avait alerté le bureau du shérif. C'est un vieux shérif-adjoint, grisonnant et à moitié gâteux nommé Kingman, qui s'était rendu au domicile de cette dame et avait cueilli Sid dans les combles d'une grange, où il s'était réfugié à demi mort de froid, et l'avait ramené. Je connaissais bien ce shérif, combien de fois j'avais pu le maudire quand j'étais dans sa prison municipale ! D'après les journaux, Sid avait un pistolet, mais s'était rendu sans résistance.

Mueller fut abattu une semaine plus tard dans un jardin public à Indianapolis. Un autre type fut arrêté et ramené de Kansas City. Mais à ce moment-là, on n'y pensait déjà plus.

Un jour, plusieurs semaines après cette histoire, j'ai dit au type qui était à côté de moi à l'école :

« Hé, réveille-toi Freddy, le sergent vient d'entrer. »

Il s'est redressé en se frottant les yeux d'un air penaud.

« C'est pas possible, tu dors tout le temps, dis-je, tu dois passer tes nuits à creuser.
— Oui », dit-il en souriant.

C'était un bon gars d'une vingtaine d'années, au sourire sympathique et aux cheveux couleur de maïs qui lui retombaient sur le front. Il était de Stateline, paraît-il.

Cette nuit-là, vers minuit, j'ai été réveillé par un coup de feu. J'ai entendu plusieurs coups espacés, puis, soudain, une fusillade. Ensuite, plusieurs balles ont traversé les murs peu épais du dortoir, chassant de cette extrémité de la pièce des hommes affolés et excités. Il y eut quelques détonations au coin du dortoir, d'autres projectiles traversèrent le mur, une autre fusillade et encore plus d'animation à l'intérieur. L'excitation qui régnait ici était bien plus impressionnante que les coups de feu, qui s'arrêtèrent au bout d'une demi-heure. Mais une demi-heure de fusillade, cela commence à faire pas mal pour une prison. C'était même plus qu'il n'en fallait pour appeler la garde nationale. L'excitation, elle, dura toute la nuit et une bonne partie de la matinée.

Au matin, avant le petit déjeuner, quelques-uns d'entre nous se sont glissés au dehors et ont fait le tour du dortoir, du côté des murs d'enceinte, pour voir de plus près les trous laissés par les balles.

« Hé, regardez, c'est la corde qu'ils ont utilisée ! »

En levant la tête on a aperçu une corde de draps noués les uns aux autres, qui pendait de la bouche d'aération, très haut sur le côté du mur de pierres franches du bloc central. A ce moment-là, plusieurs gardiens sortant de tous les quartiers se sont mis à converger vers nous et on a battu en retraite à l'intérieur du dortoir. Quelques-uns se sont fait prendre et emmener au trou.

Plus tard dans la journée on a appris que Fred Weeder, le gosse avec qui j'avais parlé la veille à l'école, son frère Harry et un détenu infirme nommé Tap Spence s'étaient échappés de leur cellule au 6-1 après avoir creusé le mur de béton armé. Ils avaient ensuite parcouru la coursive entre les cellules jusqu'au bout du bloc cellulaire 1&2 où une échelle métallique menait à une fenêtre extérieure. Cet espace étroit entre les cellules servait à installer ou réparer la plomberie et l'électricité. Ils avaient alors scié deux des barreaux de la fenêtre et laissé pendre le drap jusqu'au chemin de ronde qui se trouve sur le dessus du mur d'enceinte extérieur de douze mètres qui relie le bloc 1&2 au mur principal ouest et qui sépare la prison proprement dite du dortoir des spéciaux. Bien que ce mur-là soit identique à ceux de l'extérieur, il donnait sur un dortoir, lui-même cerné, et pour s'échapper, il était nécessaire de le suivre pour atteindre le mur ouest. Là où les deux murs se rejoignaient il y avait un mirador avec deux projecteurs braqués chacun sur un mur. A l'intérieur et juste en dessous, se trouvait la chaise électrique avec son toit noir incliné, et, à côté une lourde porte d'acier donnait sur l'arrière-cour du dortoir des spéciaux.

Au moment de se laisser glisser depuis la bouche d'aération du bloc cellulaire jusqu'au chemin de ronde, les hommes se trouvaient tout le temps de la descente en plein dans le faisceau aveuglant du projecteur d'angle. Cela les aurait même rendus visibles au voyageur qui, à près d'un kilomètre de là, aurait par hasard jeté un coup d'œil par la fenêtre du train. Après avoir atteint le chemin de ronde, il leur fallait marcher droit vers la lumière aveuglante derrière laquelle le gardien du mur devait normalement être assis avec sa mitraillette pointée sur eux. Mais le gardien du mirador dormait. Cela paraissait impossible que ces trois types aient pu savoir qu'il serait endormi cette nuit particulière et à cette heure précise. Ils ne pouvaient pas le voir à cause de toute cette lumière éblouissante qu'ils devaient traverser après être sortis de l'obscurité du passage entre les cellules. Qu'importe, il dormait. Ils lui sont tombés dessus, lui ont pris sa carabine, sa mitraillette, son mousqueton anti-émeute et son lance-grenades, l'ont assommé et l'ont jeté au bas du mur sur les cendres qui recouvrent cette partie de la cour de la prison.

Après cela, il semble qu'ils aient attendu que le gardien de nuit en faction dans la cour débouche au coin du dortoir pendant sa ronde nocturne, pour le cueillir avec la carabine et la mitraillette. Cependant ils n'ont pas réussi à l'atteindre. C'était le gardien qui avait tué Swayzee le Rouge derrière l'infirmerie l'autre nuit et on a tous été déçus qu'ils l'aient pas eu.

Seulement, le gardien s'était rejeté derrière le coin du dortoir et, de son abri, avait répondu au feu des détenus. Il fut rejoint par un bon nombre d'autres gardiens. Les trois prisonniers sont restés dans le mirador d'angle, à tirer sur les gardiens pendant toute une demi-heure, sans qu'un seul des matons ne s'expose à les attaquer de ce côté. Finalement, le type nommé Tap Spence fut touché à la cuisse. Les frères Veeder ont sauté au sol de l'autre côté. Quand Tap les a imités, sa cuisse blessée s'est ouverte comme une pastèque trop mûre. Les frères Veeder ont dû se résigner à le laisser mourir là pendant qu'ils prenaient la fuite. Ils lui ont laissé la mitraillette et deux chargeurs. Tap n'aurait laissé personne s'approcher de lui. A la fin, il fut abattu par un sergent qui avait escaladé le mur de l'intérieur par une échelle et qui a déchargé sa mitraillette sur lui depuis le sommet du mur. Autant que je m'en souvienne, les frères Veeder n'ont jamais été repris.

Et puis il y avait ceux qui étaient tués légalement. Ils étaient d'abord électrocutés, et ensuite, le médecin de la prison leur enfonçait une longue aiguille mince dans le cœur.

On avait fait beaucoup de bruit dans les journaux au sujet du docteur Snodgrass, depuis le moment où l'on avait découvert que c'était lui qui avait tué la fille. Les journaux n'ont pas arrêté d'en parler pendant le procès, après la sentence, et ils ont remis ça peu de temps avant la date de son exécution.

C'était un chirurgien connu de Springfield, issu d'une famille en vue. La fille qu'il avait assassinée était une étudiante. Il l'avait tuée en la frappant à la tête avec un marteau, ouvrant ensuite plusieurs artères en lui enfonçant la lame d'un couteau sous les oreilles et fouillant les chairs pour agrandir la plaie. Il l'avait plus ou moins droguée à l'époque de leur liaison pour qu'elle se prête à ses perversions, puis ils avaient fumé ensemble de la marijuana et s'étaient défoncés au cours de drogue-parties, pour finir, il s'était : « ... en vue d'atteindre une satisfaction complète, totalement avili devant elle, parvenant à l'exaltation de ses sens par le spectacle de son complet avilissement... » C'était ce que les petites brochures qui se vendaient vingt-cinq cents racontaient de l'affaire, et elles ne laissaient rien dans l'ombre.

« Ça compte pas si c'est pendant une partouze de toute façon, prétendait un type à l'école.

— Oui, mais merde, elle était jeune, dit un autre. Dix-neuf ans seulement. »

On était à l'école cet après-midi-là, à chahuter notre prof comme d'habitude, quand un type a regardé par la fenêtre et a dit :

« V'là le docteur Snodgrass.

— Où ça ? »

On a tous bondi jusqu'aux fenêtres.

« C'est lui, ça ?

— Bien sûr.

— Je crois pas, dis-je. Je peux pas croire que ce soit lui.

— Bien sûr que c'est lui, ce foutu salopard. Je le reconnaîtrais entre mille tellement que j'ai vu ses photos.

— C'est bien lui. »

Je ne le croyais toujours pas. Un homme assez grand, chauve, s'avançait aux côtés d'une femme assez forte vêtue d'un manteau de fourrure noire et coiffée d'un chapeau de feutre sombre baissé sur son visage ; elle tenait un mouchoir près de ses yeux comme si elle pleurait. L'homme avait un visage ridé et ravagé comme quelqu'un qui a eu beaucoup d'ennuis, mais pour l'instant, il fumait calmement un cigare. La femme marchait près de lui de l'autre côté. Elle lui tenait le bras. L'homme était nu-tête et portait un costume bleu sur une chemise blanche et une cravate sombre. Il n'avait pas de pardessus. Il avançait lentement. Derrière eux, à six mètres environ, suivait le sous-directeur en compagnie d'un gardien avec qui il discutait. L'homme et la femme se parlaient aussi. Il n'y avait personne d'autre.

Blocker avait quitté l'autre salle pour venir nous rejoindre et s'était glissé près de la fenêtre à mes côtés.

« C'est bien lui, p'tit gars. »

Un détenu nommé Candy a hurlé par la fenêtre :

« Jette-moi ce cigare, espèce de sale boucher ! »

Les taulards n'aimaient pas le docteur. Ils ne pouvaient pas admettre qu'il ait tué cette fille simplement pour essayer de dissimuler qu'il avait eu une liaison avec elle.

Le sous-directeur a levé la tête et nous a vus entassés dans l'encadrement des fenêtres. Il est venu et nous a fait reprendre nos places. Il avait à peine tourné le dos qu'on se précipitait de nouveau aux fenêtres. Les gardiens de l'école ne disaient rien, ils essayaient de voir eux aussi. Plusieurs autres détenus ont crié des obscénités au docteur. Il n'a pas réagi. Le sous-directeur nous a fait un autre signe de la main pour qu'on quitte les fenêtres, mais cette fois il ne s'est pas déplacé. On est restés là.

Le docteur et sa femme avançaient sur l'allée de briques en direction de la chaise électrique et ils disparurent à nos regards en tournant le coin de notre dortoir. Le sous-directeur et le gardien suivaient. Il n'y avait plus rien à voir dans la cour. C'était comme si tous les deux visitaient la prison.

J'étais un peu déçu et mécontent.

« Merde, y a jamais de gardiens avec eux pour les conduire à la chaise ?

— D'habitude, si, a dit quelqu'un.

— Ils auraient dû en mettre à ce foutu salaud de fils de pute, dit un autre.

— Ça fait bizarre », dis-je. Ça sonnait faux.

« C'est un gros ponte » dit quelqu'un.

Ce soir-là, après manger, les détenus du dortoir allèrent droit aux fenêtres qui permettaient d'apercevoir la chaise électrique. J'essayais de lancer une partie de poker mais cela n'intéressait personne. A la fin, Blocker m'a dit :

« Allez, viens p'tit gars, sinon on va manquer le spectacle. »

Je me suis levé à regret et je l'ai suivi. Les fenêtres étaient noires de monde. On a pris la place d'un taulard en lui racontant qu'un type essayait de forcer sa caisse. C'était un vieux truc, mais il a marché ; il ne nous croyait pas capables de faire ce genre de choses.

« C'est elle » dit Blocker.

D'où j'étais, je pouvais apercevoir le bâtiment où était la chaise électrique qui se découpait dans la lumière du crépuscule. J'avais regardé par ces fenêtres des centaines de fois et je l'avais eu devant les yeux à chaque fois, mais je ne l'avais encore jamais vraiment vu. C'était une construction carrée et trapue en briques rouge sombre, de la taille d'un garage pour deux voitures environ. Elle paraissait se fondre dans les pierres grises du mur ouest. Le mirador de garde, où Tap Spence et les frères Veeder avaient donné leur grande nocturne, se dessinait sur le ciel qui s'assombrissait. L'allée de briques venait de la cour de la prison et s'arrêtait net comme tranchée d'un coup de hache, par une rambarde de fer à mi-hauteur d'homme. En contemplant ce spectacle et la porte verte sur la droite, je me demandais ce que pouvait ressentir un homme qui vient de parcourir les terribles six cents mètres qui, du quartier des condamnés à mort, le conduisent jusque-là. Les dernières lueurs du crépuscule se sont éteintes et la lumière des projecteurs de la prison est devenue plus vive. Un groupe bruyant d'hommes élégamment vêtus a descendu rapidement l'allée et s'est engouffré par la porte verte.

« Qui c'est ? demandai-je.

— Des journalistes, pour la plupart, m'a-t-on répondu.

— Vous avez vu le directeur ?, demanda un autre.

– L'autre porc, ouais, j'l'ai vu, fut la réponse.
– J'ai vu le médecin, dis-je.
– Le vieux pète-sec ?
– Ils sont témoins », dit Blocker.

Un peu plus tard, j'ai distingué le bourdonnement d'un moteur. J'ai vu le reflet noir du corbillard au moment où celui-ci s'est avancé paresseusement sur le sol inégal du passage devant la fenêtre. Il a tourné, a reculé jusqu'à la porte verte du bâtiment et s'est immobilisé. Le silence était tombé sur tous ceux du dortoir. Après un court instant, j'entendis un gémissement lugubre, à peine perceptible, venant de ce côté.

« Elle ronronne », dit quelqu'un.

Dans le silence, j'ai entendu une voix qui disait :

« Un meurtre paraît si peu de chose au moment où on le commet. »

Je me suis retourné, j'ai reconnu le moraliste, c'était Metz. J'ai regardé à nouveau le bâtiment.

La porte verte s'est ouverte et une main a fait un signe. Deux hommes sont descendus du corbillard, en ont fait le tour, ont ouvert le hayon arrière et en ont sorti une malle en osier. Ils ont emmené la malle à l'intérieur et un instant plus tard sont ressortis avec et l'ont enfournée dans le corbillard. Ils sont remontés dedans, ont démarré et sont partis. C'était tout ce qu'il y avait à voir. Je sentais mon sang qui battait rapidement et régulièrement dans une veine de ma tempe. Je suis retourné à la table de poker et j'ai commencé à donner les cartes.

« Allez, Messieurs, faites vos jeux ! », j'ai lancé.

A l'autre bout du dortoir où pieutaient les détenus noirs, il y avait un type qui chantait à tue-tête : « Oncle Bud... Oncle Bud... Oncle Bud a du tabac qu'a jamais été chiqué ; Oncle Bud a des femmes qu'ont jamais été baisées... Oncle Bud... Oncle Bud... »

XIII

C'est à la table de poker de Lippy Mike que j'ai remarqué Metz pour la première fois. Trois des joueurs étaient restés pour la dernière carte, mais quand celui qu'on appelait Frenchy Frank misa deux dollars quarante, le troisième posa ses cartes.

« Je vois », dit Mike.

Frenchy répondit :

« Mets ça sur le pot.

– Nom de Dieu, c'est moi qui donne ici. Je vois », dit Mike.

Alors Frenchy a retourné ses cartes et les a jetées sur le tas. Mike allait empocher quand Frenchy a ajouté :

« Fais voir ce que tu as.

– T'as pas besoin de les voir puisque t'as dit que j'avais gagné.

– Et depuis quand j'ai pas le droit de les voir ? »

Mike remit son jeu dans le paquet et ramassa les mises.

« J'empoche, et si ça te défrise, connard, je m'en tape. »

Frenchy s'est levé et a quitté la table. Quand Metz a ouvert la bouche, sa voix était assourdie par la colère.

« Toi mon pote, t'as de la veine, t'es un sacré veinard, t'entends !... Un veinard ! » Il secouait la tête rapidement et avec force. « T'as de la veine d'être encore en vie... T'es un veinard qu'on t'ait pas encore fait la peau... Crois-moi, t'es un veinard, mon pote... Un veinard ! »

C'est à ce moment-là que je l'ai observé. Il avait un visage étroit, assez beau et toujours en mouvement, entouré de cheveux noirs bouclés, coiffés comme les G.I. Ses mains aux doigts longs, avec des veines très visibles, s'agitaient nerveusement sur la table.

Une mauvaise cicatrice lui barrait le front jusqu'au nez, et comme son visage s'était empourpré, elle ressortait violacée, comme un trait sanglant qui semblait se contracter et bouger d'une manière autonome. Jamais je n'avais vu un homme qui soit aussi près de tuer ou de mourir.

Mike ne le quittait pas du regard non plus.

« T'as dit tout ce que tu voulais ? » Il semblait plus prudent qu'inquiet.

« Qu'est-ce que tu veux dire ? », dit Metz de sa voix lourde et menaçante.

— J'demande si t'as dit tout ce que t'avais à dire. »

Metz l'a regardé, cherchant ses mots, et il a décidé de laisser tomber. Il a lancé ses jetons sur la table, s'est levé, et a reculé sans quitter Mike du regard. Il paraissait indécis. Enfin, il a tourné les talons et s'est dirigé vers sa couchette à l'entrée de la travée. Une fois debout, il était grand et large, avec les épaules un peu voûtées comme la plupart des hommes ici. Son corps ne trahissait rien de la fébrilité qui agitait son visage et ses mains. Il semblait contrôler parfaitement ses mouvements, comme si sa vie n'avait été qu'une suite de refoulements et d'intense discipline.

L'incident m'a laissé un vague arrière-goût de déception. J'avais espéré qu'il s'en prendrait à Mike. C'était le genre de type qui semble capable de tout lorsqu'il est en colère. Au bout d'un moment, j'ai laissé tomber la partie moi aussi. J'ai empoché mes gains et je suis allé voir comment Blocker s'en sortait à notre table. Cela ne faisait pas bien longtemps que Mike avait ouvert la sienne et la plupart des joueurs y allaient encore, délaissant la nôtre. J'ai laissé Blocker continuer et je suis allé flâner du côté de chez Metz. Il avait le grabat du haut et il y était assis, adossé aux montants, un livre à la main, les pieds posés sur un journal qu'il avait déplié sur la couverture.

« Salut, tu t'appelles Metz, pas vrai ? », demandai-je.

Il tourna la tête, puis se redressa pour me faire face en passant ses jambes par-dessus le bord du lit.

« Salut Monroe », dit-il, puis il ajouta : « Oui, c'est moi, pourquoi ? »

Sa peau semblait plus claire et il paraissait plus âgé aussi, dans les trente-cinq ans.

« Pour rien, c'est juste que je t'ai entendu causer à cet abruti de Mike. T'as bien fait de lui river son clou. Il a de la veine d'être encore en vie, tout crâneur qu'il est.

— Tu sais », dit-il comme pour s'excuser, « quand je vois un type en charrier un autre comme il l'a fait, ça me fout tellement en rogne que je vois rouge. J'aurais envie d'attraper n'importe quoi et de le lui taper sur la gueule jusqu'à ce qu'il crève.

— Il fait jamais ça dehors, dis-je. Il le fait ici parce qu'il sait qu'il est couvert.

— Je vais te dire un truc, c'est le genre de type qui me débecte. » Son sourire en coin montrait plusieurs dents en or.

« Il y aura droit un de ces jours, dis-je.

— Et il y a de fortes chances pour que celui qui le tuera soit un de ces petits mecs qu'il considère comme des minables.

— Ça peut pas finir autrement », dis-je. Pendant qu'il se roulait une cigarette, j'ai pris le livre qu'il était en train de lire à mon arrivée. C'était un manuel sur l'art de la nouvelle.

« Qu'est-ce que tu fais, t'apprends à écrire des nouvelles ?

— Oui, c'est assez intéressant.

— J'ai toujours cru qu'il fallait avoir des dons pour écrire ce genre d'histoire.

— T'as peut-être raison, dit-il. Quoique ce cher professeur ici présent semble plutôt enclin à penser qu'il est capable de vous enseigner cet art même si vous n'êtes pas doué, d'après ce que j'ai compris.

— C'est possible, ai-je admis avec un sourire.

— Oh c'est pas que je pense écrire vraiment un jour des nouvelles, dit-il. Mon métier, c'est bijoutier. Si j'apprends ça, c'est surtout pour ne pas rester à rien faire ; tu sais, un type doit savoir s'occuper.

— Parfaitement, j'aimerais bien y jeter un coup d'œil un de ces jours.

— Pourquoi pas, tu viens quand tu veux et on potasse ça ensemble, proposa-t-il. Ça me ferait plaisir que tu sois là. On pourrait peut-être travailler ensemble et échanger quelques idées. La plupart de ces types ne sont pas du genre à soutenir une conversation. Ils ont leurs idées bien arrêtées et rien ne les en fera démordre. Ce ne serait pas si grave, si en plus, ils n'étaient pas aussi ignares.

— C'est pas ceux-là les pires, dis-je. Je vais étudier ça avec toi, ça ne me déplairait pas d'apprendre à rédiger.

— Viens quand tu veux. » Ceci se passait peu de temps après le dernier jeudi de novembre, le jour d'action de grâce.

Je suis retourné le voir le lendemain soir. On a potassé quelques pages du livre et on a commencé à parler de nous-mêmes. En moins d'une semaine, on était devenus bons amis. J'ai appris qu'il avait des intérêts dans une bijouterie de Salt Lake City qui lui assuraient un revenu confortable. Mais il avait commis l'erreur d'épouser une garce, de qui il avait eu un enfant et qu'il avait tuée ensuite. S'il n'y avait pas eu l'enfant, il aurait tout simplement divorcé.

Cependant, tout ça ce n'est pas lui qui me l'a raconté, mais d'autres détenus avec qui j'en avais discuté. Il parlait rarement de sa vie privée et jamais de la femme qu'il avait tuée. D'après ce qu'on m'a dit, un soir il a vu sa femme dans Western Parkway, dans un taxi avec un homme qu'elle embrassait, alors qu'elle était censée rendre visite à ses sœurs. Il était rentré chez lui pour prendre son pistolet et s'était mis à sa recherche. Il avait pris un taxi à son tour et avait ordonné au chauffeur de passer la ville au peigne fin, rue après rue. Il avait fini par les retrouver, alors qu'ils montaient dans un taxi devant un restaurant du centre commercial au coin de Western Parkway et de Grand-Avenue. Ils partaient dans la direction opposée. Alors il a demandé à son chauffeur de faire demi-tour et il les a dépassés près de l'église des

Scientistes, pas très loin du commissariat de Grand-Avenue. Il s'était penché à la fenêtre de son taxi, avait visé sa femme, et l'avait abattue. Ses avocats avaient réussi à obtenir que soit retenue l'accusation de crime passionnel et il avait écopé de sept à vingt ans de prison. A cette époque, cela faisait trois ans qu'il y était.

Bizarrement, notre amitié restait en dehors de toutes mes autres activités à la prison. Bien que Blocker et moi nous nous occupions encore de notre table de poker et que je sois toujours en bons termes de cousinage avec Mal, mon amitié pour Metz les tenait à l'écart.

Elle n'avait rien à voir avec ces deux-là, ni avec les parties de poker, ni avec les autres activités de la vie pénitentiaire. C'était comme si nous faisions partie du même club et qu'on se soit découvert des goûts communs pour les échecs et la conversation.

Blocker faisait halte de temps en temps près de la couchette de Metz et demandait :

« Comment ça va, toi et ton professeur, petit gars ? »

Et Metz ne manquait pas de répondre :

« Toujours aussi tricheur, Blocker ?

— Pourquoi vous venez pas voir par vous-même, professeur ? », répondait Blocker.

Metz secouait la tête.

« Sûrement pas, t'es trop fort pour moi. Tu sais, je ne joue jamais avec un type qui a des ongles aussi longs que les tiens. Mais t'es peut-être pas si habile que ça, il est même pas impossible que tu sois régulier.

— Parfaitement », coupait Blocker en me jetant un clin d'œil. « Tu peux même me plumer, je suis tout ce qu'il y a de plus réglo.

— Non, Monsieur, je ne joue pas avec des types comme toi, quand ils ont des ongles aussi longs. »

Il n'y avait aucune animosité entre eux. Je n'ai jamais entendu l'un d'eux dire du mal de l'autre. Seulement, ils n'avaient rien en commun, à part le jeu, mais Metz venait justement d'abandonner ça aussi, après son coup de sang à la table de Mike. Par contre, il en allait tout autrement avec Mal.

« Tu perds toujours ton temps avec ces histoires de nouvelles ?

— Bien sûr, ça me plaît. Je trouve ça passionnant.

— Ce type ne peut rien t'apprendre, il en sait même moins que toi.

— Il ne m'apprend rien du tout, on suit un cours ensemble, c'est tout.

— Je parie que dans pas longtemps il voudra que tu payes tes leçons.

— Raconte pas d'histoires. »

Mais nous avons continué tout l'hiver. C'était plus la compagnie de Metz que les cours qui m'intéressait. Sa conversation me permettait d'oublier les cancans frelatés et monotones de la prison. Je m'évadais de tout cela quand on parlait. J'oubliais le sexe. J'oubliais tous ces pédés qui m'avaient approché et entouré, et tous ces prétendus loups qui n'avaient pas cessé de me faire des avances en cachette bien après qu'ils eurent compris que je ne marcherais pas. Metz était le premier type vraiment bien que je rencontrais en prison, même si Blocker restait mon seul vrai copain. Depuis que Mal avait quitté l'équipe de charbon, pendant mon premier mois de détention, je ne l'aimais plus beaucoup. Mais c'était comme s'il était toujours un peu sous ma responsabilité. C'est difficile à expliquer, mais je m'étais mis dans la tête que je devais l'aider, lui fournir ce dont il avait besoin, lui donner de l'argent et un peu de mon temps. Mais c'est avec Metz que j'aimais discuter.

Pratiquement tous les sujets qui venaient dans la conversation étaient prétextes à discussion. Il se cramponnait tellement à ses idées que, plusieurs fois, sachant que j'avais tort, je discutais pour le simple plaisir de le désarçonner.

Et comme c'était quelqu'un de très rationnel, je parvenais souvent à le convaincre du bien-fondé d'un point de vue dont je n'étais pas convaincu moi-même. Il comprenait vite où l'autre voulait en venir et cela rendait nos discussions passionnantes, et malgré tout, amicales.

Par exemple nous avons découvert qu'aucun de nous deux n'était religieux. Mais Metz prétendait être athée. Je lui ai dit qu'à mon avis il était impossible d'être athée, et lui m'a demandé pourquoi, alors je lui ai dit que c'était parce qu'aucun homme ne peut vivre sans croire à une force supérieure à l'être humain, ce à quoi il a répondu qu'il n'y a rien qui soit supérieur à l'homme et que c'est l'homme qui a créé Dieu.

« Ça d'accord. Mais pour moi, chacun de ceux qui croient en Dieu possède son propre Dieu bien à lui.

— Crois-tu à la survie après la mort ?, demanda-t-il.

— Pas pour moi, dis-je. Parce que je n'ai pas la foi. Mais par contre je pense que si un homme croit sincèrement à la survie après la mort, sa foi pourra faire en sorte qu'elle existe. Mon idée, c'est que cette vie, Dieu, la religion, la vie éternelle et tout le reste n'existent que dans la mesure où l'on croit à leur existence ; et que si quelqu'un croit en la vie éternelle de la même façon qu'il croit à celle d'ici-bas, alors elle existera pour lui. A mon avis, le seul moment où les choses cessent d'exister, c'est quand la foi que l'on a en leur existence disparaît, et je pense aussi que la vie et le monde n'existeront pour nous que tant que nous croirons en leur existence. Je ne sais pas si je me fais bien comprendre.

— Oh je comprends ce que tu veux dire, dit-il. Tu penses que les choses n'existent que parce qu'on croit en elles.

— Exactement. Du moins pour nous, les êtres humains. Je suppose que c'est pour cette raison que nous avons le pouvoir de croire ou de nier. La vie éternelle, c'est comme voler dans les airs, tant que les gens ont été persuadés qu'ils ne pouvaient pas voler, ils n'ont pas pu voler, mais quand ils ont cru que c'était possible, ils ont volé.

— Alors, on peut voler comme un oiseau, c'est-à-dire sans l'aide d'une machine ?, demanda-t-il avec un sourire triomphant. Tu penses qu'un homme ayant une foi suffisante pourrait monter en haut d'une maison, sauter, et s'envoler ?

— Parfaitement, répondis-je solennellement. Je suis sûr que si quelqu'un était persuadé qu'il pouvait voler, il n'aurait même pas besoin d'une maison, il s'envolerait directement du sol. Mais ça, ça me semble difficile. Je ne pense pas qu'on puisse avoir une foi suffisante. Il faudrait que je voie de mes propres yeux quelqu'un qui arrive à s'envoler comme ça... » et j'ajoutai en rigolant : « Et encore, j'aurais du mal à y croire !

— Je comprends ce que tu veux dire, dit-il. Mais je ne vois pas quel argument je pourrais opposer à ce que tu viens de dire.

— Aucun. »

Ou alors on discutait à propos des perversions sexuelles en prison. Il soutenait que cela ne répondait à aucune nécessité et que c'était une déchéance morale et spirituelle. Il partait du principe que toute forme de perversion sexuelle était à la fois physiquement et moralement dégradante, ce à quoi je répondis, histoire de le contrer :

« Pourtant je crois bien avoir entendu dire que des gens mariés le faisaient aussi, ils disent que ça fait partie de l'acte sexuel. »

Et il me répondit en faisant la grimace :

« Mais ces taulards ne sont pas mariés.

— N'en sois pas si sûr. »

Une fois que je lui avais dit : « Bien sûr que tu as raison, mais je ne suis plus aussi affirmatif que lorsque je suis arrivé ici, je suppose que j'ai un peu changé. »

Il m'a répondu, en me regardant :

« Ne change pas trop. »

XIV

Je ne m'occupais pratiquement plus de notre table de poker. C'est Blocker qui la tenait la plupart du temps. Presque tous les soirs après le dîner, je rejoignais Metz sur sa couchette et j'essayais de l'entraîner dans une discussion.

On était assis là un soir, le lundi de Pâques, à parler du fatalisme chez Omar Khayyam.

« Tu sais, j'aime les sonorités de ses vers presque autant, sinon plus, que leur sens, dit-il. Ecoute ça : « Alors sur la lèvre de cette pauvre urne terrestre je me suis incliné, j'y cherchais la clé de ma vie et, lèvre contre lèvre elle murmura : tant que tu vis, bois !, car de la mort on ne revient pas. »

« Regardez, il y a le feu au bloc 10 & 11 ! », cria quelqu'un.

Nous sommes allés à la fenêtre sans nous presser. Il n'y a pas eu beaucoup d'agitation au début.

« Ben merde, qu'est-ce qui peut bien brûler là-dedans ? Ils travaillent encore dessus.

— Il y a tous ces échafaudages de bois et les trucs qui servent à couler le béton.

— Il n'y a qu'à le laisser brûler. De toute façon, y a personne dedans.

— Et puis le bloc 7&8 est fait pour résister au feu.

— Au feu et à tout le reste.

— Au 7&8, à part les taulards, y a rien qui puisse brûler. »

De la fenêtre du dortoir, on pouvait apercevoir l'extrémité nord du bloc 7&8. Comme on regardait ça, tout excités et qu'on bavardait, la fumée devint plus épaisse, sortit en volutes du toit et des fenêtres. Le soleil se couchait derrière la fumée, rouge et majestueux. Des voitures de pompiers sont arrivées par la porte principale. On entendait les cloches et le rugissement des moteurs. Des prisonniers ont traversé la cour à toute vitesse. Des noirs sont arrivés en courant de l'équipe de chauffe, en portant des couvertures, c'était comme une marée soudaine. Puis on a vu des prisonniers blancs qui venaient de l'équipe du réfectoire ; ils ont tourné le coin du bâtiment au pas de course et se sont précipités vers le bloc en flammes. Des gardiens arrivaient en courant. Tout le monde courait. Dans cette foule qui passait devant nous, je n'ai pas vu une seule personne qui marche. A force de regarder par la fenêtre on a commencé à s'exciter.

« Ça va mal ! dit quelqu'un. Ça va mal, ça fait trop de fumée. »

Quelqu'un d'autre lança :

« Merde, moi je sors ! Mon frère est au 5-8, moi je sors ! Tous les autres sont déjà sortis, alors, merde, je sors. » Il s'est détaché de notre groupe et s'est élancé vers la porte.

« Moi aussi, je sors ! », dis-je en me précipitant sur ses talons.

Le gardien de jour était debout devant la porte.

« Barre-toi de là, je sors, dit le taulard.

– T'as pas le droit de sortir, dit le gardien.

– Tu vas voir ça si j'ai pas le droit. » Son poing a décrit un large arc de cercle et est venu frapper le gardien juste sous l'œil. Le maton a levé sa matraque et le type l'a saisie avant qu'elle ne retombe. J'ai frappé le gardien d'un gauche à l'estomac, aussi fort que j'ai pu. L'excitation me faisait perdre la tête. Le maton a grogné : « umph » et s'est plié en deux. Le taulard l'a cueilli d'un uppercut au menton. Je l'ai poussé sur le côté. Au moment où il s'effondrait, la porte s'est ouverte de l'extérieur, et Nick est entré nu-tête et haletant.

« Amenez des couvertures les gars, dit-il d'une voix rauque en cherchant son souffle. Magnez-vous et amenez des couvertures. Les copains sont en train de brûler vifs là-bas. Oh Bon Dieu les copains sont en train de brûler vifs ! C'est terrible, ils sont en train de brûler vifs dans leur cellule ! »

J'ai arraché la couverture d'un lit et j'ai bondi par la porte. Aussitôt dehors j'ai contourné l'infirmerie et je me suis élancé dans la cour. La nuit était maintenant tombée sur la prison. Il y avait un peu de vent et l'air était frais. Je n'avais pas ma capote et j'étais nu-tête. Je sentais le vent traverser ma chemise et jouer dans mes cheveux.

La fumée montait du bloc cellulaire en grosses volutes noires, rougeoyantes. Le vent la rabattait sur la cour de la prison comme un épais linceul gris, si bas qu'on pouvait la toucher en levant la main. Au travers de la fumée, les flammes qui s'échappaient du toit et des fenêtres du bloc faisaient penser à des langues rouges léchant la nuit. Les bâtiments se dressaient comme des ombres sur un décor infernal de lumière jaune bariolant le manteau noir de fumée.

Tout m'effrayait : la nuit comme l'incendie. J'avais l'impression de tout découvrir en même temps : la nuit, qui était différente à cause du feu, et le feu lui-même.

Le bloc cellulaire central qui barrait le devant de la prison était une masse imposante de pierres grises, avec un entrelacs de barres d'acier noir sur la lueur jaune des fenêtres. C'était l'horizon de la nuit, elle s'arrêtait là.

Quand je suis arrivé dans la cour, j'ai eu l'impression que je pouvais entendre ces types qui, à cent mètres de là, criaient sans arrêt : « Mon Dieu, sauvez-moi, oh ! Mon Dieu, sauvez-moi. » Ces mots me glacèrent d'épouvante.

J'ai levé les yeux. La cour s'étendait devant moi, masse confuse et grouillante. Des milliers de prisonniers y étaient lâchés. Tout le monde courait à toute vitesse dans tous les sens, en hurlant. Tout le monde criait et personne n'écoutait. Au fond, il y avait le bloc qui brûlait, et, à côté de lui, le bloc 7&8. Le 7&8 était comme un colossal monstre avaleur de feu, aspirant les flammes et la fumée dans son ventre où gigotaient les détenus. Au-delà, passée la palissade, derrière les ateliers, l'étendue grise des murs qui faisaient la jonction entre la terre et le ciel, condamnait tout un monde.

La lumière qui sortait de la porte ouverte de l'infirmerie projetait une tache jaune dans la confusion de la cour. Les détenus entraient dans la lumière, en sortaient, y rentraient, en ressortaient toujours en courant, en brèves séquences kaléidoscopiques.

La confusion m'a happé, m'a avalé, moi aussi, chassant de ma mémoire les souvenirs de Blocker, de Metz, et de Mal ; repoussant les souvenirs du dortoir et de la prison. Ne me laissant qu'une irrésistible envie de courir.

Alors je suis parti en courant, avec cette impression que donne la marijuana, de lever les pieds très haut et d'être trop grand pour rester sur terre. Plus je courais vite, moins j'avançais. C'était comme si je faisais du surplace. J'essayais de courir plus vite en levant les genoux plus haut encore, jusqu'à ce que je me transforme en un tourbillon de mouvements qui n'allait nulle part. Et puis j'ai mis le pied dans quelque chose. J'ai baissé les yeux pour découvrir que j'avais enfoncé mon pied dans le ventre d'un détenu carbonisé et que ça avait fait jaillir d'énormes caillots de vomi d'entre ses dents serrées sur son visage noirci. Soudain, je les ai aperçues, ces silhouettes allongées sur la terre nue, disséminées sur l'étendue de la cour. D'autres arrivaient encore, fantômes aux chairs carbonisées et noircies de fumée, douillettement enroulés dans ces couvertures grises neuves qu'ils avaient quémandées en pleurant cet hiver et qu'on leur avait refusées. J'ai senti le froid tout à coup et j'ai frissonné. « Comme s'ils avaient besoin de couvertures », m'entendis-je protester. « Comme s'ils avaient besoin de couvertures. Vous ne voyez pas qu'ils n'en ont pas besoin, bande d'idiots ! »

Soudain, un feu d'artifice a éclaté devant mes yeux, mêlant le noir de la nuit enfumée au jaune de la lumière, au rouge des flammes et au gris de la mort en une sarabande effrénée. Je me frayais un chemin au milieu de cette confusion, passant devant l'infirmerie, ayant l'impression de changer de couleur à chaque pas. A ma gauche, il y avait la blancheur éblouissante du hall de l'infirmerie ; des corps gris sur le sol, des infirmiers en blanc penchés sur eux. A droite, la confusion noire de la cour, des corps étendus dans la demi-obscurité au milieu des allées et venues des détenus qui juraient. A la limite de la lumière, là où commençait l'ombre, la fumée dressait son épais mur gris.

J'ai avancé dans le mur de fumée. Pendant un instant je n'ai rien vu. Quelqu'un m'a heurté violemment, m'envoyant sur les genoux. Ma tempe a frappé la rambarde de fer de l'allée. Au cœur de la douleur fulgurante, un hurlement a éclaté dans mes oreilles :

« Dégagez, un vivant, un vivant ! »

Quatre hommes sont passés près de moi dans le flot de lumière et ont grimpé quatre à quatre les marches de l'infirmerie. Ils tenaient un corps qui se tordait... *un vivant !*

Je me suis relevé et je suis descendu un peu plus bas pour rester planté dans l'allée devant le bureau du sous-directeur. La couverture que j'avais prise en partant avait disparu et mes mains me paraissaient vides sans elle. Je fouillai mes poches à la recherche d'une cigarette mais je n'en avais pas. Un type est passé en vitesse avec une cigarette de Bull Durham, je lui ai demandé une bouffée. Il a ôté le mégot de sa bouche et me l'a lancé. Je l'ai attrapé et je me le suis planté au coin des lèvres. Je suis resté là à tirer sur mon clope, alors que tout tourbillonnait autour de moi comme si je m'étais trouvé au centre d'une roue gigantesque.

Le bureau du sous-directeur était le centre de la confusion. Tout partait de là, ou y aboutissait à moins que cela ne tourne autour en spirale comme ces serpentins qu'on jette par la fenêtre des gratte-ciel. J'étais au milieu de tout ça et je regardais. Mais c'était comme un feu d'artifice vu d'une hauteur. Mon esprit n'arrivait pas à comprendre le sens de toutes ces actions rapides et changeantes, des mots qui étaient prononcés, de chaque mouvement, de chaque juron ou de chaque cri. Il m'était impossible d'accepter ce passage inéluctable de la vie à la mort, les événements qui se précipitaient sur moi, m'agressaient, puis passaient. Je ne faisais plus le lien : les vivants et les morts, et les traces de vomi vert sur l'allée éclairée de jaune. Tout ce que je ressentais, c'était la nausée qui montait en moi.

J'ai vu une foule de gens qui pénétraient par les portes principales, venant de l'extérieur. Des docteurs, des journalistes, des policiers, des prêtres en soutane noire et une infirmière qui a travaillé toute la nuit dans la cour avec des étrangleurs de la pire espèce sans qu'on l'inquiète une seule fois. Tous au coude à coude avec plus de trois mille prisonniers, qui peinaient, couraient, et couraient toujours. Ils passaient en courant près de moi, par-dessus moi, me bousculaient ou m'invectivaient.

Tout à coup je me suis remis à courir moi aussi. Je suis parti, levant haut les genoux et pédalant dans le vide. J'ai traversé la cour vers le bloc en feu. Dans ce coin-là, les fumées épaisses prenaient à la gorge.

J'ai commencé à tousser. Je me suis arrêté devant le bâtiment. J'avais oublié pourquoi je m'étais mis à courir.

Les échafaudages qui entouraient le bloc inachevé 10&11 brûlaient furieusement. La fumée et les flammes s'engouffraient dans la cage de l'escalier du 7&8 où les hommes des trois rangées du haut étaient toujours bouclés dans leur cellule. J'entendis les hurlements étranglés, les prières inachevées et étouffées, les jurons, les quintes de toux, les halètements, les gémissements et les plaintes des hommes qui étaient pris au piège là-haut. Les solives de bois du toit avaient pris feu. La fumée grise occupait les six niveaux du bâtiment et, au travers, je voyais les flammes qui dévoraient le toit.

Devant la porte du bloc, le sol était couvert d'eau. Les lances d'incendie couraient partout, tels d'énormes serpents grouillant dans la boue. Il y avait deux voitures de pompiers près de la porte. Les autres camions étaient à l'autre bout du bâtiment, après la chapelle. Les pompiers en ciré se précipitaient sans arrêt à l'intérieur du bloc rempli de fumée dense pour en sortir à chaque fois en toussant, en s'étranglant ou en vomissant. Plusieurs d'entre eux gisaient inconscients sur le sol. Des détenus qui paraissaient être devenus subitement fous, torse nu, se colletaient avec des lances. De l'eau qui avait rebondi sur les pierres brûlantes m'aspergea le visage.

J'ai franchi la porte et j'ai entendu une voix qui hurlait de tout là-haut : « Sortez-moi de là, sortez-moi de là ! bande de fils de putes ! Oh ! putains de salopards... » avant de s'achever sur un hurlement étranglé.

Je suis revenu sur mes pas. Mais j'entendais toujours ces hurlements étouffés.

« Oh Seigneur, OhhhhhhHHHHHHHH Seigneuurrrrrr ohhh SEIGNEUUUUUUUUUR ! Sortez-moi de là ! Sortez-moi que je vous dis ! Mais qu'est-ce que vous essayez de faire, me tuer ? Vous essayez de me tuer ? J'ai rien fait, j'ai rien fait à personne ! Vous essayez de me tuer, bande de saloperies de fils de putes... ? Où est passé ce foutu... ? »

Quelqu'un a dit qu'on était en train de déverrouiller les cellules, là-haut. Je ne l'ai pas cru. Je me suis penché, pour essayer d'y voir quelque chose au travers de la fumée. Tout ce que j'ai vu, c'est la silhouette vague du bloc, couronné de flammes dans la fumée grise, de l'eau sale qui coulait et toujours ces horribles incantations étranglées, mi-prières mi-jurons.

Un énorme détenu noir nommé Block Buster est apparu tout à coup à la porte. Il était sorti de la fumée comme une apparition soudaine. Il portait une forme molle en travers de ses épaules. Le type inanimé s'est étranglé tout à coup et s'est mis à vomir sur le devant de la chemise de Block Buster. Je regardais ça et je sentais mon estomac se soulever.

« Va chercher une couverture et donne-moi un coup de main », dit une voix. J'ai senti mes lèvres se révulser quand la nausée m'a pris d'un seul coup.

« Peux pas », ai-je répondu dans un souffle en battant en retraite.

Un policier m'a fait dégager le chemin pour laisser passer quatre hommes qui portaient un corps dans une couverture. J'ai titubé en reculant et je me suis pris les pieds dans les tuyaux, pour me retrouver sur les fesses dans la gadoue. Je me suis relevé d'un bond et je suis reparti en courant. J'allais je ne sais où, n'importe où, pourvu que ce soit loin de tout ça.

Je n'arrivais pas à comprendre ce qui m'arrivait. Je n'avais pas peur. Je voulais aller là-haut. Mon esprit me disait de monter. Il m'incitait à faire demi-tour, à grimper et à sauver la vie d'un pauvre type. Mais je ne pouvais pas. Rien à faire. Je ne pouvais pas.

J'aurais été incapable d'aller là-haut et d'en ramener quelqu'un même si on m'avait donné un million. J'en étais tout simplement incapable.

J'ai continué ma course dans la confusion, levant toujours haut les genoux, toujours pédalant. Mon esprit flottait dans une brume grise. Des pompiers en uniforme bleu passèrent devant mes yeux. Leurs grosses voix amplifiées par les mégaphones parvinrent à mes oreilles. Je voyais des policiers, des détenus vivants qui traînaient des morts, de la fumée, des flammes, de l'eau et des gardiens. Je voyais des détenus qui étaient là pour meurtre, viol ou incendie criminel ; ceux qui avaient abattu des policiers dans les ruelles obscures, ceux qui s'étaient enfuis en dérobant des livres de poche, ceux qui avaient volé des voitures et falsifié des chèques, ceux qui avaient massacré des femmes, puis les avaient découpées en morceaux pour les mettre dans des malles ; et qui maintenant faisaient des heures supplémentaires dans leur nouvel emploi de héros, se déplaçant en hâte dans la fumée pour sauver la peau d'un autre paumé. Des visages blancs luisant de sueur et marqués de suie, des dents blanches étincelant dans des visages gras et noirs ; travaillant comme des bêtes, gueulant, riant, hystériques ou sérieux comme des papes. Ils étaient ivres de leur liberté provisoire, ivres d'être courageux, pour une fois dans une vie de lâchetés, ivres de plaisir, d'excitation. Ils avaient quelque chose à faire... quelque chose à faire... quelque chose à faire.

Au loin, et de tous les côtés je voyais les murs.

Je courais depuis une éternité. Courant, haletant, peinant, courant encore, jurant, donnant des coups de poing au hasard, glissant et courant toujours ; et pourtant j'avais l'impression de rester immobile au cœur du chaos qui m'entourait, qui me tirait, m'attrapait par la manche, m'étouffait. J'atteignis enfin le coin de la chapelle, à quarante mètres de là.

J'essayai d'ouvrir la porte. Elle n'était pas fermée, j'entrai. Dans le vestibule, juste sous le porche, un type pleurait dans l'ombre. Il répétait sans arrêt sur un ton monotone :

« Jésus ! T'es qu'un fils de pute... Un fils de pute... Un fils de pute... ! »

Il ne m'a pas vu. Il semblait ne rien voir.

« Dis une prière pour moi, mon frère, dis une prière pour moi. » Mes lèvres ont formé ces mots mécaniquement et j'en fus choqué.

J'ai grimpé l'escalier et je suis entré dans la chapelle.

Des types jouaient aux dés par terre devant l'autel. J'ai écouté leurs claquements de doigts pendant un instant, leurs voix basses et attentives.

« Huit pour Decatur... Hein... ! Va pour le huit... ! »

Les dés ont roulé à nouveau. Un des joueurs a levé la tête et m'a aperçu.

« Est-ce que tu joues, Jimmy ? »

J'ai fait non de la tête. Tout mon être se révoltait tout à coup devant une telle mascarade. Dieu et Satan jouaient aux dés les âmes des détenus agonisants... Et que je te parie sur cet assassin nègre. Il a découpé sa femme en petits morceaux noirs et sanguinolants avec un couteau de poche... D'accord, moi je prends le salopard blanc condamné pour viol. Tout à coup, je me suis senti omnipotent. J'ai vu l'univers entier dressé, là, devant moi, squelette blanc, décharné.

Quelques notes graves plaquées lentement sur les touches du piano sont parvenues à mes oreilles. Cette musique détonait dans la confusion extérieure. Une lueur rougeoyante traversait les vitres opaques. J'ai tourné les yeux vers la scène. On avait roulé la housse du piano à queue. Un jeune type mince aux cheveux bouclés était assis sur le tabouret, son corps évoquait la forme d'un point d'interrogation. Il jouait la « Marche funèbre » de Saul avec une émotion lente. Un mince rai de lumière provenant du brasier traversait un carreau cassé très haut dans le mur et coupait son visage comme une cicatrice blanche. Ses joues étaient mouillées de larmes. Puis le rythme lent et syncopé des accords a résonné dans ma tête comme un point douloureux.

« Tu sais pas qu'il y a des gens en train de crever là dehors, imbécile ? » dis-je.

Il tourna la tête, et sans arrêter de jouer, me dit :

« C'est leur entrée triomphale dans un enfer rouge que je joue. »

C'est comme si mon estomac grouillait d'asticots. Je me suis enfui de la chapelle pour me retrouver dans le chaos nocturne, sentant toujours ces vers qui se tordaient dans mon ventre comme si j'étais moi aussi mort, enterré et déjà pourrissant. Tout avait disparu, l'omnipotence, et l'univers squelettique. Entre-temps, le décor avait changé, comme lorsqu'un acte en remplace un autre sur une scène tournante. Une marée grondante de prisonniers formait une masse mouvante autour d'un cordon de policiers armés de mitraillettes qui avaient pris place près de l'entrée du bloc cellulaire.

J'ai entendu une voix qui hurlait :

« Les murs s'écroulent ! »

J'ai vu les jambes d'un flic commencer à trembler. La foule des taulards s'avançait lentement vers eux. Ses jambes tremblaient carrément maintenant, ses genoux s'entrechoquaient. Quelque chose d'étrange s'est produit en moi et je me suis entendu rire. J'avais un désir incontrôlable de jeter quelque chose dans ce cordon de flics et de mettre le feu aux poudres.

« Barrez-vous de là, salopards », dit quelqu'un.

Un infirme s'est élancé hors de la masse compacte des détenus. Il s'est précipité sur les flics en boitant sur une patte comme un crabe. Un flic l'a attrapé par le col. Les taulards se sont avancés. C'est à ce moment-là que le sous-directeur est entré en scène, les bras levés.

« Les gars, les gars », implora-t-il.

J'ai fait demi-tour et je suis parti. Tout à coup, je me suis remis à courir, battant des bras et pédalant. Je me suis arrêté au bout de l'allée, indécis.

Deux types parlaient entre eux. L'un d'eux dit :

« Tiens, c'est Yorky ! Il a gagné près de deux cents sacs à l'emmerdoir hier. »

L'autre lui a jeté un coup d'œil.

« Et si on lui faisait les poches ?

– T'as raison, il en a plus besoin. »

Je suis reparti dans l'autre sens pour aller à l'école. Mal sortait des toilettes.

« Où étais-tu passé, Nom de Dieu ? dis-je.

– Je t'ai cherché et puis le sous-directeur m'a envoyé au bloc 1&2 pour faire sauter les serrures avec une masse.

– Allons bon, pour quoi faire ?

– Ben, il voulait faire sortir ce qui restait des types, mais ils n'ont pas trouvé les clés. Ils ne savent pas où sont les gardiens. Ils n'ont pas vu un seul gardien du bloc depuis le début de l'incendie. »

Il souriait. Son visage paraissait si propre, ses dents si blanches avec les deux couronnes d'or qui brillaient dans la lumière, ses lèvres si rouges. Il était si beau.

« Il a aussi fallu faire sauter les serrures du bloc 3&4, ajouta-t-il avec un sourire séducteur. Ils ont fait sortir tout le monde, même les sept types du quartier des condamnés à mort. »

J'ai passé mes bras autour de sa taille et je l'ai embrassé. Il a essayé de se dégager.

« Merde, j'ai dit. Laisse-moi t'embrasser ! »

Il m'a entouré de ses bras et m'a rendu mon baiser.

Au bout d'un certain temps il s'est dégagé en disant qu'il devait partir.

Je l'ai lâché. Je ne ressentais rien de particulier. Ni excitation ni passion, juste le souvenir fugitif de la pression de ses lèvres.

« Il faut que j'aille jusqu'à la ferblanterie, dit-il avec un drôle d'air. Le capitaine Hardy veut que j'y reste toute la nuit pour faire le guet.

— D'accord. » Je l'observais tandis qu'il faisait demi-tour et qu'il s'éloignait en traversant le hall de l'école, je regardais le balancement de ses hanches larges. Puis je suis sorti. J'ai jeté un coup d'œil aux alentours et je suis reparti au pas de course. Au coin du bureau du sous-directeur un détenu m'a fait signe de m'arrêter.

« Envoie un télégramme chez toi, me dit-il en me tendant une poignée de formulaires vierges. Dis à ton vieux que tu vis encore.

— Donne-m'en deux. » Il me les a donnés. Je suis retourné à l'école et j'en ai rédigé un pour ma mère et un autre pour mon père. Je suis vivant, ai-je écrit. James Monroe. Seulement je n'arrivais pas à me souvenir de l'adresse de ma mère. Je suis ressorti et j'ai rendu les formulaires au type. « Je me souviens pas de l'adresse de ma mère.

— T'en fais pas, dit-il. Mets juste la ville. »

Je repensais aux corps gris vautrés sur le ventre. Des blancs, des noirs, des païens, des juifs. Des jeunes, des vieux, des malades et des bien portants. Il y avait des banquiers, des policiers, des voleurs à la tire ou des racketteurs. Tout ce qu'il en restait maintenant, c'étaient des tas gris sur le sol nu. Quoi qu'ils aient pu être, ou jamais rêver d'être un jour ; quels que soient leur race, leur nationalité ou leur passé, ces trente centimètres de vomissures verdâtres qui pendaient entre leurs dents les rendaient tous égaux.

En les regardant je ne ressentais rien, ni pitié, ni tristesse, ni horreur, ni crainte, rien du tout. J'y ai vu Starlight qui ne m'empesterait jamais plus, étendu, raide. Il n'était plus question pour lui de jouer aux durs dans sa cellule en faisant ressortir son gros ventre, persuadé d'être un champion de boxe. J'y ai vu Mother Jones, aussi noir et grand que mort. Et Blackie aussi, petit, délicat, blanc et mort. Et Nig, grand, noir, costaud et mort. Je les ai tous vus, des douzaines, sur le sol nu, laissant voir leurs dents avec du vomi entre les lèvres, avec leur corps tordu de façon grotesque, leurs mains écorchées et brûlées agrippant le vide, et leurs yeux ouverts qui fixaient quelque chose. Venant de je ne sais où, cette citation m'est revenue : « Tant que tu vis, bois ! ; car de la mort on ne revient pas... »

J'ai marché parmi les corps pour voir si j'en reconnaissais d'autres. Quelqu'un s'est mis à pleurer très fort près de moi. Je me suis retourné et j'ai vu un grand noir sec, aux lèvres énormes, agenouillé par terre près du cadavre d'un petit type à la peau brune qui était complètement brûlé autour de la bouche. Le grand sec était connu ici sous le nom de Mississippi Rose. Quand il a vu que je le regardais, ses sanglots ont redoublé. « Oh ! Seigneur aidez-moi !, gémissait-il. Mon homme est mo' !

— Espèce de salopard de nègre, tu fais les poches à un mort, lui dis-je calmement.

— Qu'est-ce que ça peut te fout'e. »

J'ai voulu cogner sa tête noire et luisante mais je l'ai ratée et me suis étalé sur un cadavre. La forme molle et flasque s'est enfoncée sous moi. J'ai bondi sur mes pieds en secouant les mains comme si j'étais tombé dans une mare pleine de saloperies. Mais déjà j'avais comme un mille-pattes qui me cavalait dans la tête. Un mille-pattes à moitié écrasé qui rampait lentement au travers de mon cerveau juste sous mon crâne, traînant son corps en bouillie. Je pouvais sentir ses pattes visqueuses et cette pourriture verte qui avait giclé de son corps.

Et une fois encore, je suis parti en courant. Je fonçais à l'aveuglette par-dessus les macchabées, marchant dans leurs entrailles ou sur leur visage. Leur ventre en bouillie cédait mollement sous mes pieds et les muscles roulaient sur les os. Je me suis caché le visage derrière ma main gauche, j'ai baissé la tête et j'ai continué droit devant.

Un peu plus tard je me suis retrouvé devant l'entrée de la chapelle catholique. J'avais une curieuse envie de rire. J'ai monté l'escalier, je suis entré et je me suis adossé au montant de la porte à côté du bénitier. Des cierges brûlaient sur l'autel blanc et les flammes jaunes s'élevaient en tremblant vers un crucifix d'or étincelant. C'était un havre de paix au sein du chaos. J'aperçus les dos courbés de plusieurs détenus penchés sur les balustrades devant les images des saints.

« Je crois en Dieu, le Père Tout-Puissant, Créateur du ciel et de la terre... » Les mots sont venus tout seuls, sans que je le veuille. Je ne sais pas si je les ai prononcés à haute voix ou si je les ai seulement pensés. Mais je les oubliai aussitôt. Je ne ressentais plus qu'une grande amertume.

« Je crois en la puissance de la presse, mère de toutes les lois, je crois au dollar tout-puissant, aux pressions politiques, au colt quarante-cinq... »

J'ai fait demi-tour et je suis redescendu. J'ai contourné l'école pour revenir au dortoir.

« Hé Jimmy ! », lança quelqu'un dans l'obscurité. J'ai tourné les yeux et j'ai aperçu Hank la Malice. Je lui ai fait signe. « Dis donc, Jimmy, c'est Buck qui t'avait fauché ton grimpant, dit-il. Il l'a revendu à un type du 5-6.

— Laisse tomber. » Je suis allé faire un tour du côté du trou. Deux types bavardaient dans l'ombre.

« Léo a fauché les clés du maton et est allé ensuite dans la rangée. C'est lui qui a ouvert les cellules. C'est comme ça qu'ils sont sortis là-bas.

— Non ?

— Puisque je te le dis, c'est comme ça qu'ils sont sortis. C'est Léo qui leur a ouvert. Et même que c'était du tout juste vers la fin. Il a ramené le gosse avec lui. Si c'est pas de l'amour ça !

— La petite toute blonde qu'ils appellent la poupée arienne ? »

J'ai été soulagé d'entendre quelqu'un qui se rapprochait en courant. Le sous-directeur et un pompier sont sortis du passage sombre entre le trou et le dortoir. Une voix a hurlé dans le dortoir :

« On va brûler la baraque ! »

Un type est sorti sur le pas de la porte, tenant un bidon à la main. L'odeur de l'essence est venue jusqu'à moi. Le sous-directeur a allumé sa torche électrique. Le type à la porte s'est retrouvé épinglé comme un papillon, il était grand, maigre et se découpait nettement sur la nuit. J'ai eu juste le temps d'apercevoir ses yeux écarquillés, sa bouche ouverte et d'entendre son cri :

« Bon Dieu ! »

Le pompier a dégainé son revolver et l'a enfoncé dans l'estomac du type. Je l'ai entendu grogner, puis il a reculé devant la pression de l'arme et a laissé tomber le bidon qui a résonné sur les marches de bois pendant que le type éclatait de rire. L'espace d'un instant, l'image s'est figée, comme une photo. C'est alors que j'ai vu l'éclair du revolver et que j'ai entendu le grondement du rire s'arrêter net. J'ai continué de regarder jusqu'à ce que le type s'écroule en avant sur les marches, face contre terre.

J'étais encore en train de courir. Je suis revenu au pas de course jusqu'au bureau du sous-directeur. Plusieurs taulards s'étaient rassemblés là avec des paquets de Bull Durham et les distribuaient.

« Tiens, prends un paquet petit, dit un type en me le mettant dans les mains. Prends-en deux, prends ce que tu veux. Il y en a encore plein à l'intendance. On est en train de piller la baraque, on prend tout ». J'ai pris un paquet et je l'ai ouvert avec les dents. Je me suis roulé une cigarette, je l'ai mise entre mes lèvres et je suis resté là à les regarder. Je n'avais pas d'allumettes. Je tirais quand même sur mon clope inutile. « Ils sont en train de choisir des vêtements neufs chez le fourrier. » dit un type.

Je suis reparti en courant. J'ai traversé la cour au milieu des cadavres, dépassé les camions de pompiers qui étaient rassemblés à l'autre bout du bloc, je pataugeais dans la boue ; je suis passé sous une grande échelle d'incendie et j'ai escaladé le perron de l'intendance. Là, j'ai attrapé au vol un pantalon gris tout neuf que j'ai enfilé aussitôt, puis j'ai piqué une capote neuve avant de dévaler le perron à nouveau.

« Ils mettent le feu à l'atelier de laine ! » hurla quelqu'un. Je suis parti dans cette direction sans ralentir. Il y avait des types au rez-de-chaussée de l'atelier qui répandaient de l'essence par terre avant de l'enflammer. J'ai continué. Derrière moi, j'ai entendu le grondement des voitures de pompiers qui arrivaient. En traversant le terrain de base-ball, j'ai levé les yeux pour voir le gardien du mirador qui était en train de pointer sa mitrailleuse sur moi, alors j'ai aussitôt bifurqué vers le réfectoire.

Il était éclairé. Plusieurs détenus y étaient installés, occupés à manger des steaks. Dans un coin, quelques policiers et quelques pompiers étaient assis, buvant du café. Un type a levé les yeux de son assiette et m'a dit :

« Va te chercher quelque chose à manger là-bas derrière, dans la cuisine p'tit gars ; aujourd'hui c'est gratuit.

— Et lave-toi la figure » dit un autre.

A la cuisine, je fus accueilli par un hurlement sauvage. J'ai leve les yeux. Un noir, la bouche grande ouverte, était perché sur les fourneaux. D'une main il faisait tournoyer un couteau de boucher et de l'autre il tenait un cigare.

« Allez, p'ends ce que tu veux, petit blanc, me dit-il. Si jamais y a un cafa'd qui met les pieds ici je lui t'anche la go'ge ».

Je le croyais tout à fait capable de le faire.

Les cicatrices de son visage étaient comme autant de rigoles luisantes.

« C'est le vieux Dangerous Blue » dit quelqu'un en plaisantant.

J'ai pris un morceau de fromage, je l'ai goûté et l'ai reposé tout de suite. Puis j'ai quitté la cuisine en courant pour me retrouver dans la cour et j'ai continué jusqu'à la ferblanterie. Mal était installé dans le poste du gardien, assis derrière le bureau, occupé à lire un magazine.

« Qu'est-ce que tu fais ? » demandai-je.

Il m'a regardé avec des yeux incrédules.

« Seigneur, qu'est-ce qui t'arrive ? »

Des vagues de fatigue m'ont submergé tout à coup. J'ai cru que j'allais m'évanouir.

« Rien.

— Pourquoi tu ne vas pas te laver la figure ? T'es tout noir et tu as des yeux complètement fous. Qu'est-ce qui t'arrive, Jimmy ? »

Je me suis appuyé sur le bureau, faisant passer tout le poids de mon corps sur mes bras.

« Ecoute... » Je n'ai pas été plus loin. Ma langue était sèche.

Il s'est levé, a fait le tour du bureau et est venu me prendre par la taille.

« Viens t'asseoir et reste tranquille ; qu'est-ce que tu as bien pu aller faire ? Est-ce que tu es allé sortir les brûlés qui étaient dans le bloc ?

— Ecoute..., dis-je, la voix pâteuse en m'écartant de lui. Je veux que tu sois ma femme. »

Je sentis son bras se raidir.

« Je ne comprends pas ce que tu veux dire. »

J'ai passé ma langue sur mes lèvres et j'ai avalé péniblement. Les mots avaient du mal à sortir, je me sentais très faible et la tête me tournait. Mes yeux me brûlaient, ils étaient secs et collaient à mes paupières.

« Ecoute, me raconte pas d'histoires, tu sais très bien ce que je veux dire.

— Tu ne sais pas ce que tu dis Jimmy, dit-il. Viens t'asseoir. »

Il essaya de m'entraîner de l'autre côté du bureau. « Viens t'asseoir et repose-toi. Tu ne sais plus ce que tu dis.

— Je sais très bien ce que je dis, je veux que tu sois ma femme, ma bonne femme. Je te veux tout de suite. Je ne veux plus de ces histoires de cousins à la con. Je suis à point maintenant. »

Il m'a lâché et s'est reculé. Il me regardait d'une drôle de façon.

« Tu ne le veux pas vraiment, n'est-ce pas Jimmy ? »

J'ai voulu le regarder mais je ne le voyais pas très bien. Je me demandais s'il me posait cette question sérieusement ou non. Il souriait bizarrement. Il avait quelque chose d'étrange, ni homme ni femme. Son regard était malsain. Je me suis frotté le visage avec la main. J'ai incliné la tête, et enfin je l'ai regardé droit dans les yeux.

Tout à coup il m'a dégoûté.

« Tu peux aller te faire foutre, une bonne fois pour toutes. »

J'ai redescendu les marches, je suis revenu en passant derrière l'infirmerie. Blocker était là avec un type nommé Pete. Pete était assis par terre, enveloppé dans trois couvertures, s'appuyant sur les jambes de Blocker.

« Le vieux Blocker m'a sauvé la vie, me lança Pete comme j'arrivais. Sans le vieux Blocker, je ne serais plus qu'un fils de pute crevé, plus que de la chair à vautour. Le vieux Blocker m'a sauvé la vie, oui monsieur, ce vieux fils de pute m'a sauvé la vie.

– On dirait que tu t'es battu avec la fumée, p'tit, me dit Blocker avec un sourire qui montrait des crocs jaunâtres.

– Je suis crevé, Bon Dieu ce que je suis crevé, dis-je.

– Assieds-toi et t'en fais plus p'tit, dit-il. Attends une minute. » Il a tiré Pete jusqu'au mur de l'infirmerie, a pris une des couvertures et m'a fait une place à côté de lui. « Voilà, assieds-toi à côté de ce foutu rouquin et t'en fais pas. »

Je me suis assis, Blocker s'est installé de l'autre côté. On est restés là tous les trois à parler de temps en temps.

« Ben, mon vieux, je croyais bien que cette fois, ça y était », disait Pete. Et trois minutes plus tard, Blocker répondait :

« Parmi tous les beaux garçons qu'il pouvait y avoir là-haut, il a fallu que je ramène un vieux fils de pute racorni comme toi. »

Quelques minutes après j'éclatais de rire, et puis, encore un peu plus tard, Pete ajoutait :

« Mon vieux Blocker, pourquoi que t'apprendrais pas à faire la cuisine ? » Et après une autre pause Blocker rétorquait :

« Je m'suis dit, ben merde, c'est le vieux Pete, si je le laisse claquer, c'est le dernier des gros lourdauds qui disparaît. »

On se sentait très copains, assis là dans l'obscurité du mur de l'infirmerie.

« Je voudrais bien dormir, dis-je.

– Patience, ça viendra, dit Blocker. Tu te rappelles ce que je t'ai déjà dit, laisse venir, ton tour viendra. »

XV

Assis là, entre Blocker et Pete, derrière l'infirmerie, à attendre que la nuit s'achève lentement, j'essayais de combattre mes nausées. Les souvenirs continuaient à défiler sous mes paupières. J'essayais de les repousser en secouant la tête. J'essayais de faire le tri dans tout ce bordel, d'un côté mes souvenirs, de l'autre ma raison. J'ai vraiment fait tout ce que j'ai pu, comme quelqu'un qui cherche à se débarrasser d'un vêtement en feu. J'ai finalement réussi à les séparer, mais sans pouvoir les chasser de mon esprit. Le film de mes souvenirs continuait à se dérouler dans ma tête. Enfin, à la scène du prêteur sur gages de Chicago, j'ai pu l'arrêter. Mais j'ai dû subir le prêteur sur gages, et le moment où j'attendais qu'on vienne m'arrêter. Je me suis débarrassé de tout le reste. Ce fut la dernière fois que je revivais tout ça.

Au petit matin, quand le soleil s'est levé, un calme étrange s'est abattu sur la prison. La plupart des détenus étaient allés dormir quelque part. Les rares qui déambulaient encore ressemblaient à des vautours matinaux perchés sur une carcasse.

« Allons faire un tour, dit Blocker en s'étirant.

– O.K. ! » dit Pete en se levant.

Je les ai suivis. Je me sentais sale, débraillé, abattu et raide. Mes articulations devaient avoir vieilli de mille ans. Quant à ma tête, elle était vide et toute drôle. Quelque chose me poussait à rire ; j'avais envie de glousser. Je me suis retenu, je savais bien que ça aurait semblé bizarre.

Quand nous avons tourné le coin de l'infirmerie, nous nous sommes trouvés face à face avec un cordon de police qui s'étirait d'un mur à l'autre. C'était comme une palissade humaine en uniforme bleu, séparant les blocs cellulaires des ateliers. Ils se tenaient droits, silencieux et graves dans la lumière matinale.

« Nom de Dieu, tous les flics du monde ont dû se donner rendez-vous ici », dit Pete.

Blocker a ricané malicieusement.

« Tu f'rais mieux de te tenir à carreau, me dit-il. Voilà la Loi.

— Je parie qu'ils sont capables de faire cuire et de manger les types qui sont morts », dis-je.

Blocker s'est arrêté net et m'a regardé.

« Du calme, p'tit.

— Hé les gars, où est-ce que vous allez ?, demanda l'un des policiers.

— Qu'est-ce que ça peut te foutre ? », dit Pete. Le flic est devenu cramoisi. Nous sommes passés lentement devant eux, indifférents, sûrs de nous. Nous savions que la police ne chercherait pas les ennuis ce matin. « T'as entendu ce gros connard ?, lança Pete d'une voix forte et claire. Il me demande où c'est que je vais alors que j'ai bien failli griller la nuit dernière.

— Tu en fais trop, dit Blocker.

— Je devrais retourner là-bas et lui foutre mon poing sur la gueule, dit Pete.

— Ça au moins, c'est original », dis-je.

Ils m'ont regardé tous les deux.

« Du calme p'tit » a répété Blocker.

— Hé ! mate un peu, mate un peu ce qu'ils sont en train de faire là-bas ! », dit Pete.

En arrivant dans la cour nous avons vu les morts. Ils avaient l'air encore plus morts au soleil. Un camion avait remonté l'allée centrale en marche arrière et un groupe de détenus amenait les corps avant de les empiler soigneusement dans le véhicule, les uns par-dessus les autres.

« Comme des bûches, dit Pete.

— Ils s'en foutent maintenant », dit Blocker.

Le sous-directeur se tenait à côté du camion et dirigeait les opérations. Quand nous sommes passés près de lui, nous l'avons entendu dire :

« Dépêchez-vous, dépêchez-vous, dépêchez-vous les gars, enlevez-les avant qu'ils ne commencent à sentir, enlevez-les avant qu'ils ne commencent à sentir. »

La cour avait un aspect désolé et abandonné. Elle me faisait penser à un champ de foire quand les forains sont partis. Les cadavres étaient là, comme les papiers qu'on laisse par terre, les vieux journaux, les chiffons, les boîtes écrasées, les affiches délavées et les tas d'ordures.

Nous avons continué jusqu'au bloc 7&8 où nous sommes montés pour voir les cellules. Il ne restait que les murs noircis par la fumée, les restes calcinés de la toiture, les matelas à demi consumés, des chemises du dimanche presque complètement brûlées, les restes d'une capote, une couverture, une paire de pantalons, une caisse en bois, une paire de chaussures toutes recroquevillées, un peignoir brûlé au milieu du dos. Dans l'une des cellules, nous avons aperçu une couverture qui était enroulée autour d'un objet posé contre la cuvette des toilettes, et quand nous avons tiré dessus, nous avons découvert un type penché sur la cuvette avec la tête coincée dans l'eau.

« Bon Dieu ! », dit Pete en se retournant d'un seul coup et en vomissant partout.

Je suis resté quelque temps à contempler le corps. Les cheveux flottaient dans l'eau sale et on voyait des cloques rouges sur son cou et ses oreilles. Sa chemise était trouée dans le dos, là où elle avait brûlé. Ses mains serraient convulsivement les bords de la cuvette comme s'il avait essayé de faire passer sa tête dans le syphon.

« Venez les gars, sortons d'ici », dit Blocker.

J'ai craché par terre et fait demi-tour. Un noir est entré dans la cellule et a regardé tout autour. Il n'eut qu'un coup d'œil indifférent pour le corps.

« Tu le connais ? » J'ai fait signe que non. Il a aperçu un poste de radio à moitié calciné à la tête du lit et l'a pris.

« Il en a plus besoin », dit-il en m'adressant un sourire en coin. Ses dents étaient abîmées et jaunies par le tabac. Il me faisait penser à un insecte nécrophage.

« Il en a plus besoin », répétai-je en sortant rejoindre Blocker et Pete dans l'allée.

En continuant notre visite, nous nous sommes aperçus que les cellules étaient pleines de types blancs ou noirs, fouillant les décombres comme des asticots dans un morceau de viande pourrie. Ils prenaient tout ce qu'ils trouvaient, que cela ait de la valeur ou non. Ils prenaient des trucs qui ne leur serviraient à rien, mais qu'ils avaient toujours voulu posséder et que, maintenant, ils avaient la chance de pouvoir ramasser dans les cellules noircies.

« Saloperie de charognards !, dit Pete.

— Ils ne font de mal à personne, dis-je.

— De toute façon, ils ne trouveront pas d'argent, dit Blocker. La plupart des types qui avaient un peu de fric le gardaient sur eux et à l'heure qu'il est, on leur a déjà fait les poches.

— N'empêche que ça me débecte de voir ça, dit Pete.

— On en aura notre part dès qu'ils se mettront à jouer, pas vrai p'tit ? dit Blocker.

— Allons manger », dis-je.

Nous sommes revenus au réfectoire en traversant la cour. Le petit déjeuner chauffait, mais n'était pas encore prêt. On nous a dit d'attendre encore un peu, qu'il y en aurait pour tout le monde. Nous sommes allés jusqu'au dortoir 5&6, puis jusqu'au bloc 3&4 en passant devant l'entrée principale, ensuite jusqu'au bloc 1&2 pour finir par revenir à notre dortoir. La plupart des types dormaient. Ils étaient vautrés en travers des pieux, par groupes de deux ou trois, dans leurs vêtements fripés. J'ai remarqué que la plupart d'entre eux dormaient la bouche ouverte et que la salive leur coulait des lèvres. Je me suis étendu sur mon grabat. J'étais mort de fatigue mais je ne pouvais pas dormir.

La cloche du petit déjeuner a fini par sonner et nous sommes allés jusqu'au réfectoire où nous avons eu des œufs et du lard. Il n'était plus question de se ranger ou de se mettre par équipes. On venait en groupe et on s'installait là où il y avait de la place. Les policiers se sont écartés pour nous laisser passer et sont restés là à nous regarder. Presque personne ne parlait. Tout le monde avait l'air d'être épuisé et d'avoir sommeil. On mangeait machinalement. Quand nous avons quitté le réfectoire, le dernier chargement de cadavres s'éloignait.

« Allez vous laver et manger un morceau », dit le sous-directeur aux hommes qui venaient de finir le chargement.

« Il y a des œufs et du lard, dit quelqu'un.

– Bon Dieu, venez, dit un autre. On se lavera dans la cuisine, moi j'ai faim ! »

Blocker, Pete et moi sommes allés nous installer sur le perron de l'infirmerie d'où nous pouvions observer ce qui se passait dans la cour. De l'endroit où nous nous trouvions, la prison avait son air habituel, maintenant que les corps avaient été enlevés. Nous n'avons vu que trois vrais gardiens de prison. Ils évitaient nos regards et restaient plantés là à sourire bêtement à tous les taulards qui passaient. La prison n'avait pas changé dans ce qu'elle avait de plus immuable, de plus éternel, de plus solidement ancré dans le sol, toujours la même pierre, le même béton, le même acier. Les oiseaux étaient perchés sur les fils électriques et chantaient. L'herbe était aussi verte qu'elle l'était deux jours auparavant, et la liberté était toujours aussi lointaine. Seuls les détenus étaient différents. Ils étaient trop las et abrutis pour être violents. Mais ils semblaient fermement décidés à ne plus obéir à aucune règle et à ne plus jamais travailler aux ateliers. Avant tout, ils voulaient dormir. Ils sont retournés à leurs cellules et à leurs dortoirs, faisant de la place à ceux du 7&8 qui en étaient sortis vivants. Ils étaient étendus sur leur lit ou assis autour des tables à parler mollement ou jouaient aux cartes machinalement, comme si le peu d'énergie qui leur restait, ne devait leur servir qu'à défier l'autorité.

La majorité d'entre eux étaient très disciplinés. Le bruit avait couru que deux compagnies de soldats montaient la garde à l'extérieur, le long des murs. Un peu avant midi, les policiers se sont mis en rangs et sont sortis au pas par la grande porte. Des gardes nationaux et des réservistes de la marine les ont remplacés. Ces derniers étaient des petits gars aux bonnes joues qui portaient d'étroits pantalons de marin. La loi martiale était déclarée, mais personne ne semblait savoir exactement ce que cela signifiait. Rien n'avait été fait pour restaurer le règlement pénitentiaire dans la journée qui suivit l'incendie. Aucun ordre ne fut donné. Les prisonniers, comme les gardes nationaux et les marins, erraient dans la cour.

Peu après midi, les deux stations de radio nationales les plus importantes ont installé des micros dans l'allée principale, près des portes d'entrée. Des journalistes interviewèrent quelques-uns des détenus qui s'étaient rassemblés. La majeure partie des prisonniers qui d'une manière ou d'une autre avaient fait preuve d'héroïsme pendant l'incendie étaient alors en train de dormir. Ceux qui réussirent à se faire interviewer n'étaient que des vantards et des grandes gueules. J'ai remarqué qu'ils criaient tous dans les micros. Ils ignoraient les questions qu'on leur posait pour brailler leur héroïsme. L'un d'eux s'est mis à clamer qu'il était innocent du crime pour lequel il était condamné. Ils ont dû le prendre à bras-le-corps pour l'éloigner. La plupart disaient combien de prisonniers ils avaient sauvés.

Un noir, nommé Hard-Walking Shorty parce qu'il était petit et tordu avec une jambe amochée, a commencé par attraper le micro comme si c'était une sucette géante en criant :

« Ici Hard-Walking Shorty. Salut tout le monde. Je ne suis pas un homme de discours mais un homme d'action. J'ai sorti trente types du 6-8. Maintenant que j'y repense je ne sais pas comment j'ai fait. Je titubais dans la fumée et dans les flammes avec deux bonshommes sur chaque épaule... » Avant d'avoir fini son discours il avait sauvé la vie à plus de quatre cent quatre-vingt-dix-neuf types, si mes calculs sont exacts.

D'ailleurs, la douzaine de prisonniers qui purent passer sur les ondes, ont, si on compte bien, sauvé plus de détenus qu'il n'y en avait à la prison. Les reporters ne semblaient pas se rendre compte que les types parlaient surtout en pensant aux remises de peines. A la fin, certains se sont mis à accuser le directeur d'être responsable de l'incendie. Ce dernier a envoyé deux spéciaux dans la première cour pour couper les câbles radiophoniques. Mais déjà, la plupart des détenus, qui ne s'étaient pas plus approchés du bloc cellulaire en feu que je ne l'avais fait moi-même, étaient devenus des héros nationaux.

Cette nuit-là, on a entendu dire que pendant la confusion de l'incendie un type avait enfilé des vêtements civils, fauché un laissez-passer dans la poche d'un journaliste, et qu'il était sorti tranquillement par la grande porte. Mais ce fut le seul. Même les condamnés qu'on avait mis dans la cour n'ont pas essayé de s'échapper. Un type fut abattu par un pompier devant le dortoir, et un autre descendu par un gardien qui l'a atteint au ventre avec un fusil de chasse chargé de petits plombs ; ce furent les deux seuls à être tués. Leurs corps avaient été dissimulés sous une bâche, au trou, et chargés le lendemain matin dans l'un des camions avec les brûlés, sans que l'affaire ne s'ébruite. Nous avons appris plus tard que les corps avaient été alignés sur des tables, en attendant que quelqu'un vienne les identifier et les réclamer. Ceux que personne ne réclama furent inhumés dans la fosse commune de la prison.

Pendant la nuit, les gardes nationaux se sont organisés en patrouilles. Ils ont installé des mitrailleuses aux points stratégiques, autour de la cour, sur les bâtiments et le long des murs. Quand ils ont vu les mitrailleuses, le lendemain matin, quelques prisonniers se sont mis en rang et sont retournés au travail. Mais la majorité continuait à défier l'autorité.

Le matin, un Comité des Neuf fut organisé par les détenus pour faire opposition au directeur. Dunlap, qui en était l'instigateur, a appelé les détenus à tenir un meeting dans la cour l'après-midi. Les membres du comité allaient de détenu en détenu pour passer le mot. Ils portaient des badges sur lesquels on pouvait lire « Comité » et prétendaient avoir autant d'autorité que les gardiens.

La plupart des prisonniers sont allés au meeting. La cour était comble. Les types déambulaient bruyamment en tous sens. Les unités de gardes nationaux et de marins étaient massées le long du mur extérieur. Ils étaient armés de carabines, de mousquetons, et de grenades lacrymogènes. On avait élevé une estrade près de la mare aux alligators et emprunté la sono de la chapelle. Dunlap a grimpé sur l'estrade et il a demandé le silence. Il était petit mais trapu et il avait une grande personnalité. Il a déclaré que le comité avait décidé d'organiser une campagne de résistance passive pour s'opposer au directeur.

« Tout ce qu'on veut, c'est se débarrasser de ce salaud. On veut pas se mutiner. On veut pas détruire des biens publics, on veut pas qu'un gardien ou qu'un administratif soit blessé. S'ils vous disent quelque chose, ignorez-les. Maintenant, voici ce qu'on propose : plus jamais d'équipe, refus de la discipline et du travail jusqu'à ce que l'administration pénitentiaire ait fait une enquête, nommé un nouveau directeur et décidé d'un nouveau régime de surveillance. »

Tout le monde a crié, sifflé et applaudi. « La seule personne qu'on reconnaisse, c'est le sous-directeur, dit Dunlap. Le sous-directeur est correct, on va demander au gouverneur de le nommer directeur. » Les détenus ont hurlé leur approbation.

Le sous-directeur était près d'un groupe de détenus, il dodelinait de la tête. On avait l'impression qu'il excusait ces débordements et il n'a pas fallu bien longtemps pour que le bruit coure qu'il en était l'instigateur. Avant l'incendie, il n'avait jamais été vraiment détesté, comme l'était Gout ou le directeur, par exemple, mais il n'avait jamais été très populaire. Après le meeting les prisonniers se sont mis à l'adorer. Tout ce qu'il faisait était bien. Il était le seul officiel à qui les détenus obéissaient. Pendant un certain temps, les autres représentants de l'administration et les gardiens n'ont pas osé faire un pas dans la cour. Ils se cantonnaient dans les bureaux de l'entrée et y restaient toute la journée.

La résistance passive était à l'ordre du jour. Elle a remplacé l'incendie dans les conversations. On n'entendait que des « A bas les flics ! ». Le comité s'occupait de tout ce qui se faisait à l'intérieur des murs. Le sous-directeur collaborait avec lui. La blanchisserie, le réfectoire et la centrale furent maintenus en état de marche. Toutes les autres activités étaient momentanément suspendues. Les détenus mangeaient, dormaient et jouaient. La prison était devenue un vrai bordel. Ils pouvaient faire tout ce qu'ils avaient toujours souhaité : veiller toute la nuit, se balader en hurlant comme une meute de loups, se voler les uns les autres ou faire les poches sous la menace d'un couteau dans l'obscurité, se violer entre eux. Mais pas un seul ne s'échappa.

C'en était devenu dégoûtant, abominable, c'était Sodome et Gomorrhe avec leurs abimes de vulgarité, de démesure, de pourriture et d'obscénité. C'était grotesque et dégueulasse. J'évoluais dans un monde de scènes écœurantes, puantes et sordides, fangeuses et orgiaques. J'avais le regard creux et hagard des somnambules. Je n'ai pas dormi pendant toute cette période. Très vite j'ai perdu du poids et je suis devenu très maigre. Rien de ce que je voyais ne m'impressionnait. Pour moi il n'y avait plus rien de commun entre les taulards et le reste de l'humanité. Le reste de l'humanité ? Je l'avais d'ailleurs complètement oublié.

On a sorti des tables et les types se sont mis à jouer dans la cour. Blocker et moi menions notre jeu sur un bureau qu'on avait traîné depuis l'école. On se relayait pour manger car notre table marchait jour et nuit. On a même été obligés d'engager trois donneurs supplémentaires pour travailler en équipes et six gorilles pour protéger les gains.

On avait installé des lits dans l'école pour y loger les types du bloc 7&8, si bien que pendant un certain temps, c'était devenu un foyer de jeu et de turpitudes. Une nuit, des types ont réussi à se procurer un paquet de marijuana. Une douzaine d'entre eux se sont mis à poil et ont organisé une partouze dans l'une des salles de classe. Les taulards sont venus de toutes les cours de la prison pour les voir.

De temps en temps, Blocker et moi abandonnions le jeu pour faire un tour dans la prison histoire de voir ce qui se passait ailleurs. On ne se déplaçait jamais sans deux gardes du corps. J'ai vu un noir à l'équipe de chauffe qui avait entassé une douzaine de postes de radio sur son pieu. La plupart étaient calcinés et trop endommagés pour qu'on puisse les réparer. Aucun ne fonctionnait. Seulement maintenant, ils lui appartenaient et il trônait au milieu de tout ça, fier comme Artaban.

Les gonzesses dépensaient des sommes fabuleuses pour faire entrer en cachette des dessous féminins et des produits de maquillage. On racontait qu'un flic s'était fait suffisamment d'argent dans ce trafic pour s'acheter une voiture neuve. Au bloc 3&4, les gonzesses se pavanaient en gaines de soie et en bas nylon, arborant des kimonos multicolores, des déshabillés diaphanes, des petites culottes roses et noires bien remplies. Leurs jambes, leurs bras et leurs aisselles étaient épilés, leur corps poudré, leur visage maquillé et leurs lèvres surchargées de rouge. Dans la journée, ils se baladaient dans la cour, fardés et pomponnés, mais portant quand même un pantalon sous le négligé de soie. Ils ondulaient de la croupe entre les tables de jeux et, la nuit venue, regagnaient leurs cellules pour attendre le client.

Mississippi Rose, le taulard noir et lippu que j'avais surpris dans la cour en train de faire les poches d'un type pendant la nuit de l'incendie, avait ouvert un bordel au 5-3. Il avait installé un rideau à l'entrée de la cellule et recouvert la lampe avec une serviette en papier rouge. Chick, un petit blond, s'est fait faire une permanente. Il avait une cellule au 5-4 où quatre ou cinq gonzesses travaillaient par roulement. Le plus apprécié de toutes ces petites putes était un jeune marin efféminé, très vif, adorable avec des gestes lestes et un sourire enjôleur. On disait qu'il réclamait vingt-cinq dollars la passe et que ça marchait.

On avait installé un buffet devant la chapelle. On pouvait y acheter des glaces, des gâteaux et des cigarettes. L'endroit ne désemplissait pas de la journée, les détenus y amenant leurs conquêtes.

Les offices religieux du dimanche suivant furent célébrés en la mémoire de « nos chers camarades disparus » comme l'a dit Deacon Smith. J'ai suivi celui de la chapelle protestante. L'aumônier a prononcé une prière pour les âmes de ceux qui nous avaient quittés. C'était la première fois que je le voyais depuis le dimanche précédent. Après cela, Deacon Smith a dit encore une prière et plusieurs pasteurs de passage se sont joints à lui. J'ai pensé que les âmes des disparus n'avaient pas à se plaindre. Ensuite, une gonzesse rondouillarde a chanté *Ce n'est qu'un au revoir*. Des larmes coulaient sur ses joues. Beaucoup de prisonniers se sont mis à pleurer. Moi-même je n'ai pas pu m'en empêcher. Je me demandais ce qui pouvait bien me faire chialer comme ça, mais je n'y pouvais rien. L'aumônier a dit une autre prière pour les survivants et nous sommes sortis. Alors que nous traversions la cour, on a vu Doorbelly, le petit noir, qui poursuivait Gravy, le grand, dans l'allée principale. Doorbelly tenait une brique dans chaque main et Gravy détalait à toute pompe. Les gardes nationaux rigolaient. Doorbelly a lancé une brique qui a pulvérisé l'une des fenêtres du réfectoire. Un membre du comité l'a rattrapé et a réussi à l'arrêter.

Il y avait beaucoup d'argent qui circulait. J'ai entendu un garde national qui observait une partie de cartes s'exclamer : « Nom de Dieu, y'a plus de fric ici que j'en ai jamais vu ! » C'était peut-être vrai.

C'était ça la résistance passive. Une marée humaine s'enfonçant dans le vice.

Et bien sûr, ce qui devait arriver arriva ; il y eut une mutinerie. Les détenus n'auraient peut-être pas employé un aussi grand mot pour en parler, mais les journaux se sont emparés de l'affaire et ont sorti des titres sur cinq colonnes à la une. Personnellement, je n'y étais pas. J'étais allé à l'infirmerie la veille au soir pour prendre un somnifère. Je n'arrivais plus à dormir. Ils m'ont fait une piqûre de morphine. Il paraît que je suis tombé tout de suite dans les pommes.

Ce qu'on appelait la grande porte, consistait en une série d'antichambres fermées par de lourdes grilles et se succédant les unes aux autres depuis les bureaux de l'entrée jusqu'à la cour, à travers tout le bloc cellulaire qui était sur le devant. Ces antichambres étaient construites sur des niveaux différents, et séparées les unes des autres par des portes munies de lourds barreaux, qui fonctionnaient électriquement. La dernière de ces pièces, juste avant d'arriver dans la cour, s'appelait la salle de garde. C'était là que les gardiens étaient fouillés, à l'entrée et à la sortie, au moment de la relève. Ils y laissaient leurs manteaux et les paquets qui étaient interdits à l'intérieur de la prison. Il y avait toujours un gardien en faction dans cette pièce pour actionner l'ouverture de la porte donnant sur la cour. Le gardien qui ouvrait la porte suivante, donnant accès à l'autre pièce, se tenait derrière elle. Quant aux trois dernières grilles, elles étaient commandées depuis le bureau du directeur à l'entrée.

Des deux côtés de la grande salle de garde se trouvaient les escaliers menant au bloc 3&4 et au dortoir 5&6. Ils étaient fermés par des grilles au travers desquelles les détenus pouvaient apercevoir la salle.

L'émeute a commencé par une dispute entre un prisonnier se trouvant dans l'escalier du 3&4 et un sergent qui était dans la salle de garde. Des types du 2-3, entendant la dispute, ont crié à leur copain : « Vas-y, fous-lui sur la gueule. » Mais même s'il l'avait voulu, celui-ci n'aurait pas pu le faire car le sergent était à plusieurs mètres, de l'autre côté de la grille. Seulement ça a eu le don de rendre le gardien fou furieux. Il a dégainé son pistolet et a tiré plusieurs coups de feu en direction du 2-3, blessant au bras un détenu qui n'y était pour rien.

Au bruit de la fusillade, les prisonniers se sont rués en masse hors de leur cellule. Ils ont dévalé les escaliers pour se presser contre les grilles en couvrant le sergent d'injures.

Plusieurs gardes nationaux sont arrivés de la cour en courant et ont obligé les détenus à reculer jusqu'aux étages avec leurs baïonnettes. Des mitrailleuses furent installées dans les escaliers ainsi qu'à chaque niveau. Finalement les prisonniers ont dû regagner leur cellule. Ils furent avertis que s'ils en sortaient ils seraient aussitôt abattus. C'était là toute l'émeute. Mais le directeur s'en est servi pour montrer que les hommes n'acceptaient plus la discipline et il a monté l'affaire en épingle.

Pendant la nuit, les gardes nationaux ont construit un enclos entouré de fils de fer sur le terrain de base-ball. Ils y ont monté deux rangées de petites tentes. Des lampes ont été accrochées le long des fils de fer de la clôture et des mitrailleuses installées dans chaque coin. Le lendemain matin, le commandant et ses officiers ont déployé les gardes nationaux en formation de combat dans la cour et sur toute la longueur du trajet menant à l'enclos. Les détenus du 3&4 furent ensuite conduits en bon ordre de leur bloc jusqu'à l'intérieur de la clôture. Les autres taulards avaient pris les meilleures places pour assister au spectacle, tout en restant à bonne distance des soldats. Tout s'est déroulé sans histoires.

Je me suis réveillé au cours de l'après-midi et je suis sorti de l'infirmerie. J'ai tout de suite remarqué que les prisonniers avaient l'air abattus.

Pendant la nuit, les types de l'enclos ont mis le feu à leurs tentes. Les gardes n'ont rien fait ; ils les ont laissé brûler, et ne les ont pas remplacées. Après cela les autres ont dû dormir à même le sol et à la belle étoile.

La routine a repris lentement. Le commandant a imposé un couvre-feu à partir de neuf heures. Des officiers expliquaient que toute personne aperçue dans la cour après neuf heures serait abattue à vue. Personne n'a été descendu, mais c'était plutôt risqué de forcer le blocus pendant la nuit. Une fois, Blocker et moi avons laissé tomber un sac de marchandises en courant d'un dortoir à un autre et on n'a pas eu le courage d'aller le ramasser.

Deux jours après l'émeute, on a diminué la ration des types qui étaient parqués dans l'enclos. Les gardes nationaux ont ensuite regroupé le reste des prisonniers. Ils les rassemblaient par dortoir ou par bloc et les alignaient dans la cour. On leur demandait leur nom et leur numéro et on les assignait à une équipe. Les gardiens revenaient prendre la relève dès qu'une équipe était formée. Pas mal de détenus sont restés cachés dans les ateliers et dans les cellules qui avaient brûlé pour ne pas retourner dans une équipe. Mais presque tous furent repris quand ils essayaient de s'introduire dans le réfectoire.

Quand on nous a repris, Blocker et moi, j'ai dit que je dépendais de la médecine du travail ; quant à Blocker, il était bossu. On nous a mis dans le dortoir 1-6 avec les infirmes. Les types qui pieutaient dans le dortoir à l'étage au-dessus ne me rassuraient pas du tout. Ils n'arrêtaient pas de lancer des seaux et des bouteilles sur les soldats qui étaient en bas. Et si les gardes nationaux étaient des jeunots, leurs officiers n'en étaient pas. Le sergent-chef qui commandait les soldats chargés du dortoir, était plutôt coriace. Il a prévenu les types que si un seul de ses gars était touché, il les enfumerait. Ça n'a fait ni une ni deux. Quand un petit jeune a reçu une bouteille de limonade sur la tête, le sergent a fait monter son peloton au premier et en a fait sortir tous les taulards comme des rats. Il leur a fait descendre l'escalier à coups de pied, si vite qu'ils tombaient les uns sur les autres. Après ça le calme est revenu.

Je commençais à en avoir assez de tous ces morts et de cette violence. Aussi j'ai été soulagé quand ils ont dédoublé le dortoir pour transférer les vrais infirmes au sous-sol de l'entrepôt d'étiquettes.

Blocker et moi étions du lot. Tout ce qu'on avait à faire, c'était de rester bien tranquilles à l'abri des murs de briques épais sans aller se fourrer dans les pieds de quelqu'un. J'étais content. C'était le dortoir que l'équipe de chauffe occupait avant l'incendie.

J'avais toujours eu, auparavant, une certaine aversion pour les gens qui avaient perdu leurs jambes, leurs bras ou leurs yeux. J'avais toujours éprouvé de la répulsion à la vue de tout ce qui était difforme. Je me suis guéri de ça dans l'équipe des infirmes. J'ai appris à considérer ces types qui étaient tordus, unijambistes, manchots, avec leur jambe de bois, leurs béquilles et leur sale caractère comme je considérais n'importe quel autre détenu.

J'ai explosé une fois pendant une partie de poker et je me suis mis à gueuler après un type :

« Attends un peu que je te fasse sauter la cervelle. Si tu crois que je vais être plus coulant avec toi sous prétexte que tu as qu'un bras ! » Je n'avais pas plus tôt dit ça, qu'il m'envoyait rouler par terre avec le bras qui lui restait. Dans la fraction de seconde qui a suivi, il avait sorti son couteau et m'avait sauté dessus ; et s'il n'y avait pas eu plusieurs types à côté pour le retenir, il m'aurait sûrement tranché la gorge. J'ai appris que ces têtes de lard ne supportaient pas qu'on les plaigne. Il y avait un infirme qui pouvait enlever sa jambe de bois en moins de temps qu'il n'en fallait à un autre pour sortir son couteau, et qui vous fracassait le crâne, en équilibre sur une jambe. On disait même que le sous-directeur lui confisquait sa jambe de bois pendant une semaine quand il devenait trop excité.

Très vite, l'administration a repris la prison en main. Les détenus de l'enclos ont été traités comme des meneurs et ramenés au bloc 3&4 où ils restaient enfermés dans leur cellule jour et nuit. On leur amenait quelque chose à manger du réfectoire deux fois par jour et leur nourriture leur était glissée sous la porte à coups de pied.

Les Neuf furent isolés et mis au trou. Avant la fin de l'année, on avait oublié qu'il y avait eu un comité, mais à ce moment-là, ceux qui n'étaient pas morts, pourrissaient encore au mitard. On disait que Dunlap s'était pendu. L'un d'eux est devenu aveugle. Trois autres sont morts de tuberculose. Les prisonniers qui les avaient acclamés quand ils étaient les plus forts disaient maintenant qu'ils avaient été idiots d'essayer de s'opposer au directeur.

Le comité et les types du 3&4 ont payé pour tout le monde, ils ont payé pour tout : pour ce qui était arrivé, pour ce qui pouvait arriver, et même pour ce qui n'était jamais arrivé.

Ils ont payé pour toutes les humiliations dont le directeur avait souffert de la part des journalistes. Ils ont payé pour la débâcle de la discipline, pour l'incendie, et pour tous les types qui étaient morts brûlés. Ils ont payé cher et le directeur, lui, a remonté le courant.

Il y eut des changements chez les gardiens. Quelques-uns des anciens sont revenus, et sous la protection des gardes nationaux, ils sont devenus insupportables. Mais la plupart des nouveaux gardiens engagés étaient des types jeunes et athlétiques ; le genre boxeur de foire, catcheur de deuxième catégorie, loulou de quartier, videur de tripot, vétérinaire raté ou policier à la trogne cramoisie taillé en armoire à glace, fichu à la porte de plusieurs commissariats pour voie de fait. Les anciens flics furent engagés comme gardiens-chefs. Douze lieutenants de cour remplacèrent les sergents. Cody prit leur tête. On ne l'avait pas revu dans la prison depuis la veille de l'incendie. Mais c'était toujours le même. Il y avait un autre lieutenant qui s'appelait Pick Handle Slim, le Manche de Pioche. C'était un ancien flic des chemins de fer. Il avait gagné son surnom en tabassant à mort les clochards qu'il trouvait, avec un manche de pioche en bouleau qu'il gardait toujours avec lui. C'était un grand texan costaud et complètement maboul. Il y avait un lieutenant qu'on appelait Dog Back, il était de l'Arkansas ; il y avait un autre surnommé Hangman, le Bourreau. C'était un petit bonhomme grisonnant, sadique et toujours prêt à tuer. Tous avaient cette dureté impitoyable des gens qui ont la loi pour eux, et un revolver au côté. Tous étaient capables de tabasser un type sans pitié.

« Alors, on parle dans les rangs !, disait l'un d'eux en éjectant un type de la file.

– Mais chef, j'ai rien... » Et avant qu'il ait eu le temps de finir sa phrase, il se retrouvait étendu à terre de tout son long avec le crâne ouvert.

Il y avait un capitaine de cour, qui faisait aussi fonction d'administrateur ; il avait un cou de taureau et un visage taillé à coups de serpe. Son ventre avait tout du ballon et ses épaules du buffet de campagne, en plus il se prenait pour Mussolini. Son uniforme était toujours immaculé, son ceinturon toujours ciré, ses moustaches et ses boutons de cuivre astiqués. Il se pavanait dans la cour avec Gout qui lui trottait sur les talons comme un chien jaune.

Tous les types qui s'étaient moqués de nous quand on nous avait collés avec les infirmes, faisaient maintenant des pieds et des mains pour venir se réfugier ici comme des rats quittant le navire. Mais il n'y avait pas de place pour tout le monde, loin de là. La plupart furent pris dans l'engrenage infernal du reste de la prison.

La cour est devenue un endroit particulièrement dangereux. Un détenu risquait sa peau en traversant en rangs, sans parler, et en obéissant à tous les ordres qu'il recevait. Ces jeunes matons à moitié fous à qui on donnait de l'autorité pour la première fois dans leur vie étaient imprévisibles. On les avait sortis de la rue pour leur donner tout à coup le droit de vie ou de mort sur toute une équipe de détenus. Ils en étaient arrivés à un point tel qu'ils allaient même à l'infirmerie pour en faire sortir de leur propre chef des types gravement malades. Ils avaient mis des hommes au trou sans permission, sans prévenir personne.

Un dimanche après-midi, neuf jeunes gardiens sont montés au 2-3 parce qu'un détenu non identifié avait injurié un maton qui passait par-là. Ils ont commencé par la première cellule et en ont fait sortir les occupants un par un, pour les tabasser jusqu'à ce qu'ils perdent connaissance, avant de les remettre derrière les verrous. Quand ceux de l'équipe de nuit sont arrivés à six heures, ils ont trouvé quatorze prisonniers qui déliraient, la tête en sang, dans leurs cellules et d'autres blessés moins grièvement. Le chef de nuit qui est venu les examiner a dit qu'ils s'étaient battus entre eux. Il a fait sortir les quatorze types qui déliraient et les a fait boucler au trou. Deux d'entre eux sont morts avant le matin. Six sont devenus fous, paraît-il.

C'était une chance pour nous que seuls les lieutenants aient le droit de porter une arme. C'est à ça que beaucoup de prisonniers doivent leur vie.

Un peloton anti-émeute avait été créé. Il était formé de douze gardiens armés, commandés par un lieutenant. Ils se tenaient au garde-à-vous devant la chapelle protestante, pendant la journée, quand les détenus traversaient la cour. Chacun d'eux portait un quarante-cinq attaché à la ceinture par une dragonne de sécurité. Ceux qui se trouvaient à chaque extrémité avaient des sacoches de grenades lacrymogènes. Ceux qui étaient à côté d'eux tenaient des mitraillettes à hauteur de la hanche, tandis que les quatre du centre portaient leur mousqueton comme à la chasse au lapin. Au moindre signe d'agitation dans les rangs, ils se ruaient dans la cour pour mater toute l'équipe. Alors, gare au détenu qui n'était pas à sa place. Ils étaient l'image même de la force brutale et le rappel constant que toute velléité d'émeute serait punie de mort. Le terme d'émeute couvrait toutes sortes d'infractions mineures que l'on payait de sa vie.

« Visez un peu leurs joujoux, murmuraient les détenus en traversant la cour au pas. Il leur manque plus qu'un arbre sur la tête et on se croirait à Noël.

— Tout ce qu'y leur faudrait, c'est plutôt de la suie sur la gueule comme ça au moins on dirait de vrais Pères Noël.

— Merde, regarde celui-là avec son feu...

— Sors du rang, Burke !, ordonna le gardien. J't'ai vu parler. »

Et Burke sortit du rang. Quatre hommes du peloton anti-émeute traversaient la cour au pas de course. Dommage pour Burke qu'il n'ait pas eu un de leurs pétards !...

Le sous-directeur avait perdu ses galons. On lui avait ôté toute autorité pour avoir laissé faire le Comité des Neuf. Il n'avait plus que le titre de sous-directeur ; et c'est bien parce qu'il avait des amis haut placés dans l'administration que le directeur ne pouvait pas le renvoyer.

C'était l'administrateur qui présidait alors au conseil de discipline. Gout qui ressemblait maintenant à un crapaud enflé tenu en laisse, avait été déchu de ses fonctions d'employé chargé des transferts et faisait le garçon de course de l'administrateur.

La prison appartenait maintenant au directeur. Il en était le maître. « Je tiens le sort des quatre mille détenus que vous êtes dans mes mains » disait-il. Il ne mentait pas. Certains disaient qu'il avait peur de descendre dans la cour. Une centaine de taulards au moins avaient juré chacun de son côté que le jour où il mettrait les pieds dans la cour, ils lui planteraient un couteau entre les côtes. Mais un jour que les types rentraient en rangs du réfectoire, il est sorti dans la cour et est resté près de l'allée principale à discuter tranquillement avec deux visiteurs. Trois mille taulards ont défilé derrière son dos presque à le toucher. Pas un instant il ne s'est arrêté de parler ou n'a tourné les yeux. C'étaient ses prisonniers maintenant.

XVI

Depuis le premier janvier, couraient des rumeurs au sujet d'une éventuelle modification des lois. On avait commencé à en parler quand le nouveau gouverneur avait pris son poste. Les journaux y étaient presque tous favorables. Vers la fin de l'été quand les projets de loi ont été élaborés, le *Prison Times* en remplissait ses colonnes toutes les semaines. Si bien que lorsque la chose est enfin arrivée, on était déjà passablement prêts à la recevoir. Pourtant, la nuit où la nouvelle nous est parvenue que la Commission Législative de l'Etat avait entériné le premier des trois projets de loi, on aurait pu nous entendre hurler jusqu'en ville.

A ce moment-là nous étions au 2-2. Pendant la période de réorganisation de la prison, on nous avait fait déménager trois fois, d'abord au dortoir 1-6, puis au-dessus, au 3-6, pour finir dans les cellules pour quatre du 2-2. Les infirmes avaient dû leur poser pas mal de problèmes pendant cette période de reprise en main. On ne pouvait pas travailler, et ils ne pouvaient pas nous tabasser. Ils ne savaient pas quoi faire de nous. Finalement, ils nous ont cachés au 2-2 où ils ne pouvaient pas nous voir tirer au flanc et nous ont collé l'étiquette de « meneurs ».

Il devait être dix heures du soir quand nous avons appris que la loi était votée. Les cris ont commencé dans les dortoirs près de l'entrée, c'était là que les nouvelles arrivaient en premier, et en cinq minutes toute la prison était au courant. Nous avons sauté hors de nos lits, nous nous sommes agglutinés aux barreaux et c'est parti. On a frotté les seaux contre les barreaux et cogné dans les portes avec les tabourets. Les journaux du matin racontaient que toutes les forces de police disponibles avaient été envoyées d'urgence à la prison dans des véhicules grillagés et que le camp militaire avait été mis en état d'alerte.

Tout avait commencé avec l'incendie. On avait beaucoup parlé du surpeuplement de la prison dû à la sévérité des lois. L'opinion publique s'était prononcée en faveur de peines plus courtes. Trois projets de loi furent présentés, qui firent du bruit à l'assemblée. Ces deux cent soixante-dix-sept détenus nous ont vraiment rendu un fier service, même s'il leur a fallu mourir pour ça.

Le premier projet de loi fixait un minimum et un maximum réglementaires pour tous les délits. Ils étaient rétroactifs. En conséquence, les sentences de tous ceux qui étaient alors condamnés à des peines supérieures au minimum réglementaire étaient ramenées à ce minimum réglementaire. Il était de dix ans pour vol, le maximum étant de vingt-cinq ans. Lors de mon procès, j'avais été condamné à un minimum de vingt ans. Avec l'adoption de la loi, cela ne faisait plus que dix ans.

Le projet suivant, qui était surnommé la « loi bonne conduite », prévoyait tout un système de remises de peine pour bonne conduite. Voilà qui réduisait mes dix ans à six ans et cinq mois. Ces deux lois à elles seules réduisaient mon minimum de peine de treize ans et sept mois.

Le troisième projet visait à remplacer l'ancienne commission de libération conditionnelle de trois membres par une nouvelle commission formée de quatre membres. Nous n'étions pas mécontents de voir disparaître l'ancienne commission.

Les trois lois devaient entrer en vigueur dans soixante jours. Le *Prison Times* sortit une édition spéciale qui donnait des explications sur ces lois. Les textes y étaient cités en entier et détaillés point par point. Une échelle des remises de peine pour bonne conduite avait été établie pour les sentences allant de un à vingt ans.

En octobre, les employés chargés de nos dossiers et de la comptabilité de nos remises de peine avaient déjà fait le calcul du temps qui nous restait à faire. On a trouvé des enveloppes avec le courrier, nous informant de la date à laquelle on devait passer devant la commission.

J'ai été dans les premiers à recevoir la mienne. Le gardien de notre équipe les a apportées avec le courrier du matin. Brian, mon compagnon de cellule, qui purgeait une peine de perpétuité pour meurtre avec préméditation n'en a pas eue. Les types dans son cas devaient attendre une décision du procureur. Il n'y avait que nous deux dans la cellule à ce moment-là. On avait eu d'autres compagnons mais ils étaient partis.

J'ai ouvert l'enveloppe, il n'y avait qu'une seule ligne, disant que je devais passer devant la commission en mai 1952. J'étais tellement heureux et excité que je pouvais à peine respirer. J'exultais. Il fallait que je parle pour m'empêcher de sauter en l'air. Mais en tant que prisonnier, il m'était impossible de dire du bien d'une procédure légale. Je devais gueuler ou me taire.

« Merde alors, dis-je. J'aurais dû passer en avril, ces connards essayent de me carotter un mois. »

Brian est venu me rejoindre. Il frappait dans la paume de sa main avec le moignon de son bras.

« Fais voir. » Je lui ai tendu le papier. « Quand c'est que t'es arrivé ? » dit-il avec cette expression qu'il avait toujours quand il se préparait à contredire quelqu'un.

« Décembre.

— Fin décembre ou début décembre ?

— Qu'est-ce que ça peut foutre ! Non, mais c'est pas vrai Tu t'prends pour un avocat général !

J'ai pris le numéro du *Prison Times* qui donnait l'échelle des remises de peine. « Si tu regardes là, je suis censé tirer six ans, quatre mois et onze jours. Ça me mène en avril.

— Les onze jours comptent pour un mois » dit-il.

Je voyais à son sourire en coin qu'il se préparait pour une bonne discussion. « Et voilà pourquoi tu passes en mai.

— Mais c'est ça que je peux pas admettre ! Nom de Dieu, ils comptent ça pour un mois quand ça les arrange, mais quand c'est nous que ça arrange vingt-cinq jours ne suffisent pas pour faire un mois.

— T'as peut-être raison, mais je suis toujours pas convaincu. » dit-il.

J'ai éclaté tout à coup. Toute la colère qui s'était accumulée en moi ces derniers temps à propos de la moindre injustice remontait. J'étais devenu particulièrement conscient de mes droits. En plus j'étais furieux que Brian ne soit pas de mon avis. Je me rendais compte depuis quelque temps que je perdais facilement mon sang-froid. La moindre chose me mettait en colère. J'avais de plus en plus de mal à encaisser les ordres des gardiens et je bouillais intérieurement dès que quelqu'un me reprochait quelque chose ou n'était pas d'accord avec moi. Pourtant, j'aimais bien Brian. Je ne voulais pas me fâcher avec lui.

« Merde, ils s'imaginent peut-être que tous les taulards sont des imbéciles ! » dis-je.

Brian a pris cet air exaspérant de petit saint satisfait qu'il affichait à chaque fois qu'il me voyait en colère. Il m'a regardé sans répondre.

On entendait les conversations excitées des détenus quand les gardiens ont distribué les enveloppes dans les autres rangées.

« Hé Harry, tu passes quand ?

— J'sais pas, j'ai pas encore mon enveloppe.

— Comment ça les gars, vous avez pas d'enveloppe ?

— Le gardien est pas descendu jusqu'ici.

— Hé dis donc mec, dites donc chef, c'est pas la mienne.

— Ça y est je l'ai, je l'ai, je l'ai les gars, je l'ai, tiens-toi bien Broadway, j'arrive !

— Janvier de l'année prochaine, mec, cette fois ça y est... »

Le bloc cellulaire tout entier résonnait d'appels.

« Hé Joe... ! hé Charlie... ! hé Soldier... ! hé Ray... ! » Tous posaient la même question : « C'est pour quand ? »

Les voix étaient toutes très excitées.

« Tout le monde a l'air content » dis-je en essayant de paraître détaché.

— Je te parie que tu l'es autant que les autres, dit Brian. Tu gagnes treize ans et demi dans ce coup-là.

— Attention à ce qu'tu dis, curé, j'ai dit pour rire. On dirait un tricheur qui se plaindrait que les cartes n'ont pas été battues. »

Il a souri.

« Je parie que les jeunes imbéciles qui se croient très forts, comme toi, j'aurais pu les battre comme je voulais aux cartes, dit-il, quand je jouais avant de devenir croyant... » C'était un mineur de Virginie, cul béni et toujours fourré dans la Bible.

« Te fatigue pas grand-père, on dirait le début d'une de tes histoires interminables. » Je crois que malgré moi on sentait mon excitation. Ma voix avait monté et je racontais des idioties.

« T'es heureux comme un pape, dit Brian, content de lui. Tu vas tout de même pas me faire croire que t'es pas content de gagner treize ans et demi.

— Et alors, de toute façon, j'ai jamais cru que je ferais mes vingt ans.

— Eh bien maintenant, t'en es sûr, à moins que tu te débrouilles pour faire du rab.

— C'est vrai, il va falloir faire attention à ça maintenant. » dis-je.

Pourtant c'était vrai que j'étais rudement content. Ces quatre ans qui me restaient me paraissaient très courts. Quand j'y pensais, après avoir si longtemps envisagé l'immensité grise et bouchée de ces vingt longues années, j'avais l'impression d'en apercevoir le bout, d'apercevoir la liberté dans toute sa gloire. C'était une liberté nouvelle et différente de celle que j'entrevoyais avant. Elle me faisait penser à Dieu : toujours à mes côtés, apaisante, présente au bout de la route. C'était comme une terre promise qu'on espère tout en sachant qu'on n'y est pas encore, mais qu'elle n'est pas loin, et qu'on l'atteindra un jour si l'on est prudent et si on a la foi. La foi dans le Temps, le Temps qui reste. Plus court à présent.

Comme quand on roule sur une immense autoroute, en sachant qu'un beau jour on atteindra la ville, si les pneus ne crèvent pas, si le moteur ne tombe pas en panne, si les flics ne vous arrêtent pas, si vous n'avez pas d'accident, si vous n'avez aucun des mille pépins qui peuvent arriver, toutes choses auxquelles on ne pense jamais en filant sur ce long ruban blanc.

Cette liberté-là me paraissait tellement différente de celle que j'envisageais auparavant, si lointaine, si cruelle, hors de portée et problématique, au bout de vingt ans de prison. Elle semblait ne jamais se rapprocher, et donnait l'impression qu'on pédalait dans le vide, en peinant et en poussant toujours droit devant, sans avoir jamais la sensation de se rapprocher du but.

Et bien qu'alors la liberté ait commencé à prendre forme, bien qu'elle soit déjà la ville que l'on devine au bout du chemin, il ne fallait pas trop y penser. Il ne faut jamais trop penser à la liberté, sinon elle vous tue. Ce n'était que le bout du temps à tirer, ce qui aidait à supporter les jours et à les trouver plus courts, à leur donner une raison d'être, un but et une fin, surtout une fin.

Le lendemain, quand nous avons marché autour de la cour pendant l'exercice, j'ai rejoint Blocker qui m'a dit qu'il devait passer au mois de mai de cette année.

« Va y avoir du monde qui va quitter la prison le premier de l'an prochain, dis-je. J'ai entendu dire qu'ils étaient mille cinq cents à bénéficier d'une libération immédiate.

— Ils les laisseront pas tous partir en même temps, dit-il. Je suis prêt à le parier.

— T'as peut-être raison, mais quand même, ils vont devoir en relâcher un sacré paquet. Peut-être quelques-uns toutes les semaines. Mais ça n'empêchera pas qu'il y en aura de plus en plus tous les mois à passer devant la commission.

— Je sais pas ce qu'ils vont faire, mais je te parie tout ce que tu veux qu'ils vont sûrement pas foutre un tas de types à la porte d'un seul coup. »

Et il n'avait pas tort. Quand les journalistes se sont rendu compte du nombre de détenus susceptibles d'être relâchés immédiatement, on ne les a plus entendus. Et tous ces merveilleux éditoriaux qui réclamaient des modifications de la loi ont viré de bord pour se demander qui pouvait bien être responsable de cette nouvelle flambée de violence criminelle ?

« Laissez sortir ces hommes, écrivait un journal, et nos femmes et nos enfants n'oseront plus se promener dans la rue sans une escorte de police. »

« Ces journalistes sont tous des salopards, dis-je à Brian une nuit. Un jour ils sont de tout cœur avec les détenus et le lendemain on est de la merde. »

Brian n'a pas répondu, alors je me suis mis à l'asticoter. « Et vous les perpètes au second degré, quand est-ce que vous recevrez votre enveloppe ?

— Il y en a qui ont reçu la leur, dit-il. Je pense avoir la mienne bientôt.

— Eh bien moi, j'aime mieux te dire que si j'avais pas eu la mienne dès le début, je serais devenu dingue à l'heure qu'il est, et tu me verrais faire du ramdam tous les jours devant le bureau du sous-directeur.

— Je croyais que t'avais dit que ça t'était égal d'avoir ton enveloppe ou non. T'as même dit que de toute façon tu savais que t'aurais pas à faire tes vingt ans.

— C'est pas ça que j'ai dit. J'ai dit que je ne pensais pas faire mes vingt ans. C'est quand même pas la même chose. Et j'ai jamais dit que je me foutais de recevoir mon enveloppe ou non, parce que s'il y a une chose dont je ne me fous pas c'est bien celle-là. Et s'ils écourtent la peine d'un seul type, il faudra qu'ils écourtent la mienne aussi, j'ai les mêmes droits que les autres.

— T'as plus de droits quand tu rentres ici, dit-il. T'as vu l'inscription au-dessus de la porte quand t'es arrivé ?

— Quelle porte ?

— La porte de la prison, la porte d'entrée quoi !

— Non, qu'est-ce qu'elle dit ?

— *« Toi qui entres ici, abandonne tout espoir. »*

— J'y crois pas, dis-je. Ils n'ont pas pu mettre une inscription comme ça à l'entrée d'une prison. Sinon on en aurait entendu parler dans les journaux depuis longtemps.

— Que t'y croies ou que t'y croies pas, ça m'est égal, n'empêche qu'elle y est. » Il s'est tourné vers la cellule voisine :

« Hé Boone, hein que c'est vrai qu'il y a une inscription au-dessus de la porte qui dit *« Toi qui entres ici, abandonne tout espoir » ?*

— Ouais, répondit Boone. Pourquoi ?

— Monroe ne veut pas le croire.

— Ça viendra.

— Bravo, je vois qu'on s'entraide entre manchots, dis-je. Je vous crois ni l'un ni l'autre.

— Ça viendra, dirent-ils en chœur.

— Vous êtes trop pessimistes » dis-je.

Brian a soulevé son bras infirme.

« Hé, une minute, qu'est-ce que tu veux dire par manchot ? J'ai deux bras en bon état non ? Y a que la main qui manque.

— C'est bien ce que je disais, tu n'as qu'un bras, ce truc-là c'est une aile, ça sert à rien.

— J'ai plus de force là-dedans que dans n'importe lequel de tes bras à toi » dit-il en le balançant de droite à gauche.

« Hé, arrête d'agiter ce truc-là sous mon nez, dis-je. Sinon il va se déboîter de ton épaule et tu seras bien emmerdé. »

Il a frotté la partie douce et charnue de son moignon contre ma tête.

« Quel effet ça fait ?

— Arrête ça, Nom de Dieu !

— Je te ferai pas de mal.

— Moi, si.

— Tu peux pas faire de mal à ce moignon, dit-il. C'est du bon travail. Le docteur Castle, le spécialiste des os qui vient de temps en temps, m'a dit que c'était le plus joli travail qu'il ait jamais vu.

— Ah non, tu vas pas recommencer avec tes histoires, dis-je. Bon d'accord t'as un beau moignon, le docteur a fait du bon travail, il a fait un coussinet super et maintenant on n'en parle plus ! »

Il est remonté dans sa couchette sans répondre. Je l'avais vexé.

« Merde, tu comprends pas la plaisanterie ?, dis-je. C'était une blague, c'est tout. » Mais il n'a rien voulu dire. Ces infirmes étaient susceptibles, surtout au sujet de leurs opérations.

XVII

Comme je n'avais plus que quatre ans à tirer, j'ai pensé qu'il serait bon d'apprendre un métier que je pourrais exercer en sortant. Le directeur avait donné l'autorisation aux détenus de suivre des cours par correspondance et beaucoup s'étaient inscrits. C'étaient les marchands de journaux et de magazines qui vendaient ces cours, en prélevant une sérieuse commission au passage.

Un soir, j'ai fait signe à Okay Collin, le vendeur de magazines, pour lui demander ce qu'il vendait. Il m'a proposé des cours d'agriculture, d'élevage de poulets, de mécanique, de travaux publics, d'architecture, de composition littéraire, de technique du conditionnement d'air, d'économie, d'histoire politique, de littérature ancienne et de droit. C'est ce dernier qui m'a tenté. Peut-être parce qu'à cette époque je m'intéressais particulièrement aux lois, surtout à celles qui avaient réduit mon temps de treize ans et sept mois.

Je lui ai demandé combien coûtait le cours de droit. Il m'a répondu que je devais faire un premier versement de cinquante dollars et m'engager à verser vingt dollars par mois jusqu'au paiement complet des cinq cent huit dollars. Ensuite, si je réussissais à mes examens, je recevrais un diplôme ; il ne me resterait plus qu'à me présenter aux épreuves du barreau et je pourrais exercer. En admettant bien sûr qu'on me rende mes droits civiques.

« Qu'est-ce que c'est que cette putain d'école où on peut avoir un diplôme de droit pour cinq cent huit dollars ? ai-je demandé.

— Tu crois que c'est de la merde ?

— J'ai pas dit ça, mais c'est pas Harvard non plus.

— Mon vieux, je vais t'dire un truc, c'est avec cette école que le directeur des services sociaux a étudié son droit, dit-il.

— Tu parles d'une référence !

— Il avait fait sa médecine à l'université, dit Okay. Et plus tard, tout en pratiquant, il a suivi ce cours ; quand il a eu fini, il a été admis au barreau du premier coup.

— Et alors, c'était un exploit ?

— Ben non, mais ça prouve même que ce cours te donnera une connaissance complète du sujet, dit-il, et de toute façon, si tu n'as pas l'intention d'exercer ton droit, c'est toujours utile de le connaître. C'est indispensable dans tous les métiers ; d'ailleurs tu verras que pour un détenu ça n'a pas de prix. Ils te donnent une copie de la Constitution des Etats-Unis avec la première leçon et quand tu auras fini le cours, tu recevras une édition révisée du code pénal en vigueur dans cet Etat.

— Et tout ça pour cinq cent huit dollars, le diplôme et tout ?

— Attends, c'est pas tout...

— N'en jette plus, je le prends. »

J'ai signé un bon de caisse de cinquante dollars et, environ deux semaines plus tard, j'ai reçu par la poste un ensemble de petits fascicules brochés de couleur jaune. Parmi les titres on trouvait : *histoire du Droit, vocabulaire juridique, jurisprudence, Droit constitutionnel, Droit coutumier anglais, Droit civil, Procédure criminelle...* et d'autres encore. Il y avait un guide et le planning des études, une liste d'ouvrages à consulter et une série de devoirs à envoyer toutes les semaines. Le siège de l'école se trouvait à Chicago.

J'ai trouvé que la préface était la partie du cours la plus révélatrice. Elle expliquait tout ce qui concernait « l'Esprit des lois ». Pour réussir dans son métier, un juriste devait posséder plus que tout autre cet Esprit-là, c'est-à-dire qu'il devait savoir raisonner, être logique et penser de façon concise, rapide et précise au cours des duels de procédures.

J'étais sûr de pouvoir faire un juriste idéal car j'étais intimement persuadé que personne ne pouvait être plus rationnel et logique que moi ; que personne ne pouvait penser avec plus de concision, de rapidité et de précision en cas d'affrontement. J'ai fini par être tellement persuadé de la pureté rationnelle de mes jugements que si quelqu'un voulait en contester le bien-fondé il me trouvait toujours prêt à me battre.

Pendant quelque temps, j'ai étudié régulièrement et j'envoyais mes devoirs à temps. J'ai reçu des félicitations et une lettre personnelle de recommandation du directeur de l'école. Ce qui m'intéressait le plus, c'était l'histoire du Droit. J'ai fini par avoir énormément de respect pour ces types d'hier, Moïse, Justinien, Napoléon, qui furent les premiers législateurs. J'étais aussi fasciné par la jurisprudence. Les décisions de la Cour étaient reproduites dans leur intégralité à propos d'affaires célèbres. Ce n'était pas une lecture facile, mais j'étais très étonné de la logique des raisonnements de ces vieux pontes. Ils construisaient leur plaidoirie en vue d'une conclusion, comme un entrepreneur construit une maison, commençant par les fondations pour s'élever jusqu'au toit. Certains, par contre, semblaient parfois s'écarter de ces bases et, ensuite, pouvaient encore faire bien du chemin. Au fur et à mesure que le temps passait, j'en suis venu à admettre la nécessité d'une justice exemplaire, du genre de celle qu'on m'avait appliquée. J'en ai conclu qu'il était aussi nécessaire de punir le crime que de le prévenir. Cela ne me rendait pas plus compréhensif vis-à-vis du juge qui m'avait condamné, mais je tirais une certaine satisfaction à mieux comprendre sa tournure d'esprit.

J'ai lu tellement de choses sur l'Esprit et la logique des lois que je me suis intéressé à la psychologie. Ma mère m'avait envoyé plusieurs manuels sur ce sujet l'année précédente, et je me suis mis à les étudier en même temps que le Droit. J'avais l'impression que je devais en apprendre davantage sur la nature des pulsions criminelles pour mieux comprendre les dédales de la législation.

Comme toujours, je croyais tout ce que je trouvais dans ces livres. Il m'était très difficile de réconcilier les pulsions humaines révélées par la psychologie avec les contraintes sociales qu'imposait la loi, mais je ne me suis pas laissé abattre.

Quand j'ai eu fini d'appliquer mon « Esprit des lois » aux « équations psychologiques de l'humanité », j'en suis arrivé à ce que je pensais être la compréhension de ce que, faute de mieux, j'appelais : le facteur humain. J'ai beaucoup réfléchi sur les lois régissant l'homosexualité et j'en ai conclu qu'elles étaient dépassées. Bien que, biologiquement parlant, il n'y ait que deux sexes, psychologiquement parlant, il y en a trois, décidai-je avec originalité. Je trouvais que je devenais très instruit. Et qui sait le degré d'instruction que j'aurais pu atteindre si nous étions restés au 2-2.

Seulement la semaine précédant Noël, on nous a transférés au dortoir 2-6 et j'ai repris les activités de la prison. Noël et le jour de l'an ont été très réussis et nous avons eu beaucoup à manger. Le directeur avait fini de passer sa hargne sur les détenus qui avaient fait de la résistance passive. A cette époque, il était de bon ton d'être humain. Tout le monde a fait preuve de beaucoup d'humanité envers les prisonniers pendant cette période. On sympathisait avec eux, on les plaignait. « Réhabiliter les détenus » était devenu le slogan à la mode. Le seul ennui dans tout ça, c'est que les détenus, qui étaient les premiers concernés dans l'histoire, ne comprenaient rien à ce qui pouvait bien se passer. Je crois que quelques-uns de ces « humanitaires » ont dû passablement souffrir en s'efforçant de réhabiliter des prisonniers qui n'y comprenaient rien du tout et qui se méfiaient d'eux.

« Tu veux que j'te dise, y'a sûrement une entourloupe quelque part. C'est pas normal qu'on traite un taulard aussi bien.

— Ça, je te le fais pas dire.

— C'est vrai, j'ai pas dormi de la nuit ; depuis qu'ils ont voté ces lois, je maigris, je mange plus, je suis nerveux, et si par hasard je m'endors, c'est pour faire des cauchemars. La nuit dernière j'ai rêvé que j'avais perdu ma remise de peine pour bonne conduite et que je me retrouvais avec mes dix ans à tirer ; je me suis réveillé en sueur. Cette histoire de bonne conduite, je suis d'accord, c'est pas mal, mais qu'est-ce que ça donne comme soucis ! J'en suis au point que j'ai peur de respirer des fois qu'ils me coincent. »

C'en était là à Noël. Les détenus avaient leur remise de peine pour bonne conduite, mais c'était comme une épée de Damoclès, suspendue au-dessus de leur tête. Ils ont été des prisonniers modèles, mais ça les ennuyait plutôt. Ils étaient inquiets de tout ce qui pouvait compromettre leur remise de peine. Ils ont perdu leur gaieté et leur bonne humeur et sont devenus méfiants. Et quand la commission n'a pas relâché les quelque treize cents détenus qui étaient libérables au premier janvier, ça les a rassurés.

« J'en étais sûr Mac, je l'ai toujours su. Je savais bien qu'il y avait une entourloupe quelque part. On me la fait pas à moi, Mac, je suis pas né de la dernière pluie. Ces trucs-là, ça me connaît. Réhabiliter les détenus ! Non, mais tu te rends compte Mac ? Qu'est-ce qu'y faut pas entendre... Ils nous mènent en bateau, c'est toujours la même histoire... Nous les taulards on se fait toujours avoir... » Mais les honnêtes citoyens de l'Etat, et leurs législateurs officiels — les sénateurs — et non officiels — les journalistes —, ne voulaient pas s'avouer vaincus. Ils avaient décidé de réhabiliter les détenus et ils le feraient, même s'ils devaient les tuer pour ça. D'où une contre-attaque au niveau du bureau d'aide sociale qui a créé un « service de classification », constitué de trois spécialistes : un psychiatre, un psychologue et un sociologue, entourés de leurs équipes. Ils ont jeté les bases d'un vaste programme à long terme. Leur intention était d'inaugurer un système de classification à l'intérieur de la prison. Après un examen systématique, chaque détenu se verrait classé en fonction du désir qu'il avait de mener une vie droite et normale. Les récédivistes et les dégénérés seraient séparés de ceux qui en étaient à leur première condamnation ou qui s'étaient amendés. Les vieux seraient séparés des jeunes, les travailleurs des fainéants, les « loups » des « gonzesses ». Mais tout d'abord, il fallait qu'ils interrogent ceux qui devaient passer devant la commission. Comme il y en avait déjà mille trois cents dans ce cas à ce moment-là, et des centaines de plus chaque mois, le service n'est jamais allé plus loin.

Quoi qu'il en soit, dès que leur zèle, leur enthousiasme et leur ferveur humanitaire, motivés sans aucun doute par la régularité de leurs appointements se furent émoussés au contact de la morne passivité des détenus, les membres du bureau comme ceux de la commission ont pris une mentalité de fonctionnaires. Ils sont devenus insensibles, indifférents et cyniques, comme le deviennent tôt ou tard tous ceux qui ont affaire aux prisonniers.

Beaucoup de détenus refusaient de se rendre au service de classification quand leur tour venait. Ils avaient le choix entre être examinés ou expédiés au trou ; ils allaient au trou.

« Ils ne me feront jamais venir devant eux pour m'avoir, disait Pink Panther. Je sais bien que je suis une tante, et après ? »

Le vieux Lajole a raconté :

« Moi j'y suis allé comme un idiot, et vous savez ce que le type m'a demandé ? Il m'a demandé si j'avais déjà eu des rapports avec un homme. Je lui ai dit que j'étais un honnête homme moi, Bon Dieu, et j'ai pris ma casquette et je suis allé chez le sous-directeur, et je lui ai dit, au sous-directeur. Bon Dieu, ça m'est égal de répondre à des questions correctes, même si j'y comprends rien mais Bon Dieu, quand ce type a commencé à me demander des trucs comme ça, c'était trop. J'suis pas un taré moi, que j'ai dit au sous-directeur, et il faudrait pas que quelqu'un aille dire ça de moi. Le sous-directeur, il a dit que j'avais pas besoin d'y retourner.

— Est-ce que t'as vu le petit chauve avec les épaules voûtées et ses lunettes sur le bout du nez ?

— Ouais, le psy, psy...

— Psychiatre, proposa quelqu'un.

— Ouais, c'est ça, le psy..., comment t'as dit Mac ?

— Psychiatre.

— Ouais, c'est bien lui. Complètement toqué ce mec-là. Il m'a donné du sucre à goûter, et pis v'là qui m'demande si c'est doux ou acide ? Alors moi j'y dis « Dis donc, mon pote, si ça tourne pas rond chez toi, faut le dire ; qui c'est qu'est maboul ici, c'est toi ou c'est moi ? Ça c'est du sucre alors, depuis quand le sucre il est acide ? » Et il a dit que c'était une question de routine, alors moi j'ai dit « Tu parles d'une routine, tout le monde sait que le sucre est sucré », et il a dit « D'accord, répondez seulement à mes questions et laissez-moi m'occuper du reste ». Alors j'ai dit « D'accord mon pote, c'est toi qui commandes. » Alors il m'a donné du vinaigre à goûter et il m'a demandé si c'était doux ou acide ? Je me suis léché les babines, sérieux comme un pape et j'ai dit « Doux comme du miel. » Alors il m'a regardé et il a demandé « Est-ce que cela a le même goût que la substance que vous avez goûtée en premier ? » J'ai dit que oui mais que ça avait l'air un peu plus humide. Il m'a regardé et s'est plongé dans les papiers qu'étaient devant lui et il a écrit quelque chose. Après ça, il m'a piqué avec une aiguille et il a demandé « Rond ou pointu ? » et moi j'ai dit rond. Il a commencé à avoir l'air méfiant. Alors il m'a piqué une deuxième fois, mais salement plus fort, et j'ai dit « C'est toujours rond, mon pote. » Il est devenu rouge comme une pivoine et il a dit « Retournez dans votre équipe », alors j'ai dit « Ça m'arrange, mon pote ».

— Ha, ha, ha, il croyait que c'était lui qui te piquait alors que c'était toi qui lui envoyais des piques ! »

Très vite, le service de classification est devenu une vaste plaisanterie. Et le jour où la rumeur a couru qu'un détenu avait obtenu sa libération conditionnelle alors qu'il avait refusé d'y aller, on n'en a plus parlé. Ils auraient pu remballer leurs bureaux en acajou massif qui avaient coûté cinq cents dollars et foutre le camp aussitôt. Cela aurait au moins fait faire des économies à l'Etat.

Cela donne une petite idée de l'ambiance cette année-là. L'atmosphère de la prison était complètement différente. Elle était plus supportable. Elle n'avait jamais été aussi facile à supporter d'ailleurs. Mais dans notre dortoir, ça ne changeait pas beaucoup. La vie n'y avait jamais été très dure auparavant, si bien que nous percevions moins le changement que ceux des ateliers ou de la cour. Les détenus de l'équipe des infirmes ne ressentaient que très rarement le poids du lourd carcan qui écrasait impitoyablement les autres. On se laissait vivre tranquillement, profitant au maximum des années qu'on passait dans ce dortoir. Bien sûr, on se disputait quelquefois, on avait nos ennuis, nos contrariétés, et de temps à autre, les officiels se rendaient compte qu'on se la coulait trop douce, et serraient un peu la vis, histoire de nous rappeler que la discipline était toujours là ; mais elle n'avait jamais le caractère excessif que connaissaient les travailleurs. C'est un peu comme si on vivait en marge de la prison.

Mais on avait en permanence sous les yeux la vie brutale des équipes au travail, les querelles sauvages qui éclataient soudain, les altercations féroces, cet enfer perpétuel, qui était le lot de tous les autres. On dormait, on lisait, on racontait des bobards, on discutait, on passait nos journées à jouer et on se plaignait quand même. Comme le disait un noir, on mangeait notre pain blanc en disant qu'il était pourri et on couchait dans de bons lits que l'on traitait de grabats.

« De quoi tu te plains, mon vieux ! tu te la coules plus douce ici qu'ailleu's et t'as tes t'ois 'epas pa' jou'.

— Et alors, j'ai toujours eu trois repas par jour, non ?

— Ouais, mais ici tu bouffes à heu' fixe, t'as un type pou' te 'éveiller le matin. Un type pou' te condui' au petit déjeuner. Un type pou' te su'veiller et te p'otèger. Un type pou' te fai'e la ba'be, une infi'me'ie pou' quand t'es malade. Qu'est-ce que tu veux de plus ? T'au'ais pas tout ça à l'hôtel Majestic. »

Voilà comment ça se passait cette année-là au dortoir. Ils ont transféré pas mal d'autres types chez nous ; des types qui travaillaient, qui avaient subi des opérations, et qu'on plaçait avec nous pendant leur convalescence ; ou d'autres qui avaient été blessés d'une manière ou d'une autre et qui avaient droit à quelques jours de repos. On éprouvait toujours une certaine condescendance envers eux, comme s'ils n'avaient pas vraiment eu leur place dans notre dortoir. On avait notre propre système de classes. La classe dominante était constituée par les infirmes qui étaient là depuis l'incendie. Un peu comme si nos ancêtres étaient venus sur le Mayflower. Les autres faisaient partie des basses classes et tentaient de s'élever. On les tenait à distance jusqu'à ce qu'ils parviennent à nous rejoindre à la force du poignet. Une fois arrivés, à leur tour, ils traitaient les autres avec un égal mépris. Mais c'était différent pour ceux qui venaient de l'extérieur. On était toujours contents de les accueillir, surtout s'ils étaient jeunes, beaux gosses et s'ils avaient du fric.

Blocker et moi avions aussitôt rouvert notre table de poker. C'était devenu une obligation. Tout le monde voulait qu'on tienne une table. Si nous ne l'avions pas fait, il n'y aurait probablement eu personne pour s'en occuper. La plupart des joueurs de poker refusaient de jouer avec d'autres croupiers. Nous utilisions toujours les cartes truquées. Je pense qu'à ce moment-là tout le monde le savait. Mais ils préféraient jouer chez nous avec nos cartes truquées plutôt qu'ailleurs. En tout cas, on leur en donnait toujours pour leur argent. Personne ne pouvait prétendre qu'il n'avait pas sa chance avec nous.

Le jeu ne m'intéressait plus tellement. J'ai pris Candy pour donner un coup de main à Blocker. De temps en temps, j'y allais en client pour taper un peu le carton. Je m'intéressais toujours à mes cours de droit et à mes livres de psychologie ; je passais le plus clair de mon temps à les potasser. Un type, qui s'appelait Signifier Johnson, avait réussi à se faire embaucher comme vendeur de jetons. Quand les cartes ont moins bien marché, Blocker a ouvert une piste de dés. Un petit gars qui s'appelait Georges l'aidait, et il a abandonné la table de poker à Candy et à Signifier.

Georges était toujours de bonne humeur. Il avait de longs cheveux noirs qui lui retombaient sur le front et on n'arrêtait pas de le faire marcher.

« C'est mon petit copain, disait Blocker. Alors, doucement les basses.

— Tu verras, je disais, je vais te le soulever. » Et je me penchais vers Georges pour lui chuchoter « Je viendrai te voir cette nuit. »

Georges était un gars normal et il se moquait de ce que je pouvais bien lui dire. Il n'a même pas eu à se défendre car il ne lui est jamais rien arrivé. Une nuit, en allant aux latrines, j'ai tout à coup eu l'idée d'aller le taquiner un peu. Je me suis glissé dans la travée du fond et je me suis approché sans bruit de sa couchette. Il était en haut. Soudain j'ai bondi, et je l'ai saisi par les épaules en disant. « Embrasse-moi, jolie petite tante » et je me suis penché sur lui comme si j'allais vraiment l'embrasser.

L'ennui, c'est que c'était pas lui, je m'étais trompé de pieu. Un petit vieux, gros et chauve qu'on appelait Pépé Yokum a fait un bond sur son lit, m'a regardé et ses yeux se sont arrondis comme des soucoupes. « Hé, qu'est-ce que... Leggo ! au secours ! » Je l'avais déjà lâché. J'ai battu en retraite précipitamment et je me suis enfui d'un côté pendant que lui sautait de son pieu et cavalait de l'autre. Plusieurs types que l'agitation avait attirés, l'ont entouré et lui ont demandé ce qui se passait ; il leur a dit que j'avais essayé de le violer. J'ai fait demi-tour et je lui ai dit que je m'étais trompé et que je m'excusais. Le gardien venait d'arriver pour voir ce qui se passait. Je lui ai dit qu'on essayait d'attraper un rat que j'avais vu grimper dans ce grabat. Je n'ai réalisé le comique de la situation qu'après coup. Quand Pépé Yokum est retourné se coucher, j'ai raconté toute l'histoire à Blocker, Georges, Candy et Signifier. On a bien rigolé.

« Tu te rends compte, ce vieux Pépé qui s'imagine que quelqu'un voudrait le violer, dit Candy.

— Ça encore, c'est rien, dit Signifier, l'ennui c'est qu'il l'espère. »

Vers la fin février, les médecins de la commission de médecine du travail sont venus m'examiner. Ils ont demandé si j'avais porté un plâtre, je leur ai dit que non. Ils ont voulu savoir pourquoi et je leur ai répondu que je n'en savais rien. Alors, ils ont engueulé le médecin de la prison. Le médecin leur a dit que c'était moi qui avais refusé le plâtre, alors ils m'ont reconvoqué et c'est moi qu'ils ont engueulé. Ils m'ont dit que si je ne voulais pas en porter, je n'avais pas besoin d'allocations, alors j'ai dit qu'ils pouvaient m'en mettre un quand ils voulaient. Si bien que le premier mars, le docteur Castle, spécialiste des os, m'a fait passer une radio. La semaine suivante, quand il est revenu à la prison, j'ai été convoqué et il m'a mis mon plâtre. Ça a été vite fait.

« Quand est-ce que tu as pris un bain pour la dernière fois ? demanda-t-il.

— Il y a quatre jours.

— Bon, tu prendras le prochain dans six semaines, dit-il. C'est le temps qu'il te faudra supporter le plâtre ; alors, je pense pas que quatre jours de plus ou de moins ça fasse beaucoup de différence, pas vrai ? »

J'ai d'abord été furieux. Il m'a mis debout tout nu au milieu de la pièce, a redressé ma colonne vertébrale au jugé, puis il m'a bardé de coton, et m'a plâtré du haut des cuisses jusqu'à la poitrine. C'était tout ce qu'il avait à faire, sans parler de ses honoraires qu'il envoyait à la médecine du travail. Je suis resté une heure debout à attendre que le plâtre prenne, puis un infirmier est venu me chercher, il m'a conduit en salle C, pour me mettre au lit. Les ressorts se sont affaissés au milieu et le plâtre m'a cisaillé les cuisses.

« Le lit est trop mou, lui ai-je dit.

— Qu'est-ce que tu veux que j'y fasse ? dit-il.

— Mais Bon Dieu, fais quelque chose, merde ! C'est pour ça que t'es là non ? C'est pour ça que t'as de la bouffe spéciale et des privilèges.

— Va te faire foutre ! »

J'ai essayé de sortir du lit mais je n'arrivais pas à lever mes jambes assez haut, alors j'ai tenté d'atteindre le bord en gigotant, pour me laisser tomber par terre. L'infirmier est revenu et m'a repoussé au centre du lit ; je l'ai frappé.

« Ne me touche pas avec tes sales pattes, Nom de Dieu ! » dis-je.

Il s'est jeté en arrière et s'est mis à me cogner. Il a arrêté quand le gardien est rentré dans la salle.

« Qu'est-ce qui se passe ici ? a-t-il demandé.
— Ce putain de lit est trop mou et ce connard veut rien y faire.
— Je te conseille de parler aux gens sur un autre ton, mon gars, dit le gardien.
— Alors qu'il commence par me parler correctement, d'abord.
— Ce pédé est trop douillet, dit l'infirmier.
— Qu'est-ce qu'il a, ce lit ? demanda le gardien.
— Il est très bien, dit l'infirmier.
— Sale menteur, il s'affaisse au milieu et le plâtre me fait mal, regardez vous-même, dis-je en repoussant les couvertures.
« Il est trop long », dit le gardien en le regardant. L'infirmier n'a rien dit. « Est-ce qu'il n'y aurait pas un moyen d'en couper un bout ? demanda le gardien.
— J'en sais rien, dit l'infirmier. J'vais chercher le surveillant. »
C'était Jake Ingalls qui était de service, un type bien.
« Salut Jimmy, dit-il en entrant.
— Comment ça va Jake ?
— Qu'est-ce qui ne va pas, p'tit gars ?
— Le sommier s'affaisse et mon plâtre me coupe les cuisses. »
Les couvertures étaient toujours au pied du lit depuis que je les avais repoussées, et je lui ai montré l'endroit où le bord du plâtre mordait ma chair.
« Va me chercher la fiche de Monroe » dit Jake à l'infirmier. Quand il est revenu avec, Jake y a jeté un coup d'œil et a dit « Le docteur avait demandé de mettre des planches sous son lit. Pourquoi ne l'as-tu pas fait ?
— J'avais pas vu ça », dit l'infirmier.
Jake l'a regardé.
« Qu'est-ce que tu attends pour en mettre ? » dit-il. Il s'est ensuite tourné vers moi. « Ça ira mieux avec ça, Jimmy ; à part ça qu'est-ce que tu deviens ?
— Ça va.
— Assez à manger ?
— Ouais.
— Parfait, je repasserai te voir, Jimmy.
— D'accord, et merci pour tout, Jake.
— Ça va aller mieux maintenant, Monroe, dit le gardien qui avait changé de ton.
— J'espère » dis-je.
Seulement la semaine suivante, une épidémie de grippe s'est abattue sur la prison et l'infirmerie a été débordée en l'espace d'une nuit. Tous ceux d'entre nous qui n'étaient pas sur la liste des cas graves furent transférés au sous-sol, sous l'aile nord, pour faire de la place aux types qui avaient la grippe et qui arrivaient au rythme de deux douzaines par jour. Il n'y avait pas de lits d'hôpital au sous-sol, seulement des couchettes superposées qui avaient déjà servi à une équipe d'infirmes,

plusieurs années auparavant. C'était humide, sale et ça puait. L'épidémie avait frappé si rapidement que rien n'était prêt pour y faire face. Ils nous ont assigné des gardiens, mais les infirmiers étaient trop occupés au-dessus pour prendre soin de nous.

Les seuls moments où on en voyait un, c'est quand ils nous descendaient nos repas, parce que les aides étaient débordés.

On m'a mis dans une couchette du bas. Elle était creuse au milieu mais personne n'a eu le temps ni l'envie d'y mettre des planches. Mon plâtre me rentrait dans les cuisses et c'est devenu très douloureux. Il m'était très difficile de me lever pour aller aux toilettes. A chaque fois que les infirmiers venaient nous apporter nos repas, je leur en parlais, mais aucun d'eux n'a rien fait. J'ai écrit un mot au médecin, au détenu de service et à Jake Ingalls sans recevoir de réponse. J'ai tenu le coup trois jours.

Il y avait une pièce vide, un peu à l'écart du dortoir, qui servait de débarras. En allant aux latrines, j'y avais remarqué quelques vieux tonneaux, deux tables et deux bancs. J'ai réussi à sautiller jusque-là. Je cherchais une ou deux planches pour redresser ma couchette, mais tout ce que j'ai trouvé, c'est un vieux clou. Je l'ai emporté et je m'en suis servi pour cisailler mon plâtre. Ce n'était pas un travail facile, le clou était émoussé, et j'ai dû y passer toute la nuit. Au matin j'avais réussi à faire une brèche du haut en bas, suffisamment profonde pour écarter le plâtre avec mes mains. Je l'arrachai et le jetai dans la poubelle. Ça faisait quatre jours que nous étions en bas.

Le matin, juste avant déjeuner, le médecin de la prison et le détenu qui l'assistait, un surveillant et deux infirmiers sont venus faire une visite. Tous les grabats étaient alors occupés, car dès que quelqu'un là-haut allait un peu mieux, on le descendait pour faire de la place au suivant. Le médecin s'arrêtait à peine pour demander à chacun des patients comment il allait. Quand il est arrivé près de mon lit, je lui ai dit que je me sentais bien. J'avais remonté les couvertures pour qu'il ne voie pas que je n'avais plus mon plâtre.

« Pas d'ennui avec votre plâtre ? demanda-t-il.

— Plus maintenant, dis-je.

— Parfait » dit-il en continuant, souriant de toutes ses dents jaunes, ce qui le faisait ressembler à un cheval. On aurait dit que quelque chose l'amusait. Quelques pas plus loin il s'est arrêté et a fait demi-tour, les sourcils froncés. Il est revenu et a dit :

« Voyons ce plâtre un peu », en tendant la main vers les couvertures.

« Je l'ai enlevé. »

Il est resté un moment figé, le bras toujours tendu vers le lit, la bouche entrouverte comme s'il allait dire quelque chose. Puis il est devenu cramoisi.

« Enlevé ? Il n'avait pas l'air d'y croire.

— Oui, c'est ça, je l'ai enlevé » dis-je.

Il s'est redressé lentement, ayant beaucoup de mal à se maîtriser.

« Qu'est-ce que t'en as fait ? réussit-il à demander, forçant chaque mot à sortir.

— Je l'ai fichu à la poubelle. »

Alors il a explosé. Il est parti comme un V2. Les bras au ciel, en un geste d'impuissance. Il s'est avancé sur moi comme s'il allait me sauter à la gorge. Puis il s'est dominé et s'est pris la tête à deux mains.

« Mais qu'est-ce qui t'a pris de faire ça ? a-t-il hurlé d'une voix aiguë et complètement hystérique.

— Il me faisait mal... » ai-je commencé, mais il s'est éloigné précipitamment sans m'écouter. Il marchait comme un fou, droit devant lui, jusqu'à ce qu'il arrive dans le débarras ; là, il a fait demi-tour et il est revenu à la charge.

« Et maintenant, qu'est-ce que je vais dire au docteur Castle, qu'est-ce que je vais dire à la médecine du travail ? Qu'est-ce que je vais faire ? Mais qu'est-ce que je vais faire ? » Il s'arrachait les cheveux. « Espèce de, de,... butor ! triple idiot, mais qu'est-ce que tu as dans la tête ? » Il a fait demi-tour d'un seul coup et a foncé vers la sortie, bousculant au passage une demi-douzaine de malades qui attendaient leur tour. J'avais peur et j'étais en colère à la fois, j'avais aussi les nerfs en boule. Merde, après tout, ils n'avaient qu'à m'arranger mon pieu dès le début, c'est ce que je me répétais sans cesse pour essayer de justifier mon acte et pour calmer mon angoisse.

Aussitôt après le déjeuner, le médecin m'a envoyé chercher par le planton de l'infirmerie. Je me suis habillé et je l'ai suivi dans l'escalier. J'étais mort de peur, je bouillais de colère et j'avais les nerfs à fleur de peau. Le médecin m'attendait dans son bureau en compagnie du docteur Castle, du sous-directeur, et de l'administrateur.

« Pourquoi avoir retiré ce plâtre, Monroe ? demanda l'administrateur.

— Il me faisait mal... ... J'ai essayé de prévenir le docteur mais il n'a pas...

— Mais bon sang, ça ne faisait que trois jours que vous étiez en bas ! s'écria le docteur.

— Trois jours, c'est beaucoup quand on a mal. », dis-je.

Le médecin explosa :

« Mais bon sang, vous n'êtes pas le seul dans cette infirmerie ! On dirait que vous êtes le seul malade dans toute cette foutue prison. L'infirmerie est pleine de types qui ont plus de quarante de fièvre. Où est-ce que... ?

— Laissez-le parler », coupa le docteur Castle. Le médecin s'est dominé. Le Dr Castle était l'un de ces spécialistes réputés qui offraient leurs services à notre institution. La prison offrait un champ d'étude, de recherches et de travaux pratiques aux internes qui travaillaient sous leur direction.

« La couchette faisait un creux dans le milieu, dis-je. C'est une de ces couchettes réglementaires de dortoir avec des ressorts aux extrémités ; quand je me suis allongé, elle s'est affaissée au centre et le plâtre m'a entaillé les cuisses. J'ai fait prévenir le médecin, les infirmiers, et tout le monde pour leur expliquer mais personne n'est venu m'aider.

— Et vous l'avez arraché ?

— Oui monsieur.

— Savez-vous que le plâtre coûte cent soixante-quinze dollars à la médecine du travail ?

— Oui monsieur.

— On a la chance d'avoir ici un spécialiste qui vient faire ce travail à moitié prix pour vous aider et vous ne trouvez rien de mieux que de l'arracher sans réfléchir un instant, sans... » commença le médecin, mais le Dr Castle l'interrompit.

« N'auriez-vous pas pu attendre encore quelques jours ? Je suppose que vous saviez parfaitement que le médecin était très occupé.

— Non monsieur, je ne le savais pas » dis-je.

Le Dr Castle commençait à s'énerver.

« Mais vous auriez très bien pu attendre un ou deux jours de plus, n'est-ce pas ? Vous n'en seriez pas mort, non ? »

Je n'ai rien répondu. Je suis resté là, droit, buté, muré dans un silence plein de révolte. Ils sont tous contre moi, pensai-je. Personne ne veut m'entendre. Ils veulent que je reconnaisse que j'ai eu tort. Qu'ils aillent se faire foutre ; tous autant qu'ils sont, trônant comme des dieux satisfaits et bedonnants, se moquant bien de ce qu'un taulard peut ressentir. Qu'ils aillent se faire enculer.

« Je ne sais pas ce que ces messieurs de l'administration en pensent mais mon sentiment est que vous devriez être puni » dit le Dr Castle, rouge de colère. Il s'est levé, a mis son chapeau et est sorti.

Le sous-directeur n'a rien dit. L'administrateur a regardé le médecin, celui-ci a attendu un instant en espérant que les autres me feraient des reproches, mais comme cela ne venait pas, il a dit :

« Est-ce que vous avez une ceinture de force ? Il ne voulait pas prononcer mon nom.

— Oui. » Ce n'était qu'une ceinture un peu large que je portais quelquefois.

Il a attendu que je poursuive, mais je n'ai rien ajouté.

« Où est-elle ?, demanda-t-il.

— Au dortoir.

— Je vais envoyer Tim la chercher. » Tim était le planton de l'infirmerie. « Il va falloir la porter, vous n'aurez pas d'autre plâtre.

— Je vais aller la chercher moi-même, dis-je. Il ne pourra pas la trouver.

— Alors, allez la chercher, cria le médecin. Allez au dortoir, et restez-y, allez au diable ! et que je ne vous voie plus ! »

J'ai tourné les talons et j'allais sortir quand...

« Une minute, dit l'administrateur. J'envoie Tim avec vous. »

Le sous-directeur n'avait pas ouvert la bouche.

Il commençait à pleuvoir, nous avons traversé la cour en courant. Quand je suis arrivé au dortoir, j'étais essoufflé. C'est Chump Charlie qui m'a vu le premier et qui a demandé :

« Ils t'ont déjà laissé sortir ? Je croyais que tu devais y rester six semaines ?

— Je viens prendre ma ceinture ! » dis-je en reprenant mon souffle. Je suis allé à ma couchette et j'ai cherché dans mon sac. Chump s'est précipité à la table pour leur dire que j'avais des ennuis. Blocker, Candy et Signifier sont arrivés en courant dans la travée.

« Qu'est-ce qui se passe, p'tit ? » demanda Blocker en jetant un coup d'œil à Tim.

« Pas grand-chose, dis-je. Ils m'en ont fait baver là-bas et j'ai arraché mon plâtre.

— Qu'est-ce que t'en as fait ?

— Je l'ai mis à la poubelle.

— J'parie que le gros fumier a piqué sa crise, dit Candy.

— C'est sa faute, dis-je. Ce fils de pute m'a mis au sous-sol.

— Viens, il faut qu'on y retourne, dit Tim.

— Holà ! doucement, dit Signifier. T'es pas à l'infirmerie ici.

— Ils ont pas l'intention de te mettre au trou, des fois ? dit Blocker.

— Je crois pas.

— Fais attention à toi, p'tit.

— Faut nous faire signe si t'as besoin de quelque chose, dit Candy.

— Ça va, j'ai besoin de rien. »

Tim et moi sommes retournes en courant à l'infirmerie. J'avais toujours mes pantoufles et je me suis mouillé les pieds dans cette pluie froide de mars. Le médecin a dit que la ceinture était trop petite pour être utile. Il m'a renvoyé au sous-sol. Je me suis déshabillé et je me suis remis au lit. Ils ne m'avaient pas dit ce qu'ils attendaient de moi et je ne leur ai pas demandé. Dans l'après-midi, deux « infirmiers » sont venus s'occuper de nous. Aucun d'eux n'avait travaillé à l'infirmerie auparavant. Il y en avait un qui venait de chez le coiffeur et l'autre de l'atelier textile. L'un d'eux était même encore en convalescence de grippe. Ils ne m'ont rien dit et moi non plus. Jusqu'au dîner, j'ai eu peur. Je croyais qu'ils essayeraient de me supprimer le menu de l'infirmerie pour me remettre à l'ordinaire. Nous n'étions que quelques-uns à avoir droit au régime spécial. Ceux qui étaient en convalescence de grippe avaient la même chose que les autres détenus au réfectoire. Mais quand ils nous ont servi à manger, j'ai bien eu le menu de l'infirmerie. Alors je me suis installé, prêt à passer ici le reste de mon temps si c'était nécessaire. Si eux ne peuvent pas me sentir, et bien moi, je ne peux pas les sentir non plus, je me suis dit. J'ai envoyé quelqu'un au dortoir pour qu'il me ramène mon pyjama, mon peignoir, des cartes, des magazines et mes livres.

Mais j'ai attrapé la grippe, et deux nuits plus tard j'ai commencé à avoir de la température et mal à la gorge. C'était peut-être parce que je m'étais mouillé les pieds. Le médecin nous rendait visite tous les matins et, quand il est arrivé le lendemain, je suis allé dans la travée pour essayer de l'arrêter.

« J'ai mal à la gorge, docteur, j'ai eu de la fièvre toute la nuit. »

Il ne m'avait pas adressé la parole ni même regardé depuis la séance de l'autre jour dans son bureau mais je pensais qu'en me mettant sur son chemin, il serait bien obligé de me répondre. Cependant il m'a repoussé et a continué sans un mot. Son complice, le taulard-médecin, est passé lui aussi sans rien dire. J'ai arrêté Jake Ingalls.

« Qu'est-ce qu'ils ont ? ai-je demandé en faisant un signe de tête en direction du médecin et de son acolyte.

— T'as des ennuis p'tit ? m'a demandé Jake amicalement.

— J'ai mal à la gorge et j'ai une tête comme ça ! » j'ai dit.

Il a inspecté ma gorge et a pris ma température. Quand le docteur est revenu sur ses pas, il a jeté un regard à Jake mais celui-ci a continué de m'examiner comme si de rien n'était.

« T'as un début de grippe, p'tit, dit-il en me faisant une ordonnance. Je vais faire remplir ça et je te l'envoie, prends de l'aspirine, couche-toi, et repose-toi. » Il a appelé l'un des infirmiers : « Hé Elmer, donne de l'aspirine à Monroe et mets-le au lit. »

Quand je suis revenu au dortoir cinq semaines après, tout y était encore plus morne et plus bizarre qu'avant. Je n'arrivais même plus à m'intéresser au jeu, même pas épisodiquement. C'était devenu un passe-temps insipide et je ne pouvais pas comprendre comment j'avais pu y consacrer autant de temps et de matière grise. J'ai passé quelques jours allongé sur mon lit à lire des romans, des histoires dans les magazines, quand je n'étudiais pas. Les seules choses intéressantes étaient celles que je lisais dans mes histoires. La vie qu'elles décrivaient me semblait être la seule réelle. Celle de la prison est devenue une sorte de rêve à l'intérieur duquel j'existais, mais ne vivais pas. J'avais l'impression que tout était faux, comme dans ces vieilles pièces où chacun joue son petit rôle sur la scène, progressant dans l'action selon le plan prévu, récitant un dialogue rédigé à l'avance, et à la fin de cette mascarade, tout ça n'aurait plus aucun sens, en admettant qu'on ait jamais envie de regarder en arrière pour s'en souvenir.

J'ai fini par être écœuré de tout cela, pas d'un seul coup, mais petit à petit, par une lente progression de lassitude, une montée imperceptible de dégoût, un découragement lancinant devant l'attente sans fin, une aversion croissante pour la prison, pour ce qu'elle était et ce qu'elle représentait, avec sa routine, ses odeurs, ses bruits et son rite théâtral, monotone et répétitif. J'étais écœuré par cette continuité d'actions délibérément dérisoires, apparemment différentes mais cependant toujours identiques, qui liaient les années ensemble, comme les séquences absurdes d'une pièce monotone, interminable, sordide et décousue. J'ai d'abord perdu tout intérêt pour ce qui m'avait tant intrigué auparavant ; cette grisaille ne venait pas de la prison mais de moi-même, de mes pensées et de mes réactions face à la prison et à la vie qu'on y menait. Le monde du dehors envahissait lentement mes pensées. Mais ce n'était pas celui où j'avais vécu dix-neuf ans, c'en était un autre, où je n'avais jamais mis les pieds et qui n'existait que dans mon imagination. Je construisais un univers à partir des histoires que je lisais et des fantasmes que je cultivais dans le silence de la nuit. C'était un monde complètement fantastique, irréel, et impossible. C'était un univers utopique que mes rêves rendaient réel.

Vers la fin de mai, je me suis procuré une machine à écrire et j'ai commencé à taper tout seul avec la méthode qui y était jointe. Je faisais de rapides progrès, quand un jour en chahutant avec le petit Georges, je me suis fait mal au dos. C'était la première fois que je me faisais vraiment mal au dos depuis que j'étais en prison et j'ai eu très peur.

J'ai d'abord refusé d'aller à l'infirmerie. S'ils croyaient qu'ils allaient m'avoir et me faire la peau, ils se trompaient, pensai-je. Je portais ma ceinture tous les jours et je la gardais même pour dormir en espérant qu'elle soulagerait ma douleur ; au contraire, ça n'a fait qu'empirer. A un tel point que je ne pouvais plus suivre la cadence dans les rangs et que je devais quitter le dortoir un peu avant les autres pour arriver en même temps qu'eux. Je savais que tôt ou tard, le sous-directeur ou l'administrateur s'en apercevrait et m'enverrait à l'infirmerie que je le veuille ou non. Un jour que je traversais la cour en clopinant, j'ai croisé le médecin et il m'a semblé voir une méchante lueur de triomphe dans ses yeux.

A cette époque ma mère était dans sa famille en Caroline du Sud. Je lui ai fait parvenir cent dollars pour qu'elle vienne me voir tout de suite. Elle est arrivée trois jours plus tard. Je lui ai raconté tous mes ennuis, mon plâtre, mon dos qui me faisait mal, je lui ai dit que j'avais peur d'être tué si je retournais à l'infirmerie. Je savais que quels que soient mes torts, et même si j'avais pleinement mérité mon sort, elle n'accepterait pas qu'on me fasse du mal. Et bien qu'on n'ait pas toujours été d'accord, je savais que je pouvais compter sur elle.

Elle est allée voir le directeur et lui a raconté toute l'histoire. Il a d'abord ri à l'idée que ma vie puisse être en danger à l'infirmerie et il a refusé d'intervenir en ma faveur. Mais ma mère l'a imploré et supplié jusqu'à ce qu'il lui promette qu'on ne me ferait aucun mal, tant que je serais à l'infirmerie. Il a envoyé un de ses employés pour m'y conduire. Quand le médecin m'a vu entrer avec un employé du directeur, il a refusé de m'adresser la parole. Mais Jake Ingalls a donné des ordres pour qu'on s'occupe de moi. Je suis resté sur le dos pendant deux semaines. Puis, aussi brusquement qu'elle était venue, la douleur a complètement disparu. J'ai rejoint mon équipe.

Ma mère était restée en ville pendant tout le temps que j'avais passé à l'infirmerie. Comme je voulais qu'elle reste près de moi plus longtemps, je lui ai donné une procuration pour toucher mon allocation. Ce ne serait pas suffisant pour vivre, je le savais bien, mais cela l'aiderait. La procuration fut établie pour un an et je la signai. Je me sentais plus en sécurité en la sachant en ville.

XVIII

Au cours de la dernière semaine de juillet, nous avons réintégré le 2-2. Je me suis trouvé en cellule avec Chump Charlie, Big Loony et un cul terreux du Mississippi, grand, décharné et sec qui s'appelait Pappy Calhoun. La vie était moins dure, nous avions perdu notre statut de *meneurs* pour redevenir des infirmes à part entière. Je serais bien incapable d'expliquer ce changement car nous étions toujours les mêmes détenus, avec les mêmes tares et le même comportement. Mais le fait était là, comme le monde quand Dieu eut fini de le créer.

Il y avait aussi des équipes d'infirmes au 1-2, au 1-1 et au 2-1. Certains d'entre eux avaient été dans le même dortoir que nous. L'après-midi, quand le temps le permettait, on nous laissait sortir sur le terrain situé derrière le dortoir préfabriqué et qui, depuis le bâtiment abritant la chaise électrique, longeait l'enceinte extérieure. C'était un moment de détente pour les quatre équipes d'infirmes. On lançait des fers à cheval sur un pieu fiché en terre, on jouait au softball, on se retrouvait entre nous ou on se contentait d'une balade au soleil. Plus tard, on a eu le droit d'utiliser le vieux terrain de base-ball pour y jouer. Il n'avait pas servi depuis l'année qui avait précédé l'incendie. Les mauvaises herbes l'avaient envahi et les tribunes avaient pourri. Mais elles étaient encore assez bonnes pour supporter le poids de ceux qui voulaient s'y installer pour profiter paresseusement du soleil. Nous avons arraché une partie des mauvaises herbes pour dégager les tracés des bases et jouer au softball.

Nos balles de fortune étaient faites de pierres enveloppées dans des chaussettes de coton tenues par du sparadrap piqué à l'infirmerie. Quelqu'un a réussi à se procurer plusieurs anneaux et a relancé la mode du jeu *« encercler c'est gagné »*. C'était très agréable de prendre le soleil chaque jour.

Les matinées où nous ne pouvions sortir, nous avions accès aux passerelles, les cellules étaient ouvertes, on pouvait se rendre visite de l'une à l'autre et Blocker et moi nous tenions notre table de poker comme avant. Après le repas du soir on nous enfermait à nouveau, mais mes trois compagnons de cellule et moi, nous avions l'habitude de jouer au seven-up, au gin-rummy ou à la canasta jusqu'au coucher. Chump insistait toujours pour être mon partenaire. Il faisait très chaud entre les murs. Tous les soirs, après le dîner, Nick apportait un seau d'eau tiède à Chump pour qu'il fasse sa petite toilette. Il avait un rasoir mécanique et tout un choix de lotions et de poudres. Il se faisait la barbe tous les jours et, deux fois par semaine, il se rasait les jambes et les aisselles. Une fois lavé, il s'aspergeait de lotion, se poudrait sur tout le corps et se mettait du parfum sous les bras, entre les jambes et derrière les oreilles jusqu'à ce que la cellule empeste comme un lupanar. Il était impossible que les gardiens ne s'en rendent pas compte, car les détenus qui étaient à côté, au-dessus, en dessous et même plus bas dans la rangée, pouvaient le sentir quand le vent soufflait dans leur direction.

« Je te reçois cinq sur cinq, Chump, criaient-ils quand cela arrivait.

– Tu me reçois ?

– On te reçoit de ce côté-là aussi, Chump !

– Et qu'est-ce que ça donne ? » demandait-il, en me faisant un clin d'œil, l'air très content de lui.

« On dirait *Mélodie d'été, Tendresse* et *Rêves d'amour...* »

Il adorait les entendre dire ça. Quand on jouait aux cartes, il portait un maillot de corps en nylon et un pantalon de pyjama en soie. Il exhibait ses bras lisses poudrés et parfumés, son visage rasé de près et pomponné rayonnant de suffisance, ses cheveux séparés par une raie au milieu lui retombaient de chaque côté du visage, comme une coiffure à la Jeanne d'Arc un peu floue, et il empestait comme une poufiasse en chaleur. Mais si Nick en pinçait pour lui, vous pouvez imaginer ce que c'était pour moi, assis là avec mes narines saturées de parfum, les yeux rivés à ses bras lisses et ronds, ou allongé sur mon pieu du haut, qui faisait pendant au sien, alors qu'il me lançait des œillades ou m'envoyait des baisers sonores en me regardant avec les yeux brillants d'une femme hystérique qui contemple un étalon en rut.

« Viens me rejoindre quand ils dormiront, mon grand, je serai gentil avec toi » disait-il en formant les mots silencieusement avec ses lèvres.

Je n'en pouvais plus, j'étais suffoqué par le parfum. J'avais les yeux fixés sur son regard brûlant, j'étais fasciné par ses lèvres implorantes.

Il reposait dans l'obscurité de sa couchette que la lumière de la passerelle laissait dans l'ombre alors qu'elle éclairait notre cellule sombre et cela donnait à ses jambes et à ses bras l'aspect d'une peinture à l'huile ancienne, qu'accentuait encore l'étoffe de satin rose qui lui enserrait la taille. Je bandais comme un cheval en pensant à toutes ces putes que j'aurais pu m'enfiler pendant toutes ces années, moi qui n'étais qu'un taulard tirant sa peine. Je me demandais bien grand Dieu ce qui me restait à perdre. Tout en me disant, qu'après tout, c'était trop simple pour se casser la tête à y réfléchir. Et alors, au dernier moment, je reprenais le dessus, j'oubliais mon désir et j'avais envie de lui cogner sur la gueule. Je le maudissais, le traitant de tous les noms, sauf d'enfant de chœur ; et il restait là, frémissant sous chaque injure comme si je le fouettais, et des décharges à la fois douloureuses et jouissives lui parcouraient le corps jusqu'à ce qu'il soit atteint de convulsions. Quant à moi, une douleur intolérable me tenait éveillé toute la nuit, et ce n'était qu'à l'aube que je pouvais enfin m'endormir.

Le lendemain matin, Chump me dit : « Salut Jimmy » d'une voix haut perchée et roucoulante comme si on s'était envoyés en l'air pour de bon pendant la nuit. Seulement il était le seul à en avoir profité.

« Bonjour, Big Loony, dis-je. Qu'est-ce que tu penses de cette belle matinée, Pappy ? » puis je me suis tourné vers Chump et j'ai dit froidement « B'jour ». Mais ça ne l'a pas démonté, il avait la suffisance de quelqu'un qui arrive toujours à ses fins.

Chump s'est accroché à moi, comme s'il jouissait de mes insultes. Et si j'ai fini par le haïr, c'est parce que je savais qu'il pensait m'avoir à la longue et que j'avais peur qu'il y parvienne. Il était beau gosse et en plus il était persuadé qu'il était intelligent, brillant, futé et que tôt ou tard il réussirait à me faire tomber dans son piège. Et je craignais qu'il n'ait raison.

Le jour où l'on commandait les sucreries, j'en achetais deux boîtes que je distribuais à la ronde avant d'aider Chump à finir la sienne plus celle que Nick lui apportait. Les soirs où Nick lui envoyait des sandwiches chauds de la cuisine en obtenant du gardien de nuit qu'il les lui apporte, je mangeais toujours le meilleur et lui laissais le reste. Et quand mes sous-vêtements et mes chaussettes étaient sales, je les lui faisais laver dans la cellule alors que lui-même s'arrangeait toujours avec Nick pour envoyer les siens à la blanchisserie. Quand nous sortions dans la cour, je m'étais fait une règle de l'éviter et s'il m'adressait seulement la parole directement, je le chassais en lui répondant le plus grossièrement possible. Mais cela ne l'arrêtait toujours pas.

Une fois il m'a dit :

« C'est pas possible, Jimmy, tu me traites si mal alors que moi je t'aime tant. Tu me demandes vraiment l'impossible, Jimmy, vraiment.

– Si ça te plaît pas, chéri, tu peux te tirer » dis-je.

Pourtant, c'était un de mes grands plaisirs que d'arriver à le faire pleurer d'humiliation. Alors je lui disais :

« Je te supporte quand t'es en chaleur et que tu te fais des idées parce que c'est ta nature ; ce que tu dis ne me fait rien parce qu'une garce dans ton genre raconte n'importe quoi ; mais je te méprise quand t'essaies de m'avoir avec tes larmes parce que tu sais très bien que je n'ai aucune envie de te plaindre et que je ne le ferai pas.

— Qu'est-ce que tu veux de moi alors, Jimmy ? me demandait-il. Est-ce que tu m'aimes au moins un peu ?

— Pour être franc, je ne me suis jamais posé la question. Si par hasard je pense à toi, je t'imagine amoureux de moi, mais pas l'inverse.

— Je pourrais te tuer si je ne t'aimais pas tant.

— Si t'avais l'intention de le faire, t'aurais un tas de raisons plus valables. » Il m'a regardé avec des yeux brûlants de fièvre.

« Tu me demandes vraiment l'impossible, se plaignait-il.

— Mais oui, c'est ça, c'est ça... » J'éprouvais pour lui un dédain qui me permettait de ne pas trop me mépriser moi-même. Je n'y arrivais pas toujours cependant. Je ne pouvais pas m'en empêcher.

La prison commençait à me peser sérieusement et je me dégoûtais. Tout ressemblait à de la bière éventée, incolore et sans saveur qu'on aurait laissé tiédir au soleil, ou à un cadavre gonflé et flasque. J'en avais marre de la taule et je ne pouvais plus me voir. Mais la prison restait la même. Les jours s'en fichaient et les nuits n'en étaient pas plus courtes. Les couchers de soleil se succédaient, mais les murs étaient toujours aussi profondément enracinés dans la terre. De la pierre et de l'acier, et le temps qui passait sans jamais s'arrêter, toujours immuablement le même. J'en avais assez d'entendre, de voir, de ressentir, de découvrir l'hypocrisie et la déchéance autour de moi et même en moi. Assez des meurtres, des viols, des corvées, des tocards, des matons et de toutes ces monstruosités.

Et un beau jour, il a fallu qu'un détenu un peu dérangé écrive à un autre toqué pour lui dire de la boucler, et que Tommy Tucker, à qui il avait confié le message le porte au directeur qui a aussitôt convoqué les deux types. Il leur a fait cracher le morceau après trois heures de passage à tabac. Il a fallu aussi que ces deux pauvres imbéciles finissent par flancher et avouent que c'étaient eux qui avaient mis le feu à la prison et brûlé deux cent soixante-dix-sept types. J'avais pensé à ce moment-là : Bon Dieu, mais pourquoi ont-ils fait ça ? Tout ce qu'ils peuvent gagner c'est d'y laisser leur peau eux aussi et ça fera deux cent soixante-dix-neuf. Pourquoi ont-ils fait ça ? Pourquoi fallait-il que Tommy aille voir le directeur ? Et pourquoi l'administration, pour une fois, n'avait-elle pas fermé les yeux, car qui d'autre serait allé faire du zèle pour chercher à savoir comment l'incendie avait débuté ? Personne n'y aurait pensé, et, d'une façon ou d'une autre, tout le monde s'en serait moqué. Mais puisque l'incendie avait éclaté, que ces deux cent soixante-dix-sept types y étaient morts, et que personne maintenant ne pourrait les faire revivre, pourquoi tabasser ces deux taulards-là jusqu'à ce qu'ils perdent connaissance et les envoyer griller sur la chaise électrique ? Et pourquoi accorder à Tommy Tucker, un traitement de faveur, récompense habituelle de ceux qui faisaient du zèle ? Pourquoi ne pas avoir fermé les yeux à ce moment-là, Monsieur le Directeur, vous qui étiez si bien renseigné, quitte à les ouvrir plus tard, après avoir passé l'éponge ; on en avait tellement marre.

Mais voilà, vous en avez décidé autrement. Cependant dans le passé, vous aviez eu l'esprit beaucoup plus large face à des événements tout aussi graves.

Une nuit, l'un des deux types s'est pendu au trou, et l'autre a écopé d'une perpétuité et il a attendu un an avant de se pendre lui aussi ; quant à Tommy Tucker, il a été muté dans une ferme pénitenciaire où sa peine de prison devait être commuée après quatre-vingt-dix jours. Mais au bout de soixante jours, alors qu'il avait tenu neuf ans en prison, il n'a pas supporté la ferme et s'est enfui. Sa cavale a duré une semaine, puis il a été repris et ramené à la prison où sa réduction de peine a été supprimée ; alors, il s'est pendu lui-aussi. Voilà comment cela s'est passé. Maintenant ils en étaient tous au même point : ils n'avaient plus ni agressivité ni rancœur. Ce qu'avaient pu faire tous ces types n'avait plus aucune importance car l'herbe qui plongeait ses racines dans leur cœur pourrissant n'était certainement pas moins verte, comme l'aurait dit Omar, que celle qui se nourrissait du cœur des saints.

Vers la fin de cette même année, nous avons réintégré le 2-6. Une nuit Chump me dit :

« Embrasse-moi, Jimmy. »

Et je lui ai répondu :

« Ma mère vient me rendre visite la semaine prochaine, Chump, et je ne veux pas t'embrasser avant parce que, tu vois, je tiens à l'embrasser, elle, et il me faudrait plus d'une semaine pour me désinfecter la bouche. »

Sa main a plongé vers son couteau et pendant un bref instant, j'ai bien cru que ma dernière heure était arrivée. Mais il a rangé son arme et il est descendu vers l'entrée du dortoir où il s'est mis à faire les cent pas pendant des heures. Cette nuit-là, quand il est revenu se coucher, il m'a dit :

« C'est fini, Jimmy. Je t'aime toujours, mais tu exiges trop de moi. »

Après cela, il a laissé pousser sa barbe, il n'a plus lavé sa tenue et n'a rien fait quand elle s'est déformée ; il a distribué tous ses dessous de nylon et ses pyjamas de soie pour porter les caleçons réglementaires qu'il gardait même pour dormir ; il était devenu une vraie loque. Mais je m'en fichais complètement.

C'est à peu près à cette époque qu'ils ont installé un nouveau projecteur de cinéma dans la chapelle, si bien que pour Noël on a pu voir le premier film correct depuis des années. A partir de ce jour, nous sommes allés au cinéma tous les samedis. Les équipes qui ne travaillaient pas y allaient le matin, les autres l'après-midi, et les spéciaux le soir.

Encore un an de passé. Comme les autres, il avait amené certaines choses et en avait remporté avec lui. Tout ce qu'il avait laissé : la honte, le mépris de soi-même, et le sentiment d'être un détenu, je n'en voulais pas. Il laissait derrière lui une lassitude profonde. Je commençais à être fatigué et dégoûté.

XIX

Dans les premiers jours de janvier nous avons eu tout un arrivage de nouveaux qui touchaient des pensions d'anciens combattants. On avait déjà chez nous un certain nombre d'anciens qui recevaient toutes sortes d'indemnités depuis la première guerre mondiale. On avait même un ou deux grand-pères dont la pension remontait à la guerre hispano-américaine. Notre équipe comptait plusieurs anciens combattants infirmes qui étaient en prison depuis déjà plusieurs années et qui avaient ignoré jusqu'à ce jour qu'ils pouvaient recevoir des dédommagements pour les accidents survenus au cours de leur vie civile. Quand ils ont appris des nouveaux venus qu'ils avaient droit, eux aussi, au pactole gouvernemental, ils se sont précipités au bureau du sous-directeur pour envoyer leur demande. Peu de temps après, il y avait plus de cinquante anciens combattants dans notre équipe, touchant des pensions allant de vingt à cent cinquante dollars par mois.

La façon dont certains d'entre eux furent plumés était assez comique. Des épouses qu'ils n'avaient plus vues depuis qu'ils étaient en prison commencèrent à venir régulièrement les jours de visite. Ceux qui n'avaient pas de femme se faisaient embobiner par la sœur, la mère, la tante, la cousine, la petite amie ou même la femme d'autres détenus. Un taulard parlait de sa sœur, de sa mère ou d'une amie à un de ces anciens combattants et il s'arrangeait ensuite pour l'aider à faire parvenir une lettre jusqu'à elle.

Aussitôt la donzelle obtenait un laissez-passer pour venir rendre visite au type, et en moins de temps qu'il n'en faut pour le dire, il lui envoyait son chèque mensuel. Dans certains cas, les types n'ont même jamais vu les femmes en question, ils ne se connaissaient que par une correspondance secrète. Mais cela ne les empêchait pas de cracher.

Il y avait ici un infirmier dont la sœur était plutôt jolie et qui avait coutume de venir le dimanche à la chapelle avec les autres visiteurs de l'extérieur. Il la désignait aux anciens combattants qu'il voulait pigeonner et, le dimanche suivant, il lui demandait de leur faire un sourire. Il n'en fallait pas plus. Il a appâté sept types en une seule fois. Puis un dimanche, elle n'est pas venue. La semaine suivante, les sept pigeons recevaient une lettre racontant qu'elle était tombée subitement malade et qu'elle devait subir une opération très coûteuse qu'elle ne savait pas comment payer. Elle a reçu plus de deux mille dollars de ces types. Peu de temps après, l'infirmier était libéré sous caution.

L'administration faisait tout ce qu'elle pouvait pour faire cesser ce racket, mais les anciens combattants allaient jusqu'au bureau du sous-directeur et juraient sur leur honneur que ces dames étaient bien leurs épouses, alors que dans la plupart des cas, c'était la première fois qu'ils les voyaient. Mais comment leur en vouloir ? Cela faisait des années qu'ils étaient oubliés, sans femme et sans ami. Mois après mois, l'argent s'empilait au bureau central, ils ne pouvaient pas le dépenser, ils étaient solitaires et frustrés. D'un seul coup, ils se retrouvaient avec cinq cents ou mille dollars sur leur compte. Ils étaient alors prêts à être plumés par la première femme qui leur dirait « je t'aime » ou même par n'importe qui, homme, femme, ou enfant écrivant de l'extérieur sur du papier à lettre parfumé et joignant une photo de jolie fille. Cela n'avait aucune importance que le cliché ait été acheté chez un photographe minable ou que la femme n'ait jamais existé. Ils croyaient que ces femmes dont ils trouvaient les photos dans les lettres parfumées s'intéressaient à eux, parce que c'est ce qu'ils voulaient croire. Un type reçut même une photographie d'une célèbre actrice de cinéma avec l'inscription suivante : « A mon Ronnie chéri. Tendresses, Yvonne. » Il l'a accrochée à la tête de sa couchette et il envoyait quatre-vingt-cinq dollars à Yvonne tous les mois. Plusieurs types ont essayé de lui faire comprendre qui était cette dame mais il ne les a pas crus. Il nous a bien fait rire.

Les noirs se sont sapés comme des princes. Ils avaient une prédilection pour les robes de chambre violette, les pyjamas de soie bleue, les chaussettes jaunes et de grandes chaussures pointues en cuir fauve ; ils n'en achetaient pas qu'une paire, mais deux ou trois d'un coup. L'un d'eux, nommé Sanders, s'en est acheté huit paires, cinq marron et trois noires, à environ vingt dollars pièce. Le directeur l'a convoqué dans son bureau et lui a demandé ce qu'il comptait en faire.

« Je veux en avoir une paire pour chaque jour de la semaine et deux pour le dimanche » dit-il avec un large sourire. Le directeur lui a fait remarquer qu'il n'en avait pas autant lui-même. « C'est pas grave, répondit Sanders. Je vous promets d'en prendre une paire pour vous à la prochaine commande. »

Je le comprends très bien. Dehors, on dit que l'habit fait le moine, mais, en prison, ce sont les chaussures qui font le détenu.

Un autre noir, nommé Fofo, qui touchait cent vingt dollars par mois, a découvert tout à coup qu'il en avait plus de trois mille sur son compte. Il était là depuis quatre ans et n'avait jamais reçu aucune visite. Il a aussitôt fait venir d'Alabama sa femme qu'il n'avait pas revue depuis son départ pour l'armée au début de la guerre, et l'a installée en ville. Puis il s'est dégoté la pédale la plus noire et la plus moche de la prison pour se mettre lui-même en ménage. L'administration a fait tout ce qu'elle a pu pour l'empêcher de dépenser tout son argent. Ils lui ont interdit toute commande extérieure et réduit ses dépenses d'intendance à cinquante cents par semaine. Mais ils n'ont pas pensé à lui interdire les journaux et les magazines parce que personne là-bas n'ignorait que le vieux Fofo ne savait pas lire. Alors il s'est arrangé pour que les vendeurs de journaux et de magazines lui donnent du liquide en échange de mandats, quatre dollars cash pour un bon de cinq dollars. Un jour on a découvert qu'il avait signé pour plus de quatre cents dollars de bons de caisse pour des journaux et des magazines. Les autres l'ont lessivé en trois mois. Après il était fauché comme les blés. Le directeur a bloqué sa pension pour qu'il ne la touche pas. Sa pédale lui a cogné sur le crâne avec une crosse de hockey, et fut transférée dans l'équipe des gonzesses au 5-4. La dernière fois qu'il eut des nouvelles de sa femme, ce fut pour apprendre qu'elle vivait avec un autre homme. Mais c'était un brave type et il ne s'est pas laissé abattre.

Les spéciaux qui travaillaient à la caisse ont fait des affaires en or en vendant du liquide contre des ordres de virement. Le cours moyen était de quatre pour cinq. Certains détenus s'étaient procuré des carnets à souches de bons de caisse et les remplissaient comme si c'était des chèques bancaires. Au bureau central, cet argent ne semblait pas avoir de réalité tangible. Un détenu pouvait très bien faire un ordre de virement de cinquante dollars sans ciller, et, quelques instants plus tard, gueuler comme un porc qu'on égorge parce qu'on lui demandait de se séparer d'un misérable biffeton d'un dollar pour acheter quelque chose dont il avait vraiment besoin.

Notre gardien de jour, le capitaine Tom, s'y est mis lui aussi. J'ai même dû lui donner mon soutien. Il se faisait acheter des chaussures, des gants, des sous-vêtements, des peignoirs et des couvertures par les détenus ; en fait, tout ce dont lui avait besoin et que eux étaient autorisés à commander. Il a dû se prendre plus de douze paires de chaussures. Je n'ai jamais su comment il est arrivé à sortir tout ça par la grande porte, mais il y est arrivé.

La semaine de Noël, on nous a distribué des rasoirs mécaniques et pendant quelque temps, nous avons reçu une lame par semaine. Un jour un type a eu l'idée de s'ouvrir les veines et on n'a plus entendu parlé de lames. On avait toujours les rasoirs mais pas les lames. C'est ce qui a donné au capitaine Tom l'idée de lancer un commerce de détail dans le dortoir. Il a commencé par faire entrer toutes sortes d'articles de toilette qu'il vendait à des prix exorbitants : lotions, crèmes, mousse à raser, lames de rasoir, dentifrice, savon, talc, crèmes de beauté, vaseline, rouge à lèvre et mascara. Plus un article était interdit, plus il coûtait cher. Polack Paul faisait la distribution. En très peu de temps il avait quatre caisses cadenassées pleines de cosmétiques et d'articles divers, et ses affaires étaient florissantes dans toute la baraque.

Il y avait tellement d'argent dans le dortoir que tout le monde voulait tenir sa table de jeux. Blocker et moi tenions la seule en service à cette époque, mais ce n'était plus suffisant. Il y eut pas mal de disputes, d'engueulades et d'agitation.

A tel point que les croupiers devaient se lever le matin avant que les lumières ne s'allument pour retenir leur coin de table en y étalant leur couverture. D'un bout à l'autre du dortoir, des types tenaient des tables de poker. Certains se faisaient du fric en installant leur couverture et en vendant l'emplacement plus tard dans la journée. Il y eut plusieurs bagarres et si quelqu'un avait le malheur de toucher à la couverture d'un autre cela se terminait toujours à coups de poing. C'est devenu si grave qu'un jour Tom m'a fait venir à son bureau.

« Jim, tous les types qui n'arrivent pas à monter leur propre table n'arrêtent pas d'écrire au sous-directeur ou au directeur lui-même pour leur parler des jeux qui ont lieu ici, dit-il. Je ne veux pas arrêter les parties, mais là-haut ils vont finir par me virer d'ici pour me mettre ailleurs si ça continue. » Il a eu un rire dégoûté. « Tu sais bien que je n'ai aucune envie de me retrouver dans une de ces équipes de travaux forcés, Jim. Ça me tuerait d'avoir à marcher au pas et à monter et descendre toutes ces marches, avec mon cœur malade. » Tom parlait bas avec ce ton confidentiel des politiciens.

« On peut fermer notre table pendant quelque temps, si c'est ce que vous voulez, ai-je proposé.

— Non, c'est pas ce que je veux. Mais il ne faudrait pas que tout ça dégénère et que je me retrouve avec le dirlo sur le dos. »

Je comprenais parfaitement son point de vue. Tout ce qu'il avait à faire de la journée, c'était de rester assis sur sa chaise rembourrée à sommeiller, nous emmener au réfectoire et nous en ramener. « Je vais te dire ce qu'on va faire, dit-il. Tu vas choisir les meilleurs types qu'on a ici, c'est-à-dire ceux qui ont les reins assez solides pour tenir une table et payer les gains, on va leur attribuer à chacun un jour pour exercer. On tirera ça au hasard, comme ça il n'y aura pas de rouspétance. Maintenant, je vais te dire comment on va s'y prendre. On n'autorisera que quatre tables par jour et pas une de plus ; deux pour les blancs et deux pour les noirs. » A cette époque, environ un tiers des détenus du dortoir étaient noirs. « Les blancs pourront tenir une table de poker et une de vingt-et-un. Tout ce qu'ils veulent sauf les dés. Je ne veux pas de jeu de dés. Quant aux noirs, ils peuvent avoir une table de poker et une d'arnaque.

— D'accord, Tom, je vais voir ce que je peux faire.

— Attends, Jim, dis-leur que ça leur coûtera un sac par jour et par table, c'est toi qui encaisseras pour moi. » Il me fit un clin d'œil.

« D'accord, Tom. » J'allais m'éloigner.

« Une minute, Jim. J'étais en train de penser que je pourrais aussi bien prendre un jour à mon compte. J'vais te dire ce qu'on va faire. Tu me choisis quatre types bien, deux blancs, deux noirs, et je prends le mercredi, j'encaisse tous les enjeux et je partage fifty-fifty avec les donneurs. Trouve-moi des types qui connaissent leur affaire. J'vais te dire un truc, Jim, tu t'occupes de la table de poker pour moi, et tu fais en sorte que Blocker s'occupe de celle de vingt-et-un. Ensuite, toi et Blocker, vous prenez un jour à votre compte. Vous me trouvez deux noirs qui s'occupent de leur table pour moi et deux autres pour tenir les tables pour vous ; des types bien qui savent la fermer et comprendre où se trouve leur intérêt. Comme ça vous aurez une journée pour vous et il y en aura une pour moi, les autres se débrouilleront pour se partager ce qui reste.

— Ça devrait marcher, Tom, dis-je. Je vais mettre ça au point. »

Et c'est ce que nous avons fait. Je suis devenu une sorte de caïd du jeu, car c'est moi qui répartissais les jours et encaissais le fric. Blocker et moi avons choisi le dimanche, c'était le meilleur jour pour jouer parce que nous étions enfermés à partir de midi. Nous avons choisi des types qui avaient de l'argent et nous leur avons donné respectivement le samedi, le vendredi, et le jeudi, les meilleurs jours après le dimanche. Nous n'autorisions qu'une seule table par croupier, qu'il soit seul ou associé avec un autre. Tom avait le mercredi. Le lundi et le mardi, qui étaient les jours les plus creux, nous les avons donnés aux mouchards pour qu'ils la ferment.

Il devait y avoir quatre ou cinq mille dollars en liquide dans le dortoir à cette époque, et avec tous les cafteurs que nous avions, il était impossible que l'administration l'ignore, mais elle n'a pas bougé. Peut-être qu'ils pensaient en haut lieu que c'était aussi bien comme ça. Ces taulards avaient trop de bon argent pour pouvoir le conserver sans jouer, et en contrôlant les jeux, nous réduisions au maximum les chances d'altercations ou de bagarres.

Cela marchait à merveille. Il n'y avait qu'un seul ennui, si par hasard vous jouiez trop gros et que vous perdiez, il fallait attendre une semaine pour remettre ça et essayer de se refaire. Le capitaine Tom était le seul vrai gagnant dans tout ça. Nous, on remettait aussitôt nos gains en jeu pendant la semaine. Mais Tom allait planquer les siens, une fois que les biffetons étaient dans sa poche on n'était pas prêts de les revoir dans la baraque.

En plus, c'est lui qui vendait tout le tabac et les marchandises qui circulaient dans les jeux. Dans la mesure du possible, aucun croupier ne réglait les gagnants en liquide ; ils tenaient à conserver l'argent. Alors, ils allaient voir Tom pour s'approvisionner selon leurs besoins et lui confiaient leur argent, qu'ils comptaient récupérer ensuite en échange d'une grande quantité de marchandises, ce qui arrivait rarement. Pendant un moment, Tom avait tellement de tabac et d'articles divers qu'il dut les entreposer dans le coffre où les balayeurs rangeaient leurs serpillières, leurs seaux, leurs savons et le reste. Et ce coffre n'avait rien d'une boîte à chaussures. Il faisait un mètre vingt de large, deux mètres quarante de long et un mètre cinquante de profondeur ; c'était assez grand pour servir de cercueil à une douzaine de détenus. Tom l'a rempli de Bull Durham, de dentifrice, de savon et d'autres choses. Il a perdu la moitié de son tabac le jour où les paquets qui étaient au fond ont pris l'humidité et ont moisi.

Le sous-directeur prélevait lui aussi sa part au passage. Chaque fois qu'un détenu passait en conseil de discipline, il lui collait une souscription quelconque sous le nez. Le type signait pour un dollar, ou cinq, sans même savoir ce que c'était, et de toute façon, il s'en fichait ; il valait mieux balancer quelques dollars plutôt que d'aller au trou.

On avait notre part, nous aussi, Blocker, Candy, Signifier et moi. Seulement on la remettait sur le tapis, comme les autres. C'etait contagieux. Il y avait tellement d'argent que personne ne songeait à en mettre de côté, du moins pas avant que le capitaine Tom ne se mette à ratisser le dortoir. Un jour, Blocker et moi, nous avons fait quelques petits calculs concernant Tom, et nous en sommes arrivés à la conclusion qu'il empochait en gros cent dollars par semaine dans ce dortoir.

Blocker est passé devant la commission de libération conditionnelle en mai et a obtenu son élargissement pour le premier juin. C'était la libération la plus rapide dont j'ai entendu parler. Il s'attendait à ce que ça foire à cause de son passé de récidiviste. C'est ce qui m'a fait comprendre pour la première fois le peu de considération qu'accorde cette commission au casier judiciaire d'un détenu. Ceux qui en étaient à leur deuxième ou troisième séjour en taule obtenaient leur libération aussi rapidement, si ce n'est plus, que ceux qui étaient là pour la première fois. Il y avait peut-être une raison à cela, mais je n'ai jamais pu savoir laquelle.

J'avoue que c'était dur de voir Blocker s'en aller. Pourtant j'étais content pour lui, mais je savais qu'il allait me manquer. Il avait toujours été égal à lui-même, qu'on soit en haut ou dans le creux de la vague, qu'il y ait un coup de tabac ou qu'on file sur une mer d'huile. On avait été pleins aux as ensemble, fauchés ensemble. Il avait toujours été de mon côté que j'aie tort ou raison, et pas une seule fois, depuis ma première rencontre avec lui en septembre, quatre ans auparavant, nous n'avions été séparés. Ce qui était à l'un était à l'autre. Il ne m'avait jamais donné d'autres conseils que « Du calme », jamais un mot de reproche, et chaque fois qu'il m'avait fait une suggestion cela m'avait réussi. J'étais vraiment très malheureux de le voir partir. Comme personne ne s'attendait à ce qu'il obtienne sa libération aussi vite, on n'avait pas fait d'économies pour cette occasion. On avait pas mal gagné mais on avait déjà tout dilapidé. Quand le jour de son départ est arrivé nous avions environ cent vingt dollars en liquide et j'en avais personnellement trente-cinq sur mon compte au bureau à l'entrée. Lui avait six dollars qu'il avait gagnés, plus dix qu'on lui donnerait à son départ. Cela faisait un total de cent soixante et onze dollars. Je lui ai dit de tout prendre et j'ai signé un ordre pour qu'il récupère les trente-cinq qui m'appartenaient. Il en ferait un meilleur usage que moi. Il avait aussi tout un sac de vêtements que nous avions ramassés au cours de nos parties, des sous-vêtements, des pyjamas, des robes de chambre et des chaussures.

« Ben, les gars, j'aurais préféré que vous sortiez avec moi, » dit-il ce matin-là, avant qu'on vienne le chercher.

« Moi aussi. dis-je.

– Est-ce qu'il y a quelque chose que je peux faire pour toi, p'tit ?

– Non, ça va. Ne fais pas de bêtises, c'est tout.

– Je t'écrirai, dit-il. Et si j'ai de la chance, j't'enverrai de l'oseille.

– T'en fais pas pour ça, dis-je. Il y en a plein ici.

– De toute façon, je t'écrirai, p'tit.

– J'y compte pas, dis-je, comme ça, si t'écris pas, je serai pas déçu. »

Ils sont venus le chercher à ce moment-là.

« Allez, et attention à ton jeu, p'tit, dit-il.

– J'essaierai. »

Nous nous sommes serré la main.

« Quand tu sortiras, viens me trouver du côté d'Akron ou de Détroit. Tu n'auras qu'à demander où est le meilleur jeu de dés du coin, j'y serai.

– D'accord. J'espère que tu seras en veine.

– Ne laisse jamais un pigeon souffler, p'tit » dit-il avec ce sourire rusé qui le faisait ressembler à un loup. « Ne laisse jamais un pigeon souffler. »

Je lui ai rendu son sourire. Il a descendu la travée ; arrivé sur les marches, il s'est retourné. J'ai levé la main et il est sorti. Il m'a vraiment manqué. C'était un type formidable.

Après son départ, nos parties ont mal marché. J'ai commencé à perdre, même quand je distribuais. Cela ne m'était jamais arrivé avant. Candy non plus n'arrivait pas à gagner. Quant à Signifier il ne pouvait pas jouer ; il était incapable de bluffer.

Les autres m'avaient dit que je ne pourrais pas continuer sans Blocker. Ils m'avaient dit que c'était grâce à lui si je tenais debout et que sans lui je me dégonflerais comme une baudruche ; c'était vrai. Après son départ, je n'ai pas pu gagner. Et pourtant, j'ai essayé. Seulement la chance m'avait tourné le dos. A moins que j'aie tout simplement perdu confiance. Je me suis mis à perdre régulièrement à partir de cette époque et sans les parts que je touchais sur les quatre tables, j'aurais été raide en une semaine. Peut-être que je devenais obsédé. Il m'arrivait de jouer en mâchant un fume-cigarette comme si c'était une allumette. J'en ai mâché un de vingt-cinq centimètres de long en une journée, jusqu'à ce qu'il n'en reste plus qu'un petit bout. Et pas une fois j'ai quitté gagnant une partie. Cela m'inquiétait. Pendant un moment, je voulais tellement gagner que cela en devenait une obsession. J'ai cessé d'étudier, j'ai laissé tomber mes cours de droit, et j'ai rangé mes livres de psychologie. Tout ce que je voulais, c'était gagner un paquet, rien qu'une fois, dans une de ces foutues parties. Ça me minait.

Les films qu'on voyait le samedi m'ont aidé. D'après la déclaration que le directeur a faite à la presse, l'appareil de projection avait été acheté sur notre caisse de loisirs, quoi que cela puisse être, et avait coûté dix mille dollars, plus mille sept cents dollars pour l'écran. En ce qui nous concerne, nous pensions plutôt que le directeur s'était retrouvé un jour avec une somme d'argent dont il ne pouvait pas expliquer la provenance au moment où ses comptes allaient être une nouvelle fois vérifiés. De toute façon, nous étions bien contents de l'avoir. Quant à savoir si onze mille sept cents dollars pour un projecteur et un écran c'était raisonnable ou non, nous n'avons jamais pu le décider. Par contre nous étions tous d'accord pour dire que cela en valait la peine, quel qu'en ait été le prix, tant que c'était quelqu'un d'autre qui avait payé.

On voyait bien l'écran dans la chapelle car les sièges s'étageaient sur une pente assez forte, comme dans une arène couverte. Cependant on était un peu à l'étroit pour caser nos jambes. Mais on s'arrangeait. On ne faisait même pas trop de chahut ; juste assez pour paraître normaux. Si nous n'avions pas chahuté quelques passages de film, l'administration aurait été persuadée que nous mijotions une mutinerie, une évasion ou autre chose. Mais nous aimions trop les films pour faire beaucoup de chahut. On adorait le cinoche.

Au début, la maison qui avait vendu le projecteur envoyait chaque semaine un opérateur pour le faire fonctionner, mais très rapidement, deux détenus futés ont appris à s'en servir et le civil n'a plus eu besoin de venir. Ces taulards étaient capables d'apprendre tout et n'importe quoi sauf de ne pas se retrouver en prison. Comme le disait le *Prison Times*, d'une façon un peu différente : « Un détenu paierait un million de dollars pour être libre s'il les avait, pour ensuite les risquer banco contre les quinze dollars de la caisse d'un drugstore. »

Qu'importe, on était passionnés de cinéma. Ils passaient de bons films. Des films terribles. Ils étaient tous extra. On n'en a pas trouvé un seul de mauvais au début.

Tout nouveau, tout beau... Si nous avions été, cette année-là, représentatifs du public qui fréquente les cinémas, chaque film serait devenu un succès du box-office. Beaucoup de détenus préféraient rester dans leur cellule plutôt que d'aller aux matchs de base-ball et les aveugles n'y allaient jamais. Mais au cinéma, les aveugles étaient au premier rang. Les seuls détenus à ne pas y venir étaient les détenus morts.

Nous aimions tout dans les films, les histoires, les paysages, l'action, le dialogue et le reste. Mais c'était les voix de femme qui nous touchaient le plus. Leur voix et les chansons. Pour les chansons, nous étions en état de manque et nous avions toujours soif de femmes. Quand une femme se mettait à parler sur l'écran, on pouvait nous voir nous pencher en avant dans le plus parfait ensemble.

C'est à peu près à ce moment-là que j'ai commencé à m'apitoyer sur moi-même. Regarder par la fenêtre une femme qui passe dans la rue c'est déjà dangereux pour un taulard, mais si aussitôt après il commence à s'apitoyer sur lui-même, ça peut le tuer plus sûrement qu'un revolver. Je vivais chacun de ces films et quand ils s'achevaient, j'étais plein de tristesse. Mon Dieu, avec quelle commisération j'ai pu me pencher sur mon sort ! J'ai souvent pleuré pendant les scènes sentimentales ; tous autant que nous étions, les durs, les derniers des taulards, nous pleurions pendant ces scènes-là. On restait plantés là, assis, à sangloter comme une bande de gosses. Mais cela nous faisait du bien, cela nous donnait l'occasion de verser toutes ces larmes que nous gardions depuis si longtemps, tout en essayant d'être des espèces de durs à la manque et de supporter ça comme des hommes. « Il sait encaisser », qu'ils disaient, et c'était comme si le fils de pute avait reçu une médaille ou un diplôme. Qu'est-ce que ça pouvait bien foutre ? Qui s'est jamais inquiété de savoir si un taulard savait encaisser ou non ? Et s'il encaissait, qu'est-ce qu'il y gagnait de plus, sinon un visage en sang ou la mort ? « Il sait encaisser. C'est vrai merde, il encaisse bien », moi aussi je le disais. Mais cela faisait du bien de voir des films et d'avoir une occasion de pleurer.

On vivait ces films, Bon Dieu qu'est-ce qu'on pouvait les vivre ! Et qu'est-ce qu'on y gagnait ? Beaucoup de choses, je suppose. En tout cas beaucoup de larmes et d'apitoiement sur nous-mêmes.

Ils nous faisaient du bien pourtant, ils nous ont beaucoup aidés. Ils nous ont rendus plus sensibles, plus humains. Ils nous rendaient une dimension que certains d'entre nous avaient perdue. Ils ont fait beaucoup pour nous, moralement et émotionnellement. Mais ils nous faisaient mal aussi. Il fallait laisser derrière soi toutes ces merveilleuses images pour regagner nos cellules et nos dortoirs, retrouver les profondeurs de cette prison de pierre et d'acier, immuable et éternelle. Il fallait retrouver les détenus, lâches, aigris et durs. Mais par-dessus tout, il fallait se retrouver soi-même.

XX

Comme l'administration a pu être aux petits soins avec nous cette année-là ! Nous avons eu du jambon rôti, des patates confites et de la limonade pour le 4 juillet. Dès qu'on avait avalé notre limonade, on en réclamait encore. Les nouveaux ateliers étaient maintenant terminés et la plupart étaient installés. Le nouveau bloc cellulaire 10&11 était terminé et occupé lui aussi.

Tout au bout, et isolé par un mur d'acier à toute épreuve, on avait construit le nouveau bloc 12 qui abritait le couloir de la mort et les prisonniers les plus dangereux.

L'école de la prison avait été rouverte et un jeune étudiant roux, diplômé de l'Université de l'Etat, est venu s'en occuper. Il y avait maintenant huit niveaux et des cours spécialisés en *commerce* et *techniques commerciales* ainsi que de la *sténographie.* C'était une très bonne école et le jeune étudiant qui la dirigeait était un type formidable. Tout allait très bien cet été-là.

Un tournoi de boxe nommé *Challenge du mur d'enceinte* était prévu pour la Fête du Travail et tous les détenus qui pensaient pouvoir boxer se sont inscrits aux éliminatoires. On a aménagé un gymnase dans le sous-sol de la chapelle protestante et Bull Doggie, un grand costaud, ancien tenancier de bar, fut désigné comme entraîneur et arbitre. Bull Doggie tirait une perpétuité dans cet Etat et était recherché aussi à New York pour meurtre, mais il s'y connaissait en boxe. Il avait pour assistant Frankie Kane, un ancien « dangereux ». Pendant deux mois ils ont travaillé avec les types du Challenge, les répartissant par catégories de poids, éliminant les tire-au-flanc et les classant selon leurs possibilités. Ceux qui étaient acceptés dans une catégorie commençaient aussitôt l'entraînement. Ils avaient droit à une bouffe spéciale et étaient dispensés de toutes les corvées. Un ring provisoire fut construit dans un coin du terrain de base-ball et deux sacs de sable de fortune furent suspendus sous les tribunes. Les boxeurs s'échauffaient en courant autour du terrain le matin et tapaient dans leurs sacs ou s'entraînaient sur le ring pendant l'après-midi.

Pour les autres, un programme récréatif fut mis sur pied. Toutes les équipes allaient au terrain de base-ball deux après-midi par semaine. On a d'abord fait de la gymnastique avant de jouer au softball. Deux jeunes étudiants en éducation physique venus de l'Université de l'Etat s'occupaient des programmes. Ce n'était pas rien. Les équipes de l'école venaient le lundi et le jeudi, les équipes qui ne travaillaient pas, le mardi et le vendredi et les équipes de travaux forcés le mercredi et le samedi. Les séances de cinéma furent déplacées du samedi matin au samedi après-midi. On avait dégagé le terrain de base-ball et dessiné les deux terrains de softball. La surface de jeu fut entièrement refaite avec de la terre amenée de l'extérieur et l'herbe qui était autour fut tondue.

A une heure, l'orchestre se rassemblait dans la cour et nous sortions de nos cellules et de nos dortoirs pour le suivre. La fanfare entamait alors une marche et précédait le défilé qui se dirigeait vers le terrain. Les détenus balançaient les épaules et marquaient le pas. Le rythme d'une marche peut être aussi entraînant que celui d'une revue de music-hall et quand les détenus le voulaient, ils étaient capables de défiler dans un ordre impeccable, marquant la mesure avec tout leur corps. C'était une véritable parade. « Une... Deux... Plus loin le pied droit, et bottez-lui le cul s'il perd le pas... Une... Deux... » Et c'était reparti, toutes les sornettes de grand-papa.

Nous passions devant le nouvel atelier qui s'élevait sur notre gauche, énorme et massif, puis devant l'usine électrique, à droite, avec sa grande cheminée de briques, surmontée d'une colonne de fumée grise pointée vers un ciel plein de nuages blancs. Ça puait les ordures qui brûlaient et par-dessus le vacarme des cuivres de l'orchestre, on entendait le sifflet d'un train qui passait au loin. Si on avait regardé, on n'aurait vu que les murs, solides et immuables, qui fermaient le paysage. Des murs vieux et froids, que les rayons brûlants du soleil ne parvenaient pas à réchauffer. Mais on ne regardait pas les murs en nous dirigeant vers le terrain pour y jouer au softball. On faisait comme s'ils n'existaient pas. Nous n'étions plus des détenus qui tiraient en tout vingt-huit mille foutues années, mais des élèves officiers paradant autour du stade avant un match *Armée de Terre* contre *Marine*, ou les membres d'une communauté religieuse défilant dans Hollywood Boulevard.

« AwwwwwwwwwwWWWWWWWWWWWW, it don't mean a thing if you ain't got that swing... » C'est ce qu'on chantait, gais comme des pinsons.

Il n'y a pas à dire, on s'est payé du bon temps. La fièvre du softball s'est abattue sur la prison et on se prenait pour des professionnels. Et même si au 2-6 nous étions censés être des infirmes, nous participions à l'action. On s'est jetés dedans corps et âmes. On parlait softball, on rêvait softball, on mangeait softball, on dormait softball. C'était aussi présent dans notre sang que nos globules rouges.

Quand on a su qu'il y aurait du softball cet été-là, le capitaine Tom a apporté une demi-douzaine de balles et nous a fait réintégrer le vieux dortoir préfabriqué près de la chaise électrique pour qu'on puisse s'entraîner. On a déblayé une partie des cailloux pour faire un terrain de fortune. Tom voulait qu'on mette sur pied une équipe valable et on s'entraînait du mieux que l'on pouvait. Comme je dirigeais les jeux au dortoir, j'ai hérité aussi de la direction de l'équipe. C'est comme cela qu'on voyait les choses ici. Ils m'ont aussi désigné comme attrapeur dans l'équipe, mais c'était surtout parce qu'on ne trouvait personne pour ce poste. Personnellement, j'aurais préféré être seconde base.

On avait trois noirs dans l'équipe, Johnny Brothers à la première base, Baldy en milieu de terrain et un gars nommé Snakehips en aile gauche. Candy était en troisième base, Chink et Jerry sur le terrain et tout le monde passait à tour de rôle en seconde base parce qu'on n'a jamais pu trouver de bons joueurs pour cette place. En milieu de terrain, on avait un type de l'Oklahoma, mince et plutôt mignon qui s'appelait Cotton Top. C'était certainement le joueur le plus étonnant que j'aie jamais vu jouer ; les autres pourtant ne l'aimaient pas beaucoup. Sur le terrain on aurait dit un danseur de ballet. On avait deux lanceurs, un petit gars infirme nommé Beauty qui était assez dingue, et Mose, un grand noir grincheux qui lançait vraiment comme un dieu. Il a mis tant de renvoyeurs *out* que toutes les équipes contre lesquelles on a joué ont demandé à l'arbitre de vérifier si ses lancés étaient bons. Mais il était tellement hargneux qu'on ne pouvait jamais savoir ce qu'il allait faire. Même Johnny Brothers n'arrivait pas à s'entendre avec lui. « C'est le plus sale nègre que Dieu ait fait » disait-il. J'étais le seul à pouvoir obtenir quelque chose de lui. Mais pour cela, je devais mendier, le supplier, et presque me foutre à genoux pour l'implorer de continuer à lancer. Le capitaine Tom et moi étions prêts à tout, il fallait absolument que Mose continue de lancer si on voulait gagner.

On a d'abord rencontré d'autres équipes d'infirmes. Mais pour nous ce n'était qu'une mise en train. Après cela, on a eu droit à des adversaires plus coriaces. On s'est pris un pied terrible à battre ces types qui se prenaient pour des cracks. Mais pour ce qui est de diriger toute cette bande de taulards rouspéteurs, c'était pas du tout cuit.

Tom disait :

« Pfft, j'ai jamais vu des types avec un aussi foutu caractère. »

Et je lui répondais :

« Attendez, vous avez encore rien vu. »

On devait les payer, les supplier, de temps en temps on piquait une colère et on les engueulait. Mais Tom ne les lâchait pas. Il discutait, les implorait, les soudoyait, les suppliait, et, de temps à autre, il devenait tellement furieux qu'il en mettait un au trou en inventant un motif parce qu'il avait fait une faute. Tom était devenu dingue de softball. Candy et moi, on voulait gagner parce que c'était aussi notre intérêt. Mais Tom, lui, pariait cinquante ou soixante dollars à chaque partie et on devait gagner pour lui. Il fallait qu'on gagne pour sa tranquillité d'esprit comme pour son argent. Entre les matchs, il nous entraînait toute la journée. Les lieutenants lui ont reproché de nous sortir pendant si longtemps et ils ont fini par le lui interdire. Cela ne l'a pas arrêté, seulement il nous gardait moins longtemps dehors. Et pour compenser, il a fait déplacer toutes les tables dans le dortoir pour les entasser à un bout, de façon à laisser suffisamment d'espace aux lanceurs. Une fois, il a obligé Mose à s'entraîner comme un dingue, si bien que le jour du match, son bras lui faisait tellement mal qu'il ne pouvait même pas envoyer la balle jusqu'aux renvoyeurs. Tom a juré qu'il était vendu à l'autre équipe et il l'aurait mis au trou sans Johnny Brothers et moi.

L'équipe du *Prison Times* organisait les rencontres et dépêchait des types à chaque match pour compter les points. Au début, c'était les étudiants de l'Université qui arbitraient. Tom a essayé de les acheter mais ils n'ont jamais voulu. Alors il se rendait à l'imprimerie pour se renseigner sur les équipes que nous devions rencontrer, il allait les voir, et essayait d'acheter leurs meilleurs joueurs pour qu'ils faussent la partie. Et en ce qui nous concerne, malheur à celui qui manquait une balle ou touchait une base déjà occupée. Tom était alors prêt à jurer qu'il était vendu. Il a fait transférer Jerry aux ateliers simplement parce qu'il l'a surpris en train de parler avec le gardien de l'équipe de chauffe, le jour même où l'on devait l'affronter.

Mais la plupart des autres gardiens étaient dans le même cas que le Capitaine Tom. Tous avaient des espions dans chaque équipe et tous essayaient d'acheter les joueurs adverses. Aucun n'a jamais tenté le coup avec moi, tout le monde savait que j'étais le bras droit de Tom. Mais ils ont essayé avec Brothers, Candy et Mose. Mose, lui, prenait leur argent et battait quand même leur équipe. Pour ça, il n'y a pas à dire, c'était un sale nègre.

La rivalité entre les équipes était terrible. L'administration fermait les yeux sur les paris qui étaient pris sur les matchs. Il n'était pas rare de voir les détenus apporter une demi-douzaine de taies d'oreillers, pleines de tabac et de marchandises, jusqu'au terrain pour les jouer sur leur équipe. On racontait que le gardien du 3-3 avait perdu sa maison en pariant sur son équipe. Mais personne ne souffrait autant que Tom.

Il fallait le voir aller et venir le long de la ligne de première base avec sa grosse bedaine, suant au soleil, sa chemise blanche collée à la peau, sa figure écarlate, sa casquette rejetée en arrière et une mèche de cheveux sur les yeux. Il parlait à toute vitesse, émettant toute une série de balbutiements, de soupirs, de prières, de jurons et d'exclamations.

A la fin de chaque partie, il était complètement épuisé, les épaules basses et on voyait à ses yeux qu'il était au bord de la crise cardiaque. Son cigare éteint, qu'il avait rallumé des centaines de fois, n'était toujours pas consumé mais mâchonné jusqu'au bout et des coulées de jus de tabac dégoulinaient sur son menton.

En regagnant le dortoir, avant même que nous, les joueurs adulés n'ayons droit à notre massage, quelqu'un allait chercher un seau d'eau chaude pour qu'il y trempe ses pieds, un autre lui appliquait des serviettes, chaudes sur les bras, froides sur la tête, et s'occupait de lui jusqu'à ce qu'il ait fini son service et puisse s'en aller par ses propres moyens. Il vivait chacune des parties plus intensément que les vingt joueurs réunis.

Et le lendemain matin, dès qu'il était là, comme s'il y avait pensé toute la nuit, il allait interroger les détenus arrivés la veille pour voir s'ils savaient jouer au softball. Il se glissait dans les dix blocs cellulaires, jusqu'au cinquième niveau où l'on mettait les nouveaux, pour les interroger les uns après les autres. Si l'un d'eux prétendait avoir joué au softball au moins une fois dans sa vie, Tom lui disait, en parlant entre ses dents d'un air aussi confidentiel qu'un habitué des courses qui va vous donner un tuyau sur un cheval qui n'a pas gagné une seule fois :

« A partir de maintenant tu t'arranges pour avoir l'air d'un infirme et tu te fais muter dans notre équipe. Je te ferai venir chez nous avant qu'ils aient le temps de te balancer aux ateliers.

– Quoi, Monsieur ? » demandait le type qui n'y comprenait rien.

« Eh ! » murmurait Tom, le visage plaqué contre les barreaux. « Pst, approche-toi. » Et quand le type était si près qu'il aurait pu l'embrasser, il lui demandait de sa voix la plus confidentielle : « T'as du tabac ?

– Ben, c'est-à-dire que, non monsieur... »

Il sortait alors dix cents et les donnait au détenu.

« Prends ça et achètes-en », confiait-il avec la voix d'un type qui vient de refiler un billet de mille dollars. « Et n'oublie pas qu'il y en a plein d'autres à gagner. On a tout ce qu'il faut à l'équipe des infirmes. C'est la meilleure de toute la baraque. » Il réussissait à faire passer notre équipe pour quelque chose de plus désirable que la liberté elle-même. Ensuite, il regardait à droite et à gauche sur la passerelle, tout en sachant très bien que le gardien de service était dans un autre bloc avec sa liste d'appel pour l'infirmerie. « Et à partir de maintenant, rappelle-toi que tu dois faire comme si tu étais infirme. Traîne en arrière dans les rangs. Fais comme si tu ne pouvais pas suivre la cadence. Laisse-toi distancer et contente-toi de boitiller en traversant la cour. Ne crois rien de ce que te diront les lieutenants. Dis-leur simplement que t'es infirme et que tu peux pas suivre. Je te récupérerai.

– D'accord, monsieur.

– C'est compris ? demandait-il en arrondissant les yeux.

– C'est compris, monsieur. J'traîne en arrière, j'fais comme si je pouvais pas suivre, je n'écoute pas les lieutenants, j'leur raconte que j'suis infirme et j'me laisse dépasser par les rangs, ensuite j'vous récupère, enfin, vous l'récupérez, c'est-à-dire que... » A ce moment-là, le type ne comprenait plus rien à ce que Tom racontait et ne savait plus ce qu'il disait.

« Ouais, heu, quoi ? Qu'est-ce que tu dis ? », demandait Tom, avec une lueur d'inquiétude dans le regard. « Répète un peu pour voir ! » Il était plus tellement sûr que le type avait suffisamment de bon sens pour jouer les infirmes et encore moins qu'il était capable de jouer au softball, et il se demandait s'il ne venait pas encore de perdre dix cents. « Bah, ça fait rien. Où est-ce que tu joues ?

– Seconde base.

– Ah bon, tiens, v'là encore dix cents, achète-toi du tabac. Et n'oublie pas de jouer les infirmes à partir de maintenant. »

Il revenait ensuite nous voir et nous racontait qu'il avait recruté le champion des Etats-Unis pour tenir la seconde base.

« Hé, Jim, appelle Johnny Brothers, dis-lui de venir une minute, dis-lui que je tiens un gars qui sait ce que c'est que de jouer en seconde base et qu'il sera bientôt là. »

Tom désirait une seconde base aussi fort que nous désirions la liberté. Il y avait de fortes chances pour qu'il obtienne le transfert du type dans notre équipe. Alors le mec venait sur le terrain et se révélait incapable d'attraper une balle aussi grosse qu'une vache dans un couloir. Il semblait n'avoir jamais vu une seconde base de sa vie, ni même d'ailleurs une partie de softball. Tom était tellement hors de lui que le surveillant devait intervenir pour le sortir du terrain et le traîner derrière les clôtures de fil de fer qui entourent l'espace de jeu. Là, il se mettait à tourner comme un ours en cage en mâchonnant son cigare jusqu'au bout en ruminant la meilleure façon d'expédier le type en Sibérie.

Quand on a joué contre ceux du 3-4, qui n'étaient pourtant pas des cracks, comme ceux de l'équipe de chauffe ou de l'orchestre, ils nous ont battus. Tom a eu une attaque cardiaque et a dû être évacué précipitamment vers l'infirmerie sur une civière. On menait par 1 à 0 dans le septième et dernier jeu, quand Mose s'est énervé, ce qui a permis aux deux premiers renvoyeurs qu'il avait en face de lui de marquer. Ensuite, il s'est repris et a mis *out* les deux suivants, mais j'en ai laissé passer un et les deux hommes des bases se sont avancés. Le renvoyeur suivant a frappé à l'aveuglette sur l'une des balles de Mose, un boulet lancé très haut, et l'a eu, en plein dans le mille. La balle est partie très loin vers le centre gauche. Snakehips et Cotton Top se sont élancés sur elle en même temps et quand il est devenu évident qu'ils allaient se télescoper, on aurait pu entendre Tom hurler à deux kilomètres de là.

« Laisse-la, espèce de fils de pute de négro ! Fous-moi le camp ! Espèce de sauvage à la con ! » Quand ils se sont rentrés dedans, Tom est parti en arrière, les quatre fers en l'air, et il est resté là, comme mort.

A la suite de ça, Snakehips a fait la gueule pendant plusieurs jours et j'ai dû lui rendre visite pour essayer de le calmer. Je lui ai dit que Tom ne pensait pas ce qu'il disait et qu'il était si énervé qu'il ne savait même plus ce qu'il racontait. Quand je me suis rendu compte que cela ne suffisait pas à le calmer, je l'ai amené à Tom pour que celui-ci lui fasse des excuses.

« Oh, Snakehips, mon vieux, tu sais bien ce qu'un type peut dire quand il est hors de lui, dit Tom. Il ne faut pas prendre ça à cœur, mon vieux. Tiens, voilà dix cents pour toi, prends-les et va te gagner quelque chose avec. » Après le départ de Snakehips il s'est tourné vers moi et a dit : « C'est quand même un drôle de chantage ça, hein, mon gars ? Il faut que je lui baise le cul et en plus je dois payer pour ça. » Tom adorait Johnny Brothers. Brothers était le meilleur joueur de première base de toute la baraque. Il pouvait tout obtenir de Tom, tant que ça ne dépassait pas dix cents.

Candy et moi jouions gros sur nos matchs, seulement on était obligés de partager nos gains avec les autres joueurs de l'équipe de peur qu'ils ne se laissent battre. Tom nous avait dit de ne prendre personne qui ne soit prêt à parier sur lui-même, mais si on l'avait écouté, on n'aurait jamais eu d'équipe. La plupart des types pensaient que c'était mieux de parier contre eux-mêmes, comme ça, quand ils perdaient, on devait leur donner une partie de nos gains. Tom ne leur donnait rien lui-même, cependant il les laissait faire ce qu'ils voulaient dans le dortoir. C'était sa règle. Tout ce que vous aviez à faire c'était de jouer au softball pour lui et en échange, vous pouviez impunément faire tout ce que vous vouliez dans le dortoir.

Quand ça a commencé à vraiment bien marcher pour nous, comme la fois où nous avons écrasé les noirs de l'équipe de chauffe qui étaient réputés imbattables, on a eu tous les droits. Quand il pleuvait, on déplaçait non seulement les tables à l'intérieur pour nous entraîner, mais aussi les couchettes. Les autres détenus ont fini par en vouloir à Tom, si bien que presque tous ceux qui n'étaient pas dans l'équipe de softball ont écrit au directeur pour le moucharder. Un jour, le directeur l'a fait venir et lui a montré les lettres, il y en avait toute une pile. Il lui a dit que s'il ne remédiait pas à cela, il se retrouverait au 6-11 avec une équipe d'atelier. Tom nous a fait tenir tranquilles pendant quelque temps avant d'en faire baver à tous les mouchards. Il a fermé tous les jeux, renforcé les règles de silence et même empêché les noirs de tenir leurs services religieux pendant la journée.

Vers la mi-saison, Tom était tellement obsédé de softball que les autres gardiens se sont mis à l'éviter. Et plus tard, quand eux-mêmes ont arbitré les matchs, ils sont devenus aussi dingues. C'était tout ce que les directeur et sous-directeur pouvaient faire pour conserver un semblant de paix entre les gardiens. Si Tom ne pouvait pas acheter le gardien qui arbitrait, il ne nous laissait pas jouer tant que le surveillant n'était pas présent sur le terrain. La fois où nous avons joué contre le 1-4, le gardien qui arbitrait n'arrêtait pas de nous dire de laisser faire le lanceur qui marquait pratiquement à chaque balle. Il en a mis tellement *out* dans notre équipe que l'arbitre a dû demander un arrêt de jeu. Il est venu jusqu'à notre banc pour boire un verre d'eau. Pendant qu'il portait le gobelet à ses lèvres, le dos tourné aux joueurs qui étaient sur le terrain, il a soufflé à ceux d'entre nous qui pouvaient l'entendre :

« Ecoutez, les mecs, essayez de frapper ces balles. J'ai parié quarante dollars sur vous.

– Quelles balles ? demanda Brothers. Ce type n'envoie que des boulets de canon.

– Laissez-moi faire et vous aurez des balles. »

Les équipes du réfectoire et de l'infirmerie jouaient le dimanche après-midi. Chaque semaine, la meilleure équipe des autres groupes rencontrait l'une des deux. L'infirmerie et le réfectoire s'affrontaient, et la gagnante rencontrait l'équipe de la semaine. Les hommes de l'équipe accompagnaient leurs joueurs et cela leur permettait d'avoir un dimanche après-midi de sortie, alors que tout le monde dans la baraque était enfermé. C'était une occasion tout ce qu'il y a de spéciale et il y avait pas mal de concurrence entre les équipes. Ceux du réfectoire étaient considérés comme les meilleurs joueurs de la prison et, non seulement ils battaient régulièrement l'infirmerie, mais aussi toutes les équipes qu'ils rencontraient.

Tom tenait à ce qu'on les rencontre. Il aurait préféré qu'on joue contre eux plutôt que d'avoir des tartelettes aux fraises comme dessert jusqu'à la fin de ses jours ; pourtant Tom adorait les tartelettes aux fraises. Il ne lui en fallait pas beaucoup pour lui donner de l'aérophagie et lui dérégler le palpitant, cependant il était capable d'en manger jusqu'à ce que son estomac en pète. Il était capable d'en reprendre trois ou quatre fois tout en sachant très bien qu'il risquait de n'être plus en vie le lendemain. Mais il se serait passé de ses tartelettes pendant une semaine s'il avait pu nous obtenir un match contre le réfectoire.

Il a tellement importuné le directeur pour qu'on les rencontre, qu'il a été fichu à la porte. On en racontait une bien bonne dans la prison sur la dernière fois que Tom avait demandé au directeur de nous laisser rencontrer le réfectoire. Le directeur était à un grand banquet politique, dans un hôtel du centre ville. Il y avait le gouverneur, le directeur de l'assistance sociale, un sénateur des Etats-Unis et d'autres gros pontes. Tom, qui s'était arrêté au bar ce jour-là, a entendu parler du banquet et a appris que le directeur s'y trouvait ; il a demandé au chasseur de le prévenir qu'il désirait lui parler une minute. Le directeur a répondu que c'était impossible pour l'instant, et que Tom n'avait qu'à passer le voir à son bureau le lendemain.

« Retourne lui dire que c'est important » dit Tom au chasseur en lui donnant pas moins d'un dollar de pourboire.

Le directeur est venu jusqu'au bar, pas très content, pour savoir ce que Tom lui voulait.

« Qu'est-ce qu'il y a donc de si important, Tom ? Ça ne peut pas attendre ? demanda-t-il. Ne me dites pas qu'ils mijotent une évasion. Je le saurais.

– Ecoutez, Tris, dit Tom. Vous nous avez tenus à l'écart tout l'été ; maintenant mes gars sont en pleine forme. On a battu l'équipe de chauffe et celle de l'orchestre. Je pense que si quelqu'un doit tenter sa chance contre le réfectoire, c'est bien nous maintenant. »

Il paraît que le directeur a viré Tom à l'instant même. Mais quand le gardien est revenu le lendemain pour implorer son pardon, le directeur l'a prévenu que s'il faisait encore une seule fois allusion au softball devant lui, il le remettrait à la porte définitivement. Un dimanche, on a quand même fini par affronter le réfectoire. Le *Prison Times* avait annoncé le match. Toute l'équipe des infirmes est venue. On se serait cru à un pique-nique. Ils avaient apporté leur casse-croute du dimanche après-midi pour le manger sur le terrain. On s'est tous bien amusés, sauf Tom, parce qu'on a perdu. Tout le monde a dit qu'on avait remporté une victoire morale mais le score a été de 5 à 3. Si Johnny Brothers et moi-même, qui étions censés être les meilleurs joueurs de l'équipe, n'avions pas fait deux erreurs chacun, on les aurait peut-être battus. Si on a perdu la partie, du moins chacun a fait ses courses, car on jouait aussi là-dessus. Tom avait parié sur un joueur qui en avait fait six, il ne pouvait pas se plaindre d'avoir perdu de l'argent. Seulement ça lui faisait mal au cœur de nous voir perdre. Il voulait qu'on joue une nouvelle fois contre eux et il a passé tout le reste de la semaine à tenter de convaincre le rédacteur du *Prison Times* d'organiser un autre match. Mais la saison était déjà finie.

Des équipes mixtes furent mises sur pied, en prenant les meilleurs joueurs de celles de l'école, des équipes de travaux forcés et de celles qui ne travaillaient pas. Le matin de la fête du Travail, on a commencé les séries pour le championnat intra-muros. Johnny Brothers, Mose, Candy, et moi avons été choisis pour jouer dans l'équipe mixte des sans-travail. Nous avons perdu contre l'équipe mixte des travaux forcés, qui a elle-même perdu contre l'école. Ensuite, le réfectoire a joué contre l'équipe mixte de l'école et l'a battue, terminant ainsi la saison sans une seule défaite.

A midi nous nous sommes régalés de poulet rôti et de melon d'eau, et l'après-midi nous sommes retournés au terrain pour les tournois de boxe. On avait élevé un ring au centre, entouré d'une barrière de bois derrière laquelle nous étions installés pour regarder les *champions du Mur d'Enceinte* faire leur numéro. Les matchs étaient très mauvais. Le meilleur boxeur du lot était un noir de la catégorie poids lourd. Il combattait contre un autre noir qui avait pas mal de style lui aussi, mais il s'est imposé pendant le deuxième round et l'a envoyé carrément valser par-dessus les cordes. Il faisait très chaud ce jour-là et la chaleur avait mis la plupart des combattants K.O. avant même qu'ils ne montent sur le ring. On aurait mieux aimé voir un film à la place. Mais c'était tout de même agréable d'être dehors toute la journée.

Tout bien considéré, ce fut un été splendide. Nous avons eu de la limonade trois ou quatre fois par semaine et les nuits où il faisait particulièrement chaud, on nous a distribué des crèmes glacées qu'une grosse entreprise de la ville avait offertes à la prison. Les grands groupes alimentaires n'ont pas arrêté de nous donner des trucs cet été-là, des laitues, des citrons, des melons d'eau, des tomates, du jambon, du lait. Il y avait un type nommé Angelo Lonardo qui nous envoyait de pleins wagons de bananes trop mûres, jusqu'au jour où les gens du Département Américain des Finances l'ont envoyé à Atlanta parce qu'il ne payait pas d'impôts sur les revenus de ses innombrables rackets ; et alors, ce fut à son tour de recevoir des bananes.

Ce fut un été merveilleux. Il fallait voir ces maniaques de la gâchette et ces meurtriers jouer au softball et se barbouiller de crème glacée jusqu'aux oreilles. Sid Bippus, Smiling Joe, Raskowski et Nigger Newman, pour ne citer que ceux-là. Ce fut un sacré été.

Mais il s'est achevé.

XXI

La journée avait plutôt mal commencé. C'était un jour gris d'octobre, avec une brume fine et glacée. On avait enfilé nos vestes et nos gilets et enfoncé nos casquettes jusqu'aux yeux. L'herbe avait disparu et les allées étaient détrempées. C'était de nouveau l'hiver.

On a eu de la bouillie d'avoine et du lait en poudre au petit déjeuner. Cela faisait longtemps qu'on n'en avait pas eu. J'espérais des beignets et du jambon en sauce. J'ai été déçu. C'était peu de chose, mais dans l'atmosphère épaisse et malodorante du dortoir avec ce crachin gris et humide qui nous narguait à l'extérieur, cette déception m'a affecté.

Switz s'est approché et m'a dit :

« Laisse-moi jeter un coup d'œil à ton journal, Monroe. »

Je lui ai fait signe de le prendre. Il l'a ramassé et s'est mis à lire les titres. « Il tue un shérif, dit-il. Je suppose que ce connard avait besoin de tuer quelqu'un. » Il se sentait obligé de dire quelque chose parce que je lui laissais lire le journal. Je me suis éloigné sans répondre.

Johnny Brothers, Black Boy et un autre détenu noir essayaient de se trouver un quatrième aux cartes.

« Assieds-toi et prends les cartes, Jimmy », dit Brothers en baissant la tête et en souriant à son habitude. Chaque fois qu'il faisait cela je me souvenais qu'il avait lardé un autre noir de trente-six coups de couteau et je me suis toujours demandé s'il avait baissé la tête et souri de cette façon avant de se mettre à le suriner.

« A quoi vous jouez ?

– Vingt-et-un.

– Okay, Black Boy, toi et moi contre eux », j'ai dit.

On a joué jusqu'à midi. Après manger, je suis resté assis à contempler le jour gris par les fenêtres sombres et humides, tout en attendant la visite de ma mère. Mais elle n'est pas venue. Je me suis senti tout à coup terriblement abattu et je commençais à ressentir une sorte d'aversion vague envers tout et tout le monde. Le repas du soir fut triste lui aussi. Je me suis forcé à avaler un peu de nourriture. En rentrant, la journée me semblait encore plus froide et la pluie plus humide, la prison plus terne et plus laide, la liberté encore plus lointaine. Quand le courrier est arrivé il y avait une lettre de ma mère.

Mon cher fils,

J'ai reçu ta lettre mercredi. Je t'avais déjà écrit avant de la recevoir, mais si j'avais su que tu allais m'écrire j'aurais attendu, je pensais que tu allais écrire à ton père.

J'avais prévu de venir aujourd'hui, comme je te l'avais dit, mais il pleuvait ce matin et je n'ai pas voulu prendre le risque. (J'ai regardé le cachet de la poste et j'ai vu que la lettre avait été postée le matin.)

Je crois t'avoir dit que je ne suis pas très solide sur mes jambes et qu'il m'est difficile de me déplacer. Mon arthrite me donne bien du souci si je dois sortir quand il pleut ; aussi j'essaie d'éviter ça autant que possible. Ta mère est en train de devenir une vieille femme. J'aurai soixante et un ans le mois prochain. (Je sentais les muscles de mon visage se contracter.) *Il y a des moments où mes bras sont si faibles que c'est à peine si je peux les lever. J'ai dû aller voir un spécialiste. Il a dit que je me tuais au travail et que j'avais bien besoin de repos.*

Je sais bien, James, que la prison doit être un endroit éprouvant et que tu en as assez. (Oh, bon sang pourquoi fallait-il que je lui parle de cela ? pensai-je.) *Mais tu dois te rappeler que tout est de ta faute. Je fais tout ce que je peux pour te sortir de là, mais il y a des choses que tu dois faire toi-même. Tu n'as pas été très gentil et le directeur m'a dit que tu avais causé beaucoup d'ennuis aux responsables depuis que tu es là.*

Ton père pourrait peut-être t'aider à sortir de là. Mais il faut que tu comprennes qu'il n'essaye même pas, *ni aucun de ceux que tu fréquentais et avec qui tu gâchais ton temps et ton argent quand tu étais libre. Tu ne peux pas agir sur le reste du monde mais tu* peux *et du* dois *agir sur toi-même, souviens-toi de cela. Si tu es un bon garçon, tu seras convoqué pour ta libération conditionnelle dans deux ans. Tout ce que tu dois faire c'est bien te conduire. Et tu n'auras d'aide à demander à personne. C'est toi que cela regarde.* (Bon Dieu, à qui aurais-je bien pu demander de l'aide, pensai-je. J'ai eu envie de froisser la lettre et de la jeter. Mais j'ai continué à lire, par devoir.)

Je veux que tu comprennes, James, que moi, *j'essaye de t'aider, mais je suis isolée. Tu te rends la vie difficile. Tu es tellement têtu que tu ne veux jamais m'écouter, tu crois que je ne sais rien.*

Je suis presque au bout du rouleau. Il y a des jours où j'y arrive et d'autres où je n'y arrive pas. Un de ces jours, mes jambes ne voudront plus me conduire jusqu'au magasin. Très bientôt, j'espère, ce sera terminé pour de bon et je pourrai me reposer...

J'ai plié la lettre plusieurs fois sur elle-même et je l'ai déchirée en tout petits morceaux que j'ai ensuite jetés dans un crachoir de la travée. Je me demandais ce que j'avais bien pu dire pour provoquer tout cela. Et alors, tout à coup, bizarrement, j'ai voulu faire quelque chose pour ma mère, pour la rendre heureuse. En cet instant précis, je serais volontiers mort pour elle, j'aurais menti, tué, volé, fait n'importe quoi. Je suis resté planté là un instant, aveuglé par le désespoir, désirant accomplir le plus grand sacrifice que quiconque ait jamais fait pour sa mère. Pour elle, j'aurais voulu subir des milliers de morts horribles et je fus pris pendant un court instant d'un violent désir d'autodestruction.

J'ai rejoint la partie de poker et j'ai pris dix dollars de jetons. Je les ai perdus et j'en ai acheté encore pour dix dollars. Ils m'ont lessivé en une heure. J'ai regardé la table devant moi, avant de lever les yeux sur Candy. Il perdait lui aussi, il ne lui restait plus que quelques jetons. Il les a partagés et en a poussé la moitié dans ma direction. Mais cela ne valait pas le coup, je lui ai fait signe que je n'en voulais pas... Je pensais : je perds, je perds, je perds tout le temps. J'ai la poisse, une sacrée poisse.

Signifier avait encore trois jetons de cinq cents. Il m'a dit : « Je t'en passe la moitié si le donneur veut bien me prêter son couteau pour les couper en deux » ; je ne l'ai même pas regardé... Je perds à chaque fois, pensai-je. J'ai parcouru la table des yeux... Et d'abord, ma mère, est-ce que je lui avais demandé de l'aide ?

Et quand est-ce que j'avais bien pu le faire ? J'avais seulement dit que j'étais fatigué. Merde, c'est vrai que je suis crevé ! pensai-je, crevé !

J'ai laissé la fumée s'échapper de ma bouche et de mes narines tout en essayant de me reprendre. J'ai levé les yeux comme pour une prière vers la pancarte de carton qui était accrochée à la lampe par une ficelle – INTERDIT DE CRACHER SUR LE SOL ET SUR LES MURS – Je ne percevais qu'un seul mot : INTERDIT et mes yeux s'y blessaient.

La donne a repris, pour s'arrêter devant moi. Starrett a essayé de me relancer : « T'y vas ou tu passes ? »

J'ai pris la carte qu'il m'avait donnée et je l'ai envoyée valser dans la travée. Je n'éprouvais aucune colère. Ce n'était que la réponse à sa question.

Et tout à coup, j'ai senti bouillir en moi tout ce qui s'était accumulé : sentiments, sensations, émotions, pensées ; toute ma haine, ma peur, mon humiliation, ma colère, ma lassitude, toute cette pourriture dégueulasse ; pas seulement celle d'aujourd'hui, mais celle de toutes les années précédentes. Je vomissais toutes ces années passées à avoir peur de tout et à m'efforcer de ne pas le montrer ; peur d'être pris pour une tante, qu'on me saute dessus et qu'on me viole ; peur d'éprouver des remords pour ce que j'avais fait ou de la pitié pour ma mère ; peur de m'attendrir sur le sort de détenus qui s'en moquaient. Je vomissais ces années pendant lesquelles j'avais eu tellement la frousse de penser au passé ou à l'avenir, au milieu de la brutalité, de la cruauté, de la dureté et de l'abomination de cette prison pourrie, grouillante de vermine.

Tout le temps que j'y suis resté, je me suis débattu pour ne pas lui laisser de prise sur moi ; ni à elle, ni à personne. C'était une question de vie ou de mort et j'aurais été complètement perdu si je n'y étais pas parvenu. Toutes ces foutues années à essayer de prétendre que je n'avais même pas peur. Toutes ces années à m'efforcer d'être dur, démerdard, alors que je devais faire un effort énorme pour prouver que je n'étais pas faible, comme si les larmes rentrées se payaient horriblement cher. J'essayais aussi d'en savoir bien plus que ne peut en savoir un gosse de dix-neuf ans. Toutes ces années à faire des pieds et des mains pour qu'ils me considèrent comme un détenu à part entière, comme si c'était là un honneur particulier, comme d'être docteur en médecine par exemple, alors que pendant tout ce temps j'avais peur de m'avouer à quel point j'étais différent de celui que je voulais paraître. J'avais essayé sans relâche de me débarrasser de ce que je pouvais avoir de bon, de l'oublier, et de devenir quelqu'un d'autre, si étranger à ce que j'étais, du moins à l'origine.

Et tous ces types qui se dressaient comme une rangée de spectres crasseux et ricanants, ces détenus sur lesquels je m'étais appuyé car j'avais tellement besoin d'amitié, un besoin que je n'avais pas ressenti avant le départ de Blocker. J'étais persuadé pendant tout ce temps que c'étaient les autres qui avaient besoin de moi, Mal et tous les arnaqueurs, tocards et autres sycophantes. Ces spectres me chuchotaient de leur voix sans timbre, que je n'avais jamais réussi à être quelqu'un par moi-même, que j'avais toujours eu besoin d'une foule d'admirateurs pour tenir le coup.

Et maintenant, tout cela me sortait par les yeux, le désespoir suintait de ces jours pleins de tristesse, de monotonie, de violence et de mort. Ces jours passés à broyer du noir pendant que les ombres s'étiraient lentement, que les saisons passaient et que le décor lui, restait le même. Ces jours planifiés qui me narguaient avec leurs couchers de soleil coincés entre deux bâtiments. Ces jours qui n'avaient qu'un mur pour tout horizon, avec leurs damiers de ciel étoilé entre les barreaux et le défilé de la lune qui, de fenêtre en fenêtre, parcourait l'espace séparant les deux montants du lit. Cela venait aussi de cette peur maladive de la violence, la peur d'avoir peur, la peur d'être humilié et de passer pour une mauviette ; et aussi de me dire que tout ce qui me restait c'était mes sentiments, et je refusais qu'on les blesse.

Maintenant j'en avais marre de tout ça. Marre de faire celui qui n'a pas peur alors que j'avais la frousse, marre de faire semblant d'être un dur alors que je ne l'étais pas, marre d'être obligé de faire semblant. Marre de tout ce que la prison m'obligeait à faire.

J'ai posé mes mains à plat sur la couverture grise et je me suis levé en enjambant le banc. J'ai craché le mégot que j'avais entre les lèvres. Il s'est défait et des débris de tabac sont tombés sur le dos des cartes. Candy, Johnson, Starrett, Polack Paul, Cocky Joe, Tony et Dutch, tous m'ont regardé. J'ai quitté le banc et j'ai descendu la travée. Une chaleur moite me montait à la tête et mon visage s'était empourpré. J'avais les lèvres serrées et sèches comme du buvard, mes muscles se contractaient nerveusement. J'ai remarqué que les détenus, déambulant dans la travée pour se dégourdir les jambes, s'écartaient de mon chemin.

A l'entrée, le capitaine Charlie, qui était notre gardien de nuit a agité la main. « 'Soir Monroe. » J'ai fait demi-tour dans la travée sans répondre. Ma chemise me paraissait humide et mon pantalon frottait désagréablement contre mes jambes. Soudain, le dortoir s'est imposé à moi avec son brouhaha permanent, son air vicié par la fumée des cigarettes et l'odeur des corps pas lavés, son va-et-vient de visages affichant cette passivité bovine propre aux prisonniers, ses rangées de couchettes qui s'alignaient tristement et ses barreaux d'acier zébrant la nuit pluvieuse. Cinq ans ! J'avais vécu là-dedans pendant cinq putains d'années !

God Almighty Knows m'a attrapé par le bras.

« T'veux acheter des fritons, Jimmy ? Des gros bien dorés qui viennent des chambres froides. »

Les fritons étaient des rognures de porc dont on avait fait fondre la graisse. La prison en recevait de pleins barils pour en faire du savon. Les détenus les faisaient cuire dans une sorte de ratatouille. C'était très bon. Je l'ai regardé.

« Tu veux en acheter ? des bien dorés, tout chauds, y sortent du four ? »

Je n'en voulais pas mais j'ai répondu sans réfléchir :

« Où sont-ils ?

— Je les aurai demain. Un type de l'atelier de savon va m'en apporter.

— Tu les as pas ici ? » J'ai été pris brusquement d'une colère folle. « Qu'est-ce qui te prend de m'arrêter alors ? Ça va pas non, t'es tombé sur la tête ! » Il a battu en retraite à reculons. J'avais une telle envie de le frapper que je voyais rouge. Un crochet du gauche à la mâchoire, suivi d'une droite au cou et je lui aurais fait sauter les yeux des orbites. Je me suis penché en avant, sur la pointe des pieds en raidissant tous mes muscles. Il s'est débiné dans la travée. Je l'ai suivi des yeux pendant un instant avant de repartir dans la direction opposée.

Je savais très bien que je cherchais la cogne. Cogne, cogne. Les nègres avaient une chanson là-dessus. « *Cogne, cogne, j'ai toujours vécu avec. Cogne, cogne, et ça me suivra jusqu'au tombeau.* »

Mes yeux cherchaient une cible et ils se sont fixés sur le capitaine Charlie. Je me suis dit : « Charlie est ton ami. Il t'a donné des bonbons autrefois. Tu devrais aller le cogner, lui qui est assis là, bien tranquille, à mâcher sa chique, imperturbable, alors que nous, on passe des milliers d'années à marcher autour de lui et à lui obéir. Mon vieil ami aux cheveux gris, mon brave vieil ami, ce bon vieux Charlie. »

Mes pas m'ont conduit vers lui. Je ne voyais plus que lui. Je me demandais ce qu'il dirait si je m'approchais tout simplement de lui pour le cogner au visage. Mon vieil ami, un sale maton. Je n'avais qu'un sale maton pour ami. Mais jamais un maton ne sera mon ami, pensai-je. Je suis un détenu. Et jamais un détenu n'a eu d'ami. Je me demande ce qu'ils feraient de moi si je le frappais. Je perdrais ma remise de peine. Ils me colleraient au trou pendant trente jours. J'en ai rien à foutre du trou ! pensai-je. Rien à foutre de lui ! et rien à foutre de personne !

J'ai avancé plus vite. Je me demandais si j'en aurais le courage. Je me suis arrêté devant son bureau ; il a levé les yeux de son journal.

« Comment ça va, Jim ? »

J'ai senti que mes lèvres se décrispaient et que je souriais.

« Bien chef, et vous, comment ça va ?

– Oh moi, pour un vieillard ça va pas trop mal. Ma femme me demandait de tes nouvelles justement. »

J'ai passé ma langue sur mes lèvres encore une fois.

« Dites-lui que ça va bien. J'espère que ça va bien, pour elle aussi.

– Elle se porte pas mal, merci. » J'ai tourné les talons. « Allez, fais pas de bêtises, Jim », a-t-il lancé.

J'ai redescendu la travée à grandes enjambées. T'es content maintenant, pensai-je. T'es un taulard et tu peux pas frapper un gardien. Lui peut te cogner dessus mais t'as peur de toucher à un maton. Et pour une fois que t'avais assez de courage pour le faire, tu te dégonfles sous prétexte que c'est ton ami. Parce qu'il a dit que sa femme avait demandé de tes nouvelles. J'aurais dû le frapper quand même, j'ai pensé. Cela ne m'aurait pas rendu plus salaud. Je sentais les muscles de mon visage se crisper. J'ai eu tout à coup envie de hurler.

En tournant, je me suis cogné contre un lit et tout s'est cristallisé en objets précis ; je les ai reconnus, je savais leurs noms. Les yeux écarquillés par l'horreur, j'ai vu le dortoir, et il était en tous points semblable à celui où on m'avait affecté à mon arrivée à la prison, quatre ans, huit mois, six jours et dix-sept heures plus tôt.

J'ai vu les deux rangées de couchettes doubles, les tables alignées au milieu sur le sol de béton ; les bancs sans dossier, les suspensions électriques immuables, les murs blancs dans le fond, que la poussière rendait gris, les fenêtres sales avec leurs barreaux noirs sur la nuit aveugle, et les courts piliers métalliques qui supportaient le plancher du dortoir du dessus.

J'ai vu aussi des sacs de toile sales accrochés aux montants des couchettes, des habits, des chaussures, des serviettes, des glaces qui pendaient à des crochets, des photos d'êtres chers, posant bêtement, collées çà et là, bien en vue, et d'innombrables images de femmes à demi nues découpées dans des calendriers ou des magazines.

J'ai vu les détenus, tant d'hommes vaquant à tant d'occupations. Ils lisaient, étudiaient, dessinaient, tapaient le carton, jouaient d'un instrument de musique, fabriquaient des sacs de perles, des coffres à bijoux incrustés, tapaient à la machine, parlaient, riaient, juraient, allaient et venaient entre les couchettes de leur démarche glissante et latérale de crabes. Un lutteur de foire se pavanait près des latrines en faisant jouer ses muscles. Un sourd potassait un cours de droit identique à celui que j'avais suivi. Un manchot roulait une cigarette. Un nègre endormi chassait une mouche de sa figure. Un horaire d'autobus dépassait de la poche d'un condamné à perpétuité. Et un type maigre et chauve nommé Stick, qui portait des caleçons violets, avait étendu son pantalon sur le sol et le piétinait pour tenter de lui redonner un pli.

Toutes ces années passées en compagnie de ces taulards estropiés, infirmes et fous, cette lie de l'humanité qui avait perdu tout sens moral et qui ne distinguait pas le bien du mal. Des détenus dont la raison s'était envolée ou qui n'en avaient peut-être jamais eu, des nègres adipeux et manchots et des péquenots unijambistes marqués par la petite vérole. Des types qui sortaient des caniveaux, sales, misérables, amputés, hagards, borgnes, dégénérés et dingues.

Des bouffées de rage me montaient à la tête. J'aurais voulu pouvoir ne plus réfléchir, ne plus analyser froidement, me fermer aux autres ; perdre tout ce qui faisait encore de moi un être humain, même si c'est un prisonnier. J'aurais voulu être dénué de tout savoir, de toute retenue et de toute émotion afin d'être capable d'accomplir aveuglément quelque chose de dangereux. J'avais envie de tuer, de tirer dans le ventre d'un salaud et de le regarder se plier en deux en tenant ses tripes dans ses mains, le regarder basculer et mourir.

La sueur qui coulait me piquait les yeux. J'ai senti dans ma bouche le goût tiède et salé du sang. J'avais dû me mordre la langue. J'ai décidé d'aller de l'autre côté des latrines, là où pieutaient les détenus noirs, dans le Trou Noir comme on disait, histoire de voir ce qu'ils pouvaient bien être en train de foutre. Voir ce que foutaient le vieux Johnny Brothers, Black Boy, Coots, Cryin'Shine, Badeye Lewis et Smokey Joe.

Ils tapaient le carton, un groupe de visages de couleur aux nuances variées faisait cercle autour de la table, les cartes tournoyaient depuis la boîte du donneur, faces au-dessus, et les jurons tendus qu'ils chuchotaient s'élevaient comme une épaisse fumée. Certains étaient debout, d'autres assis. Il y avait des peaux noires et luisantes avec des cicatrices bleuâtres, d'autres brunes et satinées, d'autres encore jaunes et tachées, il y avait aussi des nègres blancs couverts de boutons. Black Boy distribuait. Il avait le crâne rasé et un visage couturé de cicatrices. Je me suis arrêté pour les observer.

« T'as du fric à perdre, Jimmy ? » demanda quelqu'un. J'ai fait signe que non.

Black Boy a levé les yeux puis les a rabaissés, il arborait son éternel sourire éclatant. Il était condamné à perpétuité pour avoir tué un flic blanc ; c'était le pire nègre qui ait jamais vu le jour. Une carte tomba. Un grand nègre blanc qui portait une chemise repassée, des chaussures marron cirées et un pantalon au pli impeccable a retourné la carte qu'il jouait. Il avait des cheveux gominés et le regard vide. Des mains se sont tendues vers le tas de jetons qui était devant lui. Il a sorti le trois de pique et a dit :

« Renvoyez la monnaie, bande de nègres. »

Black Boy lui a passé un beau paquet de jetons. Quelques types ont reporté leurs mises sur lui, il les a couvertes. Black Boy a donné. Le huit est tombé.

« Bon Dieu de merde » dit quelqu'un.

Le grand nègre qui s'appelait St Louis Slick a ramassé un paquet de jetons.

Black Boy dit :

« Y'a pas de merde là-dedans, et ça vous apprendra à pas croire au Bon Dieu. Tu remets ça, Slick ?

— Donne. »

Ils ont tous misé aussitôt. Black Boy a retourné une carte.

« Encore ?

— Donne. »

Il a tourné une autre carte.

« Encore ?

— Donne »

Les jetons s'empilaient sur le tapis. Black Boy a commencé à sortir une carte de la boîte, et l'a repoussée.

« Merde, misez, Nom de Dieu !

— Donne. »

Johnny Brothers s'est levé et a lancé par-dessus son épaule.

« Hé, Cue Ball Red, viens voir un peu ce coup-là. Y'a de quoi s'enfoncer jusqu'aux genoux dans les jetons. »

Black Boy a distribué les cartes. Le trois de trèfle a jailli dans un rayon de lumière et il est tombé face contre le tapis. « Les morts tombent face contre terre » dit quelqu'un.

Black Boy a ratissé le paquet de jetons. Slick était maintenant d'une pâleur de cendre.

« Tu m'as lessivé, pas vrai ?, l'accusa-t-il d'une voix sourde. Tu m'as lessivé.

— Qui, moi ? Moi ? Te lessiver ? Qu'est-ce que tu veux dire, Slick ? » Black Boy avait l'air aussi innocent que l'enfant qui vient de naître.

Slick a saisi la boîte qui contenait les cartes et les a jetées en l'air.

« Maintenant, demande-moi un peu de les payer pour voir, espèce de sale nègre. »

Pas un instant Black Boy ne s'est départi de son sourire.

« D'accord, Slick, paie-les. » Sa voix était plus sourde mais ne trahissait aucune émotion. Slick s'est éloigné. Quelques détenus se sont mis à ramasser les cartes. Dans un coin, un autre noir a commencé à gratter son ukelele. Des pieds ont marqué le rythme. Une voix de baryton a chantonné *« Dat's whut Harlem means tuh me ».* Un type a esquissé un pas en balançant les épaules. Des claquements de mains ont repris le tempo.

Les jours passent sans qu'ils s'en rendent compte, pensai-je. Je suis remonté vers l'autre bout du dortoir, je n'étais pas à ma place par ici. En chemin, j'ai dépassé deux détenus qui étaient assis côte à côte sur une couchette du bas avec une bible ouverte entre eux. Ils se balançaient de gauche à droite en fredonnant une complainte monotone : *« Oh, de li'l black train's a'comin'... Oh de li'l black train's a'comin'... Oh de li'l black train, she's a'comin' down the track... »*

L'un d'eux était un noir à la peau luisante, au corps trapu et avec de drôles de cheveux blancs comme du coton. L'autre était aussi noir, mais grand et maigre, l'air sombre, avec des arcades sourcilières proéminentes et une tache dans un œil. J'ai pensé qu'ils devaient être là pour viol tous les deux. Ils chantaient une chanson de noirs à un Dieu de blancs. Ils ne devaient même pas se rendre compte de ce qu'elle disait. Ils ne voulaient pas le savoir d'ailleurs. Ce n'était qu'un exutoire pour leurs émotions, de quoi remplacer le sexe. Ils s'évadaient ainsi.

J'ai continué d'avancer. J'avais les jambes lourdes et la bouche amère. J'ai sorti une cigarette écrasée de la poche de mon pantalon et je l'ai allumée. J'ai remarqué que mes mains tremblaient. La cigarette avait un goût dégueulasse. Une fois de plus, le dortoir s'imposait à moi. Je me suis arrêté net et j'ai fermé les yeux. Mais même ainsi, je le voyais toujours là, sorti de ma mémoire. Je voyais toutes ces années pourries alignées comme des cadavres décomposés et puants, se dressant hors de leur tombe. Je me suis dirigé rapidement vers une fenêtre pour contempler la nuit. Les projecteurs qui illuminaient la cour en dessinaient les contours. Des bâtiments se dressaient vers le ciel, sombres et fantômatiques. Un gardien a tourné le coin de la chapelle, il faisait sa ronde en traînant les pieds avec lassitude et avait remonté le col de sa veste pour se protéger de la pluie.

Au même instant, un tourbillon d'images kaléidoscopiques a défilé devant mes yeux comme quand on se noie. C'étaient des visages, des lieux et des objets qui remontaient du passé... J'étais assis avec cette fille sur les marches de l'escalier plongé dans l'obscurité. Je voulais faire l'amour. Je l'embrassais. Je ne comprenais pas qu'elle se refuse à moi alors que je savais très bien qu'elle en mourait d'envie. La faible lumière qui tombait du palier au-dessus de nous, faisait ressortir son visage comme une tache blanche sous les cheveux noirs... Je disais

« Haut les mains ! » et la figure de l'homme devenait tout à coup tragiquement pâle... J'attrapais la balle qui avait été lancée en chandelle en cavalant vers l'arrière, je repartais en faisant un large détour, j'évitais le premier assaillant en pivotant sur moi-même, je repoussais le second du bras ; dans les tribunes, la foule en délire m'encourageait de ses cris pour que j'aille à l'essai, le vacarme autour de moi me poussait à aller jusqu'au bout... De l'autre côté du lit la fille hésitait avant de retirer son slip, alors, lentement, je détournais les yeux...

Quand ça s'est arrêté, j'étouffais. Sur le radiateur, près de moi, une serviette humide fumait. La vapeur m'est entrée par le nez, je ne pouvais plus respirer. J'ai ouvert la fenêtre. L'air froid et humide est venu frapper mon visage brûlant. J'ai rempli mes poumons, tout en fixant la nuit. Mon esprit fonctionnait de plus en plus vite, comme si un pied avait écrasé un accélérateur dans ma tête, il s'est mis à tourner comme un disque fou. Mes idées ont commencé à se fondre comme du verre liquide et incandescent...

N'y a-t-il pas de pitié ? ai-je pensé. N'y a-t-il aucune pitié dans ce putain de monde ? Je ne voulais pas mendier la pitié de ceux qui m'entouraient. Mais c'était plus fort que moi. Je voulais qu'on me prenne en pitié. Mon Dieu, je vous en prie, je veux que quelqu'un me plaigne, implorai-je.

Pas très loin un détenu sur un pieu a lancé à un autre : « Oh, va te faire foutre pauvre con de taulard ! » J'ai pensé qu'il s'agissait de moi.

Je me suis glissé entre les couchettes pour rejoindre la travée centrale et je suis redescendu vers les latrines. Je sentais que la coupe était pleine, encore une goutte, et ça débordait. Je me suis appuyé contre les bacs, j'ai sorti ma dernière cigarette écrasée et j'ai jeté le paquet. Près de là, un groupe s'était formé autour d'une discussion animée. « C'est pas la dernière fois qu'on entend parler de ce type, croyez-moi... » J'ai regardé celui qui parlait. Il était très jeune, aussi jeune que je l'avais été cinq ans auparavant.

Un autre type a ajouté : « Merde, j'te dis que dans une semaine y sera pris et qu'on entendra plus jamais parler de lui. » Sa voix me portait sur les nerfs.

A ce moment, un détenu noir a pris le relais : « Moi, alo', je mets ma tête à couper que quand y chope'ont ce type... »

« Tu f'rais mieux de parier un dollar ! » dis-je.

Ils se sont tous tus et m'ont regardé. Je connaissais la plupart d'entre eux par leur nom. Je les ai regardés et j'ai craché par terre. Puis je suis passé de l'autre côté des bacs, leur tournant le dos. J'ai allumé ma cigarette, tirant dessus trois fois, rapidement, sans recracher la fumée. Je la sentais qui remplissait mes poumons. Je sentais que j'avais le visage crispé, mais j'en tirais une sorte de satisfaction amère. J'avais tué leur conversation. J'avais au moins réussi à tuer quelque chose.

Tout est resté relativement calme pendant quelques minutes. J'ai entendu les types s'éloigner. Ensuite, des bruits divers me sont parvenus. Une chasse d'eau fendue fuyait en faisant un gargouillement monotone. Et c'était cette monotonie que je percevais. J'eus tout à coup l'impression que ça n'allait plus, que je ne tournais plus rond, que quelque chose en moi s'était défait.

Je suis reparti vers ma couchette. Je me disais que si seulement je pouvais y arriver et m'y allonger, tout irait mieux. Un peu comme si je m'étais fait mal et que j'essaie de rentrer à la maison. Il suffisait que j'arrive à la maison pour que tout aille bien. Seulement j'avais le sentiment d'avoir à parcourir des kilomètres avant d'y parvenir. J'avais beau marcher normalement, j'avais l'impression de ne pas avancer. J'ai pris peur. Une plainte s'est élevée sur ma droite : « Ooooooooohhhhhh noooooonnnnn toute la nuit à gémir dans ma cellule, noooooonnnnnn... »

Tous les muscles de mon corps se crispaient. Des élancements partaient de mon œil droit et me déchiraient la tête. J'ai essayé de maîtriser les troubles de ma vue mais tout sautait comme dans un ballet étrange et fou. J'ai perdu toute notion de perspective. Les barreaux d'acier se sont resserrés autour de moi, formant des angles infernaux. Il faut que je rentre à la maison, pensai-je, sinon je vais me mettre à vomir par terre. J'ai tenté de bouger mais cela me semblait impossible, comme si j'étais immobile au cœur de l'écoulement irrémédiable du temps. Je vais être dépassé, abandonné. Ne me laissez pas, je vous en prie, ne me laissez pas, implorai-je silencieusement. Je me suis penché en avant, tendu, comme au départ d'une course. Mais quand j'ai essayé de m'élancer, j'ai senti que je ne parviendrais pas à bouger. J'ai abandonné. Maintenant je n'y arriverais plus. Si encore je pouvais courir, je pourrais peut-être réussir. Mais en me traînant comme ça ce n'était plus la peine d'y penser. C'était beaucoup trop loin.

C'est à ce moment-là que j'ai eu l'idée de me tuer. Je n'y ai pas vraiment pensé, c'est plutôt comme si l'idée s'était imposée tout à coup, par hasard. Comme si j'avais su depuis longtemps déjà que je la rencontrerais un jour sur mon chemin, et que j'avais essayé à chaque fois d'éviter cette route tout en sachant très bien que la mort serait aussi sur les autres et, qu'un jour ou l'autre, je la croiserais. En fait, je ne l'ai reconnue qu'au moment où je me suis trouvé en face d'elle.

Alors, je suis resté pétrifié, la laissant approcher sans tenter de lui échapper ni d'aller à sa rencontre. Je suis resté là, à l'attendre. De toute façon, puisque je ne pouvais pas retourner à la maison, c'était ce qu'il me restait de mieux à faire. C'était même très bien, parce que cela ne ferait de mal à personne. C'était la meilleure solution, pour tout le monde. Ma mère n'aurait plus besoin de s'inquiéter de savoir si j'étais un bon garçon ou non, et tous les autres s'en moqueraient royalement. Enfin, c'était ce qu'il y avait de mieux pour moi aussi. J'allais le faire, et, comme ça, on n'en parlerait plus. Je n'aurais plus peur de me trouver en face de ce problème. Je n'aurais plus à me demander si ce que j'avais fait était bien ou non.

Après ça, j'en aurais fini une bonne fois pour toutes avec mes doutes, mes peurs et ma tristesse.

Mais une fois ma résolution prise, je n'arrivais pas à me décider sur la manière d'en finir. J'étais à un bout de la travée, je me sentais si faible que je me suis appuyé contre une table. Je n'arrivais plus à respirer, je manquais d'air et par moments j'ouvrais la bouche toute grande pour respirer. J'avais aussi mal au cœur. Mon esprit a très vite envisagé plusieurs solutions. Je pouvais emprunter un couteau et m'ouvrir la gorge avec ; seulement, le souvenir du détenu noir qui avait été tué de cette façon plusieurs années auparavant au dortoir 5-6 m'est revenu et j'ai renoncé. Je ne pouvais pas supporter l'idée de tout ce sang dégoulinant de ma bouche et de mon nez. J'ai pensé me taillader les poignets avec une lame de rasoir mais j'avais peur que quelqu'un ne me voie et n'essaie de me sauver, et ça je ne le voulais surtout pas. Cette pensée m'était intolérable. Le mieux serait de me pendre. Je pourrais attacher la corde à l'un des étais du plafond et sauter par-dessus la clôture métallique, la chute me briserait le cou. L'ennui, c'est que je ne savais pas où trouver une corde suffisamment longue avant le lendemain, et il fallait absolument que j'en finisse tout de suite. Cela ne servait à rien de tergiverser, j'avais déjà attendu trop longtemps.

Finalement, j'ai décidé d'escalader la clôture et de sauter. Cela ne faisait qu'une chute de trois mètres mais si je me lançais la tête la première, j'avais peut-être une chance de me briser le crâne. C'est ce que j'ai décidé de faire. J'étais sûr d'y parvenir parce que mon heure était venue, et, quel que soit le moyen, j'étais certain que cela marcherait. J'ai quitté l'appui de la table et je me suis dirigé vers le côté du dortoir. J'étais très faible et je devais m'agripper aux montants des couchettes pour tenir debout. Je suis parvenu à la clôture et j'ai entrepris d'escalader l'un des piquets de soutien. J'ai remarqué que deux détenus qui étaient assis sur leur pieu, pas très loin de là, m'observaient avec étonnement, mais cela m'était tout à fait égal. Ils ne devineraient pas ce que j'avais l'intention de faire avant qu'il ne soit trop tard pour m'en empêcher.

La clôture m'arrivait à peu près aux épaules, mais j'étais plutôt faible et, avant que j'aie pu en atteindre le sommet, les lumières se sont mises à clignoter pour nous indiquer qu'il était l'heure de se coucher. Nom de Dieu, me suis-je dit, il manquait plus que ça. Je ne peux même pas me tuer parce qu'il faut que j'aille au lit. J'ai quitté la clôture et je suis retourné dans la travée. Je n'ai eu aucune difficulté à regagner ma couchette. Mais j'éprouvais une telle haine pour cette routine que je pouvais à peine respirer. Un taulard ne peut même pas se buter tranquillement, pensai-je. A aucun moment, je n'ai eu conscience de l'humour ou même du ridicule de cette situation. Cela me semblait tout naturel d'être empêché de faire une chose que j'avais envie de faire. Je n'ai même pas eu l'idée de passer outre au signal et de me tuer quand même, comme j'aurais pu le faire une demi-heure plus tôt. Tout ce que je ressentais, c'était une profonde frustration. J'étais comme étouffé par la routine. Ils le regretteront d'avoir fait clignoter ces foutues lampes !

Je me suis déshabillé machinalement et je me suis couché. J'étais épuisé et j'ai dormi tout de suite. Mais je n'arrêtais pas de rêver que je tombais. Et à chaque fois, juste avant de toucher terre, je me réveillais. Mais je ne m'étais pas plutôt rendormi que mon rêve de chute reprenait. Alors je me réveillais à nouveau et j'essayais de ne pas me rendormir, mais je ne tardais pas à m'assoupir et aussitôt la chute reprenait. Je serais incapable de dire combien de fois je suis tombé avant l'aube.

Le lendemain, je me souvenais de tous les détails concernant ma tentative de suicide. Mais cela ne m'a rien fait. J'avais un vague sentiment de regret, de remise à plus tard. Comme lorsqu'une chose qui doit arriver n'a pas eu lieu. Je n'avais pas l'impression d'avoir échoué, ce n'était que partie remise. J'avais fait une partie du chemin et, plus tard, je reprendrais la route. J'avais l'impression de m'être dédoublé, et l'un de nous deux était mort. Je n'en étais ni plus révolté ni plus indifférent. Mais en revanche cela a réveillé en moi l'envie forcenée d'être libre. Je ne voulais plus mourir entre ces murs. Je voulais sortir pour mourir. Je n'ai même pas réfléchi pour savoir si ça faisait une différence. Je suis redevenu particulièrement conscient du monde extérieur.

Pendant les premières nuits qui ont suivi, je n'ai pas pu dormir. Je restais éveillé, allongé sur ma couchette, à m'imaginer ce qu'il y avait de l'autre côté des murs. J'ai retrouvé dans ma mémoire le souvenir de plusieurs établissements de pompes funèbres et ensuite, j'essayais d'écarter l'image de mon corps, allongé dans un cercueil chez l'un d'eux. Par moments je me disais que je devenais vieux. J'avais vingt-quatre ans. Une fois, je me suis même aperçu que je n'avais jamais voté. Cela m'a fait pleurer, la tête dans mon oreiller. Pourtant je savais bien que si j'avais été dehors tout ce temps-là, je ne serais probablement jamais allé voter. Mais j'avais le sentiment que quelque chose d'essentiel m'avait été refusé.

J'ai pensé à toutes les occasions que j'avais gâchées et à tous les gens que j'avais déçus ou à qui j'avais fait du mal. J'ai repensé à Margie que j'avais mise enceinte, descendant de ma voiture avant de se faire écraser. Cet épisode était resté enfoui dans ma mémoire pendant longtemps. Tous ces souvenirs me rendaient si malade que mon estomac se creusait et se contractait comme si j'allais vomir. Je croyais que je ne pourrais pas supporter mes pensées une minute de plus sans en mourir. Mais elles finissaient par m'accompagner pendant des heures, pendant des journées entières.

J'ai écrit à ma mère pour qu'elle aille voir le gouverneur au sujet de ma libération. « Installe-toi dans son bureau et n'en bouge pas tant qu'il ne t'a pas parlé » lui ai-je écrit. « Dis-lui à quel point tu as besoin de moi. Dis-lui que tu es vieille et que tu ne peux pas t'en sortir toute seule. Fais jouer la corde sensible. Il doit sûrement avoir quelque chose qui ressemble à des sentiments. Arrange-toi pour que le Révérend Bentley et toutes les autres personnes influentes que tu connais lui écrivent à mon sujet. Je t'en prie, maman. Je n'en peux plus d'être ici. »

Ensuite, j'ai décidé d'écrire moi-même une longue lettre au gouverneur. Il m'a d'abord fallu obtenir l'autorisation du directeur. Il a accepté de me donner le formulaire de correspondance car j'étais là depuis cinq ans. J'ai dit au gouverneur que j'avais fait des efforts, que j'étudiais le droit, la littérature et la dactylographie. Je lui ai dit aussi que je m'étais converti.

« ... Je n'ai peut-être pas toujours été l'image du prisonnier modèle, mais je vous jure, Monsieur le Gouverneur, que mes intentions ont toujours été les meilleures et que les écarts dont mon dossier fait état ne sont que le résultat d'erreurs de jugement sincères. Je n'ai jamais tenté de dissimuler mes fautes auprès de l'administration pour la bonne raison que, à aucun moment, je ne les ai considérées comme telles avant qu'il ne soit trop tard, et toutes partaient d'une bonne intention. J'admettrais cependant, Monsieur le Gouverneur, que je ne me suis jamais tout à fait habitué à la vie en prison ; je n'ai pas toujours compris la raison d'être de certaines règles de discipline.

Comme vous le savez probablement, Monsieur le Gouverneur, un dossier vierge n'est pas forcément signe de bons sentiments ; pas plus qu'il ne prouve de façon infaillible qu'un détenu soit prêt à être rendu à la liberté ; mais le plus souvent, il est la manifestation de ce que nous nommons : « Savoir se tenir à carreau » ou, en d'autres termes, le fait de savoir comment s'y prendre pour accomplir son temps, et cela, je vous l'avoue, je ne le sais ni le saurai probablement jamais. Mais il me suffit de savoir comment être un bon citoyen, ce qui est ma plus haute ambition. »

Puis ce furent les semaines d'attente, d'anxiété et d'espoirs à demi déçus. Et durant tout ce temps, j'avais l'estomac en boule, j'étais malade et je devenais dingue. Je ne bougeais pratiquement plus de mon lit, je lisais, j'étudiais un peu, sombre, renfermé et tendu. Je m'entraînais à taper à la machine et, de temps en temps, je faisais une partie de cartes, mais mon cœur n'y était jamais. J'étais trop abattu, trop vidé de toute émotion. J'étais comme un torrent à sec. Certains jours je me sentais suffisamment léger pour pouvoir m'envoler.

XXII

C'était un samedi matin, Wrinklehead, Dutch Henry, Signifier et moi étions en train de jouer à la canasta avec Dew Baby qui n'arrêtait pas de lorgner nos jeux en donnant son avis, quand Nick, le planton du sous-directeur, est arrivé avec un nouveau. Nous nous sommes arrêtés de jouer pour le regarder. Un ukulele, suspendu à des lacets tressés, était passé autour de son cou et il tenait à la main une petite taie d'oreiller sale qui contenait ses affaires. A chaque pas qu'il faisait, ses genoux cagneux s'entrechoquaient comme si toute force les avait soudain abandonnés et ses pieds formaient des angles grotesques quand il avançait. Il donnait l'impression de se rattraper au dernier moment pour ne pas s'effondrer à chaque pas, et le simple fait de marcher paraissait être, chez lui, plutôt risqué. Il me faisait penser à un jeune poulain aux gestes mal assurés, qui, les pattes écartées, s'entraîne à marcher. J'ai eu très envie de rire.

« Qui c'est ce gosse ? », demanda Signifier à Nick quand celui-ci est repassé dans la travée.

« Duke Dido.

— Pas le frère de la princesse, des fois ? dis-je en me rappelant mon année de Virgile.

— Qu'est-ce qu'il a ? demanda Dutch. Y marche comme un cheval entravé.

— Personne n'a l'air d'être au courant, dit Nick. Le docteur pense que c'est du chiqué pour éviter le boulot.

— Est-ce qu'y s'déboîte le genou tout seul ? », demanda Dew Baby.

Nick a grimacé un sourire.

« L'a pas l'air en bon état, pas vrai ?

— Y va pas tarder à s'effondrer avec ce truc-là, dit Signifier.

— Y ferait un mendiant du tonnerre », dit Dew Baby.

Wrinklehead a repris la donne.
« Oublie pas ce que j't'ai dit, dit Dutch à Nick.
— A propos de...
— Ouais, à propos de ce truc-là », l'a-t-il coupé.
On a tous éclaté de rire. J'ai repoussé mes cartes.
« Tu veux ma place, Dew ?
— Pourquoi pas, dit Dew Baby en battant des paupières. T'abandonnes ? »
Nick s'est éloigné et Wrinklehead a demandé :
« Qu'est-ce qu'il y a, Jimmy ?
— Oh, j'en ai marre de Signifier qu'arrête pas d'essayer de tricher, dis-je.
— Je suis content que tu t'arrêtes, dit Signifier en se levant.
— Qu'est-ce que tu fais, tu t'en vas toi aussi ? lui demanda Dew Baby.
— J'vais me boire un coup de flotte, dit Signifier avec la bouche en cœur.
— Tu vas causer avec le gosse ? demanda Dew Baby.
— J'ai soif, dit Signifier.
— Qu'est-ce tu vas faire, tu vas aller voir ce qu'il a à dire ? insistait Dew Baby en battant des paupières et en s'excitant.
— J'vais aller voir ce que le distributeur d'eau a à me raconter, si c'est ce que tu veux savoir.
— J'vais avec toi. Tu crois pas que tu vas te débarrasser de moi comme ça ? », dit Dew Baby en le prenant par le bras.
Signifier s'est dégagé d'une secousse.
« Non, il va croire qu'on est après lui si tu te ramènes comme ça avec tes yeux de dingue. Il va te prendre pour un fou meurtrier et il aura les jetons.
— Oh, Signore, dit Dew Baby en se pendant au cou de Signifier. Oh, Siggy.
— Vous les mecs, vous allez trop vite avec les gosses, dit Dutch. Vous foutez des sous-entendus partout. Tout ce que vous gagnerez, c'est qu'il se bloquera. »
Signifier s'est éloigné.
« Toi, t'es trop lent, a-t-il lancé à Dutch par-dessus son épaule. Je te le laisserai quand j'en aurai fini avec lui.
— Dis, laisse-moi t'accompagner, Siggy, il vaut mieux être à deux que tout seul, dit Dew Baby.
— Laisse-le y aller d'abord, dit Dutch. De toute façon il parlera, c'est tout. »
Je me suis levé pour rejoindre ma couchette. J'étais dégoûté. Il y a eu une époque où j'aurais pu les suivre dans ce genre de choses. Et encore, je n'en suis pas sûr, on finit par vieillir. Mon pieu était en haut, dans la travée, j'y ai grimpé et j'ai ouvert un magazine. Mais au lieu de lire, j'observais du coin de l'œil Signifier qui essayait d'engager la

conversation avec Dido. Il s'est arrêté au pied de son lit et a dit quelque chose. J'ai vu Dido se figer, se retourner pour le regarder et lui répondre. Il y avait de l'agressivité dans chacun de ses gestes. Après quelques instants, Signifier a tourné les talons et a remonté la travée. Il avait l'air tellement déçu que j'ai éclaté de rire.

Dido l'avait suivi de sa démarche claudicante et portant toujours son ukulele autour du cou. Il a dû penser que je me moquais de lui car il a tourné brusquement la tête, j'ai reçu son regard comme une claque et mon rire s'est étranglé dans ma gorge, arrêté net. Il avançait le menton relevé, la tête penchée de côté comme si elle lui servait de radar, sa bouche large et mobile arborait le sourire le plus méprisant que j'aie jamais vu. On aurait dit qu'il avait envie de me cracher à la figure. Puis il m'a ignoré, a plaqué un accord discordant sur son ukulele, avant de poursuivre son chemin en boitant, le menton redressé, la tête penchée, le mépris aux lèvres, sans plus nous accorder la moindre attention.

Dew Baby, Dutch et Wrinklehead sont restés assis à la table à le regarder passer. Il se moquait de nous tous et ça lui était égal qu'on sache ce qu'il pensait. Je devinais qu'il fallait beaucoup de courage ou une certaine dose d'inconscience pour qu'un nouveau se permette de se faire des ennemis au dortoir de façon aussi téméraire. Cela m'a fait un peu penser à ce que j'étais quand je suis arrivé dans ce bon vieux dortoir de l'équipe de chauffe pour la première fois.

Je l'ai suivi des yeux comme il descendait la travée. Curieusement, j'éprouvais beaucoup d'admiration pour lui. Il avait les épaules assez larges mais voûtées et quand il marchait, son corps s'affaissait lamentablement. Ses mouvements étaient brusques, gauches et grotesques. Chacun de ses pas tenait de l'exploit et il semblait toujours à deux doigts de la catastrophe. Ses longs cheveux bruns mal peignés lui faisaient une tignasse qui lui couvrait le cou et les oreilles comme s'ils n'avaient pas vu de coiffeur depuis des mois. Ses vêtements, tous réglementaires, étaient dans un état lamentable. Ses souliers étaient éculés et à moitié lacés, quant à son pantalon, il était si déformé qu'il avait d'énormes poches aux genoux. A chaque fois qu'il levait les bras pour plaquer un accord distrait sur son ukulele, on voyait ses coudes qui pointaient par les trous de sa chemise et de sa veste. Il ne portait pas de gilet et les deux premiers boutons de sa chemise étaient défaits. Son cou était mince et long, sa gorge aussi belle que celle d'une femme. Arrivé à la moitié de la travée, il s'est arrêté pour observer la partie de poker et j'ai remarqué qu'il avait un profil séduisant avec une mâchoire assez longue et des lèvres pleines.

« Qu'est-ce qu'il t'a dit, Johnson ? », ai-je lancé à Signifier.

Dew Baby et lui sont venus me rejoindre près de mon pieu.

« Il a rien dit. Sauf qu'il avait pas besoin qu'on l'aide.

– Qu'on l'aide ? Comment ça, qu'on l'aide ?

– Siggy lui avait demandé s'il pouvait l'aider à faire son pieu. »

Je n'avais pas de mal à imaginer la scène. J'ai souri.

« Je me demande s'il tape le carton, ai-je pensé tout haut.

— Un petit peu, qu'il joue ce tocard, dit Signifier. T'as déjà vu un tocard qui tape pas le carton ?

— Pourquoi que tu tentes pas ta chance avec lui, Jimmy ? dit Dew Baby avec un clin d'œil égrillard. File-lui deux ou trois sacs et montre-lui comment il faut faire, ça a marché avec tous les autres gosses.

— J't'en fous oui. Je sais rien sur lui, dis-je. P't'être qu'il est normal après tout.

— Tiens, j'te parie que c'est une tante ou alors c'est que j'en ai jamais vu, dit Signifier. J'ai qu'à en voir une pour la reconnaître. Il va marcher, et si personne se l'est fait avant la fin de la semaine je veux bien aller foutre ma main sur la gueule au vieux Tom Craig.

— Oh, Siggy, tu feras pas ça », dit Dew Baby en se pendant à son cou.

Wrinklehead s'est approché ; d'un ton confidentiel, les paupières papillonnantes et les yeux au ciel, il a demandé :

« Alors les mecs, de quoi que vous causez ? Vous parlez de cette tantouse ?

— Qu'est-ce qui te fait dire ça, d'abord ? dis-je.

— On me la fait pas à moi, dit Wrinklehead.

— C'est ce que Belle disait de toi, lui ai-je dit.

— Oh, cette... il ne trouvait pas le mot qui convenait.

— Va voir ce qu'il a dans le ventre, Jimmy, dit Dew Baby, pressant.

— Très peu pour moi, dis-je. Ce que je veux, c'est sortir d'ici ; alors pas question d'aller me fourrer dans une salade maintenant. »

Dew Baby a eu l'air intéressé tout à coup.

« T'essayes d'avoir une libération conditionnelle, Jimmy ? »

J'ai fait signe que oui. Il aurait voulu m'en demander davantage, mais je ne lui en ai pas donné l'occasion, il s'est contenté d'ajouter timidement :

« J'espère que tu l'auras, Jimmy, sacré vieux Jimmy, j'te souhaite de l'avoir. »

La conversation n'intéressait plus Signifier, il a fait demi-tour et est parti. Les autres l'ont imité. Dew Baby ne quittait pas Signifier et lui disait :

« Vieux Siggy va, vieux Siggy. » Quant à Wrinklehead, il essayait toujours de sortir ce qu'il avait à dire au sujet de Belle.

J'ai jeté un coup d'œil dans la travée cherchant Dido, mais il n'y était pas. Par contre, en reportant mon regard sur la table de poker pour voir comment elle marchait, je l'ai aperçu qui jouait. Je me suis dit que s'il tapait déjà le carton, c'était qu'il était bon ou alors qu'il constituait le pigeon idéal. Et si c'était un pigeon il n'allait pas tarder à avoir besoin de quelqu'un pour l'épauler, car il n'avait sûrement pas assez de blé pour tenir le coup, sinon il n'aurait pas cet accoutrement.

Dans la soirée, après dîner, j'ai fait le tour des tables de jeu pour l'observer mais il ne jouait plus. Il est passé à côté à plusieurs reprises et une fois, il s'est arrêté près de moi pour regarder les joueurs. Quand il est parti, je suis retourné vers ma couchette pour finir de lire une histoire. Plus tard ce soir-là, je l'ai revu dans le Trou Noir jouant de son ukulele pour les détenus noirs.

Tous les jeux du dimanche m'appartenaient quoique cela fasse pas mal de temps que je ne m'en étais pas occupé. Pourtant, ce dimanche matin, j'ai dit à Candy que j'allais donner un peu. Comme ça je me suis dit : si jamais il joue, il sera bien forcé de le faire sur une de mes tables. Mais il ne s'était toujours pas montré quand l'heure est venue pour nous d'aller à l'église, et on devait fermer jusqu'après manger. En allant dîner, je l'ai aperçu dans les rangs, six types devant moi. Il paraissait mieux marcher en rangs que seul, bien qu'il ait toujours l'air d'un clodo avec sa tenue dépenaillée et sa casquette cabossée.

Après manger, j'ai dit à Candy de me remplacer pour quelques minutes.

« Si Dido se met à jouer, fais-moi prévenir, dis-je. Je veux le surveiller pour voir ce qu'il sait faire.

– Qui c'est Dido ? demanda Candy

– C'est le gosse qu'est arrivé hier.

– Ah bon. » Candy m'a regardé.

« Cette petite tantouze a joué avec moi hier après-midi », dit Starrett. Il était debout derrière nous. C'est lui qui s'occupait des tables de poker le samedi. J'avais vu Dido jouer avec lui mais cela ne me plaisait pas qu'il vienne écouter ce que je disais.

« De quoi tu te mêles, mec ? », dis-je.

Candy et lui m'ont regardé.

« Il sait jouer ? a demandé Candy en s'adressant à Starrett.

– Non, elle y connaît rien, c'te tante » dit Starrett en insistant sur le mot *tante.*

Dido est passé près de nous au même moment. Il a regardé Starrett d'une drôle de façon, comme s'il s'agissait d'un ver de terre.

« Allez les gars, filez-moi des jetons et que ça joue » a lancé tout à coup Starrett, en criant presque.

J'espère qu'il te fera sauter les dents, ai-je pensé. Mais Dido a poursuivi son chemin. Quand il est repassé, il s'est arrêté un instant pour regarder. J'ai cru qu'il allait jouer et j'ai repris la donne. Il est resté à m'observer pendant que je distribuais les cartes, j'ai levé la tête et nos regards se sont croisés. J'ai fait un signe. Son expression n'a pas changé. Il m'a regardé un instant, avant de reporter son attention sur le jeu. Un peu après, il est reparti de sa démarche mal assurée tout en jouant lentement un air.

Ce n'est que très tard dans la soirée, bien après qu'on eut apporté le café, qu'il est revenu pour acheter cinq dollars de jetons. Je lui ai distribué des as et des rois qu'il a pu, du moins au début, placer correctement. Mais je me suis tout de suite rendu compte qu'il était un bleu au poker. Il essayait de jouer les jeux qu'il avait et n'avait aucun jugement. Si c'était à lui de parler et que quelqu'un réclamait, il le prenait comme une attaque personnelle et montait sans s'occuper de ce qu'il avait. Son jeu était purement émotionnel. Il a pu ramasser jusqu'à dix dollars de jetons avant que les autres se mettent à le travailler comme des chefs. Starrett a commencé par le relancer directement, il n'a pas tardé à mordre à l'hameçon et s'est mis à le suivre à chaque fois. Je n'arrêtais pas de lui donner des as parce que je ne voulais pas que Starrett le batte. Deux ou trois fois, alors que Starrett l'avait eu à la quatrième carte, j'ai recouvert le tas avec les jeux de ceux qui s'étaient couchés pour enterrer son as dans le pot. Après, il s'est jeté fiévreusement dans la bagarre. Il avait les yeux brillants et la figure cramoisie. Il était pris par le jeu.

Il est mal parti, ai-je pensé. Il prenait ça trop à cœur. Il croyait savoir jouer et il n'y connaissait rien et pourtant je savais qu'il n'hésiterait pas à perdre sa chemise. J'en avais vu des milliers dans son genre.

Je continuais de lui distribuer des paires pour qu'il se maintienne. J'étais sûr qu'il ne saurait pas perdre. C'est alors que Polack Paul qui était sur un coup a déclaré « Je conteste cette donne Monroe. » J'ai dû lui régler la totalité des sept dollars et soixante-cinq cents qu'il avait perdus depuis qu'il avait pris place à la table. A partir de cet instant, les autres, qui ne savaient pas ce qui s'était passé, ont commencé à avoir des doutes. Au coup suivant, Starrett s'est retrouvé avec des rois et moi avec des as à la troisième carte. Dido n'a pas dépassé la paire de valets et Starrett s'arrangeait pour qu'il me suive. Il s'était douté que j'avais les as, mais il était prêt à perdre sept ou huit dollars pour voir plumer Dido. Je n'arrêtais pas de dire que j'avais les as et d'agiter celui de dessus, selon un signe connu des joueurs, pour qu'il passe. Mais à chaque fois que Starrett misait, il relançait. A la fin Starrett s'est couché. J'ai misé une dernière fois pour la forme et j'ai dit à Dido :

« Bon, je suppose que ces deux beaux as rouges l'emportent, hein ?, il m'a regardé et a répondu lentement :

– C'est ce qu'ils ont de mieux à faire. » Sa voix était basse et rauque, et il a poussé ses jetons sur le tapis.

Starrett a éclaté de rire et j'ai senti la colère me monter au visage. J'ai dit :

« Reprends tes jetons, gamin. »

Dido a relevé le menton en inclinant la tête et son visage tout entier s'est crispé en cette grimace méprisante que je lui avais déjà vue. Il avait le regard fou et fiévreux, sa figure était cramoisie.

« Là d'où je viens, quand on gagne, on met son argent dans le pot et on retourne ses cartes pour montrer ce qu'on a », dit-il, en agitant la tête de haut en bas avec une voix aussi méprisante que son expression.

Je l'ai regardé fixement pendant un moment. Il avait un visage assez long et toujours en mouvement, des pommettes hautes, des joues trop creuses et un grand front lisse surmonté d'une masse de cheveux bruns. Sa figure était luisante de sueur, ses yeux sombres légèrement bridés donnaient à ses traits un air vaguement asiatique. Maintenant ses yeux étaient noirs et brillants, semblables à ceux d'un serpent attaqué. J'ai vu qu'il était à cran. J'ai retourné un as du paquet que j'avais déjà jeté.

« Tu vois, c'était pas des blagues, j'ai les as, dis-je. Reprends ton argent, je veux pas te couler. »

Il est devenu blanc comme un linge et les émotions se sont succédées sur son visage mobile comme une série d'instantanés.

« Alors, mise et gagne ! » dit-il d'une voix rauque, en passant sa langue sur ses lèvres et en relevant encore son menton. « Ça fait toute une journée que t'attends ça sur ta caisse qui fait mal aux fesses, pas vrai ? » Sa bouche était tordue par le mépris.

J'ai pris un coup de sang.

« Je parle, dis-je en envoyant un jeton.

— Mets toute la mise, exigea-t-il.

— C'est moi qui donne.

— Oh, et puis merde, ramasse la cagnotte qu'on puisse jouer sérieusement, a grogné Starrett en comptant ses jetons. J'y suis de quatorze sacs là-dedans. »

Dido s'est tourné vers lui et l'a regardé. Mais avant qu'il ait eu le temps de dire quoi que ce soit, j'avais pivoté vers Starrett pour lui crier :

« Ta gueule, Nom de Dieu, c'est moi qui mène le jeu ici. »

Cela m'a pris du temps pour compter mes jetons. Starrett fulminait, prêt à exploser. Je lui aurais arrangé le portrait. Quand j'ai eu fini de compter les jetons, Dido a jeté ses cartes en disant : « Tu as gagné. » Il s'est levé en ignorant tout le monde. On était tous obligés, malgré nous, de le regarder. Il est resté planté là un instant, distant et méprisant, un pied posé sur le banc, les yeux fixés sur nous, à égrener une mélodie lente et douce sur son ukulele. Starrett le fusillait des yeux mais il paraissait l'ignorer. Dutch s'est approché de lui et a déclaré d'une voix suffisamment forte pour qu'on entende tous :

« Tu veux encore jouer, le Gitan ? »

Une bouffée de jalousie m'a fait froncer les sourcils, je me suis demandé comment Dutch avait fait pour arriver à le connaître aussi bien. Dido s'est retourné vers lui et l'a regardé de haut. Il avait un très beau nez, bien dessiné.

« Je vois que j'ai fait une erreur », dit-il en tournant le dos à Dutch et en s'éloignant en clopinant dans la travée.

J'ai vu les yeux de Dutch se rétrécir de colère. J'exultais.

« Maintenant tu peux me remplacer, Candy », dis-je.

Je me suis levé pour aller jusqu'à ma couchette où j'ai enfilé mon pyjama avant de me mettre au lit. Il y avait dans un magazine une courte nouvelle que je voulais finir de lire. Mais je n'arrivais pas à fixer mon attention. Cela faisait un moment que j'étais sur le même paragraphe quand Signifier et Dido sont arrivés près de mon lit. J'ai été étonné de n'éprouver aucune surprise ; je l'attendais.

« Duke m'a dit qu'il voulait faire ta connaissance, dit Signifier en me faisant un clin d'œil.

— T'es le Jimmy Monroe qui écrit, dit-il. J'ai lu pas mal de tes histoires. » Toute son agitation l'avait abandonné maintenant et il était calme et aimable. Il parlait d'une voix basse et mélodieuse.

Je savais bien qu'il essayait de me passer de la pommade mais cela me flattait quand même.

« Lesquelles t'as lues ?

— Oh, j'en ai lu, euh, plusieurs...

— Comment tu les as trouvées ?

— Très bien, dit-il, j'aimerais pouvoir écrire. J'ai essayé mais je n'ai rien eu de publié.

— T'as lu celle du joueur qui tenait les paris sur l'heure de son exécution ?

— Je l'ai trouvée excellente, dit-il.

— La fin était surprenante, hein ? »

Signifier nous regardait l'un après l'autre. Il ne savait pas de quoi on parlait.

« Pour certains peut-être, mais moi je m'y attendais, répondit Dido.

— Eh bien tu devines vite, pas vrai ? dis-je. Mais blague à part, comment tu as su que j'essayais d'écrire ? »

Mes ambitions littéraires m'étaient sorties de la tête depuis l'incendie.

« D'accord, t'as gagné, dit-il en abandonnant le jeu. J'ai vu la machine à écrire. »

Signifier commençait à s'impatienter. Il ne se sentait pas dans le coup. Il a essayé de placer une vanne ou deux mais a abandonné et s'est en allé.

« Bonne chance, Jimmy », dit-il.

Après son départ une étrange gêne s'est installée.

« Qu'est-ce que tu lis » ? demanda Dido, histoire de parler. Je lui ai montré la couverture du magazine. « Tu connais ?

— Je le lis quand je peux l'avoir », dit-il. Tout à coup il a ajouté : « Signifier ne t'a pas dit mon nom en entier. C'est Duke Dido. On m'appelle le Gitan de temps en temps, mais je n'aime pas ça et je suis désolé d'avoir mis les pieds dans le plat tout à l'heure au poker. J'étais tellement excité que c'est seulement plus tard que j'ai compris que tu essayais de m'aider. » Les mots s'écoulaient très vite et j'avais les yeux rivés à sa bouche. Il avait les lèvres pleines, d'un rouge sombre comme les pétales d'une rose et sa peau était lisse, à peine olivâtre. Quand il parlait, sa bouche écarlate, ombragée par la ligne duveteuse au-dessus de sa lèvre supérieure, dansait dans son visage.

« Tu me pardonnes, hein ? » Il avait le regard sérieux et intense d'un petit enfant ; il paraissait très jeune, dix-neuf ans peut-être, et merveilleusement naïf.

« T'occupe, va, c'était pas grand-chose, dis-je, grand seigneur. Je me suis dit que tu manquais un peu d'entraînement. »

Il est devenu triste tout à coup. Son visage changea si vite d'expression que j'en fus sidéré.

« Tu veux dire que tu t'es rendu compte que je ne savais pas jouer et que tu as eu pitié de moi ? » Sa voix était devenue morne. « Je ne sais pas jouer, d'accord, mais je n'aime pas qu'on me le fasse remarquer.

– Ce n'est pas ce que je voulais dire, je voulais que tu gagnes.

– C'est vrai ? » Ses yeux se sont éclairés et ont brillé. « Pourquoi ? »

Je ne savais plus quoi lui dire.

« Ben, je sais pas. Je suppose que c'est parce que je t'admire d'une certaine manière. »

Il a réfléchi un instant.

« Je me demande pourquoi, dit-il. Ce n'est pas souvent que je m'admire.

– Mais ça t'arrive quelquefois ?

– Pour ça oui, heureusement. Mais toi, pourquoi tu m'admires ?

– Ben, à cause de la façon dont tu as traité Signifier et nous tous hier. En général, c'est tellement plus facile de faire des concessions.

– Et tu n'aimes pas ceux qui font des concessions ?

– *Aimer* n'est pas le mot, il se peut que je les aime, mais je ne pourrais pas les admirer. »

Aussi soudainement et radicalement que la première fois, il s'est transformé à nouveau, et le rire qui pétillait sur ses lèvres le faisait ressembler à une fillette.

« Si je comprends bien, susurra-t-il d'une voix pleine de gaieté, tu m'admires mais tu ne m'aimes pas. »

Je n'avais jamais vu quelqu'un avec un visage aussi mobile que le sien. J'étais entièrement sous le charme. Il semblait s'éclairer de milliers d'expressions constamment renouvelées, comme les jeux d'ombre et de lumière d'une comédie musicale. « Je t'admire, c'est un fait, dis-je avec un petit sourire, mais je ne sais pas encore très bien si je t'aime ou pas. C'est important ?

– Dans quel sens, que tu m'aimes ou pas ? » Il était très proche de moi, immobile.

« Les deux. »

Il a soupiré et je l'ai senti s'éloigner de moi.

« La question est mal posée », il paraissait maintenant complètement détaché. « Quand tu me connaîtras mieux », il fit une pause avant d'ajouter : « si cela arrive jamais, il se peut que tu ne m'admires même pas. Je suis le type même du parfait magouilleur. » Son ton était devenu cynique et un peu amer. « Tu sais où j'ai eu les cinq sacs que j'avais aujourd'hui ? » J'ai fait signe que oui. « Tu l'as entendu, dit-il, distrait et sombre. Je suppose que tu sais aussi pourquoi il me les a donnés, hein ? » Une nouvelle fois, j'ai hoché la tête. « Et sais-tu pourquoi j'ai accepté ? »

Je l'ai regardé droit dans les yeux et je lui ai dit, comme si cela n'avait aucune importance :

« Bien sûr, parce que tu vas les lui rendre. »

Il a d'abord paru surpris. Puis il s'est épanoui et a souri, découvrant des dents blanches et régulières. Il était beau quand il souriait. Comme si son visage reflétait une vie intérieure qui transparaissait dans chacune de ses expressions. Il semblait si délicat, si vivant, que j'ai eu une irrésistible envie de le toucher du bout de mes doigts. Ses yeux étaient tour à tour brillants, vagues, sérieux, francs, frondeurs, amers ou pétillants ou tout à coup glacials ; aussi, comme lorsqu'on frappe une touche de piano, on savait tout de suite avec lui quelle note on avait jouée. Je n'avais jamais rencontré quelqu'un dont le visage reflète autant les émotions.

« T'es un chic type », dit-il avant de s'éloigner.

Pendant toute la matinée qui suivit, il sembla m'éviter. Plusieurs fois, j'ai essayé de l'approcher, mais à chaque coup, il a fait comme si on l'attendait ailleurs. Un peu après manger, je l'ai vu qui descendait la travée en compagnie de Dutch. Je les ai observés, les sourcils froncés, mais quand ils sont passés près de ma couchette, j'ai détourné les yeux. Plus tard, je l'ai vu qui jouait aux cartes avec Signifier, Dew Baby et Wrinklehead. Peu avant le dîner, je suis allé vers son pieu pour le voir. Mais il était au Trou Noir, assis sur une couchette du bas entre deux détenus noirs, l'un d'eux avait une guitare et l'autre un banjo, et ils jouaient ensemble. Il y avait du monde pour les écouter. Il m'a aperçu et m'a fait signe d'approcher. Mais j'ai refusé et, après être allé boire un verre d'eau, j'ai regagné mon lit.

Après dîner, j'ai transporté ma machine à écrire jusqu'à une table près du poste de garde et je me suis mis à rédiger une autre lettre pour le gouverneur à propos de ma demande de réduction de peine. Mais quand le courrier est arrivé, j'ai reçu la réponse à celle que j'avais déjà écrite. Elle disait :

M. James Monroe.
Numéro 109130.
Prison d'Etat.

Cher Monsieur,

Le gouverneur me charge de vous informer qu'il a bien reçu votre lettre concernant votre demande de réduction de peine, et de vous assurer que cette requête fera l'objet de toute l'attention qu'elle mérite.

Croyez, cher Monsieur, à toute ma considération.

Frank J. Allison.
Secrétaire Général auprès du gouverneur.

Je l'ai relue. Cela n'avait pas l'air d'être une blague. Je m'efforçais de modérer mon enthousiasme ; ce serait pire maintenant en cas d'échec. Mais tous mes rêves fous de liberté sont remontés en moi, encore plus pressants. Je haïssais à nouveau les détenus et la prison. Je me suis rendu compte que pendant tout ce temps, je n'avais pas cessé de penser à Dido. Je me suis repris pour de bon. Je tiens ma chance, maintenant, me suis-je dit. Si je ne sors pas ce coup-ci, c'est que je ne sortirai jamais. Je ne voulais pas avoir d'ennuis ou me laisser prendre par une de ces sordides liaisons de prison. C'était trop facile de se laisser influencer.

Dido est arrivé et s'est assis en face de moi.

« Salut, Jimmy », dit-il avec un sourire plein d'espoir sur les lèvres. Il a remarqué la lettre ouverte, à côté de la machine.

« Bonnes nouvelles ?, demanda-t-il.

— Tiens, salut », dis-je froidement. J'ai replié la lettre et l'ai fourrée dans ma poche ; je me suis levé et je suis parti avant qu'il ait le temps d'ajouter quoi que ce soit. J'ai abandonné la machine à écrire sur la table sans la recouvrir. Je savais que personne n'y toucherait. Je m'étais d'abord dirigé vers ma couchette mais, changeant d'avis, j'ai préféré continuer jusqu'à celle de Candy.

« Combien est-ce qu'on a fait hier ? », lui ai-je demandé. C'était lui qui centralisait l'argent de toutes les tables pour me donner la moitié du bénéfice net.

« On a fait trente-neuf et quarante en tout, dit-il. Johnny Brothers et Black Boy veulent laisser tomber. »

Dido est passé près de nous en allant à son pieu. Il tenait la tête haute et regardait droit devant lui, d'un air méprisant.

« Merde, après tout, qu'ils laissent tomber ; t'as qu'à leur donner quelques sacs », dis-je. Dido me faisait prendre conscience que j'étais un lèche-cul. « Qu'ils gardent tout, si y veulent. C'est moi qui m'occupe du racket du jeu, non ? » J'allais dire que c'était moi qui jugeais les autres.

« J'm'occuperai d'eux à ta place si tu veux pas le faire », dit Candy. Il a fait un signe de tête en direction de la couchette de Dido. « Qu'est-ce que vous avez tous les deux ? »

J'ai fait celui qui était surpris.

« Nous, rien, pourquoi ?

— Il vient de passer sans rien dire alors qu'hier soir on vous aurait pris pour deux frangins qui ne se sont pas vus depuis des années.

— Je l'ai pas vu », dis-je, et j'ai ajouté : « Mais il est bien, tu sais, c'est un gosse qu'a de la cervelle. Et en plus il est réglo.

— Ah, alors y ferait mieux de plus fréquenter Dutch Henry si il tient à le rester. »

Je suis retourné vers l'entrée, où j'avais laissé ma machine et j'ai entrepris de m'exercer un peu les doigts en tapant. Je n'arrêtais pas de repenser à Dido et j'avais honte de la façon dont je lui avais parlé.

J'aurais voulu aller le voir pour m'excuser mais je n'ai pas pu m'y décider. J'ai passé un moment à frapper sauvagement sur la machine.

J'y étais encore quand la relève a eu lieu ; Tom m'a fait un signe de la main.

« B'soir, Jim. » J'ai répondu à son geste. Le capitaine Charlie s'est arrêté près de moi un instant, avant de faire sa ronde et il m'a questionné au sujet de ma demande de réduction de peine. « J'ai eu une lettre d'Allison, ce soir. » Je la lui ai montrée. « Ce n'est qu'une lettre de routine », dis-je. Il l'a lue et me l'a rendue. « Mais quand même, ça veut dire qu'ils ne m'oublient pas.

– Si je peux faire quelque chose pour toi, tu me le dis. T'es de ceux qui mériteraient qu'on les libère. Ça m'étonnerait que tu recommences à faire des bêtises.

– J'aimerais que vous écriviez une lettre pour moi un peu plus tard, dis-je.

– Quand tu voudras, Jim. »

Après son départ, j'ai recouvert ma machine et l'ai fermée à clé, j'ai regagné ma couchette pour y enfiler mon pyjama et me suis mis au lit. J'ai essayé de lire mon histoire. Au bout d'un moment, Dido s'est arrêté à ma hauteur. Il était agité et indécis. Son visage était défait et crispé, sa lèvre inférieure tremblait imperceptiblement.

– Ça va ?, hasarda-t-il.

– Encore toi ? » Je grimaçai un sourire en montrant le magazine.

« Toujours la même histoire ?

– Même paragraphe », admis-je en roulant sur le côté pour lui faire face.

Sans qu'il bouge, je l'ai senti qui se rapprochait de moi.

« Est-ce que c'était encore de ma faute cet après-midi ? demanda-t-il.

– Non, cette fois c'était de la mienne. »

Il m'a interrogé du regard.

« Pourquoi ?

– Oh, je ne sais pas. J'essaye d'obtenir ma libération conditionnelle et je ne veux pas avoir d'ennuis. »

Pendant un instant il est resté sans réaction. Et puis tout à coup sa colère a éclaté.

« Tu trouves pas que tu juges un peu vite, non ? Il s'est étranglé et a tenté de se reprendre. Ça t'arrive jamais de te tromper, hein, même pas cette fois-là ? » Sa voix était de nouveau méprisante.

« Oh ! et puis merde, dis-je. Je m'excuse. »

Il s'est radouci, lentement, comme s'il craignait de faire une erreur.

J'ai allumé une cigarette et lui ai tendu le paquet.

« T'en veux une ? » Il l'a prise et après l'avoir allumée, l'a gardée à la bouche.

« Je t'ai déçu ? », demanda-t-il, la tête penchée d'un côté, la cigarette toujours aux lèvres et clignant des yeux à cause de la fumée.

« Je ne sais pas encore. »

Nos regards se sont croisés, chacun de nous s'est perdu dans les yeux de l'autre, complètement et violemment. Nos visages n'étaient plus séparés que par une trentaine de centimètres quand il a détourné les yeux.

« N'oublie pas ta libération », dit-il d'une voix haletante.

J'avais aussi la gorge serrée.

« J'en ai rien à foutre.

— C'est pas ce que tu diras demain matin.

— Je sais bien.

— Ne fais jamais rien que tu puisses regretter le lendemain. Ça n'en vaut jamais la peine.

— Je sais pas, ça dépend de...

— De toute façon j'en ai pour plus de cinq ans, alors il vaudrait mieux que ça n'en vienne jamais là. Je serai encore ici pour longtemps après ton départ.

— Avec moi, ça vaut peut-être le coup ? »

Il a levé les yeux au ciel.

« Et après, je resterai seul si longtemps. Tout ça pour quoi ?

— Tu veux deux ou trois sacs ? »

C'est alors que tout a cassé.

« Alors ça y est, on y est, dit-il en prenant un air stupide. J'espérais que tu ne le dirais pas. »

J'ai pris une profonde inspiration.

« Je suis joueur.

— Quand on pense, dit-il, qu'il y a une minute tu étais sublime. Ce serait bien mieux si je te haïssais, bien mieux pour nous deux.

— Je préférerais encore ça à de l'indifférence, dis-je. Mon vieux grand-père disait : Fiston, si tu peux pas te faire aimer...

— Ça me serait facile de te haïr », dit-il en me quittant.

Cela s'était passé le lundi.

XXIII

Le mardi était le jour de la douche et la première section fut appelée aussitôt après le petit déjeuner. Notre équipe était trop nombreuse pour qu'on puisse tous y aller d'un seul coup, elle était donc divisée en deux sections. Ceux dont le numéro était le plus ancien passaient les premiers. Je faisais partie de la première fournée. La seconde attendait devant le bâtiment des douches, quand nous en sommes sortis. J'ai repéré Dido et je lui ai crié : « Attrape » en lui lançant mon morceau de savon. Il a souri d'un air enchanté.

J'ai eu droit à une petite mise en boîte quand j'ai regagné le dortoir, mais je leur ai cloué le bec.

« Vous avez rien compris, les mecs, je joue pas à ces jeux-là. J'ai l'intention d'obtenir ma libération et je serais idiot de me mettre une affaire comme ça sur le dos.

– Tout ça, c'est pas grave, dit Signifier. T'en fais pas plus que d'habitude. »

Je n'ai pas aimé ça. Après un bain, je me massais toujours le cuir chevelu et je me brossais pour empêcher mes cheveux de tomber. J'avais à peine terminé quand Dido est arrivé. Ses cheveux étaient méticuleusement peignés et sa peau avait l'air d'avoir été récurée. Il n'avait pas son ukulele pendu autour du cou et il paraissait presque civilisé.

« Ben mon vieux, t'es tout beau, propre comme un sou neuf, dis-je.

– Je me suis même lavé derrière les oreilles, et quand on ira chez le coiffeur je me ferai couper les cheveux. Et tu sais pourquoi ? Ses yeux étaient radieux.

– Non, pourquoi ?

– Pour que tu me trouves bien. Je manque pas d'audace, hein ?

– C'est ce que j'allais dire.

– Merci pour le savon, dit-il. Tu penses à tout. Je ne pourrai pas te rembourser avant le premier du mois prochain. Ma mère ne m'envoie que deux dollars par mois et je les ai déjà dépensés.

— Cigarette ? » Je lui ai tendu le paquet, il en a pris une. « Où est ta mère ?

— A Los Angeles. » Sa voix n'était pas la même quand il parlait d'elle.

J'ai entrepris d'installer ma machine à écrire. J'avais cessé d'expédier les exercices de mon cours de droit depuis longtemps ; pourtant, j'y travaillais encore de temps à autre. J'en étais arrivé à cette partie du cours où l'on nous demande de développer notre opinion sur un cas imaginaire concernant les droits de propriété des cours d'eau et j'avais hâte de m'y atteler. J'ai préparé du papier machine, du carbone et du papier pelure.

« Tu tapes bien, me fit remarquer Dido, tu as appris ici ?

— Quand est-ce que tu m'as vu taper ?

— Oh, je vois tout ce que tu fais, dit-il.

— Oui, j'ai appris tout seul. Et toi, tu sais taper ?

— Un peu, mais pas aussi bien que toi.

— Tu n'auras qu'à t'entraîner dessus de temps en temps, quand je ne m'en servirai pas, ai-je proposé.

— Oh, c'est vrai ? Merci, chéri. »

J'ai fait un bond.

« Chéri ? »

Il s'est troublé et a rougi tout à coup.

« Ça m'a échappé. Je tiens ça de ma mère qui le dit souvent.

— Ecoute », dis-je en reposant la machine sur ma couchette. « Ça fait pas longtemps que t'es ici, pas vrai ?

— Un an environ. Tu vas me faire un sermon ?

— Exactement.

— Je suis obligé d'écouter ?

— C'est ton affaire.

— Alors, j'écoute. Qui sera la première gouape dont tu vas me parler ?

— Moi, dis-je. Ça fait cinq ans que je suis là et je suis plutôt salaud. T'as aucun intérêt à ce qu'on te voie avec moi. J'ai comme qui dirait une mauvaise réputation que je ne mérite pas vraiment. Ici, ils jureront que t'es une tante et te courront après jusqu'à ce que tu craques. S'ils n'y parviennent pas, ils se mettront à plusieurs contre toi et te donneront du fil à retordre. Si t'es là depuis un an, t'es déjà au parfum. Tout ce que tu gagnes, c'est la réputation sans la satisfaction. » J'ai fait une pause.

« C'est tout ? » demanda-t-il. J'étais incapable de savoir ce qu'il pouvait bien penser.

« C'est pas tout ce que je voulais dire, mais ce sera tout pour aujourd'hui. Et si je te dis ça, c'est simplement parce que tu me fais penser à ce que j'étais en arrivant ici.

— Tu ne vas rien dire sur Dutch Henry ? demanda-t-il. Dutch m'a dit de ne jamais fumer la même cigarette que toi et de ne pas m'approcher de trop près quand tu parles. Il dit que t'es tubard et syphilitique. Il dit que t'as chopé la syphilis à cause de ta manie de sucer les crayons. »

On a éclaté de rire en même temps.

« Dutch n'est pas le mauvais bougre, dis-je. C'est plutôt flatteur ce qu'il raconte. » Puis je suis redevenu sérieux. « Mais ce que je t'ai dit, ce n'est pas de la blague.

— En tout cas, ce genre d'approche est nouveau pour moi.

— Maintenant c'est toi qui crois tout ce qu'on te raconte », dis-je.

J'ai glissé ma main dans ma poche et j'en ai sorti un billet de dix dollars. Je le gardai dans la paume de ma main en disant :

« Puisqu'on est des étrangers qui se connaissent bien, serrons-nous la main.

— Et moi, j'ai pas mon mot à dire ? », protesta-t-il. Ses épaules se sont affaissées un peu plus que d'habitude et il m'a semblé que son sourire était crispé. Néanmoins, il a tendu la main.

J'ai plaqué le billet contre sa paume, j'ai serré très fort et j'ai retiré ma main.

« Ce n'est que dix dollars, dis-je. J'en mourrai pas. Prends comme si c'était un cadeau que je me faisais à moi-même. J'ai toujours voulu être grand et généreux. Et souviens-toi, on est des étrangers. »

J'ai tourné les talons rapidement, avant qu'il ait le temps de répondre, en emmenant ma machine vers l'entrée où je l'ai posée sur une table. Signifier est arrivé et s'est assis à mes côtés.

« Comment ça marche, toi et le gosse ?, demanda-t-il.

— Ça ne marche pas, je me retire.

— Si c'est toi qui le dis », dit Signifier.

Dutch et Dew Baby se sont approchés et se sont installés en face de moi de l'autre côté de la table.

« T'as choisi le meilleur, James », dit Dutch. Dew Baby observait en battant des paupières. J'ai répondu :

« Tu te trompes d'adresse. »

Dido s'est pointé à son tour pour s'installer de l'autre côté, en face de moi.

« Si je te parle d'ici, ça va ?, demanda-t-il.

— Oui ; tant que moi je suis de ce côté-là, ça va. » Je me suis tourné vers les autres et j'ai dit : « Je viens de dire à Dido que c'était pas prudent pour lui de trop me parler des fois que quelqu'un s'imagine qu'il est mon gosse.

— Qu'est-ce qu'il t'a dit sur moi ? a demandé Dutch à Dido.

— Il ne m'a rien dit sur toi », dit Dido en levant la tête, déjà méprisant.

« Toi, par exemple, Dew Baby, ai-je poursuivi, toi et Dutch si vous voyiez Dido tourner sans arrêt autour de mon pieu et parler avec moi, la première chose que vous diriez c'est qu'il est à moi, pas vrai ? Ne dites pas le contraire. » J'ai continué avant que Dew Baby puisse nier. « Mais si par contre vous ne le voyiez jamais me parler, vous ne pourriez pas le dire, hein ! » Ils n'ont pas répondu. J'insistai « Vous le diriez ? »

— Oh ! Jimmy, dit Dew Baby, cher vieux Jimmy. »

Dutch s'est levé, rouge de colère.

« Ne joue pas au plus fin », dit-il. J'ai compris que je m'étais fait un ennemi.

« Une minute », Dido l'a arrêté comme il allait partir. « Voilà les cinq sacs que je te dois et encore cinq d'intérêt, merci. » Il a jeté le billet de dix dollars sur la table. Ses lèvres étaient retroussées.

« Garde-les et achète-toi des petites culottes avec. » Dutch était furieux.

Dido a rougi. Il a raflé le billet et l'a jeté au visage de Dutch. Dutch a blêmi et est passé par-dessus la table, Dido s'est levé. Signifier a bondi pour retenir Dutch, tandis que je retenais Dido par le bras et l'entraînais à l'écart. Quand Signifier s'est rendu compte que Dutch avait un couteau, il s'est écarté d'un bond. Dido s'est emparé d'une plaque d'identification en bois qui était accrochée sur une couchette voisine. Je me suis interposé, les jambes tremblantes à cause de cette peur maladive des couteaux que j'ai toujours eue. Le capitaine Tom est arrivé et a fait reculer Dutch d'une bourrade.

« On veut pas de bagarre ici », dit-il essoufflé. C'est alors qu'il a vu le couteau que tenait Dutch et il a ajouté : « Ne fais pas l'imbécile, donne-moi ce couteau. » Dutch le lui a donné. « Maintenant accouche », dit Tom en me regardant. Il voulait que je vende celui qui avait commencé mais je n'étais pas un mouchard.

« C'est un malentendu, Tom », dis-je.

En repartant il a jeté un coup d'œil à Dido. Il s'est retourné et l'a fixé, alors on l'a tous imité. Il avait l'air d'un fou, inconscient, méprisant et plein de dédain, mais ce qui m'a le plus frappé, c'est qu'il n'avait pas le moins du monde l'air effrayé.

« On ne veut pas de ça ici », lui dit Tom, puis il s'est tourné vers moi en m'interrogeant du regard.

« C'est un joueur de softball, Tom, dis-je avec un sourire. Il en a encore pour cinq ans. »

Signifier a éclaté de rire et l'atmosphère s'est détendue tout à coup. Tom a baissé la tête et est reparti vers sa chaise. Un groupe s'était formé autour de nous et Signifier a dit :

« Qui c'est qu'a mes dix dollars ? »

J'ai refermé ma machine à écrire et je suis allé voir du côté de la partie de poker où jouait Candy.

« Qu'est-ce qui se passe avec Dutch ?, demanda-t-il.

— Bah, ce type est dingue, dis-je. Il en veut à tous les gosses qui lui échappent. »

Après manger, un gardien de service a conduit l'équipe chez le coiffeur. Tom est resté au dortoir avec ceux qui n'y allaient pas. J'avais un rasoir et n'y allais que les jours où l'on coupait les cheveux. J'ai profité de la tranquillité du dortoir pour installer ma machine et me mettre à rédiger ce que j'avais à dire de l'affaire *Jones contre McClellan*.

McClellan avait construit un barrage sur un cours d'eau connu sous le nom d'Apache Creek qui arrosait son ranch comme celui de Jones. McClellan avait détourné le courant pour alimenter un moulin à blé. Coupé de son approvisionnement en eau, Jones avait porté plainte pour enjoindre à McClellan de rétablir le cours du torrent. J'étais en possession de tous les témoignages reproduits dans l'énoncé du devoir. Je devais donner mon avis, en m'appuyant sur tous les décrets et précédents judiciaires qui seraient utiles pour démontrer le bien-fondé de mon action. Ce n'était pas facile mais c'était passionnant et ça demandait pas mal de concentration. J'avais à peine rédigé l'introduction quand Tom s'est approché.

« Ce type, Dido, il sait vraiment jouer au softball ? » Il voulait en savoir plus. On en était à la semaine d'action de grâce, mais il pensait déjà à l'équipe de l'année suivante.

« Bien sûr que c'est un bon joueur, dis-je, il vient de Californie et là-bas tout le monde joue au softball. » Je n'en savais rien mais ça avait l'air plausible.

« A quelle place joue-t-il ?

— Ramasseur.

— On a besoin d'un bon ramasseur », dit-il. Ça je le savais parfaitement. « A la batte il est bon ?

— Un vrai champion ».

Quand le reste de l'équipe est revenu de chez le coiffeur, j'ai arrêté Dido.

« Dis donc, tu sais jouer... » Je me suis arrêté net quand j'ai vu sa coupe de cheveux. « Comment t'as fait pour atterrir ici ? On te donnerait pas plus de quinze ans !

— Ils m'ont pris pour mon grand frère », répondit-il avec un sourire.

Il était mieux avec les cheveux coupés mais il avait aussi perdu quelque chose. J'étais en train de me demander ce que ça pouvait bien être, quand il a dit : « Qu'est-ce que tu me demandais ? Si je sais jouer... ?

— Ah oui, est-ce que tu sais jouer au softball ?

— Non, mais je sais jouer au tennis.

— J'en ai rien à foutre. Où tu crois que tu vas jouer au tennis ? Tu n'y as vraiment jamais joué ? Je parle du softball.

— Peut-être un peu, mais je sais pas y jouer.

— Ça fait rien, à partir de maintenant, tu sais. Tu peux ramasser comme Joe D. et t'es aussi bon batteur que Ted William, au cas où on te le demanderait.

— Mais ça n'empêche pas que j'en suis incapable.

— Qui a dit que t'en étais capable ? Seulement je viens de dire le contraire à Tom ; si tu veux rester dans ce dortoir et continuer comme ça, t'as intérêt de dire que t'en es capable, fais-moi confiance.

— Mais ils vont s'en rendre compte... commença-t-il.

— Pas avant l'année prochaine, et à ce moment-là peut-être que tout sera différent.

— A propos, il faut que je te parle, dit-il brusquement.

— Pour l'instant, je suis occupé ».

En le regardant s'éloigner, j'ai été choqué par le côté grotesque de sa démarche. Il serait cent fois mieux s'il se tenait droit, pensai-je. Mais après tout, cela ne me gênait pas.

Il s'est rendu chez le fourrier et il est revenu vêtu de neuf de pied en cap. Aussitôt après dîner, il s'est arrêté près de mon lit. On aurait dit quelqu'un d'autre.

« Regarde ce qu'un simple cadeau de ta part a fait de moi, dit-il rayonnant.

— La vie est bizarre », dis-je. Un instant ses yeux se sont éteints pour s'éclairer à nouveau, mais maintenant ils brillaient comme un soleil d'après-midi sur l'eau.

« Raconte, grand-père », zozota-t-il. Un peu de sueur perlait sur sa lèvre supérieure.

« Ben, j'ai dépensé pas mal de billets depuis que je suis ici, ai-je marmonné, mais chacun d'eux me rapportait quelque chose, soit tout de suite soit plus tard. J'ai toujours touché des intérêts. Et la seule fois où j'ai voulu donner un biffeton de dix sans rien en attendre, eh bien le voilà qui revient avec le gros lot.

— Tu ne me demandais rien ? » Ses grands yeux étaient moqueurs.

« Non.

— Vraiment ? » Il est devenu songeur et distant. Il aurait tourné les talons si ses genoux n'avaient pas lâché et le résultat fut pitoyable. J'ai été ému, encore une fois.

Je ne suis qu'un pauvre imbécile, me suis-je dit. Je fais tout pour sortir d'ici et voilà que je me laisse prendre au piège.

Tom est arrivé avec le courrier, j'avais une lettre de mon père et une de ma mère. Signifier est venu me voir pendant que je les lisais pour me dire :

« Jimmy, tu ne raconterais pas de blagues, pas à moi ?

— Je crois que je m'en raconte à moi-même », dis-je, et avant que j'aie pu m'expliquer, Dido est arrivé.

Signifier arborait un large sourire. Je savais ce qu'il pensait.

« Je viens de recevoir une lettre de ma mère, dis-je. Elle raconte qu'elle a parlé à Allison, le secrétaire général du gouverneur. Il lui aurait dit que le gouverneur avait l'intention de faire libérer un bon nombre de détenus méritants pendant les vacances de Noël et que j'étais en bonne place. Je crois que je tiens le bon bout. » Cette pensée me remplissait de joie.

« C'est chouette, dit Dido, je peux lire ?

– Bien sûr. Je lui ai tendu la lettre.

– Elle t'écrit une jolie lettre, Jimmy, dit-il quand il eut fini. J'espère que tu auras ta libération. » Il me l'a rendue. « Ça a tellement d'importance pour toi. » J'ai pensé que cette formulation était étrange. Puis il a ajouté : « J'ai aussi reçu une lettre de ma mère. Tu aimerais la lire ?

– Bien sûr qu'on veut », dit Signifier, qui en avait assez d'être tenu à l'écart. « Apporte-la donc. »

Mais Dido n'a pas cessé de me regarder jusqu'à ce que j'acquiesce ; alors il s'est précipité jusqu'à sa couchette. Je l'ai regardé s'éloigner en éprouvant toujours ce léger malaise.

« Il a l'air d'un brave gosse, avança Signifier, pour voir. Plein de vie.

– Il est trop instable », dis-je.

J'ai pris le miroir pour le regarder venir sans qu'il s'en doute. Je ne voulais pas qu'il sache qu'on parlait de lui.

Signifier m'a prévenu :

« Le revoilà. » Quand il est arrivé, je m'examinais les dents dans le miroir. Il m'a tendu la lettre et je l'ai lue.

« Mais c'est une chouette lettre qu'elle t'a écrite, dis-je, surpris.

– Qu'est-ce qui t'étonne ? demanda-t-il.

– Ben, je, enfin... » Je ne savais pas quoi dire. « Je ne m'attendais pas à ce qu'elle soit si intelligente, dis-je en m'enferrant. Enfin, je veux dire qu'elle a l'air tellement sympathique et qu'elle sait exactement ce qu'il faut dire. Elle doit t'aimer énormément.

– C'est vrai. » Sa voix était pleine de respect. « Elle était si jeune quand je suis né. On a grandi tous les deux comme des amoureux ; comme frère et sœur. Elle n'avait que quinze ans quand je suis né.

– Elle te ressemble ? demandai-je.

– Tu veux voir sa photo ?

– Bien sûr », dit Signifier.

Il l'avait apportée. Les coins étaient coupés comme si elle avait été dans un cadre, et au dos on pouvait lire : « A mon fils chéri. » Elle portait un pantalon, un pull et avait les mains dans les poches. Elle était étonnamment belle.

« Elle est mignonne, dit Signifier ; quel âge a-t-elle ? »

Je me suis exclamé : « Ça ne se dit pas, espèce d'imbécile ! »

Puis j'ai dit à Dido : « C'est une très jolie femme. » Je savais que je devais avoir l'air guindé et pourtant j'aurais voulu dire quelque chose de spontané, mais la surprise m'avait désorienté.

Dido s'est mis à rire.

« Quel vocabulaire précieux, me dit-il. Je voudrais avoir une meilleure photo. En fait, elle est plus jolie que ça.

– Dis donc, est-ce qu'elle est mariée ? » demanda Signifier.

Dido a éclaté de rire.

« T'es un vieux saligaud, Signifier.

— Ouais, c'est tout à fait moi, un vieux saligaud et le reste.

— T'es un amour, dit Dido.

— Et tes jambes, c'est une maladie ou tu te les es cassées ? demanda Signifier.

— Je me suis cassé les rotules, dit Dido. Si je ne fais pas beaucoup d'exercice, elles se démettent.

— Ah, je croyais que tu te déboîtais les genoux, dit Signifier. Que t'étais une sorte de contortionniste.

— Quand j'étais aux ateliers, je n'avais pas assez d'exercice... »

Je l'ai coupé :

« Fais pas attention à ce type, il n'arrête pas de faire des sous-entendus.

— C'est pas un mauvais bougre, dit Dido, en me lançant un clin d'œil.

— T'étais dans quel atelier ? A la laine ? demandai-je.

— Non, au coton, au 5-10.

— Et qu'est-ce qui s'est passé, tu pouvais pas suivre les rangs ?

— C'est pas ça, dit-il, je me suis bagarré avec mon compagnon de cellule. »

Mon regard s'est porté involontairement sur Signifier et j'ai surpris une lueur dans ses yeux. J'ai tourné la tête. Dido n'a rien remarqué.

« Il se prenait pour un champion de boxe, poursuivit-il, j'en ai eu marre de ses airs de caïd. » Ça, je pouvais me l'imaginer sans mal, y compris la façon méprisante avec laquelle il l'avait défié. Par contre, je me l'imaginais mal en train de se battre. Il me faisait plutôt penser à ce genre de détenus qu'on traitait d'inconscients à cause de cette attitude méprisante qui les faisait passer pour des imbéciles. Je n'aimais pas l'idée que quelqu'un puisse le frapper. Cela me mettait mal à l'aise. Il paraissait tellement incapable de se défendre.

« Tu veux dire que tu l'as cogné pour de bon ?, dit Signifier.

— Tu vois pas qu'il essaie de te faire marcher », dis-je.

Signifier a éclaté de rire.

« Tu frapperais pas ton cousin, pas vrai ? »

Dido ne comprit pas.

« Mon cousin ?

— Je pensais que toi et lui, vous étiez cousins, comme t'es peut-être celui de Jimmy.

— Ta gueule, Johnson », dis-je.

Mais Dido avait mordu à l'appât.

« Tiens, tiens, ça concerne le passé de Jimmy ? Raconte-moi ça, Signifier. »

J'ai sauté en bas de ma couchette de l'autre côté et me suis éloigné, mais Dido a fait le tour pour me barrer le passage. « Est-ce que tu serais pas en colère, par hasard ? » dit-il d'un air moqueur.

Signifier se tordait de rire. Je lui ai dit :

« Va te faire foutre. »

En voyant la soudaine expression de chien battu qu'a prise son regard, j'ai tourné le dos et je suis allé rapidement jusqu'à la partie de poker. Il est arrivé un peu plus tard et a pris place de l'autre côté de la table, en face de moi. Il tenait un dollar qu'il avait dû trouver quelque part.

« Salut », lança-t-il, débordant de joie comme si on ne s'était pas vus depuis des années.

Je n'ai pas répondu. J'avais des doutes sur la provenance du dollar. Dutch distribuait. Il lui a jeté un regard mauvais.

Mais Dido ne semblait pas voir notre attitude à tous les deux. « Faisons la paix, Jimmy », il avait l'air très content de lui.

Après m'être fait prier, j'ai fini par dire :

« Bon, d'accord. »

Il me rendait extrêmement nerveux. Il parlait aux autres comme à des chiens. Il était si méprisant, si dédaigneux, que je m'attendais à ce que quelqu'un lui saute dessus à tout moment. Avec lui, jouer au poker tenait plutôt du combat de chats. J'ai été soulagé quand il s'est retrouvé fauché. Mais alors, comme un imbécile, je lui ai dit :

« Tu peux prendre une partie de mes jetons », en poussant la moitié vers lui.

Mais il s'est excité et a perdu toute mesure.

« Attention, t'es déjà perdant de dix sacs, dit-il, méprisant. Tu veux pas t'enfoncer, pas vrai ? Tu sais pourtant que t'auras pas d'intérêts. »

J'étais furieux.

« En tout cas, ça me renseigne sur ce que tu vaux ». J'ai repris mes jetons.

« Donne-moi un dollar de jetons, dit-il à Dutch.

— Où est ton fric ? » dit Dutch.

Dido s'est levé de son siège, livide.

Il s'écria d'une voix aiguë et perçante :

« Vous voulez que je foute ce jeu en l'air ? »

J'en étais malade : je savais qu'il essayerait.

« Personne foutra ce jeu en l'air, dit Dutch. Si tu veux des jetons, sors ton fric.

— Il en a, dis-je, donne-lui des jetons. »

Dido en a arraché une poignée des mains du vendeur, puis il s'est tourné vers moi.

« J'ai pas besoin de tes recommandations.

— Tu vas devoir vivre ici, mon gars, dis-je. Il n'est pas question que tu traites les autres comme ça. La règle du jeu veut qu'on paye ses jetons quand on les prend. Et t'as pas à apprendre à un type comment il doit mener sa propre table. »

Dutch attendait. Dido l'a regardé et lui a rendu les jetons.

« Donne-moi de quoi ouvrir », demanda-t-il à Dutch.

Dutch lui a tendu trois jetons de cinq cents.

Dido s'est retourné vers moi.

« J'vais prendre ceux que tu voulais me donner, chéri », dit-il d'un air contrit.

Eh bien maintenant, ça y est, j'ai pensé. Je suis dedans jusqu'au cou. Je suis bon pour en avoir la réputation sans la satisfaction. Je lui ai répondu :

« Ça te ferait rien de te branler tout seul ? »

Il a perdu ses trois jetons du premier coup, sans relever les yeux vers moi, puis il s'est levé et est parti. Un peu plus tard, je l'ai entendu qui grattait son ukulele de toutes ses forces, comme par défi, à l'autre bout du dortoir. Je n'arrivais pas à comprendre pourquoi je me sentais obligé de le protéger tout le temps. Alors je me suis mis à perdre, quinze dollars en tout, et j'étais toujours assis là à me faire du souci pour lui. J'avais chaud, je transpirais et j'étais dégoûté.

Quand les lumières se sont éteintes, je suis allé droit à sa couchette.

« Ecoute, qu'est-ce que tu dirais de recevoir mon poing sur la gueule ! »

Il était allongé sur le flanc, le visage près du bord de la couchette et il me regardait intensément.

« Je ne sais pas, avoua-t-il lentement. Je ne saurai pas tant que tu l'auras pas fait. Peut-être que j'aimerais ça. » Dans la pénombre, son visage était lisse avec cette patine sombre de vieil ivoire. Tous ses traits étaient fins et délicats, ce qui lui donnait un air exotique, et ses yeux noirs, grands et profonds, semblaient pleins de minuscules éclats de lumière.

J'ai serré les dents.

« J'vais te dire une bonne chose...

— Tu es tellement viril, me coupa-t-il d'une voix sourde.

— Merde, tu m'énerves ! dis-je. Je passe mon temps à avoir peur pour toi. Qu'est-ce qui te prend de traiter les gens comme des chiens, sans arrêt ?

— Disons que maintenant, ça ne sera peut-être plus nécessaire.

— Tu peux être un chic type quand tu le veux bien.

— Pour toi, j'en serais capable », dit-il.

Cela s'était passé le mardi, le lendemain matin il m'a demandé : « Tu es toujours d'accord avec ce que tu as dit hier, Jimmy ?

— Oui, dis-je.

— Autant qu'hier soir ?

— Oui. » Je mentais.

« Je me le demande. »

Il a tourné autour de moi toute la journée, pendant que j'essayais de rédiger le brouillon de ce que je voulais écrire. Quand j'ai eu terminé, je l'ai laissé le lire.

« C'est du tonnerre, Jimmy, dit-il. Je t'assure, c'est du tonnerre. »

Sa réaction m'a surpris. Je savais qu'il me passait de la pommade. Mais j'étais quand même flatté. Je lui ai demandé :

« Qu'est-ce qui te fait dire que c'est bon ?

— Ben, c'est bon, c'est tout », dit-il. Je l'ai regardé pour voir s'il ne se payait pas ma tête. Il avait l'air sincère. J'ai mis le papier de côté. Je me suis dit que j'allais devoir le réécrire. Il pense que c'est bon et je ne peux pas le décevoir.

« Allez, viens, tu peux t'entraîner un peu à taper », dis-je en me poussant pour lui faire de la place devant la machine. Tout le monde nous observait, mais maintenant cela m'était égal, et lui, il semblait ne pas le remarquer.

Il était raide et gauche en tapant à la machine.

« Je me sens gêné, dit-il.

— Tu veux que je m'en aille ? demandai-je.

— Oh non, ça serait pire si tu partais. »

Mais au bout d'un certain temps, il s'est lassé.

« Viens avec moi jusqu'à ma couchette, je vais te jouer quelque chose.

— D'accord. » J'ai rangé la machine à écrire et je l'ai suivi. Il a attrapé son ukulele et m'a dit :

« Asseyons-nous en dessous.

— Dis donc, c'est le pieu du vieux Foley, dis-je. Et il est râleur comme pas deux.

— T'occupe. Lui et moi, on est copains.

— Allons bon ?

— Tous les vieux sont mes amis, dit-il. Ils m'aiment bien.

— Tout le monde serait ton ami si tu le voulais. T'es plutôt agréable quand tu piques pas ta crise.

— C'est nécessaire que les autres m'aiment bien ?

— Pas vraiment. Mais ça ne sert à rien de montrer les dents sans arrêt et de les foutre en rogne pour rien.

— Je serai gentil avec les autres, Jimmy, dit-il. Je ferai tout pour qu'on m'aime. Je l'ferai parce que tu le veux, Jimmy.

— Ça, c'est pas une raison valable. C'est pas vraiment ce que je te demande. Parce qu'après, tu seras tellement gentil qu'ils voudront tous t'avoir. » J'ai souri. « Et qu'est-ce que je deviendrai, moi ? Non, il vaut mieux que tu restes toi-même, méprisant et tout ça.

— Tu pourrais toujours penser à ta libération.

— C'est vrai. »

Mais le charme était rompu. Il s'est mis à jouer, égrenant les notes sur son ukulele. C'était un excellent musicien, avec un véritable sens du rythme, mais il avait une préférence pour la mélodie. C'était reposant, très agréable, et la musique était claire. Je me suis rendu compte peu à peu à quel point la musique m'avait manqué depuis que j'étais ici. Il a joué *Summertime, Make Believe, Stardust* et d'autres vieux airs que j'aimais.

Je n'avais jamais eu de radio, j'avais toujours eu peur d'être trop proche du monde extérieur ; il y en avait des douzaines dans le dortoir, mais ils étaient obligés de les écouter en sourdine. Et en plus, il y avait quelque chose dans cette musique-là qui ne passait pas par les ondes.

Très vite, il a eu un public. Les autres détenus l'avaient entendu jouer et, le voyant avec moi, ils se sont rassemblés autour de nous.

Les deux noirs au bandjo et à la guitare sont venus et il les a invités à se joindre à lui. J'allais me lever mais il m'a retenu. « Non, reste assis là, j'aime t'avoir à côté de moi pour pouvoir te toucher. » On a fait un bœuf. Tout le monde a apprécié. Le Capitaine Charlie s'est arrêté un moment près de nous pour écouter. L'heure de musique était normalement entre sept et huit, mais il les a laissé continuer.

« Ne jouez quand même pas trop fort », conseilla-t-il.

Ce n'est que lorsque les lumières ont clignoté que le groupe a commencé à se disperser.

« C'est mieux maintenant ? » demanda-t-il. Je n'ai pas répondu.

Il insista :

« Tu trouves pas que c'est mieux ?

— Si.

— Tu n'as pas l'air très enthousiaste, Jimmy. Tu penses vraiment que c'est mieux, hein ?

— Bien sûr.

— Tu n'as pas honte de moi ?

— Bien sûr que non.

— J'ai été très gentil avec tout le monde, pas vrai ?

— T'as été du tonnerre, dis-je.

— J'ai remarqué que t'avais pas l'air gêné. Tu ne seras plus jamais gêné, hein, et tu n'auras plus jamais honte de moi, pas vrai, Jimmy ?

— Non.

— Sincèrement ?

— Sincèrement.

— Je suis content, parce que ça je ne pourrais pas le supporter.

— Il faut que je retourne pour l'appel, maintenant, dis-je.

— Tu reviendras me dire bonne nuit, n'est-ce pas ? »

Je savais que les détenus qui étaient à portée de voix nous écoutaient, et cela me gênait un peu, mais j'ai quand même accepté.

Le lendemain était le jour d'action de grâce. On a eu un très bon repas à midi, il y avait de la dinde rôtie avec une sauce aux huîtres et de la confiture d'airelles. Pendant l'après-midi, j'ai entrepris de réécrire ma grande tirade. Dido est venu s'asseoir à côté de moi, plaquant de temps en temps un accord au hasard jusqu'à ce que je ne tienne plus.

« Est-ce que t'es toujours si travailleur, Jimmy ?, demanda-t-il.

— Non, c'est pour te donner l'exemple », dis-je ; c'était vrai.

« Je suis horriblement paresseux, n'est-ce pas ?

— C'est pas exactement ça. »

Il a eu l'air surpris.

« J'essaye de te montrer comment te distraire, lui expliquai-je. Comment t'occuper en faisant quelque chose d'utile.

– T'es un amour de te donner tant de peine pour moi, dit-il.

– Oui, mais j'me sentirais quand même drôlement mieux si je savais que tu peux t'occuper intelligemment, dis-je, sans trop y croire. On a toujours l'impression que t'attends quelque chose. Je ne sais même pas comment t'expliquer ça. C'est la même chose quand tu joues. T'es paumé, c'est ça. T'es tellement paumé, tellement excessif !

– Juste comme j'allais te demander de me laisser jouer un peu, dit-il, déçu. J'ai pourtant été gentil ces deux derniers jours, pas vrai ?

– J'ai pas d'argent, mentis-je. Je me suis fait plumer la nuit dernière.

– Bon, d'accord, c'est pas grave. »

J'essayais de me concentrer sur ce que j'écrivais mais sa simple présence me distrayait et m'énervait. J'ai fini par m'écrier :

« Nom de Dieu, arrête de gratter ce truc-là.

– Je te dérange ?

– Non. » Ce n'était pas vrai. « Seulement quand tu grattes ton machin. »

Au bout d'un moment j'ai dit : « Tu n'as rien d'autre à faire ? Tu veux lire des magazines ?

– Je m'en vais, je vais te laisser travailler. » Il s'est levé, et il a ajouté : « Tu veux voir quelque chose que j'ai écrit ?

– Ça m'est égal, dis-je en soupirant.

– D'accord, continue ton travail, je ne te dérangerai plus. »

Il avait l'air tellement vexé que je lui ai dit :

« D'accord, fais voir ! »

Il s'est précipité dans la travée, et quand il est revenu, il m'a dit :

« C'est pas grand-chose. J'ai écrit aussi une chanson. J'adore la musique. »

J'ai pris l'unique feuillet dactylographié avec résignation, en me disant qu'après cela, il trouverait peut-être quelque chose à faire. Mais dès la première ligne j'ai été pris, et éberlué.

« Les ténèbres m'entourent de toutes parts. Dans les recoins chargés d'odeurs immondes de mon donjon, elles sont comme les sentinelles noires des portes de la mort qui m'interdisent le repos. Elles gisent, immobiles, sur le sol recouvert de fange et grouillent dans les yeux de ma peur. Elles vivent et planent dans l'espace qui m'entoure, vampires de l'esprit, aspirant la vie de mon âme. Ténèbres, que les coins abrupts repoussent dans l'éther, qui s'enchevêtrent avec des angles impossibles, qui tombent sur des sols de ciment et grimpent aux murs noirs. Ténèbres qui fuyez devant la lumière, vous réfugiant hâtivement derrière des barreaux pour y faire régner l'obscurité. Ombres de barreaux traversant l'espace pour s'abattre avec une force à vous briser l'âme sur l'ombre des hommes. Ombres des ténèbres, qui n'êtes plus des hommes, victimes de la nuit éternelle, victimes de l'obscurité... »

J'ai demandé :

« C'est toi qui as écrit ça ? »

Il a fait signe que oui.

« Ça te plaît ?

— Je trouve ça extraordinaire. » Pourtant cela me laissait une drôle d'impression. J'éprouvais une sorte de malaise. J'étais de plus en plus inquiet à son sujet.

« Ça m'est venu une nuit, en cellule. »

Je me l'imaginais, allongé sur sa couchette dans l'obscurité, hanté par de redoutables frayeurs.

« Viens, je vais te trouver de l'argent pour que tu puisses jouer au poker », dis-je.

Il allait reprendre son texte mais je l'en ai empêché.

« Non, laisse-le là, je voudrais le relire.

— Je sens que je vais gagner aujourd'hui, dit-il, rien que pour toi. »

J'ai relu son texte. Plus tard il devait me rester en mémoire sous le titre de *Ténèbres*. Par quelque étrange phénomène, il s'est révélé être un stimulant irrésistible. Ma mémoire s'est éclaircie, et mes idées se sont organisées logiquement. Tout en moi paraissait tendre vers un meilleur équilibre. Je n'avais jamais autant apprécié la clarté froide et pure de la loi. J'ai rédigé mon avis motivé avec rapidité et assurance. Les termes exacts me venaient à l'esprit sans que j'aie à les chercher. Quand j'ai eu terminé, j'étais certain que c'était bon. Je jubilais.

Je rangeais ma machine à écrire, quand Signifier est venu me dire que Dido était en train de gagner. J'étais content et excité. Je suis descendu le voir et je suis resté debout derrière lui, un pied sur le banc. Il a levé la tête et m'a souri et a fait deux parts de ses jetons.

« Tu veux jouer, Jimmy ? »

J'ai fait signe que non.

« Y'a trop de monde. »

Ils étaient déjà dix à jouer et une douzaine d'autres attendaient qu'une place se libère. Tout le monde voulait essayer de plumer Dido. Il avait un beau tas de jetons devant lui et menait le jeu à un train d'enfer. Il y prenait un plaisir évident. Au bout d'un moment, il dit :

« Je te laisse ma place, Jimmy, si tu veux. »

J'ai remarqué que plusieurs joueurs autour de la table étaient prêts à protester, mais j'ai souri :

« Non, continue, tu t'en tires pas mal. »

Ça les a soulagés ; ils croyaient pouvoir se refaire en le battant mais ils savaient très bien que je ne leur laisserais aucune chance de récupérer leur argent. Mais il s'est vite désintéressé de la partie et a fini par abandonner.

« Je veux rester avec toi », dit-il.

Il était si heureux et tellement excité d'avoir gagné que ses yeux brillaient et qu'il pouvait à peine parler.

« J'ai attendu d'avoir une paire pour monter, ils ont cru que je n'avais rien, ils ont relancé et moi...

Je lui ai soufflé :

– Tu les a menés par le bout du nez.

– Quand j'ai eu un gros tas de jetons, j'ai pu les battre avec presque rien en main. Tout ce que j'avais à faire, c'était d'encaisser leur argent.

– De mon côté, j'ai fini ce que j'étais en train de faire.

– Oh ! tu me laisses lire ?

Je suis allé le chercher et je lui ai donné.

– C'est génial, dit-il. Je ne pensais pas que tu puisses autant l'améliorer. T'es un génie, Jimmy. Est-ce que tu es aussi heureux que moi ?

– Oui », lui dis-je.

XXIV

Dido et moi étions en train de parler, un jour, je ne sais plus de quoi, quand tout à coup il a dit :

« C'est vrai, mais un détenu est un être humain, lui aussi. » Et ces mots allaient nous entraîner dans une discussion que je n'ai jamais oubliée.

« Nous, on le sait, mais à qui d'autre espères-tu faire croire ça ?, dis-je.

— Si toi tu le crois, c'est suffisant, dit-il en me prenant de court.

— Tu es philosophe à tes heures ?

— C'est la faute de la prison. Quand tu entres ici t'es un néophyte et quand tu en sors t'es un sage.

— N'empêche que j'peux pas en vouloir aux gens de ne pas nous considérer comme des êtres humains. Ils débordent de sympathie, mais ça ne les intéresse pas de la gaspiller pour des taulards.

— Je ne reproche rien à personne, dit-il. Mais quel diacre n'a pas sonné les cloches en pensant à un mauvais coup et quel ange n'a pas porté la bonne nouvelle en Enfer ?

— Tu parles comme Omar. Où vas-tu chercher tout ce fatalisme ?

— Ce n'est pas le mien, c'est celui de la vie. On a tous la mort pour compagne de route.

— Comme tu as de grandes dents », lui dis-je, moqueur.

Mais il était sérieux.

« J'ai vingt-quatre ans.

— Ben mon vieux, t'es plus tout jeune, à ta place je ferais un nœud à ma barbe pour qu'elle ne traîne pas par terre. »

Toujours sérieux et très lointain, il ajouta :

« C'est peut-être pas grand-chose, mais ça m'a paru long avant que je te rencontre. »

Je me suis retourné brusquement pour le regarder. Il ne plaisantait pas. « C'est bizarre ce que tu viens de me dire.

— Tout le monde a besoin d'un but dans la vie. » Les mots sonnaient faux.

« Tu as une mère, répliquai-je.

— Je ne lui ai apporté que des déceptions, avoua-t-il.

— Et alors, moi aussi j'ai déçu la mienne. Elle avait le cœur dur. Mais si j'avais eu besoin d'amour pour m'aider à franchir le cap de ces vingt premières années, elle aurait pu m'en donner.

— Tu ne connais pas mon histoire, dit-il, c'est pas la première fois que je passe par là. J'étais en maison de redressement, et ma mère m'a expédié trois cents dollars pour que je rentre à la maison.

— Alors tu les as dépensés, tu as eu des ennuis et tu es retourné en prison, ai-je dit en terminant l'histoire à sa place. Je comprends ça. Mais les mères sont bizarres, mon petit. Elles ne te laisseront pas tomber pour autant. Elles possèdent quelque chose qu'on appelle l'amour maternel. En dépit de tout ce que tu pourras faire pour le détruire ou le bafouer, elles en ont toujours autant en réserve. C'est comme un torrent intarissable. Ta mère ne te laissera jamais tomber, petit.

— Elle, non, mais moi...... Je suis resté douze jours dehors. Je n'ai même pas quitté l'Etat. T'avais raison de dire que j'étais un paumé. » Il s'est arrêté et m'a demandé : « Tu as déjà eu peur ? » Je n'ai pas répondu tout de suite.

« De la vie ? Du mal qu'elle peut vous faire ? Du noir ? D'être seul ? Peur des idées, des sentiments, des souvenirs ? » J'ai pris une profonde inspiration. « Bien sûr que j'ai eu peur », ai-je avoué. Je n'avais jamais dit cela à personne. « J'ai souvent eu peur. Et ça m'arrive encore souvent.

— Tu me ressembles tellement, et pourtant tu es si différent. »

Il est resté silencieux pendant un instant et j'en ai profité pour ajouter : « Mais je n'y pense pas. Si tu n'y penses pas, ça ne peut pas te faire de mal. »

Il ne m'avait pas entendu.

« Oui, mais y'a pas que ça, dit-il lentement. As-tu déjà eu peur que les gens ne te comprennent pas, peur de grandir en te disant que jamais personne ne te comprendra, pas même ta mère ? Et quand tu leur as donné à tous au moins une chance de te comprendre et qu'aucun n'y est parvenu, te dire qu'après tout tu t'en fous et t'apercevoir que tu n'y fais même plus attention ? On finit par être sauvage, violent et on ne s'occupe plus de rien ; on ne transige plus, on dit aux autres : prenez-moi comme je suis ou laissez-moi, mais on ne le pense pas vraiment. Et pendant tout ce temps-là, on a peur, on est si seul et si abandonné dans un monde obscur qu'on crève d'envie de rencontrer quelqu'un qui vous dise que vous avez raison. Et même si on a tort, qu'on vous dise quand même que c'est vous qui avez raison. » Quand il s'est arrêté de parler, il pleurait.

J'aurais voulu le prendre dans mes bras, comme un petit enfant, pour le réconforter et le rassurer ; j'éprouvais tellement de tendresse pour lui.

« Tout va bien, dis-je, tout va bien, petit. »

Un éclair d'adoration a brillé dans son regard.

« Parfois tu es merveilleux. » L'émotion brisait sa voix.

« Je crois que tu te poses trop de questions, lui dis-je. C'est seulement dans ta tête que les gens ne te comprennent pas. »

Il s'est mis à rire tout à coup.

« Mais bien sûr, tu ne comprends pas, comment pourrais-tu ? Tu n'as pas à avoir peur de toi-même. » Il était profondément amer maintenant. « Tu n'as même pas à avoir peur de vouloir faire quelque chose de vraiment moche. Et de ne pas pouvoir t'en empêcher. Même si tu sais que t'auras envie de te pendre pour ça, plus tard.

— Je sais pas, j'ai fait des tas de choses dont je suis pas fier.

— Mais tu pourrais quand même les avouer.

— N'en parlons pas ! » Sur le moment je l'ai haï pour tout ce qu'il faisait remonter à la surface . toutes ces choses et tous ces gens.

C'était à lui maintenant de me rassurer.

« Mais non, Jimmy, t'es pas aussi pourri que ça ! »

Et je me sentais mieux.

« L'ennui avec toi, c'est que tu as une philosophie qui n'est pas bien solide, dis-je, tu n'y crois pas vraiment, ou alors elle ne t'abandonnerait pas comme ça quand tu en as le plus besoin.

— Maintenant c'est toi qui cherches la petite bête », dit-il. On a ri.

Parfois, le soir, on restait près de sa couchette, avec un magazine ouvert, posé à plat sur la couverture et on se lisait des passages à haute voix, simplement parce qu'on aimait s'entendre. A d'autres moments, on allait près de la fenêtre pour regarder le soleil qui se couchait derrière les bains-douches. Je lui disais :

« Seigneur, je me demande ce qu'il peut bien y avoir derrière cet horizon. » Et il répondait :

« Crois-moi, Jimmy, ce n'est pas ce que tu penses.

— J'irais bien y voir quand même.

— Je te le souhaite et je prierai le ciel pour que tu ne sois pas aussi déçu que je l'ai été.

— Tu parles comme si t'avais pas mal roulé ta bosse.

— C'est vrai, mais il y a toujours eu l'horizon entre moi et l'autre côté. » Et en me regardant, il ajoutait : « Et alors je t'ai rencontré et quelque chose s'est passé, je ne sais quoi exactement, mais ce que je sais c'est que cet horizon n'a plus tellement d'importance parce que j'ai en moi l'autre côté tout entier maintenant.

— Tu n'as plus besoin de t'inquiéter », disais-je, et il me lançait un de ses sourires étincelants de bonheur.

Tous les mardis et vendredis, il allait à l'infirmerie pour y suivre un traitement ; je lui ai demandé ce que c'était.

« J'ai des problèmes de sinus.

— Ça se voit pas.

— Pourtant il y a des moments où ça me prend sérieusement, c'est là que ça se passe. » Il s'est tapé le front juste au-dessus du nez. « Des fois, ça fait si mal que ça me rend presque dingue. Ma mère a ça aussi.

— Je ne savais pas que c'était si grave.

— Oh ! si ! dit-il, c'est très grave et j'espère que tu n'auras jamais ça. Quatre-vingt-dix pour cent des gens qui en souffrent deviennent dingues, à moins que ce soit quatre-vingt-dix pour cent de ceux qui sont dingues qui en souffrent. De toute façon, c'est...

— Quatre-vingt-dix pour cent, dis-je, comme l'alcool de maïs.

— ... Très grave, James Buchanan Monroe, ça te rendrait dingue aussi, et je te souhaite de jamais l'attraper.

— Si ça rend dingue, tu ferais mieux d'aller te faire soigner parce que t'es déjà assez dingue comme ça.

— Je suis beaucoup mieux maintenant, pas vrai ? demanda-t-il.

— T'es en pleine forme. »

Quand il est retourné à l'infirmerie, il a pris rendez-vous pour subir une intervention chirurgicale et vers la mi-décembre, on l'a conduit là-bas pour l'opération. J'ai obtenu du Capitaine Charlie qu'il me conduise à l'infirmerie pour lui rendre visite et je lui ai apporté le savon et les affaires de toilette dont il aurait besoin. Le lendemain, quand ils l'ont opéré, j'ai persuadé Tom de m'y accompagner à nouveau avec les urgences et j'étais là quand ils l'ont sorti de la salle d'opération sur un chariot. J'ai fait un bout de chemin à côté de lui, je lui ai pris la main et je lui ai dit que tout allait bien, mais à ce moment-là il n'avait pas besoin de moi car il était toujours sous anesthésie. C'est quand il a repris conscience qu'il aurait eu besoin de moi, mais je n'y étais plus.

Les longues lettres que je lui envoyais tous les jours par les marchands de journaux lui faisaient beaucoup de bien, en tout cas c'est ce qu'il me disait dans ses réponses. Et les quelques lignes qu'il m'écrivait m'ont fait du bien à moi aussi. Le dortoir était intenable sans lui. Je ne savais pas que la vie pouvait être aussi dure dans un dortoir plein de détenus.

Signifier s'est désigné pour me remonter le moral.

« T'en fais une tête, dit-il, on dirait que t'as le cœur brisé. T'en fais pas va, il reviendra dans un mois ou deux. Tu ferais mieux de te reprendre, sinon tu vas choper la tuberculose. »

Je donnais un dollar par jour au balayeur noir et au chef-infirmier de la salle A pour qu'ils s'occupent de lui. Mais je ne lui ai pas dit car je crois qu'il me l'aurait interdit.

Ils l'ont laissé sortir la veille de Noël. Quand il est arrivé, c'était un peu comme s'il rentrait à la maison. D'après lui, ils auraient voulu le garder encore une semaine mais il leur a dit qu'il devait absolument sortir pour Noël.

« Je leur ai dit que c'était une question de vie ou de mort et qu'il fallait absolument que je sorte, dit-il. Il fallait à tout prix que je passe ce Noël avec toi, Jimmy, il n'y en aura peut-être jamais d'autres. »

Je n'avais rien à répondre à cela.

Je lui ai demandé comment il avait été traité et il m'a dit que tout le monde avait été très bien. Ils savaient tous qu'il était mon ami et ils avaient été très gentils.

« Il y a un tas de types fantastiques là-bas, dis-je.

— Ça c'est vrai, mais je m'attendais à ce que ce soit assez dur.

— Ils ont une mauvaise réputation, c'est tout. » Une belle bande d'escrocs, oui, ai-je marmonné dans ma barbe. « Mais à part ça, ils sont très bien. »

Sa mère lui avait envoyé ses deux dollars mensuels dans une lettre mais comme dans la fièvre de Noël elle avait échappé à la censure, il avait eu les deux billets en même temps. Avec, il s'était acheté un flacon de comprimés de Amytal-Sodique. C'est ce qu'on donnait aux tubards en guise de calmant, mais quand on en prenait deux ou trois à la fois avec du café, ils vous faisaient l'effet d'une bonne cuite. Comme les comprimés étaient bleus, on les a appelés des « petits bleus ». Une fois qu'on était bien partis tous les deux, on s'imaginait que personne ne nous comprenait quand on parlait des petits bleus. Seulement tout le monde les appelait comme ça.

Vers huit heures ce soir-là, on m'a apporté un colis que ma mère avait envoyé et une heure plus tard il en recevait un de la sienne. Les colis n'avaient pas cessé d'arriver pendant toute la journée et la lumière est restée allumée jusqu'à minuit pour la distribution. On s'est pris une bonne cuite avec les petits bleus et on s'est gavés de toute cette bonne bouffe qui venait de chez nous. Puis on a chanté des chants de Noël à tue-tête pendant qu'il nous accompagnait sur son ukulele, si bien qu'à minuit on était tellement excités qu'on ne pouvait pas dormir et qu'on a passé toute la nuit assis à se raconter tous les Noëls dont on se souvenait.

Le lendemain matin, nous avons repris des petits bleus avec le café du petit déjeuner et on était sacrément partis quand on est arrivés au spectacle.

On en a repris encore avec le café du déjeuner avant de passer notre après-midi à jouer au poker, même qu'on a perdu et que c'était du tonnerre et qu'on s'amusait follement. Tout était si drôle, si merveilleux, on se serait crus dans un rêve. On a ri de la prison et on a ri parce qu'on perdait. On avait complètement oublié les autres joueurs jusqu'à ce que l'un d'eux n'arrive plus à se retenir et éclate de rire, communiquant son hilarité à tout le monde. On a cru mourir de honte. Nous avons dû quitter la table et nous en aller. Mais c'était partout la même chose. On avait oublié qu'on n'était pas seuls dans le dortoir. Nous avions l'impression que ce Noël n'appartenait qu'à nous deux.

Tout le monde s'est mis à parler de nous, même le capitaine Charlie et le capitaine Tom. Nous, on se disait qu'ils étaient tous marrants et complètement idiots, et on passait notre temps à nous moquer d'eux et à rire derrière leur dos. Signifier et Candy sont venus le lendemain de Noël pour nous aider à finir nos colis. Nous étions des hôtes pleins de prévenance et d'humour et on les a gavés de poulet et de gâteau jusqu'à ce qu'ils n'en puissent plus. On les faisait marcher et on était tellement éméchés qu'on était persuadés qu'ils ne comprenaient pas nos plaisanteries. Ensuite, on leur a donné des petits bleus. Candy a pris tous les siens dès le lendemain matin avant de se lancer dans une partie avec les noirs ; il a « ratissé » comme un chef. « Ratisser » c'est jouer une carte secrète après être tombé et avoir perdu. Tous les types de l'Alabama qui se prennent pour des durs ont l'habitude de jouer comme ça. Des fois un autre type la récupère et la joue sans savoir que vous la jouez aussi, et si vous pouvez glisser la vôtre dans le tas avant la fin de la donne sans que personne ne s'en rende compte, tout ce qu'ils peuvent faire, c'est de gueuler.

Mais Candy n'a pas été assez futé pour en tirer profit et il a fait un beau mélange de l'argent des autres. Il a fallu la moitié des détenus du dortoir, en comptant Dido et moi, surtout Dido et moi, pour remettre les choses en ordre. Candy voulait se battre contre nous tous avec le petit couteau qui ne le quittait jamais, un couteau dont la lame était si courte qu'on la voyait à peine. Il a fallu que Tom, le gardien de service, Polack Paul et une demi-douzaine d'autres détenus s'en mêlent pour que les noirs n'aillent pas lui arracher les oreilles à coup de dents. Tom nous a pris à l'écart, Dido et moi, pour nous dire de nous débarrasser de cette came et de ne plus en donner à Candy. Mais on était tellement secoués que c'est à peine si on a pu attendre qu'il soit parti pour éclater de rire à nouveau.

Dans le courant de la semaine, Dido a reçu une machine à écrire que sa mère lui avait envoyée pour Noël. Je ne l'ai jamais vu si heureux, ni si excité.

« Oh elle est fantastique, pas vrai ?

— Formidable » dis-je.

Ce n'était pas une très bonne machine, mais on a toujours soutenu que c'était ce qui se faisait de mieux. Ce soir-là il l'a démontée pendant que je l'observais, assis dans un coin, de plus en plus inquiet.

« Tu devrais peut-être pas faire ça, dis-je, je crois que ta mère ne serait pas contente.

— Elle serait ravie. Tu l'aimerais beaucoup, Jimmy. Elle était tellement jeune quand je suis né, pas plus de quinze ans, et elle ne savait pas s'y prendre pour m'élever. Je suis son enfant chéri. Les gens la prenaient pour ma grande sœur. » Il parlait tout en travaillant. « Quand j'ai été assez grand pour qu'on puisse discuter, elle m'a donné une règle de vie formidable. Le bien, c'était simplement ce qui nous paraissait juste, honnêtement et en conscience. On avait notre code moral. C'est comme ça qu'on vivait, on agissait en conséquence. Et je pense toujours la même chose. » Il s'est arrêté pour lever les yeux vers moi. « Tu ne crois pas que c'est une règle de vie formidable ?

— Si. » Je n'en étais pas si sûr.

« C'est vrai, Jimmy » dit-il avec la candeur d'un petit garçon. « Tout peut prendre l'apparence du mal, si au fond de toi, tu n'es pas persuadé que ce que tu fais est bien. La nuit quand tu ne peux pas dormir et que tu penses à tout ça, il faut que tu aies la certitude que ce que tu fais est bien. »

Nous avons pris nos derniers petits bleus le matin du premier de l'an. Toute la semaine qui s'était écoulée n'avait été qu'un rêve merveilleux. Le lendemain, nous avions des maux de tête et la bouche pâteuse, mais pas de regrets.

« Tu ne sais pas comme c'est fantastique de ne jamais rien regretter », dit-il.

Plus tard, j'ai découvert que j'avais 135 dollars de dettes. Ma machine à écrire était au clou et la sienne en pièces détachées. On avait sauté sur un type en lui foutant sa partie en l'air et si on n'est pas allés au trou, c'est bien grâce au capitaine Tom et au capitaine Charlie.

« Vous avez fait une de ces noces !, dit Signifier avec envie.

— Quand est-ce que t'as pris tes petits bleus ? lui ai-je demandé.

— J'suis pas idiot, je les ai pris le soir même et j'ai dormi comme une bûche jusqu'au petit déjeuner. »

Nous avons ri. Quand il est parti, Dido a ajouté rêveusement : « J'avais l'impression de délirer, mais c'était formidable. »

La seconde semaine de janvier, j'ai reçu une lettre de ma mère me disant d'être courageux, de garder espoir et de ne pas me laisser abattre parce que je n'avais pas été libéré à l'occasion des fêtes de Noël. L'assemblée législative n'avait terminé sa session que pendant la semaine de Noël, m'écrivait-elle, et le gouverneur avait été si occupé par le budget qu'il n'avait pas eu le temps d'étudier mon dossier. Elle disait aussi que le Révérend Bentley avait de nouveau parlé à M. Allison et qu'il semblait croire que je pourrais bénéficier de quelque chose cet été.

« Tu est déçu ?, demanda Dido.

— Oui, je suis déçu, mais à vrai dire, je n'y pensais plus, ces derniers temps.

— Alors, je suis désolé moi aussi, dit-il. Mais notre Noël ensemble, je ne pourrai jamais le regretter.

— Moi non plus », dis-je.

Le dimanche suivant, quand nous avons écrit chez nous, il m'a dit : « J'ai parlé de toi à ma mère la dernière fois, Jimmy. Tu veux lui dire quelque chose ? »

— Dis-lui que je crois qu'elle est fantastique, que je pense à elle comme à ma propre mère et que je l'aime beaucoup.

— J'vais lui dire. Ça va lui faire plaisir.

— Je vais parler de toi à la mienne. »

L'air effarouché, il a levé les yeux.

« J'espère qu'elle ne va pas me détester.

— Penses-tu, elle va t'adorer. » Mais j'avais des doutes.

Il a fait une drôle de tête quand j'ai dit ça, mais sur le moment je n'y ai pas fait attention.

« Tu ne parles jamais de ton père, dis-je.

— Toi non plus.

— Le mien est à Terre Haute.

— Et le mien à San Francisco. »

Nous nous sommes regardés.

Pendant les semaines qui ont suivi, nous sommes devenus passionnés de littérature et nous avons lu O'Henry ensemble. Une fois, je lui ai dit :

« Tu es un gosse adorable. »

Sa réaction fut immédiate :

« Oh, comme c'est gentil ! » Il avait les yeux embués. « Dis-moi toujours ça. »

En continuant notre lecture, nous sommes tombés sur le nom « Puggy Wuggy » et il m'a dit :

« Quel nom formidable, il te va comme un gant !

— Quoi ? ça va pas, non ?

— T'as un petit nez à la Puggy Wuggy qui se plisse quand tu vas rire. » Sa voix enrouée était moqueuse et ses yeux brillaient de malice.

« Ce n'est pas un compliment, dis-je.

— Je l'aime beaucoup, je crois que je vais t'appeler Puggy Wuggy.

— Il n'en est pas question !

— Et toi tu m'appelleras « gosse adorable ». Tu ne trouves pas que c'est mignon ?

— Non »

Nous aimions beaucoup O'Henry.

« Il connaissait si bien les gens, dis-je.

— Il est allé à l'école de la prison, me dit-il. Il y a fait un séjour en Ohio, il travaillait à l'infirmerie.

— Et je parie qu'il vendait des petits bleus, s'ils en ont là-bas. »

Nous avons éclaté de rire.

Quand ma mère est venue me rendre visite ce mois-là, elle m'a posé des questions sur Dido et je lui ai répondu qu'il était le détenu le plus intelligent que j'aie rencontré à la prison. Qu'il avait à peu près mon âge, que sa mère vivait en Californie et que c'était un ami formidable. Je n'ai pas arrêté de parler de lui. Mais cela ne l'a pas convaincue.

En revanche, sa mère à lui m'avait tout à fait accepté. Sa lettre suivante était adressée à ses « deux fils », et elle disait que dès qu'elle aurait l'argent nécessaire, elle viendrait nous rendre visite à tous les deux ; elle mourait d'envie de nous voir, disait-elle.

« Si tu sors cet été, je veux que tu ailles là-bas et que tu vives auprès d'elle.

— Elle est aussi gentille que toi ?

— Oh, beaucoup plus !

— Peut-être que je vais tomber amoureux d'elle. Elle a l'air d'être très jeune et comme j'ai un penchant pour la famille Dido... »

Cette idée semblait lui plaire.

« C'est ça, Jimmy. Je lui écrirai pour lui dire que tu arrives. Tu verras, tu t'entendras bien avec elle. » Il s'est arrêté net. Son visage s'est fermé si vite qu'il en est devenu laid. « Tu as dit que t'allais tomber amoureux d'elle. Qu'est-ce que tu voulais dire ? » Sa voix était sans timbre.

J'aurais pu lui répondre que je ne voulais rien dire par là et c'était la vérité. Mais une sorte de désir pervers m'a poussé à ajouter : « Après tout, je suis un homme. Ça fait cinq ans que je suis là. Qu'est-ce que tu crois que je veux dire d'autre ?

— Ce n'est pas son genre, dit-il, elle est aussi bien que ta mère. Elle est mieux que la mère de n'importe qui. Elle est très croyante.

— N'empêche que c'est quand même une femme », dis-je, poussé par une sorte de cruauté. « Et elle est belle. »

Il s'est levé, les yeux vides, le visage défait et distant. Ses épaules s'étaient affaissées, sa tête était penchée en avant et ses mains pendaient, inertes, de chaque côté de son corps. J'ai remarqué qu'elles étaient très grandes.

« On a vécu des moments merveilleux ensemble, Jimmy, je m'en souviendrai ! » Sa voix était nonchalante, grinçante et elle me faisait mal aux oreilles. Ses lèvres ont bougé comme s'il s'efforçait de sourire, puis elles se sont immobilisées, et ses yeux reflétaient une grande souffrance. A ce moment-là, il était très laid. Il a tourné les talons, descendu la travée et ses genoux ont recommencé à s'entrechoquer.

Je suis resté planté là un instant, à le regarder. Et puis je me suis dit qu'après tout, Dido était comme ça. Je me suis assis sur le banc, adossé à la table, et j'ai allumé une cigarette. C'est alors que j'ai senti la douleur monter en moi. Mon estomac s'est noué, j'ai eu envie de vomir, et j'ai été pris d'une peur froide et paralysante. Je me suis rendu subitement compte que j'aurais voulu me lever pour lui courir après. Mais toutes les émotions que je ressentais m'écrasaient et me clouaient à mon siège. Au bout d'un moment je me suis mis à trembler violemment. Il fallait que je me lève et que je marche. Je l'ai croisé dans la travée mais il a regardé ailleurs sans rien dire. J'ai tressailli.

En vingt minutes, tout le monde dans le dortoir savait qu'on s'était disputés. Je suis retourné à ma couchette et je m'y suis allongé tout habillé. Signifier est arrivé et m'a demandé ce qui se passait. J'ai hoché la tête. Je ne pouvais pas parler. Ensuite, Candy, Dew Baby et Wrinklehead, vinrent aussi :

« Pas de scène, dis-je, on s'est séparés, c'est tout. » Ils se sont mis à gamberger pour trouver un moyen de lui tomber sur le dos et de le chasser du dortoir. Mais j'ai de nouveau hoché la tête. « Laissez-le tranquille. »

Plus tard dans la soirée, il a eu des ennuis à la table de poker. Starret et lui ont commencé à se bagarrer et Starret est parti chercher un couteau. Dutch en a passé un à Dido. Signifier est venu me prévenir que Dido allait être mêlé à une rixe. Ça m'a rendu malade. C'était comme si on vous disait que votre sœur allait se battre au couteau. Je me suis levé pour aller rejoindre Dido et essayer de lui parler. Il était debout dans la travée et attendait Starret. Son visage était d'une pâleur cadavérique, ses lèvres ressemblaient à une meurtrissure bleuâtre et ses yeux étaient à demi fermés. On aurait dit un drogué et il paraissait ne rien voir. Il avait un couteau à la main et à la vue de la lame nue, un frisson glacé m'a agité, comprimant mes poumons et mon cœur. J'avais la chair de poule.

« Ne fais pas ça, petit », dis-je.

Il s'est tourné pour me regarder, et m'a lancé :

« Va te faire enculer, toi et les autres. »

Nous nous sommes regardés tristement.

« Je te jure que je ne pensais pas ce que j'ai dit. »

Son visage a tressailli.

« Mais pourquoi toi, Jimmy ? Toi que j'avais placé si haut. » Sa voix m'accusait.

Je suis allé jusqu'à la couchette de Starret alors qu'il rassemblait sa bande. J'ai repoussé un type sur le côté et je me suis penché pour toucher Starret à l'épaule. Il avait sorti son grand poignard et il s'enveloppait le bras gauche dans une couverture de prison coupée en deux. Il s'est ramassé sur lui-même.

« J'te préviens que si y'a de la bagarre ici ce soir, t'en sortiras pas vivant », dis-je. Ensuite, avant qu'il ait le temps de répondre, je me suis éloigné à reculons et j'ai rejoint ma couchette. J'y suis resté à me demander ce que j'allais devoir faire. Je sentais mes lèvres trembler. Je ne pouvais pas m'en empêcher. Il y a des choses que je n'arrive pas à comprendre, ai-je pensé. Qui aurait cru que Dido allait réagir comme ça ?

Tout le monde dans le dortoir m'avait vu parler à Starret et ils savaient tous ce que cela signifiait. Mais Candy a été le seul à venir voir s'il pouvait m'être utile. Il amenait deux couteaux qu'il avait empruntés et un morceau de tuyau plombé. Je ne me suis même pas rendu compte du ridicule de tout cet arsenal. Je les ai pris pour les poser sur ma couchette en disant :

« Merci, Candy, mais ne t'en mêle pas.

– J'serai pas loin », dit-il. Et il est allé s'asseoir à la table.

Starret est sorti dans la travée, il a levé les yeux vers moi et a hésité un moment. Quelqu'un était allé chercher le capitaine Charlie. Starret a regagné son grabat. Dutch est sorti d'entre deux couchettes, a dit quelque chose à Dido et ils sont partis vers les latrines. J'ai mis les deux couteaux et le bout de tuyau sous mon oreiller.

Le capitaine Charlie s'est arrêté à ma hauteur :

« T'as mieux à faire que de te mêler à ce genre de bagarre, Jim. Tiens-toi tranquille. Je veux te voir sortir d'ici rapidement.

— Tout est fini maintenant. Il y avait juste un peu d'orage dans l'air.

— Laisse la bagarre aux autres, dit-il, j'te croyais plus intelligent. » Il était en colère contre moi. « Et qui c'est d'abord, ce Dido ?

— C'est un type bien, dis-je, seulement il faut le connaître. »

Il a fait la moue et s'est éloigné sans répondre.

Quelques minutes plus tard, les lumières clignotaient. Quand j'ai essayé de déboutonner ma chemise, mes doigts m'ont paru engourdis. Finalement, je me suis déshabillé et je me suis mis au lit. J'ai roulé sur le côté pour me mettre sur le ventre et observer le dortoir. Chaque fois que quelqu'un se levait pour aller aux latrines, je me contractais. Je suis resté comme ça toute la nuit sans dormir. Ça a été la pire nuit que j'aie jamais passée. J'avais une frousse terrible.

Toute la journée suivante j'ai continué à avoir la frousse. J'ai revu Dido au petit déjeuner mais il ne m'a pas regardé. Je crevais de trouille pour lui. J'ai pensé qu'il n'avait jamais eu d'autre ami que moi. Et je l'avais laissé tomber. Mais il a dû vraiment croire que c'était mieux ainsi. Jusqu'ici ça n'avait pas été le cas, mais je commençais aussi à le croire.

Il est resté avec Dutch toute la journée. Il était particulièrement imprudent, méprisant et je-m'en-foutiste, il traitait tous les autres comme des chiens. Ça me répugnait de le voir en compagnie de Dutch. Mais je savais que celui-ci le protégerait pendant un moment et je me faisais moins de souci.

Très tard cette nuit-là, bien après que les lumières se sont éteintes, Dido est venu jusqu'à ma couchette et il a demandé :

« Est-ce que tout pourrait recommencer comme avant, Jimmy ?

— Ça devrait être mieux, dis-je, j'ai beaucoup appris.

— Tu n'apprendras peut-être jamais que la vie n'est qu'une suite de hauts et de bas, Jimmy, mais je ne peux pas t'en vouloir, car c'est dur à apprendre.

— Je crois que je suis en prison depuis trop longtemps ».

Il était pensif.

« Je m'en veux, mais je n'y peux rien.

— Descends-moi de mon piédestal, il n'existe pas.

— Tous les rêves existent, Jimmy. Ils existent pendant tout le temps où on rêve.

– Ne sois pas si sérieux, mon gars, dis-je, on va s'emmêler nos vieilles barbes. » Et tout à coup nous avons éclaté de rire. C'était bon de pouvoir recommencer à rire.

Mais maintenant, on savait ce qui nous attendait si jamais on se séparait. Pour l'instant nous n'avions fait que sentir le souffle de la solitude. Les nuits froides et effrayantes, les jours vides. On l'avait seulement entrevue, mais on avait pu la mesurer. Nous avions pris conscience de la fragilité de notre amitié, comme si elle devait nous être ravie inévitablement un jour. Et nous étions envahis par une tristesse sans fond.

XXV

Ils ont rajouté des lits dans notre dortoir et ont déplacé les autres, si bien que Dido s'est retrouvé dans un coin d'où il pouvait voir dans la rue. Parfois, on grimpait sur les montants de la couchette du bas et on se penchait en travers de la sienne, côte à côte, pour contempler les jours d'hiver gris par la fenêtre en discutant. Il aimait parler de Los Angeles et des gens qui y vivaient. Il m'a raconté tant de choses sur Hollywood Boulevard que j'avais l'impression d'y avoir vécu : comme la fois où il s'était fait arrêter à l'âge de douze ans parce qu'il roulait à 120 km/h dans une voiture qui ne lui appartenait pas. Il aimait me parler des gens et adorait ceux qui vivaient là-bas.

« Ce sont les gens les plus naturels du monde, dit-il, ils font ce qu'ils ont envie de faire et n'ont pas peur de vivre.

— Ailleurs, on pense qu'ils sont parfois plutôt bizarres.

— Bizarres ? comment ça ?

— Je veux dire sexuellement. »

Il m'a regardé d'une drôle de façon.

« Même si les rôles sont différents, c'est pareil ; à moins de penser que c'est mal. C'est parce qu'on pense que c'est mal que ça devient bizarre.

— Et toi, qu'est-ce que tu ressentais ? » Je n'ai pas pu m'empêcher de poser cette question.

— Je ne l'ai jamais fait », a-t-il encore répondu. Je ne savais pas pourquoi j'avais besoin d'être rassuré aussi souvent. J'ai insisté : « Et l'homosexualité en prison, pour toi, c'est normal ?

— C'est une drôle de question, commença-t-il.

— Qu'est-ce qu'elle a de drôle ?

— Et toi, tu trouves ça normal ?

— Pas particulièrement, dis-je.

— Tu es plutôt brutal par moments, Jimmy » dit-il, blessé.

Nous avons discuté des sentiments et des réactions humaines. Il m'a expliqué à quel point il détestait les obèses et m'a parlé de la fois où la meilleure amie de sa mère avait voulu qu'il lui fasse l'amour quand il avait douze ans et cette proposition lui avait paru odieuse. Je l'ai interrogé sur les femmes et d'après lui il en avait eu beaucoup, peut-être même plus que la moyenne, mais bien qu'il les satisfasse, elles l'avaient toujours déçu.

« Emotionnellement, je n'ai jamais été satisfait, dit-il, j'avais besoin d'être au bord de l'évanouissement, il n'était pas question de me contenter de peu, j'avais besoin d'être conquis. » J'étais abasourdi et choqué mais tout à fait fasciné.

« Par une femme ? » demandai-je. Il fallait absolument que je sache.

« Par l'amour, dit-il. C'est comme lorsque tu continues de pleurer après avoir été fouetté, jusqu'à ce que tu finisses par aimer celui qui t'a battu. Je voulais en être vidé. » Il s'est arrêté net et m'a regardé. « Est-ce que tu t'es déjà senti vidé par l'amour ?

— Sincèrement, non, dis-je.

— Ça te paraît dégradant ?

— Pas vraiment, mais j'aime pas tellement entendre parler de ça. »

Je mentais.

« Tu n'as pas de souci à te faire, Jimmy, dit-il, je t'aime comme tu es. »

Nous avons aussi parlé de notre passé, et je lui ai raconté les rêves que je faisais quand j'étais petit.

« Je lisais beaucoup, et je suppose que je me suis entouré de tout un monde de fantasmes. J'en suis venu à penser que tout ce que je faisais, tout ce qui m'arrivait réellement, comme par exemple manger, étudier ou dormir, ne comptait pas vraiment ; la réalité, pour moi, c'était ce que je rêvais, les châteaux, les soldats ou quand j'étais général, héros et tout le reste.

— Continue, dit-il, ça m'explique pas mal de choses. »

Je lui ai raconté comment j'avais grandi dans une ferme où je vivais au milieu de mes rêves et comment j'étais devenu renfermé quand mes parents étaient venus s'installer en ville.

« Je me sentais différent des autres garçons, dis-je. Et pourtant je n'y tenais pas. C'est à cette époque que j'ai ressenti le besoin de prouver quelque chose. Au début je ne m'en étais pas beaucoup soucié. C'était comme la bagarre. J'avais horreur de la bagarre. Mais quand quelqu'un vous fait du mal, on se bagarre. C'est comme ça que ça se passe dans les livres. Et si vous êtes le plus fort, ils arrêtent. Ça s'est passé de la même façon quand il a fallu prouver ce que je valais. Il fallait que je fasse quelque chose pour montrer que je n'avais pas peur, que je n'étais pas différent des autres. J'étais toujours à la poursuite de l'impossible.

– Oh, mon Dieu, Jimmy, est-ce que je t'apporte quelque chose ? demanda-t-il.
– Tu me donnes tout, dis-je.
– C'est ce que je veux, je veux tout te donner. »
Nous sommes restés silencieux un moment, puis il a ajouté :
« Parle-moi des filles.
– Il n'y en avait pas, pas à cette époque, dis-je, j'étais plutôt seul.
– As-tu déjà été amoureux ?
– Une fois, je crois. » Je lui ai raconté l'histoire de cette fille que j'avais connue pendant une journée seulement, quand j'avais treize ans. « Je suppose que c'est la seule que j'aie vraiment aimée ; je n'ai jamais ressenti tout à fait la même chose avec les autres. »

Nous sommes restés silencieux pendant un bon moment alors que le crépuscule descendait, et je lui ai parlé du collège et de mon accident.

« J'avais décidé de m'engager dans l'armée mais je me suis blessé avant d'être assez âgé. Je crois que cela m'a fait plus peur encore que tout le reste. J'avais toujours été du genre sportif et après m'être cassé la colonne vertébrale, je me suis dit que je n'étais plus bon à rien. J'ai essayé d'aller au collège mais je ne l'ai pas supporté. J'avais l'impression d'être toujours à la traîne. Et ça m'a été très dur à cette époque. Aujourd'hui, je m'en foutrais complètement.
– Et les nanas, elles étaient comment ? »
Je lui ai souri.

« Y'en avait pour tous les goûts. Quand j'ai quitté l'école, je me suis acheté une voiture. » Je lui ai raconté la mort de Margie. « Je l'aimais beaucoup, tu sais, mais je me trouvais trop jeune pour le mariage. Je ne pouvais pas supporter l'idée d'être enchaîné. Je lui avais dit que je paierais l'avortement. » J'ai respiré à fond avant de continuer. « Mais ce n'était pas ce qu'elle voulait. » J'ai laissé le silence s'installer. Après, j'ai ajouté : « Je suppose que c'est à ce moment-là que ça a commencé à se gâter pour moi. Mes parents ont divorcé peu de temps après, mais j'étais déjà au creux de la vague. » Nous avons regardé défiler les lumières des voitures dans Spruce Street. « Tu connais l'histoire, dis-je. Elle est tout ce qu'il y a de plus banale. On l'a déjà entendue des centaines de milliers de fois et c'est toujours la même. Qui est-ce que ça intéresse de toute façon ?
– J'aime la manière dont tu la racontes, dit-il.
– Comment pourrais-je la raconter autrement ?
– Comment ? Mais comme tous les autres, voyons ! Avec cet air de suffisance satisfaite.
– Seulement c'est à toi que je parle », dis-je. Et cela expliquait tout.

Au bout d'un certain temps, il s'est mis à me parler de lui-même. Il m'a dit que, quand il était né, son père avait abandonné sa mère et qu'elle était allée travailler comme garde-malade auprès d'une vieille femme invalide qui appartenait à une famille très riche de Pasadena. Il y a grandi avec ses trois petits-enfants. Et un jour, il avait sept ans alors, il n'a pas été invité à l'anniversaire du petit dernier. Il est allé dans le garage et il a mis son bras contre le montant de la lourde porte qu'il a ensuite claquée de toutes ses forces. Les deux os se sont brisés et son bras s'est plié en deux. Il s'est alors précipité dans la maison où la fête battait son plein et il leur a montré son bras cassé. « Je voulais qu'ils me prennent en pitié, dit-il. Ça s'est guéri, mais il est resté un tout petit creux, je l'ai toujours. » Il a serré le poing et une minuscule fossette est apparue dans le muscle de son avant-bras. « Je montrais le creux de mon bras à tout le monde. J'en étais très fier.

— Je suppose que t'étais un enfant gâté.

— J'aurais pas pu vivre sans ça. Ma mère ne vivait que pour moi. Elle me donnait tout ce que je voulais. Je n'ai pas vu mon père avant d'avoir quinze ans ; quand ma mère est retournée vivre avec lui, je me suis sauvé. J'ai rejoint une troupe de forains qui avaient un emplacement vers Wilshire Boulevard et je suis allé au Texas avec eux. Au début, j'étais manœuvre, puis j'ai doublé un type qui se faisait passer pour un grand d'Espagne. Il s'appelait Harry Smith. Il a eu des ennuis avec la femme de Poochy et il a dû mettre les bouts. Poochy, c'était le type qui dirigeait le numéro. Après ça, je faisais partie de la troupe.

— Alors, « Duke Dido », Dido le Duc, ça remonte à cette époque ? ai-je demandé. Dido, c'était une reine, tu sais, une très belle princesse. »

Il m'a souri lentement, d'une façon étrange.

« Tu crois ?

— Ta mère s'appelle Davis. Tu portes le même nom ?

— Non, mon père s'appelait Médina. Alonzo Médina.

— Il était Espagnol ?

— Tout ce que je sais, c'est que c'était un salopard. » J'ai été surpris de la haine qu'il y avait dans sa voix.

« Et alors tu es tombé amoureux de la belle femme blonde de Poochy et tu as dû mettre les bouts toi aussi », dis-je.

Il a eu l'air étonné.

« Ça ressemble aux histoires qu'on lit dans les magazines illustrés tu ne trouves pas ? Mais c'est vrai qu'elle était belle. Elle avait de longs cheveux soyeux, dorés, et elle était tranquille comme une chatte. Tu l'aurais aimée », dit-il en me jetant un regard du coin de l'œil.

Peu après il a ajouté :

« Elle m'a pris tout ce que j'aurais pu donner aux autres femmes. Elle n'en avait jamais assez ; elle en réclamait toujours. Je n'avais que seize ans et c'était la première femme que je possédais. Nous avons donné un spectacle à White City et ensuite à Elkhart. C'est là que Poochy nous a surpris et j'ai dû m'enfuir sans mes vêtements. Pour le spectacle je portais une queue de pie et un chapeau haut de forme et c'est comme ça que je suis parti.

— Où es-tu allé ?, ai-je demandé, amusé.

— A Chicago. Je crois que Poochy voulait me garder pour lui. Une fois, à Chicago, il m'a aperçu et voulait absolument m'emmener à l'hôtel. »

Je le détestais quand il parlait comme ça. Cela me rendait malade de penser qu'il aurait pu être à un autre.

« Après ça, j'ai traîné la savate jusque dans le sud, dit-il. J'ai été arrêté pour vol et j'ai fait un an de travaux forcés, enchaîné à d'autres bagnards dans un pénitencier de Floride. C'était dur. C'est alors que ma mère m'a envoyé de l'argent pour que je puisse rentrer à la maison ; mais au lieu de cela je suis allé à Philadelphie où je me suis trouvé un boulot dans une boîte de nuit. C'est pas le culot qui me manquait, va ! J'ai mis au point un numéro chanté où je m'accompagnais moi-même avec un ukulele, mais ça n'a pas marché, alors j'ai essayé d'y ajouter quelques pas de danse. Ça aurait peut-être marché, un jour ou l'autre, si je ne m'étais pas cassé les rotules.

— Comment est-ce arrivé ?

— Ben, j'étais monté en douce dans un train de marchandises qui quittait Pittsburgh et je me suis bagarré avec un type. On était dans un fourgon à bestiaux, il voulait me sauter et il m'a fait tomber du train. »

Ça me rendait malade de l'entendre raconter des choses pareilles. J'ai essayé de changer de sujet.

« Et après, qu'est-ce que tu as fait ?

— J'ai été travesti dans des cabarets. Il y avait une grosse demande pour ce genre de choses et je me débrouillais pas mal. Je n'avais pas besoin d'avoir des jambes ; je faisais mon tour de chant avec mon ukulele. Le plus dur était d'échapper aux clients. C'était comme si tous les vieux types chauves et bedonnants de la boîte voulaient se faire le travesti dès qu'ils avaient un peu picolé. Je sais que tu vas penser que c'est bizarre, mais j'ai toujours été sensible aux femmes. Pas sexuellement ; je t'ai déjà dit ce que je pensais d'elles sur ce plan-là. Mais je voulais les entretenir, leur acheter des diamants, des fourrures et tout ça. Tous les ennuis que j'ai eus sont arrivés quand j'essayais de me procurer quelque chose pour une femme. »

Je lui ai tendu une cigarette, il l'a prise et j'en ai allumé une autre. Il a pendu son ukulele autour de son cou.

« C'est à peu près tout ce qu'il y a à dire, Jimmy, je me suis engagé dans l'armée et j'ai déserté au bout de trois mois. C'était après mon séjour en Floride. Quand j'ai été arrêté, l'armée est venue me récupérer pour me coller six mois pour désertion ; ensuite ils m'ont rendu à la maison de redressement où j'ai fait deux ans. Je suis sorti douze jours et maintenant j'en ai pour dix ans. » Il m'a jeté un regard et soudain son visage s'est éclairé d'un sourire. « Mais assez de lamentations pour aujourd'hui, dit-il ; à nous voir on croirait deux vieilles filles en train de pleurnicher, pas vrai ?

— T'as pas dû rigoler tous les jours dans ces boîtes, dis-je. Il n'y a qu'à voir ta bouche délicate et l'expression que prennent tes yeux de temps en temps.

– L'année passée en Floride a été la plus dure, dit-il, les loups de là-bas vous auraient bien violé sous le nez des matons. Les matons ne vous protégeaient pas si vous n'étiez pas du Sud. J'avais toujours un surin sur moi et ils savaient que je n'hésiterais pas à m'en servir. Cela n'a pas empêché certains d'essayer. En maison de redressement, c'était différent. J'acceptais tout, mais je ne donnais rien. C'était une bonne méthode, pas vrai ? »

Je n'étais pas très sûr de ce que je devais penser de lui après tout ça et mon opinion a varié souvent par la suite. Mais je tenais déjà à lui. Je voulais effacer son passé et tout faire pour qu'il recommence à zéro avec moi. Je ne voulais pas admettre qu'il ait pu vivre avant de m'avoir rencontré.

Un jour qu'il fouillait dans un paquet de vieilles lettres, il en a laissé tomber une. Il allait la ramasser mais je m'étais déjà penché pour la prendre. Mon geste n'avait rien de prémédité. Par hasard, mon regard est tombé sur l'adresse. C'était adressé à Dido à l'asile de fous. Je n'ai pas compris tout de suite ce que cela voulait dire. J'étais bouleversé.

« Quand est-ce que tu as été à l'asile ? »

L'espace d'un instant, il a semblé vouloir nier. Puis il a changé d'avis et m'a tout raconté. La dernière fois qu'il avait été arrêté, il avait tenté de passer pour fou.

« Ce n'était pas compliqué, dit-il, mon délit était déjà tellement dément qu'ils n'ont pas eu de mal à me croire fou. Ils m'ont gardé là-bas pendant six mois pour examens avant de m'envoyer ici.

– Et tu étais fou ?

– J'aurais pu l'être, j'avais perdu tout point de repère.

– Je sais ce que c'est », dis-je, en pensant à la fois où j'avais essayé de me tuer. « Ça m'est arrivé, à moi aussi.

– Si on ne s'était pas remis ensemble tous les deux, j'y serais à nouveau, à l'heure qu'il est. »

J'éprouvais beaucoup de tendresse pour le Dido que je connaissais. Je m'inquiétais pour lui. Je voulais le protéger, le transformer et oublier ce Dido que je n'avais pas connu et que je trouvais aussi répugnant qu'un serpent. Je ne pouvais supporter qu'il ait eu des rapports avec d'autres personnes que sa mère et moi et j'avais si peur pour lui que je le croyais capable de tout. J'avais peut-être peur qu'il ne redevienne ce Dido que je haïssais tant.

XXVI

Tout m'a marqué au cours de ce printemps. J'étais très émotif, plus que jamais. J'étais plein d'une tendresse profonde que la moindre chose faisait rejaillir sur tout. Une simple note sur l'ukulele de Dido, une ligne mélodique, une pensée pour ma mère ou un oiseau qui passait devant la fenêtre me touchaient profondément. Les nuages dans le ciel, un détenu qui flanchait et ces crépuscules dorés du printemps, sans ombre, doux et diffus, avec leur éclat d'or vif qui baignait toutes choses.

Le couloir de la mort était dans le bloc 12. Quand ils faisaient traverser la coûr aux condamnés pour les conduire à la chaise, nous restions à la fenêtre pour les regarder passer. Cela me faisait toujours quelque chose. Je me demandais ce qu'ils pouvaient bien penser à ce moment-là. Et tard dans la nuit, je me le demandais encore. A quoi peuvent-ils penser ? A les voir, il était impossible de le deviner. Certains avançaient, les épaules rejetées en arrière d'un air avantageux et méprisant. Je pensais à Dido et je me demandais comment il aurait parcouru ces terribles huit cents mètres ; et si au bout du chemin il aurait toujours eu son air méprisant et hautain. D'autres marchaient droits, recueillis, comme s'ils priaient silencieusement. D'autres encore y allaient comme si de rien n'était, en traînant les pieds et les mains dans les poches. Certains étaient accompagnés par le prêtre et ils avaient l'air repentants, mais qui sait ce qu'ils pouvaient bien ressentir ou penser ? La plupart paraissaient parfaitement naturels, de loin. Ils bavardaient et riaient avec les gardiens comme n'importe quel détenu l'aurait fait en allant n'importe où.

Et sans arrêt je me demandais ce qu'ils pensaient. Je n'ai jamais eu l'occasion de poser cette question à l'un de ceux qui auraient fait le chemin sans être grillé au bout. Il y en avait pourtant deux dans ce cas à la prison. Dido avait parlé avec l'un d'eux, un nommé Gardner ; il lui avait dit qu'il avait pensé à la pêche pendant qu'il marchait jusqu'à la chaise parce que c'était une fameuse journée pour aller pêcher.

J'étais obsédé par la mort. Je restais éveillé sur mon lit la nuit, à me souvenir de ces prisonniers carbonisés qui gisaient dans la cour de la prison. Je pensais à ces hommes qui marchaient vers la chaise électrique. A tous ceux qui étaient morts ou mourants à l'infirmerie, et à ces matelas qu'on empilait le matin près des marches du bâtiment. Je m'imaginais mort et pourrissant dans l'oubli de la prison, n'ayant été rien d'autre qu'un numéro sur une planche ; en fin de compte j'aurais vécu et je serais mort pour rien. Je ne laisserais rien d'autre que quelques saloperies d'asticots dans cette putain de terre.

J'étais écorché vif et je me révoltais contre quelque chose que je ne pouvais ni reconnaître, ni définir. Tout était faux et c'était ça qui me révoltait. Un homme est davantage qu'un simple numéro sur une planche. Dans un homme, il y a quelque chose qu'il est impossible de transcrire en chiffres peints en noir, en empreintes digitales ou en signes anthropométriques. Il y a de la chaleur, du rêve, des passions. Il y a des désirs, des envies et aussi de la bonté. Il y a cette joie « incodifiable » qu'offre une merveilleuse journée.

Le dimanche de Pâques, Dido et moi, bien que protestants, nous sommes allés à la messe catholique. Comme je lui avais dit que j'adorais voir brûler des cierges, il a voulu que nous y allions ensemble pour contempler ce spectacle.

« Si jamais quelque chose doit me rendre vraiment croyant, ce sera un autel illuminé de cierges.

— Pourquoi ? demanda-t-il avec curiosité.

— Oh, je ne sais pas, je n'y ai jamais pensé. Je suppose que c'est parce qu'ils sont doux, brillants et éternels comme l'amour d'une femme tendre. » Un peu plus tard je l'ai surpris qui me regardait.

Tout me marqua ce printemps-là, mais Dido plus que tout le reste. Dido, avec son esprit morbide, fulgurant et instable, son caractère aux mille facettes, ses faiblesses, ses instants de désespoir et sa gaieté. Il pouvait éclater de rire et être déprimé l'instant d'après. Dido, par moments si proche de moi qu'il était là, dans mon cœur, et à d'autres, aussi distant et lointain que l'est Dieu de nos prières. Ses colères m'angoissaient et ses pitoyables bravades étaient comme une lutte dans le noir ; j'avais envie de m'interposer entre lui et tout le reste. Pauvre gosse, pensai-je, dommage qu'il ne soit pas une femme. Il en avait le tempérament fascinant, mais il avait un corps d'homme.

Depuis que j'avais appris qu'il était allé à l'asile, je l'ai toujours considéré comme quelqu'un d'un peu dérangé. Je ne pouvais pas m'empêcher d'y penser. Il était si instable et excentrique que tout ce qu'il faisait sonnait faux. Mais derrière ces bizarreries, il y avait quelque chose, dans son amour pour moi, qui semblait transcender sa déchéance et le haussait même jusqu'à une sorte de sainteté. Car en dépit de tout, jamais il n'a considéré cet amour comme quelque chose de répréhensible. Et je pensais que personne n'aurait pu mieux le guider que les divinités païennes, s'il les avait adorées. En tout cas, personne ici.

Il était tellement imprévisible, contrairement à tous les autres détenus que j'avais connus, et tellement changeant ! Chaque instant passé avec lui avait une qualité propre. Il était prêt à défier le meilleur joueur de poker du dortoir dans un stud en tête à tête, ou prêt à se battre avec le type le plus grand et le plus costaud. J'ai souvent pensé qu'il était un peu dingue, et il l'était peut-être. Quand il allait jouer au poker avec un dollar en poche en promettant solennellement d'abandonner dès qu'il l'aurait perdu et qu'il revenait une heure plus tard avec 17 dollars de dettes qu'il me fallait payer, je le croyais un peu fou. Et la nuit, quand il voulait me parler et qu'il venait se poster près de ma couchette jusqu'à l'aube. Il était extrêmement affectueux, presque anormalement, mais jamais monotone. Je l'ai toujours trouvé attachant.

J'ai été touché aussi quand j'ai vu les jeunes pousses vertes, les bourgeons sur les arbres et les rouges-gorges. Nous avons aperçu plusieurs de ces oiseaux dans la cour. J'étais touché aussi par les détenus qui défilaient sur les allées maintenant entourées d'une herbe tendre et par les arcs-en-ciel qui succédaient aux averses. Et de très loin des mots me revenaient en mémoire : « Et Dieu a fait de l'espoir un printemps éternel dans le cœur de l'homme. »

Le printemps avait une fraîcheur qui me touchait autant que m'affligeait la vétusté de la prison. Il y avait les murs, tout notre horizon, et, plus loin, les toits de la ville, l'esquisse d'un gratte-ciel et un éparpillement de clochers. Il y avait des gens que je ne voyais pas derrière ces murs et ils me touchaient eux aussi ; des amoureux jeunes et ardents et des fleurs qui commençaient à s'épanouir. Il y avait aussi les rires que je ne pouvais pas entendre et qui me touchaient pourtant.

Le directeur a formé une petite équipe de cour et lui a fait semer du gazon, repiquer les fleurs et refaire l'ordonnance de la cour de la prison. Nous avons ressorti nos balles et nos gants de leurs quartiers d'hiver et la fièvre du softball est retombée sur nous. Le capitaine Tom était encore plus atteint que l'année précédente. Nous sommes retournés à notre terrain d'entraînement derrière le vieux dortoir préfabriqué pour remettre l'équipe en condition. Cette année-là, on voulait battre tout le monde.

J'ai fait tourner les joueurs et je les ai essayés à différentes places. J'ai dû tout apprendre à Dido mais il s'y est mis très vite. « Pour toi, Jimmy, je pourrais apprendre n'importe quoi », dit-il. On a trouvé aussi un autre détenu qui rattrappait bien les balles et j'ai pris la deuxième base.

Dido jouait au softball comme il faisait tout le reste. C'est-à-dire qu'il était très bon quand j'étais là pour le regarder. Il a eu très vite l'étoffe d'un grand joueur. Je lui ai acheté des genouillères et tous les soirs, le masseur de l'équipe s'occupait de ses genoux.

Tom était aux anges et Dido était dans le coup pour de bon. Tant qu'il jouait au softball, il était comme la femme de César, tout ce qu'il faisait était bien. J'étais fier et content de lui et il le savait. Il était très enthousiaste et jouait avec tout son cœur. Pendant la partie, il faisait tellement de bruit en milieu de terrain qu'on pouvait l'entendre de partout. Il nous tenait tous en haleine.

« Tu aimes ça ? lui ai-je demandé une fois.

— J'aime faire tout ce que tu aimes faire, ou tout ce que tu aimes que je fasse », dit-il.

C'était curieux à quel point j'étais sensible à sa façon de jouer. Je pouvais faire une douzaine de fautes et ça me laissait froid car j'étais bon et je le savais. Mais si lui en faisait une, j'en étais malade. Comme pour tout ce qu'il faisait, d'ailleurs, j'étais toujours inquiet pour lui. Je savais comme il pouvait devenir instable et nerveux, et à chaque instant, je m'attendais à ce qu'il prenne la mouche. J'avais horreur de voir la tension s'installer dans une partie parce que je ne le croyais pas capable d'y résister.

C'est alors que je me suis cassé le bras. On faisait une partie d'entraînement contre nos nouvelles recrues ce jour-là, derrière le dortoir. Mose lançait pour eux afin qu'on puisse pratiquer un peu la batte. Johnny Brothers nous a dit, à Candy et à moi : « Si on secouait un peu les puces du vieux Mose pour le mettre en rogne ? »

Johnny Brothers a ouvert le feu en renvoyant une balle par-dessus la chaise électrique. On marquait un double tout ce qu'il y a de plus net. J'ai pris sa place et j'en ai renvoyé une directement sur Polack Paul qui jouait en seconde pour les bleus. Il a tenté de se protéger avec ses mains, mais la balle est passée au travers pour venir le frapper en pleine figure. En atteignant la première base, j'ai vu qu'il n'avait pas encore contrôlé sa balle, aussi j'ai continué vers la seconde. Candy a hurlé : « Plonge » ! et je suis parti en avant, en amortissant ma chute de mon bras gauche. C'était celui qui avait déjà été cassé. Il s'est brisé net. Je me suis remis sur pied, je l'ai regardé en disant : « Saloperie de putain de merde ! » puis je l'ai pris dans ma main droite et j'ai fait le tour du dortoir en cavalant pour aller à l'infirmerie. Soldier Boy, qui rattrapait pour Mose, s'est précipité pour m'aider, tandis que Johnny Brothers hurlait : « Attends une minute, j'vais chercher une civière. » Il adorait emmener les détenus à l'infirmerie sur un brancard.

Je lui ai répondu : « Tu peux te la foutre au cul ta civière, j'peux marcher. » Je courais toujours.

Alors Brothers est arrivé et m'a pris sous l'autre bras, suivi par Candy, Signifier et quelques autres, Tom fermant la marche, haletant et soufflant comme une locomotive trop chargée. Quand nous sommes arrivés à la barrière qui entourait la pelouse de l'infirmerie, nous avons sauté par-dessus et avons couru sur l'herbe pour sauter une nouvelle fois sur le devant et grimper le perron quatre à quatre.

« Urgence ! gueulait Brothers. Place, urgence ! » Il baissait la tête et souriait, encore une fois j'ai imaginé qu'il avait le même sourire quand il avait fait la peau à un type en le lardant de trente-six coups de surin.

Le gardien est sorti précipitamment en disant :

« Qu'est-ce que c'est que ça ? »

Je lui ai répondu :

« J'me suis cassé le bras.

— Et alors ? Assieds-toi là, le docteur a pas fini de manger. »

Tom est arrivé à ce moment-là, il avait l'air à deux doigts de la crise cardiaque, et il est parti derrière pour aller chercher le docteur. C'est qu'il s'agissait de l'un de ses meilleurs joueurs et du manager de son équipe de softball ! Il se fichait complètement de savoir si le docteur était au lit avec la femme du gouverneur.

Le docteur Blaine qui était l'un des chirurgiens qui nous rendaient visite de temps en temps et qui dirigeait la faculté de médecine de l'Université, ainsi que le plus grand hôpital de la ville, est arrivé à ce moment-là avec deux internes.

« Qu'est-ce qui se passe ici ? », a-t-il demandé.

Tom lui a répondu :

« Cet homme-là s'est cassé le bras.

— Fais voir, mon garçon », dit-il. Quelqu'un a coupé la manche de ma chemise et le docteur a tâté la fracture. « Approchez », dit-il aux internes, « fracture simple de cubitus, touchez ». Ils m'ont tâté le bras. Ensuite le docteur m'a saisi par le poignet et le coude et a tiré pour écarter les os cassés avant de les laisser revenir en place. « Touchez maintenant », dit-il aux internes. Ils m'ont encore tâté le bras et ont eu l'air sidérés. Jake Ingalls et Tino, le détenu-médecin, sont arrivés et le docteur Blaine leur a donné des instructions : « Mettez-lui des éclisses. »

Ils m'ont maintenu le bras dans de simples attelles de bois et m'ont ensuite conduit à la radioscopie. La fracture était parfaitement remise, on voyait à peine une minuscule faille sur l'os, là où il avait été cassé. Juste en dessous, je voyais les traces de ma première fracture.

Je n'avais pas eu mal, ni quand j'étais tombé, ni quand le médecin avait remis les os en place. Jake Ingalls a dit qu'ils allaient me garder quand même pendant deux semaines à l'infirmerie. Ensuite, Tom et les autres sont partis. Candy promit qu'il m'enverrait tout ce dont j'avais besoin. Alors seulement j'ai pensé à Dido. Je ne l'avais pas vu.

Cette nuit-là, le planton m'a apporté mon pyjama, mon peignoir, ma brosse à dents, mes affaires et une lettre de six pages venant de Dido. J'ai souri en pensant qu'il avait dû passer son temps à l'écrire depuis l'instant où je m'étais blessé.

« Cher Jimmy, commençait-il, j'aurais préféré que ce soit mon bras plutôt que le tien. Je me casserais volontiers les deux bras pour toi. Je t'aime tant. Je me demande pourquoi personne ne veut me laisser me casser le bras pour toi. C'est vrai, je voudrais le faire. Je veux tout faire pour toi. Etre obligé de rester debout quand tu es blessé ! Je serais capable d'en démolir un pour ça. C'est difficile de dire tout ce que j'ai dans le cœur ; tu représentes plus pour moi que je ne serai jamais capable de le dire. » Et il continuait comme ça pendant six pages. C'était une lettre merveilleusement passionnée, folle et elle m'a fait beaucoup de bien. C'était étrange de constater qu'une fracture peut devenir sans importance face à tant d'adoration.

Mon séjour à l'infirmerie a été intéressant cette fois. Un certain nombre de grands docteurs venaient du dehors pour poursuivre des expériences sur les détenus et on parlait des étranges opérations qu'ils avaient réalisées. La plus étrange, à mon avis, étant celle qu'ils ont pratiquée sur un détenu qui avait un abcès au cerveau, derrière les yeux et qui devenait progressivement aveugle. Ils l'ont emmené à la salle d'opération et lui ont donné un verre de whisky, d'après ce que disait l'infirmier – mais c'était un détenu, donc un menteur – ensuite ils lui ont enfoncé une seringue hypodermique dans la nuque jusqu'à son front, en traversant le cerveau de part en part, et ils ont aspiré le pus.

« Et quand ils en ont eu fini, il est sorti tout de suite et il est allé marquer sept points au softball, dis-je, sarcastique.

– Non, il avait un léger mal de tête et il est allé se coucher, répondit l'infirmier.

– Maintenant, si tu me donnais un verre de whisky, je pourrais aller au lit et je te ferais grâce de tout le reste, dis-je.

– Tu pourrais l'avoir, tu sais ce whisky », dit-il en souriant. Je le savais.

J'en étais à ma deuxième semaine, quand j'ai reçu une lettre de ma mère disant que le Gouverneur avait promis de commuer ma peine et que je pourrais ainsi être libre en septembre. J'étais tellement excité que j'ai quitté l'infirmerie pour rejoindre le dortoir en pyjama. Le gardien m'a demandé où j'avais l'intention d'aller comme ça et je lui ai répondu :

« A la maison. Je rentre à la maison en septembre. »

Il a dit :

– Tu ferais mieux de te dépêcher de... en septembre ?

– Parfaitement, ce coup-là j'ai eu le gros lot.

– Félicitations, Monroe. »

J'ai vu Tim, le planton de l'infirmerie qui descendait de l'étage et je l'ai appelé.

« Dis donc, emmène cette lettre au dortoir et montre-la à Dido, tu veux ? » Il a hésité.

« Je peux pas, Jimmy.

– Oh, vas-y, dit le gardien, si on te le demande, tu diras que c'est

moi qui t'envoie. » Après le départ de Tim, il s'est tourné vers moi
« Ce Dido, c'est ton pote, pas vrai ?

— C'est ça », dis-je.

Moins de dix minutes plus tard, Tim ramenait la réponse. « Félicitations, Jimmy, bonne chance et que ça dure. Je suis tellement content pour toi. »

Cinq jours après, quand j'ai réintégré le dortoir, ils étaient tous au courant. Quelques-uns m'ont félicité mais la plupart n'ont rien dit. Tom était content pour moi, mais ça l'ennuyait de perdre un champion. Au moins je pourrais terminer la saison. Tout ce qui l'intéressait pour le moment, c'était de savoir quand je pourrais rejouer. Je lui ai dit :

« Dans deux semaines. »

Et puis j'ai vu Dido.

« Je suis si content pour toi, Jimmy, dit-il, je savais que tu y arriverais ; je l'ai toujours su. »

J'ai souri et je lui ai dit solennellement :

« C'est grâce à toi, petit. Si tu n'avais pas été là, j'aurais tout gâché, tu peux en être sûr. Tu ne peux pas savoir ce que tu m'as apporté.

— Je suis très heureux de savoir que je peux t'apporter quelque chose.

— Tu m'apportes tout, dis-je.

— Main dans la main.

— Main dans la main, ai-je répété après lui.

— Et jusqu'au bout.

— Jusqu'au bout. »

L'instant était solennel, mais aussitôt après, nous avons ri, embarrassés.

Nous étions très proches l'un de l'autre. Signifier m'a raconté comment Dido avait réagi quand je m'étais cassé le bras :

« Mon vieux, il a essayé de se tuer. Chaque fois qu'il frappait une balle, il faisait la moitié du chemin jusqu'à la première base sur le ventre. Une fois il est entré dans le mur en courant comme s'il ne l'avait pas vu, et une autre fois il a trébuché sur ces cailloux qui sont au milieu du terrain pour s'étaler la tête la première. Tom a dû lui interdire de jouer. On aurait dit qu'il voulait vraiment se suicider.

— C'est pas vrai !

— Il en pince pour toi, ça c'est sûr. Encore heureux que tu ne te sois pas cassé le cou », dit-il.

Je n'ai pas pu m'empêcher de rire. Après cela, j'ai voulu avoir mon pieu à côté du sien. J'ai proposé au vieux Foley, qui dormait en dessous de lui, de faire l'échange. Il a fallu que je lui file deux dollars. Ensuite j'ai demandé à Tom de m'y faire transférer.

« Je vais avoir besoin de quelqu'un pour m'aider à m'habiller tant que je garderai ces attelles. Dido veut bien m'aider, mais je suis trop loin et c'est pas pratique. Le type qui dort en dessous est d'accord pour qu'on échange nos places parce que, comme ça, ce sera plus facile pour Dido de m'aider à m'habiller. Et quand on m'aura enlevé les éclisses, il me faudra quelqu'un pour me frotter le bras avec du beurre de cacao pour que les muscles reprennent des forces.

– Remballe tes salades, dit Tom, je te ferai transférer. »

L'après-midi il avait nos ordres de transfert. Dido et moi étions tellement excités d'être enfin si proches l'un de l'autre qu'on n'a pas pu fermer l'œil de la nuit. Il s'est penché et nous avons parlé sans arrêt à voix basse, en pouffant comme deux gosses ; nous regardions autour de nous pour voir si personne ne nous observait. La nouvelle lune s'est levée et a commencé son voyage devant notre fenêtre ; on s'imaginait que c'était un tapis magique qui nous emmenait partout. C'était exaltant, mais le lendemain on avait sommeil et tout le monde s'est demandé pourquoi.

Au matin, Dido m'a aidé à enfiler mes vêtements en me disant de me tourner par-ci et par-là ; il me rudoyait comme une mère poule en y prenant un plaisir évident. Il m'a aidé à mettre mes chaussures et, pendant qu'il les laçait, il a levé les yeux vers moi d'un air moqueur :

« Quelle impression ça fait d'avoir quelqu'un à ses pieds ? » Il était très content de lui.

« C'est gênant », dis-je.

Dans l'après-midi, il a commencé à composer une chanson. Il avait envoyé quelqu'un dans la salle de l'orchestre pour lui ramener des feuilles de musique, et ensuite, dès la fin du dîner et jusqu'à l'heure du coucher, il est resté assis, à gratter son instrument et à transcrire sa musique. On aurait dit une sorte d'incantation ; au bout de deux jours, j'avais les nerfs en pelote, et j'ai explosé :

« Et qu'est-ce que c'est ce truc-là, d'abord ? On croirait les Bateliers de la Volga.

– T'as déjà entendu fonctionner des métiers à tisser ? », me demanda-t-il.

Tout à coup, je l'ai reconnu.

« Bon Dieu, t'as raison, c'est exactement ça. »

Je me souvenais maintenant de la mélodie lente et cliquetante des métiers dans le silence pesant de cette journée, il y avait bien longtemps. On était là-haut, dans l'emmerdoir, le sergent Cody venait juste d'abattre un détenu et dans le silence qui avait suivi l'écho de la détonation, on avait entendu cette chanson monotone et cliquetante provenant de l'atelier d'en dessous, qui avait continué d'égrener avec dérision sa musique. Et je pouvais encore m'imaginer ces détenus, comme je les imaginais alors, travaillant sur leurs métiers, les alimentant avec de la laine puante et poussiéreuse, n'étant arrêtés ni par les armes, ni par la mort. Je lui ai dit :

« Si tu peux mettre tout ça dans ta chanson, tu tiens quelque chose.

– Ça sera une chanson d'amour », dit-il.

J'ai été bêtement déçu. Et c'était une impression étrange parce que c'était la première fois qu'il me décevait.

C'est pas grave, je suppose que des tas de gens ont été déçus avant moi, me dis-je.

« T'aurais voulu que ce soit autre chose, non ?

– J'ai rien contre les chansons d'amour. » Je mentais.

« Je sais que c'est pas vrai, mais ça ne fait rien.

– Mais si, c'est une très jolie mélodie pour une chanson d'amour.

– Tu mens très mal, mais t'es gentil », dit-il. Tout à coup, quelque chose en lui a changé et il a ajouté : « Je ne pense qu'à la mort si tu veux le savoir. »

Je l'ai regardé.

« Tu as l'air déprimé. Qu'est-ce que tu as ?

– J'ai peur », avoua-t-il.

J'ai ri.

« Et de quoi, je me le demande ?

– Oh c'est une idée stupide et je n'en suis pas fier.

– Qu'est-ce que c'est ? » J'étais curieux de le savoir.

« Je ne veux pas que tu partes. Je ne veux pas que tu rentres chez toi. J'ai fait tout ce que j'ai pu, mais j'peux pas... »

Sa voix s'est étranglée d'émotion.

« Je sais, dis-je, je le sais depuis le début.

– J'devrais pas, c'est moche de penser ça. Mais je n'y peux rien. Je ne veux pas que ça se termine, jamais.

– Ça ne finira pas, dis-je. On sera toujours copains. »

Il a hoché la tête.

« Pas dehors, Jimmy. Le monde ne voudra jamais de moi.

– S'il m'accepte moi, il sera bien obligé de t'accepter toi ! Tu es la moitié de moi-même.

– Je t'en prie, n'en parlons pas, implora-t-il.

– Mais je suis sincère, dis-je, pourquoi n'en parlerions-nous pas ?

– D'accord. » Il s'efforçait de sourire. « Je sais que tu es sincère, chéri. Et on sera toujours amis, pas vrai ?

– Toujours », dis-je.

XXVII

Il ne semblait pas réel. Dans le monde entier, rien ne semblait plus irréel. Dido, c'était de la pure fantaisie, de la frénésie et du délire. C'était de l'angoisse et de l'appréhension, quelque chose de nouveau, étrange et honteux ; avec ses sommets inaccessibles et ses abîmes de désespoir ; mais par-dessus tout, il était fascinant. Je n'avais jamais rencontré quelqu'un comme lui. Avoir fait sa connaissance me paraissait trop beau pour être vrai.

Les jours se sont succédés, irréels, grotesques, se chevauchant et filant vers septembre comme des météores. Mais ils étaient si remplis qu'ils ne pouvaient tout contenir, ils débordaient sur le jour suivant, plein lui aussi. Il n'y avait pas assez de temps, il n'y avait jamais assez de temps. Il n'y avait pas de temps pour la réflexion. Tout n'était que sentiments, actions ou émotions. Surtout des émotions, comme dans un rêve fabuleux. Personne n'est capable de raisonner dans un rêve, pourtant on sait confusément qu'on doit se réveiller. Septembre approchait. Le temps s'écoulait. Pour le freiner, on faisait des projets, on essayait de l'exorciser, comme deux gosses échafaudant des plans d'avenir pour leur vie d'adulte. On parlait de ce qu'on allait faire pour être toujours ensemble.

« La première chose que je ferai, c'est de trouver du fric et de te faire libérer sous caution.

– C'est pas la peine, Jimmy. Tu n'as qu'à aller voir ma mère, m'écrire de temps en temps et ne pas m'oublier, moi je finirai bien par sortir : ça ne sera pas si long. Je serai un prisonnier modèle et à la première occasion, j'aurai une réduction de peine.

– Mais je suis sincère. Je t'obtiendrai une recommandation du juge qui t'a condamné ainsi que du procureur, ensuite je m'arrangerai avec l'accusation pour qu'elle retire sa plainte. T'avais fauché combien, d'abord ?

– Pas plus de 12 dollars, mais...

– Merde, avec 100 dollars il la fermera, c'est sûr. Après ça c'est du tout cuit si tu gardes la tête froide, sans t'exciter, et que tu te colles pas d'ennuis sur le dos ici. »

Son visage s'éclaira comme un arbre de Noël, et il ajouta : « Et alors on sera de nouveau ensemble, et plus rien ne pourra jamais nous séparer. »

On y croyait pendant un moment. L'enthousiasme nous gagnait et, alors, on pensait tenir enfin le bon bout.

« Continue d'écrire tes chansons. Moi j'irai en Californie et je resterai auprès de ta mère. Je trouverai une combine pour avoir du fric et d'ici six mois, on reviendra te chercher tous les deux. Il se peut que ça prenne un peu plus de temps...

– Mais tu m'écriras tous les jours, ou au moins une fois par semaine n'est-ce pas ?

– Bien sûr.

– Tu ne m'oublieras pas ?

– Comment le pourrais-je ? Je penserai à toi tout le temps.

– Et je serai le meilleur détenu qu'on ait jamais vu. Je m'exciterai pas, je garderai la tête froide, je lirai tes lettres en pensant à toi et tu pourras être fier de moi. »

Et puis quelque chose s'abattait sur nous, balayant notre enthousiasme. Peut-être parce qu'un détenu noir du bloc voisin se mettait à chanter : *« Night is fallin' an' Ah'm recallin'... »* La dure réalité s'imposait à nous de nouveau : je devais sortir en septembre, et il avait encore cinq ans à tirer. Et alors il n'était plus possible de rêver.

Il se redressait, le visage défait, à bout de nerfs et s'écriait d'une voix lamentable : « Oh, Bon Dieu ! A quoi ça sert tout ça ! A rien, j'te dis ! » Puis sa voix devenait triste et morne quand il ajoutait : « Je tirais mon temps dans un bagne de Floride et un train de marchandises est passé pas loin en sifflant. Le maton a saisi son arme et s'est haussé sur sa selle. Je pensais à ma mère, là-bas, à Los Angeles. Je pensais combien elle m'aimait. L'espace d'un instant je me suis vu près d'elle. Et j'en suis revenu. Le soleil était plus brûlant que les flammes de l'enfer, et j'avais des chaînes aux chevilles. Je me suis dit que, si jamais je devais purger encore une peine, ce serait dans le couloir de la mort, à attendre de passer sur la chaise. Et voilà où j'en suis : à tirer un autre bail dans une autre prison, et un connard de noir vient mêler sa voix de péquenot à un petit rêve de quatre sous. Et je le répète encore une fois : la prochaine fois que je ferai de la taule, ce sera dans le couloir de la mort à attendre de passer sur la chaise. » Son visage alors était effrayant et livide.

Ensuite, il allait rejoindre la partie de poker et faisait des dettes ; je n'avais pas le courage de l'en empêcher. Dans ces moments-là, je me demandais s'il se souvenait de ce qu'il m'avait dit le premier soir où nous nous sommes connus.

« Et après je resterai seul si longtemps. Tout ça pour quoi ? » Cela me paraissait très loin maintenant. Il me semblait que tout avait changé depuis.

Mais quoi qu'on fasse, c'était toujours là, suspendu au-dessus de nos têtes comme une épée de Damoclès. On remplissait chaque instant d'un désespoir aveugle et inutile, d'une lassitude morne et cruelle, comme si ce devait être le dernier. Nous avons essayé de tout mettre dans chacune des journées qui passaient, mais en vain ; il y en avait toujours un peu qui débordait sur la suivante. La peur de l'avenir était toujours là, même au milieu d'un rire.

Il espérait peut-être que je tiendrais toutes ces folles promesses, sincères au demeurant. Mais ce n'était qu'un espoir, pas une certitude. Et je ne pouvais pas m'empêcher de penser qu'il ferait des bêtises dès que je serais parti. Je savais qu'il avait besoin de moi. Je lui étais aussi nécessaire que son sang ou que son cœur ; sans moi il mourrait. Ce qui était triste, c'était de ne pouvoir éprouver autant de chagrin que lui à l'idée de notre séparation. Mais notre détresse nous était commune, elle imprégnait tout, et les incidents les plus banals en prenaient une importance démesurée, en devenaient grotesques comme dans une farce. C'est pourquoi nous étions constamment bouleversés et que tout nous faisait souffrir de manière insensée, créant chez nous un besoin permanent d'explications et d'aveux d'affection.

On en était là, quand l'équipe de softball du dortoir a joué son premier match depuis que je m'étais fracturé le bras. Dido s'était occupé de moi d'une façon formidable. Les éclisses avaient été enfin enlevées, mais je devais garder le bras bandé. Tom me fournissait du coton, des bandes Velpo, du sparadrap et tous les jours Dido refaisait le bandage. Il était très gentil, cherchant à satisfaire mes moindres désirs. C'était plutôt agréable d'avoir un bras cassé et de se faire dorloter comme ça, mais la période des matchs est arrivée et Dido a refusé de jouer.

« Le jeu n'a pas d'intérêt sans toi, Jimmy. » Je me suis énervé : « Mais merde, je ne serai pas toujours avec toi. » A voir ses yeux se remplir de larmes, je compris que j'aurais mieux fait de me taire. J'avais oublié que je ne devais plus dire ce genre de choses.

« Je jouerai, dit-il d'un air morne. Mais je ne vaudrai rien sans toi. »

Il ne valait rien, en effet. L'équipe a perdu. Quand le rythme de la partie s'est accéléré, ce fut horrible à voir. Il s'est littéralement écroulé sous mes yeux. C'est quelque chose que je souhaite ne plus jamais revoir.

Après le match, je lui ai dit sur un ton qui aurait pu être moins violent : « J'aurais cru que tu avais assez de fierté pour ne pas te donner en spectacle de cette façon. C'était révoltant. J'aurais honte qu'on m'ait vu m'effondrer comme ça.

— Je n'ai pas de fierté, dit-il. Tu devrais le savoir. Si j'en avais... » Et ce fut tout. Plus un mot, rien qu'un silence buté.

Pendant toute la nuit j'ai entendu ses sanglots étouffés. J'aurais tellement voulu me lever, le réconforter et lui dire : « Pleure pas, petit, je suis avec toi. Ce que tu fais, je m'en fiche, je serai toujours avec toi. » Mais je ne pouvais pas, cela m'était tout simplement impossible.

Au petit matin, il s'est penché par-dessus le bord de sa couchette et a dit : « Je ne pensais pas ce que je t'ai dit, Jimmy. La prochaine fois je serai bon et tu pourras être fier de moi. » J'étais tellement content que j'en aurais pleuré.

Seulement une impulsion perverse m'a poussé à ajouter :

« Ce n'est pas ça, mais... c'est que... comment veux-tu que je sois sûr que tu ne feras pas de bêtises quand je ne serai plus là, si tu dois t'écrouler comme ça à chaque fois.

— Je changerai, je te le jure », dit-il.

Lors du match suivant, je suis resté dans le dortoir pour ne pas le voir s'effondrer à nouveau. Ce fut pire, et, cette fois-ci, tout le monde lui en voulait.

« Il était tellement lamentable que j'ai dû lui faire quitter le terrain, me dit Candy.

— Qui ça ? demandai-je.

— Tu sais très bien qui je veux dire », dit-il. Je le savais très bien, en effet. Il ne mentait pas. Seulement j'avais espéré m'être trompé.

« Dis donc, vieux, il est complètement marteau, ce type, dit Signifier. Il se cassait la figure dès qu'il fallait courir après une balle, et une fois, il est devenu complètement dingue ; il a ramassé la balle et l'a envoyée par-dessus le mur. J'ai bien l'impression qu'il l'a fait exprès. Quand Tom l'a engueulé, il lui a répondu qu'il s'en foutait complètement et il a même voulu lui cogner dessus. Tu sais que c'est pas des choses à faire. »

Mose est arrivé pour dire :

« Merde, faut qu'tu fasses quelque chose. Moi j'lance plus tant qu'ce type est dans l'équipe. » Sa bouche de canard s'allongeait au moins d'un kilomètre.

J'ai dû encaisser sans répondre.

Brothers s'est joint au groupe. « Mon vieux, ils nous ont massacrés, 14 à 2. On n'a jamais été écrasés comme ça. » Il allait dire quelque chose d'autre mais il m'a regardé et s'est tu.

J'ai vu Tom qui arrivait dans la travée en secouant la tête. Je m'attendais à ce qui allait suivre, aussi j'ai essayé de le devancer.

« Il va nous falloir quelqu'un pour le centre », dis-je, et me tournant vers Brothers : « Qu'est-ce que tu penses de Japcat ?

— Qu'est-ce qui lui prend à Dido ?, dit Tom en hochant la tête.

— Il est valable, dis-je. Un peu nerveux par moments, mais il est valable. »

Tom n'arrêtait pas de secouer la tête comme s'il voulait ajouter quelque chose, puis Riffle Ed a dit :

« Quand est-ce que tu seras prêt à rejouer, Jimmy ?

– Je serai avec l'équipe pour le prochain match. »

Tom a haussé les sourcils.

« C'est jeudi prochain, dit Brothers.

– Alors je jouerai jeudi », dis-je.

Tom ne savait pas s'il devait avoir l'air soulagé ou non. « Tu ferais bien de revenir, dit Polack Paul. Personne n'est vraiment bon dans l'équipe quand tu n'es pas là. »

Dido était allé à l'infirmerie. Je suis retourné à nos couchettes pour l'attendre. Une planche placée en travers des montants du lit du bas nous servait de siège. Il est arrivé peu après et m'a regardé sans dire un mot avant de s'asseoir. Son pantalon était déchiré et il avait les deux genoux et le coude gauche bandés. J'ai remarqué qu'il ne portait pas de genouillères mais j'ai décidé de n'en rien dire.

« On dirait que tu t'es un peu écorché, hein, p'tit ? »

J'étais debout et je le dominais, en m'appuyant de mon bras valide contre le montant de la couchette du haut. Il a levé les yeux vers moi, j'ai remarqué que son visage était en sueur et qu'il avait les yeux fiévreux.

« Vas-y, vide ton sac et qu'on n'en parle plus », dit-il, et tout à coup je n'ai plus rien vu. Quand je me suis repris, je me suis rendu compte que je l'avais frappé à la figure. Ses lèvres étaient fendues et il saignait légèrement.

Je l'ai tout de suite regretté.

« Rends-le-moi ! Allez, rends-le-moi ! »

Il a appuyé un mouchoir contre ses lèvres. Ses yeux étaient impénétrables.

« Pourquoi que tu me frappes pas ?, dis-je. J't'ai frappé, moi ! »

Il a ôté le mouchoir de ses lèvres, il a passé sa langue dessus, il souriait légèrement. Il a dit : « Non. »

On avait l'impression de vivre un rêve, à cette époque. Et très bientôt ce serait fini. Nous essayions de mettre le maximum de choses dans chaque instant, avec frénésie, frayeur et désespoir. Le bonheur fuyait et disparaissait inéluctablement comme des gouttes de pluie dans le sable du désert.

Un jour je lui ai dit : « Je ne pense pas avoir eu une demi-heure de bonheur dans toute ma vie.

– Et moi je ne t'apporte rien ?

– Ce n'est pas ça, ce n'est pas ça... », ai-je commencé. Mais il n'y avait pas de mots pour exprimer notre désespoir, nos rêves, cette farce grotesque et forcenée.

Et la vie dans la prison continuait, identique à ce qu'elle avait toujours été.

L'eau a été de nouveau coupée pendant les chaudes journées d'été.

Le *Prison Times* disait que cette décision était rendue nécessaire par notre tendance au gaspillage. Et pourtant, pendant ces après-midi, quand notre langue était si sèche qu'elle collait à notre palais, on pouvait voir par la fenêtre les tourniquets qui arrosaient la pelouse du devant. Il était interdit de faire sa lessive dans les cellules et les dortoirs ; la règle fut strictement appliquée. Seulement le fourrier continuait de commander pour nous à l'extérieur des sous-vêtements, des chaussettes et des pyjamas qui n'étaient pas lavés par la prison et qu'on ne pouvait plus laver nous-mêmes.

Le 4 juillet nous avons eu droit à un autre tournoi de boxe, à des repas spéciaux et à une chaleur épouvantable.

Par un après-midi de canicule, ils ont amené quatre *dangereux* qui avaient tué un shérif. Nous avons suivi l'arrivée du cortège par la fenêtre. La première voiture était bourrée d'adjoints armés jusqu'aux dents. La seconde contenait les prisonniers. Derrière venaient trois autres voitures pleines d'adjoints armés et deux véhicules militaires de Gardes Nationaux avec des mitraillettes. « Nom de Dieu, on dirait la Grande Parade ! dit quelqu'un.

– De toute façon, c'est leur dernière.

– C'est comme ça qu'ils traitent les durs, dis-je.

– Des durs ! » dit Dido. Je ne sais pas pourquoi, mais il semblait fasciné par ce spectacle. « C'est pas des durs : ils sont dans la deuxième voiture. »

Et voilà à quoi on juge un dur, pensai-je.

Le directeur a renforcé la garde autour du bâtiment et placé ces gardiens supplémentaires sur les murs. Les voitures n'avaient pas le droit de stationner dans la rue. Toutes les précautions étaient prises pour empêcher une évasion des prisonniers, ils se sont même donné la peine de construire un nouveau mirador blindé sur l'enceinte qui partait du couloir de la mort. Un dimanche après-midi, pendant la construction du mirador, trois détenus ont traversé la cour avec une échelle qu'ils ont appuyée contre le mur, en disant au gardien qu'ils allaient installer un projecteur.

Ils ont alors grimpé à l'échelle, avec l'accord du garde, ils l'ont assommé et ont fait le mur. Personne n'a rien remarqué jusqu'à ce qu'un inconnu se présente à l'entrée pour essayer d'avertir quelqu'un. Seulement les gardiens l'ont laissé sur le trottoir et ont refusé qu'il entre dans la prison. En effet, parmi les précautions qui avaient été prises depuis que les quatre types dangereux étaient là, il y avait des instructions qui enjoignaient aux gardiens de tenir à l'écart tous les étrangers. L'homme dut partir à la recherche d'un téléphone pour dire qu'il avait vu trois détenus passer par-dessus le mur. Mais à ce moment-là, ils étaient déjà loin. Pourtant ils furent repris quelques jours plus tard.

Ils avaient longé la voie ferrée sur une vingtaine de kilomètres et s'étaient planqués. Ils avaient une cachette avec pas mal d'argent, trois carabines, deux pistolets, des tas de munitions et une caisse d'alcool. Quand les poulets leur sont tombés dessus, ils ont détalé en emmenant la bibine. Ils furent ensuite repris et mis au trou, mais ils étaient tellement saouls que ça n'avait aucune importance. Ils ont chanté *Mother Machree* à tue-tête pendant toute la nuit. Toujours la même histoire...

Le temps passait, les événements, que l'on observait et commentait avec un intérêt tout relatif, se succédaient inexorablement. Et rien ne me mettait plus en colère que de voir Dido se laisser influencer par ce qui se passait.

« Ce qui me dépasse chez toi, je lui disais, c'est que tu te laisses entraîner par n'importe quel tordu de taulard dans une situation à la con et que tu passes pour un imbécile, alors que ni ce type, ni ce que tu voulais foutre n'ont la moindre importance. Le problème, c'est que tu accordes une importance démesurée à des petites choses insignifiantes, et qu'ensuite tu perds tout sens des proportions. Je t'ai vu tellement occupé à essayer de battre Johnny Brothers au *cooncan* que tu te foutais de tout, sauf de la partie. Alors que premièrement le *cooncan* est un jeu de nègres et que tu ne pourras jamais les battre, deuxièmement, tu as perdu 14 dollars et tu n'en aurais jamais gagné un seul, même si tu avais joué avec lui toute la nuit, troisièmement, cela n'avait aucune importance et n'en aura jamais. Je me fiche pas mal de ce tu fais, mais n'y attache pas tant d'importance. Ne te laisse pas prendre au jeu. Ça n'en vaut pas le coup ! »

Je ne me rendais même pas compte de l'incongruité de ce que je disais.

Fidèle à ma parole, quand notre équipe a rejoué, je me suis bandé le bras soigneusement avec du sparadrap et je me suis contenté des balles courtes. Cela faisait cinq semaines que je m'étais cassé le bras et je n'ai pas du tout été gêné. Une fois je suis tombé en voulant rattraper une balle qui roulait lentement, mais je ne me suis pas fait mal. Une autre fois j'ai fait une récupération si spectaculaire que Tom en a avalé son cigare, des types lui ont tapé dans le dos et quand il a pu respirer à nouveau, il a dit : « Ce Jimmy est un putain de joueur de première. Ça me fait mal au cœur de le perdre. » Dido jouait au centre et il a été excellent. A nous deux nous avons marqué les points de la victoire. Mais les autres ne lui ont pas pardonné pour autant et lui s'en foutait.

Après ça, tout était au beau fixe entre nous et on était de nouveau heureux comme des papes, dans notre petit coin à nous. Le dortoir était toujours là, les murs et les détenus aussi mais on ne les voyait pas. Pendant ces journées chaudes d'été, on restait allongés côte à côte sur mon pieu à regarder par la fenêtre les nuages qui passaient dans le ciel en roulant sous le soleil comme de grands troupeaux sales ; nous disions que c'étaient des moutons car ils leur ressemblaient. Un jour on a eu une paire de lunettes fumées, on a regardé au travers ; tout était violet et fantastiquement beau. C'était formidable d'être jeune et vivant, de partager une telle amitié, même si nous étions en prison. J'avais obtenu de ma mère qu'elle lui envoie une guitare et quand elle m'a rendu visite, la fois suivante, elle m'a demandé de ses nouvelles. Ça m'a fait plaisir.

Sa mère lui a envoyé des pyjamas, des sous-vêtements et un bel album. C'était très gentil et ça lui a fait beaucoup de bien. Posséder ses propres affaires et dépendre moins de l'autre améliore toujours les relations. Ça nous mettait sur un pied d'égalité et il n'était plus gêné d'accepter mes cadeaux. Les pyjamas étaient très beaux et j'ai pris celui que je préférais. Il voulait que je prenne les deux, mais l'autre me plaisait moins.

Après cela, il était plus sûr de lui, et cette confiance le rendait très séduisant. Nous n'avions rien de particulier à mettre dans l'album, alors on y a collé quelques vieilles photos de moi que ma mère m'avait envoyées.

Un jour, en revenant d'une partie de poker, il m'a dit que si Signifier était mon ami, je ferais bien d'aller lui parler, parce qu'il venait de le traiter de petite tante frisée et qu'il n'accepterait ça de personne. Je me suis levé et je suis allé jusqu'à la partie pour parler à Signifier, qui m'a dit qu'il n'avait pas injurié Dido mais sa chance, qu'il maudissait, et que s'il avait parlé de petite tante bouclée, il ne s'adressait à personne en particulier.

« Ecoute bien, Signifier, Dido est mon ami et je ferai l'impossible pour qu'il n'y ait pas de bagarre, mais si jamais il y en a, je serai de son côté. Tous ceux qui seront contre Dido, seront contre moi. »

J'ai regardé tout le monde en disant cela.

« Si c'est comme ça que tu l'entends, Jimmy, je suis d'accord avec toi, dit Signifier. Mais dis bien à ce gosse que je ne parlais pas de lui. Je ne dirais jamais ça. Je n'ai rien contre lui. »

Mais je savais qu'il mentait en disant que Dido était son ami, parce que Dido n'était plus l'ami de personne dans ce dortoir. Ils lui en voulaient tous. Et c'était seulement parce qu'ils m'aimaient bien qu'ils étaient corrects avec lui. Je le savais parfaitement et j'essayais d'arranger les choses.

« T'as pas vraiment besoin de jouer », dis-je à Dido en regagnant ma couchette. « Tu as tout ce que tu veux. Reposons-nous un peu.

— Comme tu voudras », dit-il.

Une nuit que nous parlions à voix basse, nous nous sommes aperçus tout à coup que la lune brillait par la fenêtre. Elle semblait énorme, pâle, lointaine et belle.

« Est-ce que tu vois le visage dans la lune ?

— Qui ça, le bonhomme qui mange du fromage vert ? »

Et j'ai ajouté :

« Quand la lune brillera devant ta fenêtre, pense à moi, peut-être que je la regarderai, moi aussi. »

Quand sa voix m'est parvenue à nouveau, elle était étranglée.

« Ne parle pas de ça je t'en prie, ne parle pas de ça.

— Je ne voulais pas te faire de peine, petit, lui dis-je, ne le prends pas comme ça. On n'y peut rien. C'était inévitable depuis le début.

— Je le sais, Jimmy, je le sais. Excuse-moi. » Sa voix était lointaine, sourde et étouffée. « Ne t'appuie jamais de tout ton poids sur le bonheur, Jimmy. On se fait trop mal en tombant quand ça lâche.

— Tu as un dicton pour toutes les situations, pas vrai ?

— Rien que les paroles, mais pas la musique. »

Nous sommes restés silencieux un moment.

« A chaque fois que je verrai la pleine lune maintenant, je penserai à toi, lui dis-je. Et je penserai aussi à ce dortoir. Je verrai ce foutu dortoir avec toi dedans, mais ça n'aurait pas dû être comme ça. »

Après cela, il a paru plus calme et quand je lui ai demandé pourquoi, il m'a dit : « Tu n'as plus besoin de moi, n'est-ce pas ?

— Même si c'était vrai, tu serais toujours mon ami, petit. »

Le 1er août, j'ai été convoqué au bureau de classification pour un entretien.

« Le cabinet du Gouverneur nous a demandé d'avoir une petite conversation avec vous », dit le sociologue. J'ai compris que cette fois, ça y était. Je me suis rendu compte alors que j'avais eu peur, jusqu'au dernier moment, qu'on m'ait appelé pour autre chose. Mais maintenant je n'avais plus peur. J'étais absolument sûr que j'allais rentrer chez moi. J'ai pensé à tout ce que je ferai et au bonheur de ma mère, mais je me suis dit aussi que j'allais manquer à Dido. J'étais très inquiet pour lui, je ne pouvais pas croire qu'il s'en tirerait sans moi.

Quand je lui ai raconté l'entretien, il a eu l'air très content. Il m'a dit les milliers de choses qu'il voulait que je fasse, comme si j'allais rentrer chez moi à la minute même. Il m'a serré dans ses bras et voulait m'embrasser. Signifier et Candy se sont arrêtés près de nous pour voir ce qui se passait et il leur a appris la nouvelle. Il était tellement excité et heureux qu'il nous a communiqué sa gaieté et son enthousiasme.

« Allons chercher quelques petits bleus pour fêter ça, nous dit-il.

J'ai approuvé.

— Bonne idée. » On a pris des petits bleus et on n'a pas tardé à être dans les vapes, alors on est allés jouer un peu au poker. Dido s'est fait plumer, et quand je lui ai offert une partie de mes jetons, il a refusé pour aller s'étendre un peu. Comme je gagnais, j'ai continué à jouer. Je lui ai dit que je n'allais pas tarder à le rejoindre.

Quand je suis revenu à nos couchettes, il était en train de taper à la machine.

« Qu'est-ce que tu écris, l'histoire de ta vie ? »

Il a sursauté violemment, s'est retourné d'un seul coup et a rougi. « Bon Dieu, qu'est-ce qui te prend ? », dis-je. D'un geste vif, il a arraché la feuille de la machine et allait la déchirer quand je l'en ai empêché. « Ne fais pas ça, laisse-moi voir. »

Il m'a regardé pendant un moment, son visage reflétait successivement toutes les émotions qui l'agitaient, puis il a dit :

« D'accord, Jimmy. Je ferais n'importe quoi pour toi. »

Je me suis assis sur la couchette pour lire les pages dactylographiées en fronçant légèrement les sourcils.

« J'ai vingt-quatre ans et je connais la vie. Je ne la connaîtrais pas aussi bien si je n'avais pas vingt-quatre ans, et je n'aurais pas cet âge si je ne la connaissais pas aussi bien. J'ai appris la vie, la vie et la vie, jusqu'à la connaître si bien que, même lorsque les gens me disaient : c'est gratuit pour toi, mon petit, c'est un cadeau, je n'en éprouvais aucune satisfaction.

Mais l'amour change tout. Il arrive comme le guerrier assyrien qui n'est vêtu ni de pourpre ni d'or, mais qui avance d'un pas ferme et rapide jusqu'à ce que son ennemi soit vaincu.

Est-ce là la sagesse de mes vingt-quatre ans ?

Non justement. Le pas franchi, on en éprouve un besoin pressant, ça devient une nécessité, comme le sang dans vos veines, la liberté ou la vie. C'est plus puissant que l'aspiration au Salut.

Ne comprends-tu pas ?

J'ai besoin d'un... sans... »

Mes yeux se sont mis à sauter les mots. Je les voyais mais je refusais de les enregistrer. J'aurais voulu m'arrêter de lire, mais je ne le pouvais pas.

« ... Ivre ou sobre... d'une façon ou d'une autre... »

Quand j'ai eu fini, mes yeux continuaient de parcourir la page en tous sens, comme s'ils cherchaient quelque chose. Je n'osais pas lever les yeux, car il me faudrait lui faire face, ce que je ne voulais pas. J'ai fini par lâcher :

« Nom de Dieu ! »

Je l'ai regardé et j'ai détourné les yeux aussitôt. Il était assis sur la planche entre deux couchettes et il me regardait. Il avait ses yeux de chien battu.

J'ai respiré profondément avant de lui dire :

« Nom de Dieu, moi qui pensais qu'on était au-dessus de ça ! Surtout de ça ! » J'ai dû avaler ma salive. « Tu m'as dit un jour que tu me plaçais sur un piédestal, tu te souviens ? Et voilà... maintenant ce truc nous ramène à ras de terre, là d'où on est partis. Tu sais, ce truc-là balaye tout ce qu'on croyait avoir. » Je suis resté silencieux un moment, et comme il ne disait rien, j'ai ajouté : « C'est tout ce que tu voulais de moi ?

— Qu'est-ce que j'aurais bien pu vouloir d'autre ? »

Tout est parti à la dérive à ce moment-là. Nous n'étions dorénavant que deux détenus qui ne s'aimaient plus, chacun craignait l'autre pour le mal qu'il pouvait lui faire. Le visage de Dido était grave, abattu et il ne souriait pas. Notre complicité avait maintenant complètement disparu. J'ai fini par lui dire : « Ecoute, si c'est comme ça que tu l'entendais, si c'est ce que tu voulais depuis le début, alors j'ai gaspillé pas mal de sentiments pour rien. »

Il s'est pris la tête dans les mains. Ses épaules se sont affaissées et quand il m'a répondu, sa voix était étouffée.

« Dis-moi ce que tu veux, Jimmy ! Comment veux-tu que je le sache ? Je n'ai jamais rien eu pour rien dans toute ma vie.

— De toute manière... de toute manière... » J'ai enfin réussi à le dire. « De toute manière, pas toi ! Je ne veux pas de toi. Tu es bien comme les autres ! »

Il s'est levé, blême et froid, et a commencé à se défendre. Il paraissait triste et amer.

« Est-ce que je n'ai pas essayé d'être ce que tu voulais que je sois, Jimmy ? Est-ce que je n'ai pas léché le cul de tous ces salauds, simplement parce que tu voulais que je m'entende avec eux et que je sois correct, alors que je sais très bien qu'ils peuvent pas me blairer ? J'ai beaucoup changé, Jimmy, et ça rien que pour toi. Je n'ai rien fait pour moi-même. Je ne m'occupais ni de moi ni des autres, je ne m'occupais de personne. Rien que de toi.

— Le problème n'est pas là ! Si je veux que tu fasses quelque chose, c'est pour toi. Je voudrais que tu aies envie de changer. C'est la seule façon pour toi de t'en sortir, de devenir quelqu'un, et de sortir d'ici. Je veux que tu sois quelqu'un, je le veux aussi fort que je veux m'en sortir moi-même. Tu pourrais devenir quelqu'un, tu as tout ce qu'il faut pour ça, mais tu dois te conduire différemment. Tout se ramène au sexe avec toi, et la sexualité n'a jamais valu l'intérêt que tu lui portes, et encore moins cette sexualité-là. »

Pendant un instant j'ai cru qu'il allait s'évanouir, puis ses yeux sont devenus hagards et fous, son visage s'est défait.

« Tu ne crois pas que ça en vaille la peine. » Il semblait forcer les mots à franchir la barrière de ses lèvres serrées. « Alors je vais te montrer ce que ça vaut pour moi. » Il a incliné la tête sur le côté en relevant le menton et ses lèvres avaient retrouvé leur moue méprisante. « Tu vas voir ! Je vais me tuer ! »

Je l'ai cru et j'ai eu très peur. J'ai eu la vague impression que sa vie dépendait des mots que j'allais prononcer ; que je détenais un pouvoir divin. Je tenais à dire ce qu'il fallait pour lui sauver la vie, mais je n'ai pas pu m'empêcher de dire ce que je pensais.

« Ça ne prouvera rien. Tout le monde peut se tuer.

— A la prochaine, camarade », dit-il en s'en allant.

J'étais bouleversé. Comme si j'avais perdu une occasion de faire quelque chose d'un peu noble. J'avais l'impression d'avoir frappé un aveugle qui m'aurait bousculé, ou donné un coup de pied à un infirme qui demandait l'aumône.

Juste avant de se coucher, il est venu s'agenouiller près de mon lit et il a enfoui son visage dans ma couverture.

« J'ai perdu la tête. » Le tissu étouffait ses mots. « Je voulais faire quelque chose de moche, c'est tout ce que je sais faire. »

J'ai allongé le bras pour lui relever la tête. Ses yeux battus paraissaient sales, comme s'ils étaient pleins de suie.

« Va te coucher, petit, et dors. Ça ira mieux demain, tu verras. Tu seras un autre homme au réveil. »

Quand les lumières se sont éteintes et que le silence est tombé sur le dortoir, je l'ai entendu qui sanglotait au-dessus de moi. Pour une fête, c'était réussi !

Après ça il était abattu et désespéré, bien qu'il s'efforçât d'être gai et de ne pas le montrer. Il n'a plus jamais reparlé de cette soirée et paraissait heureux de mon départ. Mais je percevais l'abattement et le désespoir dans ses yeux, dans sa manière de parler et dans cette façon qu'il avait de vouloir saisir toutes les occasions qui s'offraient de me faire plaisir. Je n'osais même plus dire : « Cet imbécile commence à me porter sur les nerfs », de peur qu'il ne me demande de qui je parlais pour aller lui trancher la gorge. La nuit il ne dormait plus et me parlait jusqu'à l'aube. C'était comme s'il avait peur que le sommeil ne le prive de ma compagnie quelques instants.

Rien ne semblait réel.

XXVIII

Ensuite, j'ai eu l'impression d'être emporté par un raz de marée. Tout est arrivé en même temps, semble-t-il. Tout me tombait dessus en vagues énormes devant lesquelles j'étais impuissant. J'étais au centre d'un tourbillon, entraîné par son rythme effréné et chaotique, et je ne pouvais ni me préparer à l'affronter, ni m'en défendre. Puis tout a été fini. Mais les conséquences, elles, étaient encore là. Elles avaient des prolongements dans le temps et dans l'espace. Comme la vague de fond traîtresse qui vous entraîne après que vous vous êtes débattu sur la crête.

Les événements ont fondu sur moi et m'ont emporté.

Mes sentiments pour Dido ne pouvaient plus être les mêmes. Il y avait comme un manque de confiance et nous ne nous comprenions plus vraiment, si bien que nous ne ressentions plus jamais cette osmose dans nos humeurs ou nos émotions. J'éprouvais une répulsion légère et une vague déception. Ce n'était peut-être que le contrecoup d'une intense excitation provoquée par d'immenses espoirs. Et il le ressentait parfaitement. Ses actions sont devenues tellement folles et désespérées qu'il semblait prêt à exploser à chaque instant.

Il y avait toujours une certaine exaltation dans nos rapports mais c'était différent. Ils étaient plus tendus, plus agités, plus inquiets, comme amputés ; ils semblaient souillés par le désespoir morne qui s'y mêlait. Tout cela faisait des brèches dans notre amitié et les incidents s'y précipitaient pêle-mêle, nous étions entraînés, mais nous ne savions pas dans quelle direction. J'ai essayé de garder la tête froide mais je me sentais désorienté. Je me mettais à vivre, moi aussi, sur les nerfs.

On semblait toujours proches l'un de l'autre, mais ce n'était plus qu'une apparence. Notre divorce était profond, triste mais bien caché. Il ne m'apportait plus rien mais il était toujours sous ma responsabilité. Les jours passaient et le mois d'août se consumait comme la mèche d'un bâton de dynamite, chaque jour qui passait nous rapprochant davantage de l'explosion inévitable.

Sa mère m'a écrit une lettre que j'ai reçue le vingt et cela nous a un peu rapprochés l'un de l'autre. Mais si elle a eu pour effet de retarder l'explosion, elle n'en a pas dissipé la crainte.

Mon cher James,

Je suis si contente d'apprendre que vous serez libéré le mois prochain. Je vous souhaite beaucoup de chance et de réussite dans la vie car je sais que vous le méritez vraiment.

J'espère que l'on pourra se voir très bientôt.

Je viens d'écrire à mon fils, je sais qu'il sera très heureux de recevoir ma lettre et d'apprendre toutes les bonnes nouvelles qu'elle contient. Je vous dirai la même chose qu'à mon autre fils : ayez du courage, ne faites pas de bêtises et le temps passera très vite . on pourra alors tous se retrouver ensemble, et quel jour merveilleux cela sera. Il me semble presque que vous êtes vous aussi mon fils : j'entends tant parler de vous par Pépi. Je suis certaine que pour lui vous faites la pluie et le beau temps, pour ainsi dire, et s'il pense ça de vous c'est que vous devez être gentil et j'ai bien l'intention de vous adopter comme mon second fils. Il m'a envoyé une photo de vous que j'ai reçue avec plaisir. Je me demande parfois pourquoi il ne m'en envoie pas une de lui-même, mais peut-être qu'il n'a pas l'autorisation d'en faire faire. Je prie pour vous deux et je voudrais que vous priiez aussi pour moi. Restez aussi tranquilles que possible, et gardez bon espoir.

Je prie pour votre réussite.

Maman Davis.

Quand j'ai lu cette lettre, j'ai eu envie de pleurer et j'ai eu de la peine pour elle.

« Tu as une mère merveilleuse, petit » lui dis-je. Il n'a pas répondu. Il parlait peu ces derniers temps.

Mais sa lettre nous a fait beaucoup de bien. Elle nous a rapprochés de nouveau. Elle a dissipé un peu son désespoir et j'en étais heureux. J'étais un peu rassuré. J'ai pensé qu'il allait peut-être s'en sortir.

C'est alors que la campagne de calomnie a commencé. Elle durait peut-être depuis un certain temps déjà mais nous ne nous en sommes aperçus qu'à cette époque. Tom m'a fait appeler et m'en a parlé.

« Je ne veux pas me mêler de vos affaires, mais Dido et toi vous feriez mieux d'être prudents. »

J'ai senti mes muscles se contracter.

« Pourquoi ? Pourquoi est-ce qu'on doit être prudents ?

— Ecoute, Jim, on a pas besoin de ça, en plus » dit-il en ouvrant les mains, la paume en l'air. « Trois lieutenants m'ont interrogé sur vous deux et la semaine dernière le sous-directeur m'a fait venir dans son bureau pour me montrer tout un tiroir plein de lettres que des types d'ici avaient écrites sur Dido et toi. Elles disaient que vous faisiez tout ce que vous vouliez, et que je laissais faire. »

Ça m'a choqué. J'aurais pourtant dû savoir que quelqu'un allait nous moucharder. Mais on avait été tellement occupés l'un de l'autre qu'on n'avait pas pensé aux autres détenus du dortoir.

« J'ai dit au sous-directeur qu'il n'y avait rien entre vous deux » poursuivit Tom. « Je lui ai expliqué que Dido t'avait aidé un peu quand tu t'étais cassé le bras, mais que c'était simplement parce que je lui avais demandé. Comme ils t'avaient laissé sortir de l'infirmerie alors que tu avais encore tes éclisses, il fallait bien que quelqu'un t'aide à enfiler tes vêtements. Et d'abord, qu'est-ce qu'ils lui reprochent à Dido ? demanda-t-il.

— Je ne sais pas Tom, dis-je. C'est peut-être parce qu'il nous a fait perdre ces deux matchs mais je ne pense pas que ce soit ça. Je crois qu'ils ne l'aiment pas, c'est tout. Il ne se mêle pas à eux et il n'a rien à leur demander. Sa mère lui envoie tout ce dont il a besoin et ils n'aiment pas ça. La vérité, Tom, c'est qu'on se débrouille trop bien tous les deux.

— C'est ce que j'ai dit au sous-directeur, dit-il. Tu as toujours un peu d'argent et lui reçoit tout ce qu'il veut de chez lui. Il suffit que vous deux vous vous en sortiez bien pour qu'ils n'aiment pas ça. J'ai dit au sous-directeur que vous vous en tiriez trop bien pour cette bande de sales envieux qu'on a ici. Tu sais Jim, je n'arrive pas à comprendre ce qui rend les gens comme ça. J'en ai vu beaucoup dehors qui sont pareils. Tiens, c'est comme moi quand j'étais délégué. Ça leur faisait mal que je me fasse un peu de fric. Ils se sont mis à réclamer une enquête à cor et à cri, des gens que j'avais aidés et nourris. Tu serais surpris si tu savais qui sont certains des types qui vous ont cafardés.

— Vous feriez mieux de ne pas me le dire, Tom.

— Ce que je voulais te dire, ajouta-t-il, c'est que Gout avait envoyé un ordre de transfert pour Dido ce matin. Il voulait le mettre au 5-4. » C'était l'équipe des pédérastes.

J'ai ouvert la bouche pour respirer. J'étais paralysé par la peur. Mon estomac s'est noué et mes genoux s'entrechoquaient. J'avais la bouche ouverte mais les mots ne pouvaient pas sortir.

« J'ai renvoyé l'ordre de transfert et je suis allé voir le directeur, dit Tom. Je lui ai souvent donné un coup de main, alors, cette fois-ci, je lui ai demandé de me rendre ce service, de vous laisser ici, Dido et toi, et je lui ai dit que je m'en portais garant. J'ai dit que je m'arrangerai pour qu'il ne reçoive plus de plainte. Il en avait reçu presque autant que le sous-directeur.

— Qu'est-ce qu'il a dit ? demandai-je d'une voix haletante.

— Il a dit que vous pouviez rester, à une condition ; c'est qu'il n'en entende plus parler. Mais écoute, Jim, laisse tomber. Ou alors arrangez-vous pour que ce soit moins évident.

– Il n'y a rien à laisser tomber, Tom, dis-je. On est juste de bons amis. »

Il a haussé les sourcils. « Je vous raconte pas de vannes, Tom, dis-je. Dites-moi, est-ce qu'un type a pas le droit d'avoir un ami dans cette baraque ? C'est un crime d'avoir un ami ? »

Il a ouvert les mains. « Ce n'est pas moi qui ai fait le règlement, Jim. Tu sais bien comment c'est, t'es pas idiot.

– Qu'est-ce qu'ils attendent de moi, que j'arrête de lui parler ? Je suppose qu'ils ne veulent même pas que je le regarde. Ils veulent peut-être me dire aussi à qui j'ai le droit de parler, ça doit être ça ! » Plus je parlais, moins j'avais peur et plus j'étais en colère. « Ce qu'ils attendent, je suppose, c'est qu'on fasse exactement ce qu'ils veulent, sinon ils nous mouchardent. »

– Calme-toi, Jim, dit Tom. T'énerve pas, mon gars. »

Notre équipe de softball faisait des merveilles à cette époque.

Nous n'avions pas perdu une seule partie et les erreurs passées étaient maintenant oubliées depuis que j'avais recommencé à jouer. On semblait être bien partis pour le championnat intra-muros. On n'avait pas encore affronté le réfectoire, mais cela n'allait pas tarder et on pensait pouvoir les battre. Tom ne voulait pas qu'il arrive des ennuis avant ce match. Je savais que c'était là sa préoccupation essentielle mais il ne me l'a pas avoué franchement.

« T'as pas besoin d'arrêter de lui parler, dit-il. Mais ne le fais pas pendant la nuit. Et puis, ne restez pas près de vos couchettes toute la journée. Va dans la travée comme tu le faisais avant, joue aux cartes et reste un peu avec les autres. Ça peut aider. Tu vis sur les jeux mais tu n'y participes même plus.

– Merde, ils peuvent les prendre.

– Ça ne servirait à rien, dit-il. Il faut que tu redeviennes comme t'étais avant. Et puis, dis à Dido d'arrêter de jouer de la guitare quand les noirs se réunissent pour prier le mercredi soir. C'est eux qui ont gueulé le plus fort. Tu sais que l'aumônier leur a donné la permission de tenir une réunion religieuse une fois par semaine et ils n'ont pas arrêté de se plaindre auprès de lui depuis que Dido est arrivé au dortoir. Ne reste pas dans ton coin, mêle-toi aux autres comme avant, Jim. Ils t'aiment bien, tous, seulement ils pensent que tu as la grosse tête maintenant, et que tu ne veux plus les voir parce que tu vas bientôt rentrer chez toi. Ils disent que tu te crois trop bien pour eux. Tu sais comment les prendre. Alors fais-le, Jim, et Dido et toi allez-y doucement. La prochaine fois je ne pourrai rien faire.

– O.-K., Tom, j'essayerai.

– Ne sois pas idiot, mon garçon, dit-il. Tu tiens le bon bout maintenant. Ne gâche pas tout. »

D'abord je n'ai rien dit à Dido. Seulement, il ne comprenait pas pourquoi, tout à coup, j'avais envie de me promener dans la travée pour parler aux autres types.

« Qu'est-ce qu'il y a, Jimmy, tu n'aimes plus parler avec moi ? » demanda-t-il.

Alors j'ai dû lui expliquer. Rouge de colère, il a dit :

« Salopards de poules mouillées, si seulement j'en connaissais un !

– C'est justement pour ça que je n'ai pas cherché à savoir.

– T'as pas à t'inquiéter, je ne ferai rien qui te fasse de la peine. Mais, bon sang, si tu ne devais pas sortir d'ici, je leur ferais voir ! »

Apparemment, il a quand même essayé, car à partir de ce moment-là, il voulait se bagarrer avec tout le monde. Il suffisait qu'un détenu le regarde pour qu'il veuille lui rentrer dedans. J'étais sans arrêt sur mes gardes. Je savais que s'il se lançait dans une bagarre, j'y serais aussi. C'était d'ailleurs la seule chose qui l'empêchait d'avoir de sérieux ennuis. Mais il n'hésitait pas à leur montrer à quel point il les méprisait.

Pourtant il a quand même été transféré. Pas de dortoir, mais de couchette. On l'a mis sur le devant, près du poste de garde. Après ça, on n'a plus parlé à personne. On bousculait les types qui se trouvaient sur notre passage, sans les regarder. On les traitait comme de la merde.

Tout le dortoir nous observait, attendant une occasion pour se foutre de nous. Mais on ne la leur a pas fournie. Si je n'étais pas à côté de sa couchette, c'était lui qui était près de la mienne.

« Ne leur montre pas à quel point ça te fait du mal, petit, dis-je. Ça leur coupera leur envie de rire. » C'est ce qu'on a fait et ça a marché. On se moquait d'eux et de tout le reste, et on affichait une certaine bonne humeur comme si on traitait ça par-dessus la jambe. La nuit, j'allais m'asseoir sur sa couchette et je lui parlais pendant des heures alors que tout le monde dans le dortoir nous observait.

Et le mercredi soir, quand les noirs se réunissaient pour réciter des prières, on allait s'installer sur une table dans la travée et Dido jouait de la guitare si fort que l'assemblée ne s'entendait plus prier. Je ne le quittais pas d'une semelle. On attendait que quelqu'un nous dise que ça ne lui plaisait pas. Si Dido avait été tout seul, ils lui auraient sauté dessus, mais moi, ils ne m'en voulaient pas vraiment. Et je n'y étais même pas sensible.

Tout le dortoir était contre nous. L'atmosphère était tendue et une explosion semblait imminente. Un jour nous sommes allés jouer, on s'est mis à plumer les joueurs en faisant monter les mises et quand le croupier a voulu nous empêcher d'assurer nos gains, j'ai bondi sur mes pieds en arrachant le tapis de jeu et en fichant la partie en l'air. Cette fois-là, seule la bonté d'âme de ces taulards m'a valu de m'en sortir.

Le lendemain, Tom a fait cesser tous les jeux et le soir suivant le capitaine Charlie aussi. C'est alors que les choses ont commencé à devenir sérieuses. Mais Dido et moi, on continuait de défier tout le dortoir, en attendant que quelqu'un proteste. Notre arrogance n'avait plus de limites. Le plus drôle c'est que, à ce moment-là, mes sentiments pour Dido n'étaient plus ce qu'ils avaient été. Mais, j'étais prêt à tout pour lui. J'ai arrêté de le sermonner pour le laisser faire ce qu'il voulait. Et ce qu'il voulait, je le voulais aussi.

Une nuit, quand tout le monde dormait dans le dortoir, le capitaine Charlie amena sa chaise près de sa couchette et essaya de lui parler. Le lendemain, Dido me raconta ce qu'il lui avait dit. « Il voulait que je change. Il pense que je suis trop bien pour agir comme ça. Il m'a dit que si je m'arrangeais pour que tu ne viennes plus jusqu'à ma couchette et si je te laissais tomber, il parlerait de moi à l'administration. C'est un bon bougre à sa manière et il t'aime beaucoup, Jimmy. Il dit que tu es vraiment bien, mais il pense qu'on ne devrait pas être amis. Il croit que ça nous fait du tort. »

Et le matin suivant, il a ajouté : « Le capitaine Charlie trouve qu'on ne lui rend pas la vie facile. Il voudrait que je ne vienne plus te voir du tout.

— Qu'est-ce que tu lui as répondu ?

— Il est tellement brave et il m'a parlé d'une façon si pitoyable ! Je n'ai pas eu le cœur de le lui refuser. Et puis après tout, il m'a demandé si je voulais bien, il ne m'a pas donné d'ordre. J'espère que tu n'es pas fâché.

— Bien sûr que non. Tu as bien fait, petit. C'est un brave type. J'irai te voir à ta couchette, moi.

— Mais il ne veut pas non plus.

— Merde, qui va aller dire quelque chose ? On est juste sous son nez. Qu'est-ce que tu veux de plus ? »

Après ça, on est donc allés s'asseoir sur son pieu, près du poste de garde. On s'est tenus tranquilles un moment pour laisser le capitaine Charlie souffler un peu. Mais ça n'a servi à rien. Dans le dortoir, on s'est heurté à une barrière de haine. Tom m'a dit que les dénonciateurs étaient plus nombreux que jamais.

« Mais ne t'en fais pas, Jim, dit-il, continue comme ça, évite les ennuis, et je veillerai à ce qu'il ne t'arrive rien avant que tu rentres chez toi.

— Merci, Tom », dis-je.

Dido et moi, on se faisait la lecture. C'était à peu près tout ce qu'il nous restait, mais on en tirait plus de plaisir que jamais. Une fois, on lisait une histoire dans un magazine et on est tombés sur une phrase qui parlait de quelqu'un qui : *resta à jamais anonyme.*

« Ça fait réfléchir, pas vrai ? dis-je. Dire qu'on peut être assez insignifiant pour que personne au monde ne se souvienne de votre nom !

— Ça pourrait s'appliquer à n'importe quel détenu », dit Dido. Et j'ai ajouté :

« Ce pourrait être moi. »

Mais en dépit de nos efforts, les protestations ont continué de plus belle. « Que tous ces salopards de taulards aillent se faire foutre, viens jusqu'à ma couchette. »

Dido m'a lancé un drôle de regard et il m'a dit :

« Si c'est ce que tu veux, Jimmy. »

On y est allés pour s'allonger côte à côte sur mon pieu et j'ai commencé à lire une autre histoire. Un par un, les mouchards sont allés nous dénoncer au capitaine Charlie. Je les avais vus mais je m'en moquais complètement. Au bout d'un moment, le capitaine Charlie m'a envoyé chercher. Il avait l'air pitoyable.

« Jim, dit-il. Je te connais depuis longtemps. Tu te souviens quand t'étais dans le dortoir 5-6 ? C'était ta première année ici. Tu te souviens quand on discutait la nuit et que ma femme t'envoyait des sucreries qu'elle faisait pour toi ? Et la fois où on t'a fait le coup du poisson d'avril avec les bonbons qui contenaient du coton et des noyaux ? » Je me suis senti tout drôle en écoutant ce vieil homme. « J't'ai toujours bien aimé, Jim, et j'ai toujours pensé que tu m'aimais bien aussi. Déjà à cette époque je savais que tu allais réussir à t'en sortir pour devenir un jour un type bien. Je n'ai jamais perdu confiance en toi, Jim.

— Merci, Cap. C'est vrai que je vous aime bien, moi aussi. Je veux que vous le sachiez, Cap. Je veux que vous le sachiez quoi qu'il arrive.

— Je sais bien, Jim, dit-il. Je vais te dire quelque chose que je n'ai jamais dit à personne. Est-ce que tu te souviens quand ils vous ont transférés du 1-6 pour vous répartir entre le 3-6 et ici ? » J'ai fait signe que oui. « Hé bien, cette nuit-là tu t'es fait prendre en train de jouer au poker au 2-6 et j'avais, disons, heu... comme qui dirait intercédé en ta faveur.

— Je m'en souviens, Cap, dis-je. Vous avez menti pour me sortir de ce pétrin. Je ne vous l'ai jamais dit, Cap, mais je vous en ai été reconnaissant. Je vous en suis très reconnaissant, Monsieur.

— C'est le capitaine Lansing qui était de garde au troisième étage à ce moment-là. Tu te souviens qu'il t'avait surpris quand tu remontais les escaliers ? Hé bien, il savait que j'avais menti pour te couvrir et il m'a dénoncé au directeur. Tu te souviens qu'il avait ses entrées chez lui à cette époque-là. Hé bien, ils m'ont collé de garde de nuit sur les murs pas longtemps après. Tu ne l'as pas su parce qu'à ce moment-là, tu avais été transféré dans les cellules du 2-2. Mais moi je suis resté là-haut pendant près d'un an. » Sa voix était tellement brisée par l'émotion qu'il n'osait pas me regarder. « On se sent très seul sur les murs, fiston. Tu ne peux pas savoir à quel point on peut être seul là-haut, pendant la nuit. Il y avait des petites souris grises que je nourrissais avec des miettes de mon casse-croûte pour qu'elles viennent me tenir compagnie. Elles étaient gentilles, ces petites souris. »

Il s'est arrêté un moment. J'avais une grosse boule dans la gorge.

« J'ai eu soixante-six ans la semaine dernière, ajouta-t-il un peu après. Je ne pourrais pas faire une autre année sur ces murs. Ecoute, Jim, je ne veux pas être obligé de vous dénoncer, toi et Dido, parce que je vous aime bien tous les deux. Je ne vous ai jamais vus faire quoi que ce soit. Mais qu'il ne revienne jamais plus à ta couchette. Fais-le pour moi, veux-tu, Jim ? Sinon, ces détenus-là vont me renvoyer sur les murs. »

J'étais particulièrement ému. J'ai regardé ailleurs pour ne pas voir ses yeux qui m'imploraient. C'est alors que j'ai vu les détenus. Pendant que nous parlions, ils s'étaient rassemblés autour de nous, en demi-cercle derrière moi, suffisamment loin pour ne pas lui manquer de respect, mais assez près quand même pour l'influencer, guettant comme des vautours. Je doute qu'ils aient entendu notre conversation, ils voulaient juste voir ce qu'il allait décider. Je leur ai fait face, en essayant de montrer tout le mépris que j'avais pour eux. Puis je me suis retourné vers le capitaine Charlie.

« Vous êtes un type bien, Cap, dis-je à voix basse, vous êtes réglo, juste et honnête. J'aimerais vraiment pouvoir faire ça pour vous. Mais je suis obligé de refuser, parce que je ne voudrais pas que ces taulards s'imaginent qu'ils vont pouvoir mettre leur nez dans mes affaires. » J'ai vu qu'il avait de la peine alors j'ai ajouté : « Ecoutez, Cap, vous avez une matraque. Alors vous la prenez, vous m'en collez un coup sur la tête et vous me bouclez pour insubordination. »

— Tu sais bien que je peux pas faire ça, Jim !

— Essayez, Cap, essayez un peu. » J'ai incliné ma tête au-dessus du bureau. « Vous prenez votre matraque, vous fermez les yeux et vous cognez.

— C'est pas possible, Jim, tu sais bien que c'est pas possible.

— Alors faites ce que vous avez à faire, Cap. », dis-je. Je me suis retourné pour faire face aux détenus. J'aurais voulu les tuer. J'aurais aimé monter sur une table, armé d'une mitraillette et les abattre tous comme des chiens. Mais je me suis contenté de traverser leur groupe. Si l'un d'eux, n'importe lequel avait seulement ouvert la bouche, je l'aurais tué. Mais ils se sont écartés pour me laisser passer.

Je n'ai pas vu Dido avant qu'il se cramponne à mon bras.

« Il vaudrait mieux que je ne vienne plus à ta couchette, Jimmy, dit-il.

— Viens avec moi et assieds-toi, Nom de Dieu. Je n'ai d'ordre à recevoir d'aucun taulard. »

Il ne voulait pas mais je l'ai attrapé et je l'ai forcé à m'accompagner. Il a refusé de s'asseoir. Il est resté debout au pied de la couchette, du côté de la travée.

« Je crois qu'il vaut mieux que je m'asseye pas sur ton pieu. Il est préférable que je reste debout ici pour qu'ils voient qu'on ne fait rien de mal.

— Ne rien faire de mal ! Est-ce qu'on a déjà fait quelque chose de mal ?, me suis-je écrié. Tu te crois obligé de rester debout dans la travée à huit heures et demie, alors que toutes les lampes sont allumées, que tout le monde se balade dans tous les coins du dortoir, simplement pour que des salopards puissent voir que tu ne fais rien de mal ?

— Je crois que je ferais mieux de partir », dit-il.

Quelques minutes plus tard le capitaine Charlie est venu et a demandé à Dido de l'accompagner à son bureau. Il n'osait pas me regarder. Dido a hésité et je lui ai dit : « Vas-y, et vois ce qu'il veut. Lui, il est correct, c'est pas comme eux ! »

Il a suivi le capitaine Charlie. Tout le monde observait ; je l'ai vu qui parlait avec le capitaine Charlie au bureau. Comme rien ne se passait, je me suis déshabillé et j'ai enfilé mon pyjama. De toute façon, il était presque l'heure de se coucher. Je me suis assis sur mon pieu, en essayant de me calmer. J'étais furieux, excité et je me sentais frustré. Juste avant que les lumières ne clignotent, Chump Charlie s'est approché pour me dire : « Dido a besoin de toi, Jimmy. Charlie est en train de l'inscrire pour le trou. »

J'ai sauté hors du lit pour enfiler mes chaussons et passer mon peignoir. Puis j'ai marqué un temps d'arrêt. Je me suis dit que j'allais sortir dans trente jours, peut-être moins. Ce serait idiot. Je suis resté planté là un moment à penser que j'allais rentrer chez moi. Ça fait longtemps que je suis en prison, un sacré bout de temps. Ça ne me déplaisait pas d'être libre bientôt. Ma mère s'est donné bien du mal pour me faire sortir. Alors que Dido aille au diable.

Mais je me suis dirigé lentement vers le poste de garde. Les détenus s'immobilisaient pour me regarder passer. J'avais l'impression d'essuyer un tir de barrage. Quand je suis parvenu au bureau, j'ai demandé :

« Pourquoi faites-vous un rapport sur lui, Cap ? Qu'est-ce qu'il a fait ? »

Le capitaine Charlie avait l'air d'être au bord des larmes.

« Je suis obligé, dit-il, il faut que je fasse quelque chose.

— Vous devez mettre un motif sur le rapport, dis-je. Qu'est-ce que vous allez mettre ? »

Les lumières ont clignoté à cet instant, mais personne n'a bougé. Ils étaient tous dans la travée à nous observer.

« Je dois l'inscrire pour perversion sexuelle, dit le capitaine Charlie.

— C'est dégueulasse ! C'est pas vrai, dis-je, est-ce que vous nous avez déjà vus faire quelque chose comme ça ?

— Non, avoua-t-il, mais c'est ce que tout le monde dit.

— Parce que vous les laissez diriger la baraque, maintenant ?

— Je suis désolé, Jim. Mais il faut que je le fasse, fiston.

— D'accord. Mais si vous l'inscrivez, il faut m'inscrire, moi aussi. Il a pas pu faire ça tout seul. »

Dido me regardait avec un drôle d'air. J'ai tourné les talons et je me suis éloigné en me disant que j'avais toujours été un imbécile. Je suis revenu à ma couchette, et je suis resté là, debout à fumer une cigarette. Personne ne m'a adressé la parole. Le capitaine Charlie est passé pour nous compter. Les détenus étaient près de leurs pieux, mais ils tendaient toujours le cou pour voir ce qui allait arriver. Dido était encore au poste de garde. Je suis resté à le regarder comme si j'étais pas concerné.

Quand le capitaine Charlie a eu fini de nous compter, il est venu me dire : « Habille-toi, Monroe, je dois te conduire au trou. »

J'ai acquiescé. J'ai mis mes chaussures neuves et mon pantalon du dimanche. Je me disais que j'allais montrer à ces fils de putes ce que je pensais d'eux. Quand j'ai eu fini de m'habiller, je suis descendu. Le capitaine Charlie attendait. J'ai regardé Dido. Il souriait légèrement. Il semblait ne pas y croire. Il avait l'air ahuri comme s'il ne m'avait jamais vu auparavant. J'ai essayé de sourire.

« Ne t'en fais pas, petit ! Je m'occuperai de toi quand on sera là-bas. » Mais ce n'était pas très convaincant et ma voix s'est brisée.

Nous avons descendu l'escalier et nous sommes entrés dans l'antichambre de la salle de garde où le capitaine Charlie nous a remis entre les mains du portier. Le capitaine du service de nuit devait venir nous chercher pour nous conduire au trou. Il était dans le bloc 10&11 et on a dû attendre. Nous nous sommes assis côte à côte sur le large appui de la fenêtre.

Je me suis retourné pour regarder la prison au travers de la vitre. Dans le bassin des poissons rouges, qui avait remplacé la mare aux alligators, le jet d'eau accrochait quelques reflets lumineux dans l'obscurité. Il avait l'air fantomatique et irréel. Tout paraissait irréel.

« Ça ressemble à une petite ville, pas vrai ? dis-je. Une petite ville perdue.

— Jimmy, » dit-il. Sa voix était étranglée. Je me suis tourné pour le regarder. Ses yeux implorants et terrorisés étaient fixés sur moi. « Personne n'avait jamais pris mon parti comme ça avant ». Sa voix était étrange et flottante. « Pourquoi as-tu fait ça, Jimmy ? Je ne m'y attendais pas et je ne ne t'en aurais pas voulu si tu ne t'en étais pas mêlé. Tu as tellement à perdre, alors que moi je ne risque rien.

— Je ne sais pas pourquoi je l'ai fait, dis-je. Je suppose que j'en avais envie.

— Tu ne te rends pas compte de ce que ça représente pour moi », dit-il de cette voix bizarre. « C'est ce que tu pouvais faire de mieux pour que je redevienne quelqu'un.

— Ne dramatisons pas, dis-je en essayant de sourire. Quand je fais quelque chose de noble, je le sais tout de suite. Mais quand je me mettrai à analyser tout ça, je me découvrirai sûrement un tas de raisons sordides... » Je me suis arrêté net, sans finir ma phrase.

« Je crois que tu m'as ouvert les yeux, Jimmy », dit-il.

Le capitaine de nuit est venu pour nous emmener au trou et le portier lui a donné nos rapports. Seulement, le Capitaine Charlie n'avait pas indiqué de motif sur le mien et l'autre a dû lui rapporter pour le faire compléter. Ensuite, il est redescendu et nous a conduits au trou. On m'a mis dans la cellule n° 1 tandis que Dido était à l'opposé du bloc, dans la cellule n° 12.

Pendant toute la nuit il a parlé tout seul d'une manière décousue et d'une voix étrange en essayant de m'expliquer combien je l'avais aidé. Les autres hurlaient pour le faire taire. Ils l'injuriaient mais il s'en moquait. Il essayait de me dire quelque chose que je n'arrivais pas très bien à saisir.

Le lendemain matin, ils nous ont emmenés séparément pour être jugés ; Dido y est allé le premier. A peine l'avaient-ils ramené et enfermé qu'ils m'ont fait sortir. Je n'ai pas eu le temps de lui poser de questions.

C'était le sous-directeur qui présidait. Je lui ai demandé pour quel motif j'étais là. Il a répondu « Perversion sexuelle. »

– C'est une blague, dis-je. Faites venir le gardien. » J'avais oublié que le capitaine Charlie n'était plus de service à cette heure.

« Je n'ai pas besoin de voir le gardien, je n'ai pas besoin de voir le gardien. C'est sur le rapport, et je vous crois coupable. »

J'ai vu rouge.

« Ce que vous croyez ne change rien, dis-je. C'est un tribunal ici, et il n'y a que ce qui est prouvé qui compte. Tout ça, c'est du baratin et ceux qui racontent ces histoires sont des sales menteurs. Si les taulards qui ont lancé ces bobards doivent diriger la boîte, qu'est-ce que vous attendez pour foutre le camp et les laisser faire ?

– Ramenez-le, dit-il au gardien du trou. Ramenez-le, ramenez-le ; pour moi il est coupable !

– Ça, c'est ce que vous croyez, criai-je. Mais avant que j'écope de quoi que ce soit, je vais le faire savoir à tout le monde dans l'Etat. Je porterai ça jusqu'au directeur des affaires sociales ! Je porterai ça jusque devant le gouverneur ! Non mais, qu'est-ce que vous... ? »

Il s'est mis à crier :

« Emmenez-le ! emmenez-le ! emmenez-le ! »

Le gardien m'a agrippé par le bras et m'a forcé à revenir vers le trou.

« Ça va ! Ça va ! dis-je. Vous ne vous en tirerez pas comme ça ! On en entendra parler de cette histoire ! » Le gardien m'a poussé jusque dans l'antichambre. C'était là qu'on enfilait des salopettes avant d'aller au trou. Je me suis débattu un instant, mais le balayeur du trou est arrivé pour lui prêter main forte et j'ai abandonné. La dernière fois que j'étais venu, c'était Kish, le gros détenu grec qui était balayeur du mitard, mais il avait été affecté à la briqueterie et un noir nommé Jungle Joe le remplaçait. Jungle Joe m'a fait comprendre d'un clin d'œil de laisser tomber et j'ai laissé le gardien me ramener jusqu'à ma cellule.

Tous les types qui passaient devant le conseil de discipline ce matin-là sont revenus et les portes ont été refermées. Alors seulement, j'ai appelé Dido : « Et pour toi, quel était ton motif ? »

Il a hésité un instant, sachant que tout le monde écoutait dans le trou, puis il a dit : « P.S. Tu comprends ?

— Pareil pour moi. Qu'est-ce que tu lui as dit ?

— Je lui ai dit que si c'était ce qu'il croyait, c'était pas la peine de discuter. » Au bout d'un moment, il a ajouté : « Qu'est-ce que j'aurais pu dire d'autre ?

— J'ai poussé une gueulante, dis-je. Je les ai tous traités de menteurs et je leur ai dit que j'avais pas l'intention de me laisser faire, que je porterai cette histoire devant le gouverneur. Et je le ferai. » Dido n'a pas répondu. « Ça me ferait mal de les laisser faire un truc pareil ! Même si j'étais coupable, ce qui n'est pas le cas, le capitaine Charlie n'a rien vu » ai-je ajouté après un moment.

« Je préférerais que tu dises *nous*, dit-il, si ça ne t'ennuie pas, Jimmy.

— On dirait un reproche ?

— Non, je ne te reproche rien, je préférerais, c'est tout. »

Dido me surprenait. Il acceptait sa punition avec un calme de grand seigneur. J'ai mieux compris ce qu'il avait essayé de m'expliquer la veille. Il paraissait métamorphosé. Et à ce moment-là je l'ai vraiment admiré. Il a bien craqué une fois, mais cela aurait pu arriver à n'importe qui, dans ces conditions. Le détenu qui était à côté de lui devenait dingue. Il se battait désespérément contre les fantômes qui hantaient sa cellule. Ça aurait porté sur les nerfs de n'importe qui, et ceux de Dido étaient déjà particulièrement éprouvés. Ils ont fini par emmener le pauvre type à l'asile. A part ça, tout était calme.

Jungle Joe venait de temps en temps pour balayer et laver les cellules. Les autres détenus nous avaient prévenus qu'il épiait les conversations et qu'il les rapportait au sous-directeur. Mais avec moi, il était correct, c'était mon pote. Il était nourri comme les gardiens. Je lui ai dit que s'il s'occupait de nous je lui donnerais cinq dollars en sortant pour chacun des jours passés ici. Il a partagé ses repas entre Dido et moi pendant toute la durée de notre incarcération. On a eu du jambon, des œufs, des steaks, de la tarte et de l'excellent café. Ce n'était pas mauvais du tout. Il nous donnait toutes les cigarettes qu'on voulait et faisait le guet à l'extérieur pendant qu'on fumait.

La cellule n° 1 où je me trouvais ne servait que dans les cas particuliers. Jungle Joe en avait la clé mais elle n'ouvrait aucune des autres cellules. La nuit, après le départ du capitaine de service qui nous comptait, il me laissait sortir pour que je puisse parler avec Dido. Joe m'a prévenu que les autres détenus qui étaient ici nous moucharderaient et qu'il fallait être prudents. J'ai l'impression qu'il pouvait voir dans le noir, car il me prenait par la main et me conduisait dans l'obscurité jusqu'à la cellule de Dido. Je m'asseyais par terre près des barreaux et on se parlait en chuchotant. Au bout d'un moment, Joe me reconduisait jusqu'à ma cellule et m'y enfermait de nouveau.

Puis, quand tout était en ordre, il amenait une chaise de l'antichambre où il dormait, et nous rendait visite à tous. Il pouvait rester assis là, à nous raconter d'interminables histoires pour nous distraire. Ce type savait vraiment mentir. Et je ne l'ai jamais entendu se répéter.

Dans l'après-midi du cinquième jour, ils nous ont laissé sortir. Le sous-directeur était installé à son bureau dans la salle du conseil de discipline quand nous y sommes passés. « J'espère que vous êtes satisfait, Monroe, dit-il. J'espère que vous êtes satisfait. Vous avez perdu votre remise de peine. » Je n'ai rien répondu. Je m'y attendais.

Nous sommes restés assis dans la salle d'attente pendant quelques minutes. Puis le planton du bureau de transfert est venu nous chercher pour nous conduire dans deux cellules séparées du 5-4, l'équipe des pédérastes. J'ai reçu un formulaire de correspondance spécial le lendemain et j'ai écrit à ma mère en lui demandant de venir me voir dès que possible.

Elle m'a rendu visite deux jours plus tard et je lui ai raconté ce qui s'était passé. Je lui ai dit que je n'étais pas coupable de ce qu'on me reprochait. Je lui ai demandé d'aller voir l'assistance sociale, de leur expliquer, et ensuite d'écrire au gouverneur pour lui demander une enquête. Elle m'a promis qu'elle s'en occuperait, mais elle avait peu d'espoir. Elle en était tellement retournée qu'elle a pleuré pendant toute la visite.

J'en étais malade moi aussi. Mais cela eut au moins un avantage : j'avais repris contact avec la réalité. Je pouvais apprécier à leur juste valeur les rapports qui me liaient à Dido. Et même s'il y était entré beaucoup de stupidité, un peu d'hystérie, il y avait aussi une part de bonheur. Je n'avais aucun regret, et, si c'était à refaire je n'y aurais rien changé, car on avait vécu des moments inappréciables, et rien que pour ça je lui en étais reconnaissant. On les avait vécus, mais maintenant c'était fini.

Après cela, ma mère a haï Dido, elle ne lui a jamais pardonné. Elle m'a répété toutes les choses blessantes qu'on lui avait racontées au bureau de l'entrée. Elle le rendait responsable de tout. Mais j'étais incapable de lui en vouloir. Elle ne pouvait pas savoir qu'au dernier moment, quand j'avais pris ma décision, je n'avais pensé qu'à moi. J'avais voulu être un homme. Et si cet acte m'avait éloigné de la liberté, de toute façon je n'étais pas libre à ce moment-là, donc cela ne pouvait pas me faire grand-chose. Ce n'était pas aussi dur que je l'aurais cru. Mais toute cette période me semblait participer d'un rêve. Le mieux était d'essayer d'oublier pour ne pas en souffrir. J'étais là depuis longtemps et je me sentais capable d'en supporter davantage. Mais j'avais eu besoin de m'affirmer à ce moment-là, je n'avais pas pu m'en empêcher ; je m'étais retenu trop longtemps. Il fallait que ça sorte. Pour moi, pensai-je, rien que pour moi.

Maintenant, on en avait la réputation mais pas la satisfaction.

C'était là le plus dur. C'est ce que j'avais dit au gardien. Mais il ne me croyait pas.

Personnellement, je m'en foutais. Je me disais qu'ils ne pouvaient pas me faire plus de mal qu'ils m'en avaient déjà fait, il y a bien longtemps, même si je devais vivre cent mille ans. Un jour, je sortirais, je le savais. Ce ne serait plus bien long maintenant. Mais Dido allait devoir rester ici. Si je me sentais assez fort, en revanche ils pouvaient lui en faire baver. Mais il gardait la tête haute. Je savais combien il pouvait souffrir. Mais il ne l'a jamais montré aux autres et j'étais seul à le deviner.

C'était une équipe immonde. La plupart des types qui étaient là étaient dégénérés ou complètement gâteux. Ils passaient leur temps à jurer, à s'injurier et à se battre. Leurs conversations étaient écœurantes. On aurait pu attendre la semaine des quatre jeudis pour entendre une seule phrase décente.

C'était l'équipe la plus bruyante de toute la baraque. Les gardiens ne se fatiguaient même pas à les faire taire. Ils se contentaient de les enfermer et ils s'en allaient ensuite. Si vous n'aviez jamais eu le sentiment d'être un paria auparavant, vous l'aviez ici.

Dido tenait le coup. Il s'était calmé et il affichait une étrange sérénité, nouvelle chez lui. Il ne se laissait plus atteindre par les petites mesquineries. J'en étais content. J'espérais seulement qu'il allait rester comme ça. Je n'avais plus besoin de lui. Tout était fini. Et je crois qu'il l'avait compris. Je lui ai fait parvenir ma machine à écrire, en lui suggérant de rédiger des nouvelles ou de la poésie pour passer le temps. Il m'a envoyé un mot en réponse.

Cher Jimmy,

Merci de me prêter ta machine. Mais tu n'as pas à t'inquiéter, je suis O.-K. Je t'aime, Jim. Tu es un type fantastique. Je suis très heureux de t'avoir rencontré, M... Monsieur comment déjà ? Est-ce que tu vas bien ? Je suis en pleine forme. Je croyais être battu, vaincu serait mieux, mais non. Je veux que tu saches pourtant que j'ai tout fait pour que ça marche. Restons sérieux quand même, tu m'as donné plus que tu ne crois. Je ne m'en tire pas mal. Du moins à l'intérieur de moi-même. Et je continuerai d'être comme ça après ton départ. Tu partiras un de ces jours prochains. Je le sens. Mais tu n'as pas à te faire de souci pour moi. Ça va.

Je comprends maintenant beaucoup de choses que tu voulais me dire. A propos de mettre quelque chose dans n'importe quoi et d'en obtenir autre chose. Est-ce que cela te semble confus ? A propos de bien traiter les gens et de réfléchir. J'ai appris ça aussi. Ça ira bien, tu n'as pas à t'inquiéter.

Qu'est-ce que tu fais ? Est-ce que ça gaze ? C'est l'expression préférée de ma mère. Alors, gazons !

Je vais peut-être nettoyer et laver quelques vêtements si je ne suis pas trop paresseux. Peux pas savoir pour l'instant, faut attendre pour voir si je serai paresseux ou non.

Je t'aime, encore une fois dans la même lettre.

Veux-tu, veux-tu, te souvenir ?

Qu'as-tu fait des pépins de pommes ?

Les pépins de pomme étaient des bonbons, je les ai enveloppés dans du papier avant de les lui faire parvenir le long de la passerelle.

Sa lettre m'a fait plaisir, mais je n'avais plus vraiment besoin de lui. Peut-être s'en était-il rendu compte, peut-être que non. Je n'en savais rien. Mais je ne pouvais pas le lui dire.

On glissait nos miroirs entre les barreaux et on se souriait. Mais la plupart de nos conversations se faisaient par l'intermédiaire de bouts de papier que les types d'ici passaient sans y attacher d'importance.

On ne voulait pas se laisser entraîner dans des bagarres. Et ici c'était la chose la plus facile qui soit. Le plus dur, c'était de les éviter. Je ne voulais pas me battre. Je ne portais pas les détenus dans mon cœur à cette époque et si je m'étais battu, j'aurais peut-être tué quelqu'un. J'avais quand même un poignard de quinze centimètres sous ma chemise, pour me rassurer. Tous ici avaient une arme quelconque. Je ne tenais pas à me retrouver les mains nues en face d'un type armé. Mais avec un surin aussi grand que le leur, on n'avait même plus à se battre. On n'avait qu'à le sortir pour se faire un autre ami.

On jouait au poker et au vingt-et-un sur la passerelle en nous aidant de nos miroirs. Le donneur distribuait tous les jeux sur le sol devant sa cellule. Il gardait ses deux mains passées entre les barreaux pour qu'elles restent bien visibles des autres joueurs. Ensuite, il montrait les cartes, le dos vers lui et la couleur vers le joueur pour qu'il puisse voir son jeu grâce à son miroir. Seul le joueur qui recevait une carte pouvait se servir de son miroir. Ensuite, quand tout avait été distribué, tous les joueurs sortaient leur miroir pour relancer la mise ou se coucher. C'était plus long qu'un jeu normal, mais la règle était la même.

Deux fois par semaine, nous allions au terrain comme toutes les autres équipes et le dimanche, au spectacle. Dido et moi nous nous retrouvions dès que nous sortions de cellule. Nous défilions côte à côte et nous allions partout ensemble. Presque tout le monde dans l'équipe avait son copain attitré. Quelques-uns chassaient en solitaires. Ce n'était pas vraiment une équipe disciplinaire mais elle avait pour but de nous isoler.

Plus tard, j'ai su que lorsque le capitaine Tom avait repris son service ce matin-là pour apprendre qu'on était au trou, il avait eu une attaque et on avait dû le ramener chez lui. Quand il a été capable de reprendre son travail, il est tout de suite allé voir le sous-directeur pour essayer de nous faire sortir. Mais l'autre a refusé de l'écouter. Il paraît qu'il est aussi allé voir le directeur, mais celui-ci ne voulait pas s'en mêler. Je savais bien ce que Tom avait pu ressentir, avec ce match contre le réfectoire qui approchait. Je n'ai pas pu m'empêcher d'en rire. Ce vieux Tom, il ne changera jamais, ai-je pensé.

On avait aussi une équipe de softball au 5-4, mais c'était plutôt de la rigolade. Certains étaient très bons mais la plupart étaient des nullards. Tout ce que ces tapettes savaient faire, c'était prendre des poses sur le terrain, les mains sur les hanches, et flirter avec quelqu'un sur la touche pendant que les balles roulaient près d'eux et que d'autres bases étaient prises. On les appelait « les Gaffeuses ».

Mais quand Dido et moi avons été transférés ici, le gardien s'est mis en tête de réorganiser l'équipe. Il voulait que je devienne capitaine mais j'ai refusé. J'avais suffisamment d'ennemis comme ça pour ne pas m'en faire d'autres. Mais on a accepté de jouer.

Notre premier match nous opposait au 3-4. On les a facilement battus. Seulement les types de notre équipe avaient misé contre nous, comme d'habitude. Quand on a gagné, ils ont essayé de décamper avec les enjeux des parieurs, et il y a eu une sacrée bagarre sur le terrain. Le groupe anti-émeute est arrivé et a conduit toute l'équipe au conseil de discipline. Personne n'est allé au trou, mais le sous-directeur m'a interdit de jouer.

« Je vous ai déjà enlevé soixante jours de remise de peine, Monroe, dit-il. Ça devrait vous suffire, ça devrait vous suffire.

– Je vois, dis-je. On ne peut même pas jouer au softball dans cette boîte.

– C'est assez, dit-il. C'est assez ! c'est assez ! c'est assez ! »

Le sous-directeur et moi ne pouvions pas nous voir.

Le match suivant nous opposait à l'équipe des infirmes et j'ai quand même joué. Tom a essayé de me chasser du terrain. Il a dit au gardien qui arbitrait le match que le sous-directeur m'avait interdit de jouer. Le gardien lui a répondu qu'il n'avait pas reçu d'ordre et il a refusé de me faire sortir. Tom est allé chercher le lieutenant chargé des exercices et a essayé de le convaincre d'arrêter le jeu. J'ai dit au lieutenant que le sous-directeur m'avait donné l'autorisation de jouer. Il n'a pas voulu s'en mêler. Le jeu a commencé et j'ai pris ma place pour les balles courtes. Tom a quitté le terrain pour aller chercher le sous-directeur. J'avais fait cinq lancers avant qu'il arrive. Il m'a fait appeler et m'a annoncé qu'il m'enlevait encore trente jours de remise de peine. Si Tom avait attendu un peu, il aurait pu éviter de se donner tout ce mal et me faire perdre trente jours. J'ai été lamentable. Je n'ai pas touché une balle. Quand ils m'ont remplacé, la marque était de quinze à zéro contre nous.

Après le match, Tom a dit : « Tu ne m'en veux pas, Jim ? J'étais persuadé que mes types n'arriveraient pas à te battre, c'est tout.

– Vous en faites pas Tom, dis-je. Je vous connais bien, va ! »

Tom était un type bien et je le comprenais.

Ma mère est revenue me voir ce mois-ci pour une visite spéciale.

Elle m'a dit qu'elle avait parlé au directeur et qu'il avait promis de faire une enquête à propos de mon histoire. Deux jours plus tard, Gout m'a fait venir au bureau des transferts pour me dire que le directeur avait fait une enquête qui m'avait blanchi. Gout m'a dit que ma remise de peine m'était rendue et que le directeur lui avait donné des instructions pour qu'il me transfère dans l'équipe de mon choix, à l'exception de celle des infirmes.

« Et pour Dido ? ai-je demandé.

– Il n'y avait rien pour lui, dit-il. Ça ne me regarde pas. Si tu veux rouspéter, adresse-toi au directeur. C'est pas moi qui t'ai mis là-haut et je suis au courant de rien. Tout ce que je sais c'est que t'es qu'un imbécile. Alors, tu veux aller où ?

– Je reste où je suis, dis-je.

– C'est ce qui y a de mieux à faire », dit-il. Il aimait mieux ça parce que, de toute façon, il ne voulait pas me transférer. « On est bien et c'est tranquille là-haut, et t'as une cellule pour toi tout seul. Comme ça tu peux étudier.

– C'est ça » dis-je.

Une semaine plus tard, Okay Collins, le vendeur de magazines, m'a dit qu'il avait vu mon nom en haut de la liste de transfert pour la ferme. Le type dans la cellule à côté l'a entendu et l'a crié dans tout le bloc. « Hé les mecs, le vieux Monroe s'en va à la ferme ! Sacré veinard ! » Bientôt, tout le monde a été au courant. Ils se sont mis à parler du lait frais et du bon air que j'allais trouver là-bas. Vue des cellules étroites et nauséabondes du 5-4, la ferme semblait être un vrai paradis.

La nouvelle a effrayé Dido. Je l'ai vu à ses yeux. Mais il n'a pas flanché. Il a fait tout ce qu'il a pu pour me montrer à quel point il était content pour moi. On ne savait pas quand ils allaient m'appeler ; mais on pensait que ce serait dans un jour ou deux. Pendant toute la nuit et la journée qui ont suivi, nous nous y sommes préparés. Nous étions tous les deux très excités. On a échangé quelques affaires, il m'a donné une photo de sa mère. Il voulait que je prenne son album, mais j'ai refusé. Je savais qu'elle tenait à ce qu'il le garde.

On a mis sur pied tout un plan pour s'envoyer des lettres par le chauffeur du camion de lait qui venait une fois par jour de la ferme. Nous avons pris contact avec lui par l'intermédiaire du marchand de journaux et il a promis de faire passer nos lettres pour un dollar pièce. Dido m'a dit qu'il irait au bureau anthropométrique pour se faire une photo qu'il m'enverrait. Moi j'ai promis de lui faire parvenir de l'argent tous les mois. On essayait de penser à tout.

Nous n'avons pas arrêté d'échanger des mots jusqu'à l'heure de coucher, puis pendant toute la journée et la nuit suivantes. A la fin, les types qui étaient dans les cellules qui nous séparaient se sont mis à se plaindre de la quantité des messages qu'ils devaient faire passer. L'un de ces salopards a même arrêté de les faire circuler et a laissé traîner le dernier que j'avais envoyé, devant sa cellule sur le chemin de ronde. Après ça, on a été obligés de demander aux types de les lancer pour qu'on puisse continuer. J'avais promis de leur donner un dollar à chacun le lendemain.

Cette nuit-là, après que les lumières ont clignoté, j'ai emballé mes affaires dans deux taies d'oreiller. Mais je ne pouvais pas dormir.

Quand le gardien nous eut comptés, j'ai appelé Dido : « Je ne peux pas dormir, dis-je.

— Moi non plus », répondit-il.

Alors on a passé nos miroirs entre les barreaux, on s'est souri et on essayait de former des mots avec nos lèvres. On ne se comprenait pas, mais on voyait nos visages et c'était ce qui comptait. On s'est préparés pendant toute la nuit, au matin on était parés.

Mais je n'ai été appelé que dix jours plus tard. Le marchand de journaux m'a dit que quand Gout avait vu mon nom en haut de la liste des transferts, il s'était mis en rogne. Il était allé voir le sous-directeur et s'était mis d'accord avec lui, ensuite ils avaient agi auprès du directeur pour qu'il raye mon nom. Mais la commission avait approuvé la décision et le directeur a refusé de faire quoi que ce soit. Alors, Gout a retardé tous les transferts trouvant toujours un prétexte, jusqu'à ce que le directeur l'oblige à nous faire partir.

J'ai reçu l'ordre d'emballer mes affaires et de me tenir prêt à partir aussitôt après le petit déjeuner le lendemain matin. En allant dîner, je me suis arrêté près de la cellule de Dido. Il souriait, mais ses lèvres tremblaient ; il semblait avoir pleuré. J'ai essayé de sourire moi aussi, mais j'avais les lèvres trop sèches.

« Je te reverrai demain matin, dis-je, mais je voulais te dire maintenant que je t'ai aimé dès le premier jour.

— Moi aussi, dit-il, et dès le début. »

Il s'est penché en avant et je l'ai embrassé. Ce fut la seule fois où je l'ai embrassé. Il n'y avait aucune passion dans ce baiser, mais plutôt une grande tendresse. Deux types sur la passerelle ont fait des bruits de baisers mais on n'y a pas prêté attention.

« T'en fais pas, petit, dis-je. Et ne te tracasse pas pour tout ça.

— Que le ciel te protège, Jimmy. » Sa voix était étranglée.

On n'a pas échangé de message cette nuit-là. On avait dit tout ce qu'on avait à se dire.

Quand les lumières se sont éteintes, je suis resté allongé, sans dormir, en pensant à lui. J'espère qu'il s'en sortira. Ça va sûrement être dur pour lui. Il m'aime vraiment, et il m'a aussi beaucoup donné. Mais maintenant je continue ma route. J'espère lui avoir apporté quelque chose en passant. J'ai fini par m'endormir.

Vers le petit matin, j'ai été réveillé par une certaine agitation, plus bas, sur la passerelle. J'ai été tout de suite alerté. Soudain j'ai eu très peur. J'ai hurlé :

« Dido ! Dido !

— Il est blessé, Jimmy » a lancé quelqu'un.

J'ai passé mon miroir entre les barreaux pour voir ce qui se passait. Deux gardiens traînaient Dido hors de sa cellule. Sa tête penchait d'un côté en faisant un angle bizarre. Il y avait quelque chose d'anormal dans son cou. J'ai hurlé :

« Dido ! Dido ! » J'ai saisi mon quart en aluminium et j'en ai frappé les barreaux. « Laissez-moi sortir » » hurlai-je. « Nom de Dieu, laissez-moi sortir d'ici ! » J'entendais le bloc tout entier qui se réveillait.

J'ai ramassé mon miroir et je l'ai passé à nouveau entre les barreaux. Ils allaient tourner le coin du chemin de ronde en portant Dido. Personne ne faisait attention à moi. J'ai regardé jusqu'à ce qu'ils aient disparu. Je hurlais :

« Capitaine Baker ! » Le capitaine Baker était notre gardien de nuit. « Capitaine Baker ! Laissez-moi sortir de là ! »

Tout le monde dans le bloc s'est mis à parler en même temps. J'ai entendu quelqu'un qui demandait :

« Qu'est-ce qui se passe là-haut ?

— Un type s'est pendu. »

Le silence est retombé.

« Qui ça ?

— Un type nommé Dido. »

J'ai senti que j'allais pleurer. Une étrange douleur descendait vers mon estomac, me comprimait les poumons et semblait tout arracher en moi. J'implorais : « Qu'on me laisse sortir, je vous en prie ! »

Quelqu'un a demandé : « Est-ce qu'il est mort ?

— Ils ne savent pas. Ils l'emmènent à l'infirmerie. »

Je ne tenais plus debout. Je me suis laissé glisser en me retenant aux barreaux. Longtemps après, j'ai entendu quelqu'un qui disait :

« Ouais, il était mort quand ils l'ont décroché. » J'avais l'impression que je le savais déjà.

« Qu'est-ce qu'il avait ?

— Son pote s'en va. Il n'a pas tenu le coup.

— Qui c'est son pote ?

— Monroe.

— Jimmy Monroe ?

— Ouais.

— Hé Jimmy ! » Je n'ai pas répondu. Je n'aurais pas pu. « Hé, Jimmy, t'es pas en train de te pendre toi aussi, hein ? »

J'entendis quelqu'un répondre : « Pas lui, il s'aime trop pour ça. »

Espèce de salaud, j'ai pensé. Espèce de vieux salopard. J'aurais voulu lui hurler des injures à la gueule, mais j'étais sans voix.

Au bout d'un moment le calme est revenu dans le bloc. Ce n'était qu'un détenu de plus qui venait de se pendre. Ce silence me faisait du bien. Je me suis mis à genoux à l'endroit où j'étais tombé. Je n'avais pas bougé. Quand le gardien a recommencé à nous compter, il s'est arrêté, il allait me dire quelque chose mais il a changé d'avis. Il est revenu plusieurs fois pour voir ce que je devenais, mais il n'a rien dit. Après un long moment, j'ai eu envie de prier pour Dido. Mais je n'arrivais pas à trouver les mots. Si Dieu n'avait pas décidé de lui pardonner, ce n'est pas ce que je dirais qui y changerait quelque chose. Ce qui me faisait le plus de mal, c'est que je n'avais rien fait pour l'empêcher de se tuer. Tout au fond de moi, je l'avais peut-être même souhaité.

J'étais sûr qu'il l'avait fait pour moi. Il avait fait ça pour m'offrir une fin exemplaire. Ça lui ressemblait tellement. Il me prouvait par cet acte irrévocable que moi seul avais compté pour lui. Je souffrais terriblement, mais je ne pouvais pas m'empêcher de ressentir devant ce dernier cadeau une joie et une exaltation puissantes. Je savais que c'est ce qu'il aurait voulu.

Quand les lumières se sont allumées, je me suis mis debout pour m'habiller. La plupart des types, en allant prendre leur petit déjeuner, se sont arrêtés près de ma cellule pour essayer de me consoler. Je pouvais leur répondre sans pleurer et je me suis aperçu aussi que je pouvais maintenant marcher sans problème. J'étais agité par des émotions contradictoires, mais à part cela, tout allait bien. Je ne suis pas allé manger. Un instant, j'ai envisagé d'aller jusqu'à sa cellule et de m'y asseoir pendant que les autres n'étaient pas là, mais je n'ai pas pu m'y décider. Je lui avais déjà dit adieu.

Ils sont venus me chercher aussitôt après le petit déjeuner. J'ai ramassé mes deux baluchons et j'ai suivi le planton sur la passerelle.

« Au revoir, Jimmy... Adieu, Jimmy... T'en fais pas, Jimmy... » lançaient les types quand je passais devant leur cellule.

« Adieu, les amis, dis-je.

— Bonne chance, Jimmy.

— Vous aussi » dis-je.

Quand je suis passé devant la cellule de Dido, j'ai regardé droit devant moi. Ils m'ont conduit en bas, dans la salle de garde. Il y avait déjà trois types qui attendaient. On est restés là jusqu'à ce que les quinze qui devaient partir aient été rassemblés. Pendant que j'étais assis là, à attendre, j'ai pensé à la mère de Dido. Il fallait que je lui écrive le plus vite possible pour lui expliquer ce qui s'était passé. Elle recevrait l'avis officiel, mais il y aurait tant de choses qu'elle ne comprendrait pas. Cela allait être un coup terrible pour elle. Et puis j'ai pensé que Dido ne franchirait plus ces portes vivant. Je sentais que les larmes recommençaient à monter en moi.

Mais quand ils nous ont fait franchir la dernière porte, pour traverser le trottoir jusqu'au camion qui attendait, je n'ai plus pensé à Dido. La matinée était calme et ensoleillée. Ça me paraissait étrange d'être dehors. Je pouvais contempler la rue sans que mon regard ne se heurte à un mur. Je commençais à me sentir heureux d'en être sorti. Je me suis dit que ce serait encore mieux quand j'arriverais à la ferme.

Au moment de grimper dans le camion, je me suis retourné pour regarder la prison, et j'ai pensé : Toi ma salope, tu as été dure et tu aurais voulu me tuer mais j'ai fini par t'avoir.

La ferme était le premier pas vers la liberté.

Achevé d'imprimer
le 11-9-1979
par Mohndruck Gütersloh
N° d'éditeur 4507
dépôt légal 3e trimestre 1979
Imprimé en Allemagne